Elogios para

EL ESTAFADOR

"Co... ...ohn
Gri... ...gal,
la c... ...y la
ori... ...*kly*

"Joh... ...que
hac... ...son
inte... ...de
gen... ...bre
que... ...ino
tam... ...va-
rici...

—*...ost*

"Por... ...nes
dra... ...ma
de l... ...tie-
nen... ...*nes*

"Joh... ...l".

—*...ost*

"Joh... ...pu-
lar. Es uno de los escritores más queridos de nuestros tiempos. Narra argumentos fascinantes con gran
maestría y crea personajes totalmente creíbles".

—*The Seattle Times*

John Grisham

EL ESTAFADOR

John Grisham se dedicó a la abogacía antes de convertirse en escritor de éxito internacional. Desde que publicó su primera novela, *Tiempo de matar*, ha escrito casi una por año, consagrándose como el rey del género con la publicación de su segundo libro, *La firma*. Todas sus novelas, sin excepción, han sido bestsellers internacionales y nueve de ellas han sido llevadas al cine, con gran éxito de taquilla. Traducido a veintinueve idiomas, Grisham es uno de los escritores más vendidos de Estados Unidos y del mundo. Actualmente vive con su esposa Renee y sus dos hijos Ty y Shea entre su casa victoriana en una granja en Mississippi y una plantación cerca de Charlottesville, Virginia.

EL ESTAFADOR

EL ESTAFADOR

John Grisham

Traducción de
Jofre Homedes Beutnagel

VINTAGE ESPAÑOL
Una división de Random House LLC
Nueva York

PRIMERA EDICIÓN VINTAGE ESPAÑOL, JULIO 2014

Copyright de la traducción © 2013 por Jofre Homedes Beutnagel

Todos los derechos reservados. Publicado en coedición con
Penguin Random House Grupo Editorial, S. A., Barcelona, en los
Estados Unidos de América por Vintage Español, una división de
Random House LLC, Nueva York, y en Canadá por Random House
of Canada Limited, Toronto, compañías Penguin Random House.
Originalmente publicado en inglés en EE.UU. como *The Racketeer*
por Doubleday Books, un sello de Random House LLC, en 2012.
Copyright © 2012 por Belfry Holdings, Inc. Copyright de la presente
edición © 2013 por Penguin Random House Grupo Editorial, S. A.

Vintage es una marca registrada y Vintage Español y su colofón
son marcas de Random House LLC.

Información de catalogación de publicaciones disponible en la
Biblioteca del Congreso de los Estados Unidos.

Información de catalogación de publicaciones disponible en la
Biblioteca del Congreso de los Estados Unidos.

Vintage Español ISBN en tapa blanda: 978-1-101-87313-7
Vintage Espanol eBook ISBN: 978-1-101-87314-4

Para venta exclusiva en EE.UU., Canadá, Puerto Rico y Filipinas.

www.vintageespanol.com

Impreso en los Estados Unidos de América
10 9 8 7 6 5 4 3

estafador, ra n. Persona que comete alguno de los delitos que se caracterizan por el lucro como fin y el engaño o abuso de confianza como medio.

1

Soy abogado, y estoy en la cárcel. Es largo de contar.

Tengo cuarenta y tres años, y he cumplido cinco de los diez a los que me condenó un juez federal mojigato y pusilánime de Washington. He agotado todos los recursos que podía presentar. Ya no tengo ni un solo procedimiento, mecanismo, artículo recóndito, tecnicismo, laguna jurídica o avemaría en mi arsenal. No me queda nada. Con mis conocimientos legales podría hacer como otros presos, inundar los tribunales con mociones y escritos sin valor u otras instancias basura, pero no serviría de nada. Soy una causa perdida. La verdad es que no tengo ninguna esperanza de salir antes de cumplir la condena, salvo alguna que otra triste semana al final recortada por buena conducta (y la mía ha sido ejemplar).

No debería llamarme abogado, porque técnicamente no lo soy. Poco después del veredicto intervino el Tribunal Supremo de Virginia y me prohibió seguir ejerciendo. Está muy claro, negro sobre blanco: condena por delito grave igual a inhabilitación. Me retiraron la licencia, y en el registro de abogados de Virginia quedaron consignados, como era de recibo, mis problemas disciplinarios. Aquel mes fuimos tres los expulsados, más o menos lo habitual.

Aun así, en mi pequeño mundo soy lo que se llama «abogado de cárcel», y como tal dedico varias horas diarias a ayudar a los reclusos con sus problemas legales. Estudio los recursos, presento instancias, redacto testamentos simples y de vez en cuando me ocupo de alguna escritura de tierras. También reviso contratos para los que cumplen penas por delitos económicos. Si he demandado al gobierno ha sido siempre por motivos legítimos, nunca sin fundamentos. También hay muchos divorcios.

A los dieciocho meses y seis días de entrar en la cárcel recibí un sobre abultado. Para los presos el correo es como agua de mayo, pero de este habría podido prescindir. Era de un bufete de Fairfax, Virginia, en representación de mi mujer que, sorprendentemente, me pedía el divorcio. De apoyarme de forma incondicional y estar preparada para una larga espera, Dionne pasó en cuestión de semanas a convertirse en víctima y querer huir a toda costa. Los documentos los leí en estado de shock, sin poder tenerme en pie, con la vista nublada, hasta que tuve miedo de llorar y me refugié en la intimidad de mi celda. En prisión se llora mucho, pero siempre en solitario.

Cuando me fui de casa, Bo tenía seis años. Era hijo único, aunque pensábamos tener alguno más. El cálculo es fácil. Debo de haberlo hecho un millón de veces: cuando salga de la cárcel, Bo tendrá dieciséis años y estará en plena adolescencia. Me habré perdido diez de los años más valiosos que pueden compartir un padre y un hijo. Hasta los doce, más o menos, los niños adoran a sus padres. Están convencidos de que no hacen nada mal. Le enseñé a jugar al béisbol y al fútbol. Me seguía a todas partes como un perro faldero. Íbamos juntos a pescar y de acampada. Algunos sábados por la mañana venía al despacho para desayunar conmigo, de hombre a hombre. Era todo mi mundo, y fue desolador, para mí y para él, tener que explicarle que me ausentaría durante mucho tiempo. Después de entrar en la cárcel no quise que me visitara. Por muchas ganas que tuviera de abrazarlo, no podía soportar la idea de que un niño tan pequeño viera a su padre entre rejas.

Desde la cárcel, sin perspectivas de salir a corto plazo, es casi imposible defenderse en un divorcio. En dieciocho meses el gobierno federal se había comido todos nuestros ahorros, ya escasos de por sí. Solo nos quedaba nuestro hijo, y nuestro compromiso mutuo. El niño fue una roca; el compromiso, en cambio, se resquebrajó. Dionne me hizo promesas muy bonitas de que perseveraría, de que nunca aflojaría, pero al final se impuso la realidad. En el pueblo se sentía sola, aislada. «La gente murmura al verme», me escribió en una de sus primeras cartas. «Estoy tan sola...», se lamentaba en otra. Los envíos no tardaron mucho en disminuir tanto en longitud como en frecuencia. Al igual que las visitas.

Dionne creció en Filadelfia y nunca se acostumbró a vivir en el campo. Cuando un tío suyo le ofreció trabajo, de pronto tuvo mucha prisa por volver a su ciudad de origen. Hace dos años se casó de nuevo, así que a sus once años Bo tiene un nuevo entrenador. Las últimas veinte cartas a mi hijo han quedado sin respuesta. Estoy seguro de que ni siquiera se las han dado.

Muchas veces me pregunto si volveré a verle. Creo que sí, que haré el esfuerzo, pero tengo mis dudas. ¿Qué le dices a un hijo a quien quieres más que a nada en el mundo, pero que no te reconocerá? Ya no conviviremos como un padre y un hijo normales. ¿Sería justo para Bo que su padre reapareciese después de tantos años, insistiendo en formar parte de su vida?

Si algo me sobra es tiempo para pensar en esas cosas.

Soy el recluso número 44861-127 del Centro Penitenciario Federal cercano a Frostburg, Maryland. Estos «centros» son instalaciones de baja seguridad adonde nos envían cuando consideran que no somos violentos, siempre que nuestra condena sea igual o inferior a diez años. Por motivos que nadie me ha aclarado, pasé los primeros veintidós meses de cárcel en un antro de seguridad media, cerca de Louisville, Kentucky. Es lo que en la inagotable sopa de siglas de la jerga burocrática se llama una ICF (Institución Correccional Federal), y se parecía muy poco al centro de Frostburg. Las ICF son para presos violentos con más de diez años de condena. La vida allí es mucho más dura, aunque yo sobreviví sin ninguna agresión física. En eso me ayudó muchísimo haber sido marine.

En el mundo de las cárceles, los centros penitenciarios son hoteles de lujo. No hay muros, vallas, alambradas ni torres de vigilancia, y los vigilantes armados constituyen una minoría. El de Frostburg es relativamente nuevo, con mejores instalaciones que la mayoría de los institutos de enseñanza. ¿Cómo no si en Estados Unidos nos gastamos cuarenta mil dólares al año por cada preso, y ocho mil en educar a un alumno de primaria? Aquí hay orientadores, gerentes, trabajadores sociales, enfermeros, secretarios, todo tipo de ayudantes y decenas de burócratas que tendrían dificultades para explicar a qué dedican sus ocho horas diarias. Por algo es el gobierno federal. El aparcamiento de empleados contiguo a la entrada principal está lleno de coches y camionetas de gama alta.

Aquí en Frostburg hay seiscientos reclusos, que salvo unas pocas excepciones se caracterizan por su buena conducta. Los que tienen un pasado violento ya han escarmentado, y saben valorar el civilizado entorno en el que viven. Los que se han pasado toda la vida en la cárcel han encontrado finalmente el mejor lugar posible. Muchos de estos veteranos no se quieren ir; están completamente asimilados, y no sabrían vivir en libertad. Cama caliente, tres comidas al día, asistencia sanitaria... ¿Te lo pueden ofrecer las calles?

No estoy insinuando que sea un lugar agradable, porque no lo es. Hay muchos hombres como yo que ni en sueños habían imaginado caer tan bajo; profesionales o empresarios, con su patrimonio, sus familias bien avenidas y su carnet de club de campo. En mi grupo de amigos blancos está Carl, un optometrista que retocaba demasiado sus facturas a la seguridad social, y Kermit, que especulaba con terrenos y los daba en garantía a varios bancos a la vez; también Wesley, un antiguo senador de Pennsylvania que aceptó un soborno, y Mark, un asesor hipotecario que abarataba costes.

Carl, Kermit, Wesley y Mark: todos blancos, con un promedio de edad de cincuenta y un años. Todos culpables, según su propia confesión.

Y yo, Malcolm Bannister, negro, de cuarenta y tres años, condenado por un delito que no cometí.

Da la casualidad de que hoy por hoy soy el único negro de Frostburg que cumple condena por delitos económicos. Todo un honor.

Entre mis amistades negras el perfil no está tan claro. La mayoría son chavales de Washington y Baltimore empapelados por algún delito de drogas, que cuando accedan a la libertad condicional volverán a la calle y tendrán un 20 por ciento de posibilidades de evitar una nueva condena. Sin educación, ni cualificación, pero con antecedentes, ¿cómo van a prosperar?

La verdad es que en los centros penitenciarios federales no hay pandillas ni violencia. Como te pelees con alguien, o le amenaces, te sacan *ipso facto* para mandarte a un lugar mucho peor. Sí hay discusiones, muchas, principalmente por la tele, pero aún no he sido testigo de un solo puñetazo. Algunos presos han estado en cárceles estatales, y lo que cuentan es espeluznante. Nadie quiere cambiar esto por ningún otro sitio.

Por eso nos portamos tan bien, mientras vamos contando los días que nos faltan. Para quien cumple pena por delitos económicos, el castigo es verse humillado y perder su condición social y su nivel de vida. Para los negros, el centro es menos peligroso que donde vivían antes y que donde vivirán después. En su caso el castigo es otra muesca en su expediente penal, otro paso hacia la categoría de delincuente profesional.

Por eso me siento más blanco que negro.

Aquí en Frostburg hay otros dos antiguos abogados. Ron Napoli se dedicó durante muchos años al derecho penal en Filadelfia, y era todo un personaje hasta que le destruyó la cocaína. Especializado en asuntos de drogas, representó a muchos de los grandes narcotraficantes de la costa atlántica central, de New Jersey a las dos Carolinas. Prefería cobrar en efectivo y coca, y al final lo perdió todo. El Servicio de Impuestos le acusó de evasión fiscal, y va por la mitad de una condena de nueve años. No está pasando por un buen momento: se le ve deprimido, y no hay manera de que haga ejercicio ni procure cuidarse. Cada vez está más torpe, lento, cascarrabias y enfermo. Antes nos cautivaba con anécdotas sobre su clientela y las aventuras de esta en el narcotráfico, pero últimamente lo único que hace es quedarse en el patio quejándose y comiendo bolsas y bolsas de Fritos con cara de perplejidad. El dinero que le envían se lo gasta casi todo en comida basura.

El tercer ex abogado es un tiburón de Washington que se llama Amos Kapp e hizo carrera durante mucho tiempo manejando información privilegiada y moviéndose en los entresijos de la ley, siempre al borde de todos los grandes escándalos políticos. Kapp fue juzgado y condenado al mismo tiempo que yo, y fue el mismo juez el que nos sentenció a diez años. Los acusados eran ocho: siete de Washington y yo. Kapp siempre ha sido culpable de algo. Obviamente al jurado se lo pareció. Ya entonces, sin embargo, él sabía —y sigue sabiendo— que yo no tuve nada que ver con la conspiración. Sin embargo, fue demasiado cobarde y corrupto para hablar. En Frostburg está rigurosamente prohibida la violencia, pero si me dejaran cinco minutos a solas con Amos Kapp seguro que aparecería con el cuello roto. Él lo sabe, y sospecho que hace tiempo que se lo dijo al director, porque le tienen en el ala oeste, lo más lejos posible de mi módulo.

Yo soy el único de los tres abogados dispuesto a ayudar al resto de los presos en problemas de índole jurídica. Disfruto. Es un reto que me mantiene ocupado. También es una manera de que no se oxiden mis conocimientos, aunque dudo que me espere un gran futuro dentro de la abogacía. La verdad es que es un mundo en el que nunca gané mucho dinero. Era abogado de pueblo, negro, por añadidura, con pocos clientes que pagasen bien. Braddock Street estaba repleta de colegas que se disputaban a la misma clientela, en un ambiente de competición feroz. No sé qué haré cuando se acabe esto, pero no veo claro que regrese a mi antigua profesión.

Seré un hombre de cuarenta y ocho años, soltero y espero que con buena salud.

Cinco años es una eternidad. Cada día salgo solo a dar un largo paseo por un camino de tierra que bordea el centro; es un recorrido de jogging que sigue el perímetro, o la «línea», como lo llaman: cruzarla se considera una fuga. Pese a la cárcel, el paisaje es bonito y las vistas, espectaculares. Mientras camino y contemplo el fondo de colinas, me resisto al impulso de saltar al otro lado de la línea. No hay vallas que me lo impidan, ni vigilantes que griten mi nombre. Podría desaparecer en estos bosques tan frondosos, y no dar señales de vida nunca más.

Ojalá hubiera un muro, uno de ladrillo de tres metros de altura, con rollos de alambrada, que me impidiese mirar las montañas y soñar con la libertad. ¡Que es una cárcel, señores! No podemos irnos, ¿verdad? Pues levantad un muro y dejad de tentarnos.

La tentación siempre está ahí y, aunque yo me resista, no miento si digo que se hace más fuerte cada día.

2

Frostburg queda a pocos kilómetros al oeste de Cumberland, Maryland, en una estrecha franja dominada y empequeñecida al norte por Pennsylvania y al oeste por Virginia Occidental. En el mapa se ve con claridad que esta parte desterrada del estado nació de un error de reconocimiento, y que no debería formar parte de Maryland. Lo que no está tan claro es a qué estado debería pertenecer. En la biblioteca, mi lugar de trabajo, hay un gran mapa de Estados Unidos colgado en la pared, justo sobre mi pequeño escritorio. Me lo quedo mirando demasiado tiempo mientras sueño despierto y me pregunto cómo he acabado siendo un preso federal en lo más remoto del oeste de Maryland.

A cien kilómetros al sur está Winchester, Virginia, una localidad de veinticinco mil habitantes donde nací, pasé mi infancia, estudié y trabajé hasta la «caída». Me han dicho que sigue más o menos igual que cuando me fui. El bufete Copeland & Reed continúa funcionando en el mismo local donde había estado mi oficina. Da directamente a Braddock Street, en la parte vieja, justo al lado de un restaurante. Antes se anunciaba como Copeland, Reed & Bannister, con letras negras pintadas sobre el cristal, y era el único despacho de abogados de raza exclusivamente negra en ciento cincuenta kilómetros a la redonda. Me han dicho que a los señores Copeland y Reed les va bien; no es que prosperen, ni que se hagan ricos, pero tienen suficiente trabajo para pagar el sueldo de sus dos secretarias y el alquiler. Cuando yo era socio del bufete no llegábamos a mucho más. Subsistíamos sin pena ni gloria. En la época de la Caída yo me estaba cuestionando seriamente mi futuro en una población tan pequeña.

Me han dicho que ni Copeland ni Reed quieren hablar de mí o de mis problemas. A ellos también estuvieron a punto de juzgarles, y su reputación quedó manchada. El fiscal que me acusó iba a perdigonada pura contra cualquier persona que pudiera tener algo que ver con su magna conspiración, y estuvo a punto de cargarse a todo el bufete. Mi delito fue equivocarme de cliente. Ninguno de mis dos antiguos socios ha cometido un delito en toda su vida. Lamento lo ocurrido de muchísimas maneras, pero hay algo que aún me quita el sueño y es el desprestigio que han tenido que sufrir. Ambos están cerca de los setenta, y en su juventud, como abogados, no solo tuvieron que luchar por mantener a flote un bufete de pueblo sino que participaron en algunas de las últimas batallas raciales. A veces el juez hacía como si no existiesen durante la vista, y dictaminaba en contra de ellos sin ningún fundamento jurídico. Muchos compañeros de profesión les dispensaban un trato grosero y antiprofesional. El colegio de abogados del condado no les invitó a inscribirse. Algunos secretarios judiciales extraviaban sus demandas, y los jurados blancos no les otorgaban ninguna credibilidad. Lo peor de todo, sin embargo, era la falta de clientes interesados por sus servicios. Me refiero a clientes negros. En los años setenta los blancos no contrataban bufetes de negros, al menos en el sur. Eso no ha cambiado mucho. Pero a lo que iba: cuando Copeland & Reed daba sus primeros pasos estuvo a punto de irse a pique porque los negros pensaban que los abogados blancos eran mejores. La situación se revirtió a base de trabajo y profesionalismo, pero fue un proceso lento.

Winchester no fue mi primera elección para desempeñar mi oficio. Cursé mis estudios de Derecho en la Universidad George Mason, en la parte de Virginia del Norte donde se extiende el área urbana de la ciudad de Washington. Durante el verano del segundo curso tuve la suerte de conseguir una pasantía en un bufete enorme en Pennsylvania Avennue, cerca del Capitolio. Era uno de esos despachos con miles de abogados, sucursales en el mundo entero, antiguos senadores en el membrete, clientela selecta y un ritmo frenético que me encantaba. El mejor momento fue cuando serví de recadero en el juicio a un ex congresista (nuestro cliente) acusado de conspirar con su hermano, delincuente convicto, para cobrar sobornos a cambio de servicios para el gobierno. Fue un auténtico circo, y me entusiasmó estar tan cerca de la pista central.

Once años después entré en la misma sala de los juzgados E. Barrett Prettyman, en el centro de Washington, siendo yo el procesado.

Aquel verano éramos diecisiete pasantes. Los otros dieciséis, todos de las diez mejores facultades del país, recibieron ofertas de trabajo. Yo, al haberlo apostado todo al mismo número, dediqué mi tercer año de Derecho a ir por Washington llamando a puertas, sin que se me abriera ninguna. Seguro que las calles de Washington se las patean a cualquier hora miles de abogados desempleados. Es fácil hundirse en la desesperación. A partir de un momento amplié mi búsqueda al extrarradio, donde hay bufetes mucho más pequeños, y aún menos trabajo, si cabe.

Al final volví a casa, derrotado. No se habían cumplido mis sueños de gloria en la cumbre. Los señores Copeland y Reed no andaban sobrados, y difícilmente podrían haberse permitido un nuevo socio, pero les di lástima y me despejaron una habitación del piso de arriba que servía de almacén. Ahí trabajé con todo mi empeño, aunque a menudo las horas se me hacían largas con tan pocos clientes. Por lo demás nos llevábamos muy bien, tanto que después de cinco años tuvieron la generosidad de incorporar mi nombre al del bufete. Lo cual no comportó un gran aumento en mis ingresos.

Me dolió ver arrastrados sus nombres por el barro durante mi proceso. Era tan absurdo... Cuando el agente del FBI que estaba al frente del equipo me tenía contra las cuerdas, me dijo que si no me declaraba culpable y colaboraba con la fiscalía se presentarían cargos contra los señores Copeland y Reed. Yo, pensando (sin poder estar seguro) que era un farol, le dije que se fuera a la mierda.

Por suerte era un farol.

Les he escrito cartas de disculpa, largas cartas lacrimógenas a las que nunca han respondido. También les he pedido que vengan a verme para hablar cara a cara, pero tampoco han respondido a mi petición. Aquí, a cien kilómetros de mi lugar de nacimiento, tengo un solo visitante habitual.

Mi padre, Henry, fue uno de los primeros policías negros al servicio de la mancomunidad de Virginia. Durante los treinta años que pasó patrullando por Winchester y sus alrededores nunca dejó de disfrutar. Le gustaba el trabajo en sí, la sensación de autoridad y de reconocimiento, el poder de hacer cumplir la ley y la ayuda compasiva a los necesitados. Le encantaba el uniforme, el coche patrulla... todo menos la pistola que llevaba en la cintura; arma que se vio obligado a desenfundar algunas veces, pero que jamás disparó. Aunque daba por sentado que los blancos darían rienda suelta a su rencor, y que los negros buscarían manga ancha, él estaba decidido a mostrar la más absoluta equidad. Era un policía duro, que no veía medias tintas en la ley: cualquier acto que no fuera legal tenía que ser ilegal, sin margen de maniobra ni tiempo para tecnicismos.

Desde el momento de la acusación mi padre me creyó culpable de algo. Nada de presunciones de inocencia. Ni caso a mis protestas, a mis diatribas. Como hombre orgulloso de su trayectoria, su cerebro había sufrido el lavado de una vida entera en persecución de quienes infringían la ley; y si los federales, que tantos recursos tenían y tanto sabían, me consideraban digno de cien páginas de acusaciones, la razón la tenían ellos, no yo. No dudo de que se compadeciese, ni de que rezase por verme salir del embrollo en que me había metido, pero le costaba mucho transmitírmelo. Para él era una humillación, y no me lo escondió. ¿Cómo era posible que su hijo abogado se hubiera juntado con semejante pandilla de sinvergüenzas?

Yo me he hecho mil veces la misma pregunta, pero no existe una buena respuesta.

Henry Bannister acabó la secundaria de milagro, y a los diecinueve años, después de algún que otro pequeño escarceo con la delincuencia, ingresó en la Marina, que en poco tiempo hizo de él un hombre: un soldado que anhelaba disciplina y se enorgullecía sobremanera de su uniforme. Estuvo tres veces en Vietnam, donde recibió disparos y quemaduras y estuvo un tiempo prisionero. Sus medallas están en la pared de su estudio, en la casita donde pasé mi infancia y donde ahora vive solo. A mi madre la mató un conductor borracho dos años antes de que me juzgaran.

Henry viaja a Frostburg una vez al mes para una visita de una hora. Está jubilado y tiene poco que hacer. Si quisiera podría visitarme cada semana, pero no lo hace.

Cuántas vueltas dan las condenas largas, y qué crueles son... Una de ellas es la sensación de que el mundo, y tus seres queridos, a los que tanto necesitas, lentamente se van olvidando de ti. El correo, que en los primeros meses llegaba en grandes fajos, se fue adelgazando hasta quedar en una o dos cartas por semana. Los amigos y parientes que tanto anhelaban visitarte no aparecen en mucho tiempo. Mi hermano mayor, Marcus, viene dos veces al año para ponerme al día de sus contratiempos. Así se entretiene durante una hora. Tiene tres hijos adolescentes, en diversas fases de delincuencia juvenil, y una mujer que no está bien de la cabeza. Según como se vea, supongo que no tengo problemas... Aunque la vida de Marcus sea tan caótica, me gustan sus visitas. Siempre ha imitado a Richard Pryor, y tiene gracia en todo lo que dice. Nos pasamos la hora entera riendo, mientras despotrica de sus hijos. Mi hermana pequeña, Ruby, vive en la costa Oeste y la veo una vez al año. Muy cumplidora, me escribe sin falta cada semana y guardo sus cartas como oro en paño. Tengo un primo lejano que estuvo siete años en la cárcel por robo a mano armada (fui su abogado) y que viene a verme cada seis meses porque yo también lo hacía cuando él estaba preso.

Después de tres años aquí, puedo pasar semanas sin ninguna visita, salvo la de mi padre. La Dirección de Prisiones procura situar a los reclusos en un radio de unos ochocientos kilómetros respecto a su anterior residencia. Yo tengo suerte de que Winchester quede tan cerca, pero es como si estuviera a dos mil kilómetros. Entre mis amigos de la infancia hay más de uno que nunca se ha acercado, o de quien no he tenido noticias en dos años. La mayoría de los abogados con quienes tuve amistad están demasiado ocupados. Mi mejor amigo de la facultad de Derecho me escribe cada dos meses, pero nunca encuentra tiempo para venir. Vive en Washington, a doscientos cincuenta kilómetros al este, y asegura trabajar siete días por semana en un bufete grande. Mi colega más íntimo de los marines vive en Pittsburgh, a dos horas en coche, pero en Frostburg ha estado exactamente en una ocasión.

Pues nada, habrá que agradecerle a mi padre el esfuerzo.

La escena es la de siempre: Henry está sentado en la pequeña sala de visitas con una bolsa de papel marrón sobre la mesa (cookies o brownies de mi tía Racine, su hermana). Nos damos la mano, pero no un abrazo; Henry Bannister no ha abrazado nunca a otra persona de su mismo sexo. Me mira de arriba abajo para cerciorarse de que no haya engordado, y como de costumbre pregunta por mi rutina diaria. Él no ha ganado ni un kilo en cuarenta años, y aún le cabe su uniforme de marine. Está convencido de que comiendo menos se vive más, y teme morir joven. Tanto su padre como su abuelo estiraron la pata poco antes de cumplir los sesenta. Él camina ocho kilómetros al día, y considera que yo debería hacer lo mismo. Ya me he resignado a que siempre me diga cómo tengo que vivir, dentro o fuera de la cárcel.

Da unos golpecitos en la bolsa marrón.

—Esto te lo manda Racine —dice.

—Dale las gracias, por favor —contesto.

Si tan preocupado está por mi figura, ¿por qué me trae una bolsa de dulces ricos en grasa cada vez que viene a verme? Me comeré dos o tres, y el resto los regalaré.

—¿Has hablado últimamente con Marcus? —pregunta.

—No, desde hace un mes. ¿Por qué?

—La cosa está que arde. Delmon ha dejado embarazada a una chica. Él tiene quince años y ella catorce.

Frunce el ceño y sacude la cabeza. A los diez años Delmon ya era reincidente, y la familia siempre ha supuesto que va a consagrar su vida a la delincuencia.

—Tu primer bisnieto —digo intentando ser gracioso.

—¡No veas, qué orgullo! Una blanca de catorce preñada por un imbécil de quince que por casualidades de la vida se apellida Bannister.

Seguimos hablando un poco del tema. Muchas de sus visitas no se definen por lo que se dice, sino por lo que queda guardado en lo más hondo. Mi padre ya ha cumplido los sesenta y nueve, y en vez de saborear una vejez dorada se pasa casi todo el tiempo lamiendo sus heridas y compadeciéndose. No se lo reprocho. En décimas de segundo le arrebataron a su amada esposa después de cuarenta y dos años de matrimonio. En pleno duelo nos enteramos del interés del FBI por mi persona, y la investigación creció y creció como una bola de nieve. El juicio duró tres semanas, y mi padre no faltó ni un solo día. Se le partía el corazón al verme ante un juez y oír que me condenaban a diez años de cárcel. Después Bo: nos lo quitaron a ambos. Ahora los hijos de Marcus son bastante mayores para hacer sufrir de verdad a sus padres y a toda la familia.

Los Bannister deberíamos tener algo de buena suerte, pero parece poco probable.

—Anoche hablé con Ruby —me cuenta—. Está bien. Te manda saludos y dice que se rió mucho con tu última carta.

—Pues dile lo importantes que son las suyas para mí, por favor. En cinco años no ha fallado ni una semana.

Ruby es la alegría de una familia que se viene abajo. Es consejera matrimonial y su marido, pediatra. Tienen tres hijos perfectos, a los que se mantiene a distancia del infame tío Malcolm.

—Gracias por el cheque, como siempre —añado después de una larga pausa.

Él se encoge de hombros.

—Me alegro de poder ayudarte —responde.

Cada mes me envía cien dólares que son más que bienvenidos. Los pongo en mi cuenta, pues me permiten comprar artículos tan necesarios como bolígrafos, libretas, libros de bolsillo y comida decente. La mayoría de mis amigos blancos reciben cheques de sus familias, mientras que a los negros no acostumbra a llegarles ni un centavo. En la cárcel siempre sabes quién recibe dinero.

—Casi vas por la mitad —dice mi padre.

—Me faltan dos semanas para cumplir los cinco años —respondo.

—Por algo afirman que el tiempo vuela.

—Será desde fuera. Te aseguro que a este lado de la pared los relojes van mucho más despacio.

—Bueno, pero parece mentira que ya lleves cinco años aquí dentro.

Sí, sí que lo parece. ¿Cómo se sobrevive durante tanto tiempo en prisión? Sin pensar en años, ni en meses, ni en semanas. Piensas en el día a día: en cómo hacer que pase otro, cómo sobrevivir a una jornada más... A la mañana siguiente, cuando te despiertas, ya tienes otro día a tus espaldas. Los días van sumando, se juntan las semanas, los meses se hacen años... Te das cuenta de lo resistente que eres, y de que puedes funcionar y aguantar cuando no tienes otra alternativa.

—¿Has pensado en qué harás? —me pregunta mi padre.

Últimamente lo repite cada mes, como si la libertad estuviera a la vuelta de la esquina. Paciencia, me digo: es mi padre. ¡Y está aquí! Ya es mucho.

—La verdad es que no. Aún está demasiado lejos.

—Pues yo de ti empezaría a planteármelo —dice él, seguro de que en mi situación sabría con exactitud qué hacer.

—Acabo de terminar el tercer nivel de español —añado con cierto orgullo.

En mi grupo de colegas hispanos tengo a Marco, un buen amigo y excelente profesor de idiomas. Tráfico de drogas.

—No, si está visto que dentro de poco hablaremos todos español. Es una invasión.

A Henry le sublevan los inmigrantes, la gente con acento, los de Nueva York y New Jersey, los que cobran subsidios, los parados... Según él habría que meter a todos los indigentes en centros penitenciarios que si se ajustaran a su idea serían peores que Guantánamo.

Hace unos años tuvimos una pelea y me amenazó con no volver. Las discusiones son una pérdida de tiempo. No seré yo quien cambie a mi padre. Ya que tiene la bondad de venir en el coche hasta aquí, lo mínimo que puedo hacer es comportarme. Soy yo el convicto, no él. Él es el ganador, y yo el perdedor. Parece que da importancia a esas cosas, aunque no sé por qué; tal vez porque yo fui al instituto y a la facultad de Derecho, algo que él ni soñó.

—Lo más seguro es que me vaya del país —digo—. Me iré a algún sitio donde pueda servirme de algo el español, como Panamá o Costa Rica: clima cálido, playas, gente morena... Allá no dan importancia a los antecedentes penales y tampoco les preocupa si has estado en la cárcel.

—Lo de fuera siempre parece mejor, ¿verdad?

—Sí, papá. Cuando estás en la cárcel, cualquier sitio es mejor. ¿Qué quieres que haga, que vuelva y me dedique a trabajar como pasante sin licencia, investigando para algún bufete pequeño que se lo pueda permitir? ¿O como fiador judicial? ¿O como detective privado? No es que haya muchas opciones...

Asiente sin cesar. Lo hemos hablado al menos doce veces.

—Y al gobierno lo odias —dice.

—¡Sí! Odio al gobierno federal, al FBI, a la fiscalía, a los jueces federales y a los tontos que dirigen las cárceles. Odio tantas cosas... Aquí me tienes, cumpliendo diez años por un delito inexistente solo porque un fiscal lanzado al estrellato tenía que inflar su cuota de víctimas. Si el gobierno pudo trincarme diez años sin pruebas, piensa en lo que puede pasar ahora que llevo la palabra «presidiario» tatuada en la frente. En cuanto salga de aquí no me ven más el pelo, papá.

Asiente sonriendo. Claro, Malcolm.

3

Teniendo en cuenta la importancia de la actividad de los jueces federales y las polémicas que suelen rodearla, así como el carácter violento de algunas personas con quienes se relacionan, sorprende que en la historia de este país solo hayan muerto asesinados cuatro de ellos en activo.

El honorable Raymond Fawcett acaba de convertirse en el quinto.

El cadáver estaba en el pequeño sótano de la cabaña que se había construido a la orilla de un lago, a la que acudía muchos fines de semana. El lunes por la mañana, alarmados al ver que no se personaba en un juicio, sus secretarios llamaron al FBI, cuyas pesquisas permitieron dar con el lugar del crimen. La cabaña se encontraba en una zona muy boscosa del sudoeste de Virginia, en la falda de una montaña, junto a una pequeña extensión de aguas cristalinas conocidas en la zona como lago Higgins, una superficie que no está recogida en la mayoría de los mapas de carreteras.

No se observaron indicios de que se hubiera forzado la vivienda. Tampoco de pelea ni de resistencia. Solo se hallaron dos cadáveres con impactos de bala en la cabeza y, en el sótano, una caja fuerte de metal vacía. Al juez Fawcett le encontraron cerca de la caja, con dos balazos en la nuca (señal irrefutable de una ejecución) y un gran charco de sangre seca a su alrededor. Según los cálculos del primer experto que inspeccionó el lugar, llevaba muerto al menos dos días. Uno de sus secretarios declaró que se había marchado del despacho el viernes hacia las tres con la intención de ir directamente a la cabaña para trabajar todo el fin de semana.

El otro cuerpo era el de Naomi Clary, de treinta y cuatro años, divorciada y madre de dos hijos, a quien el juez Fawcett había contratado como secretaria poco tiempo atrás. El juez, de sesenta y seis años y con cinco hijos adultos, seguía casado; llevaba algún tiempo separado de la señora Fawcett, pero en ocasiones señaladas aún se les veía juntos por Roanoke. Al ser de todos conocido que no convivían, y dada la condición del juez de prohombre en la localidad, circulaban bastantes rumores sobre su situación marital. Ambos cónyuges habían reconocido ante sus hijos y amigos que les daba pereza divorciarse. Así de sencillo. La señora Fawcett tenía dinero y el juez, prestigio. Ambos parecían bastante satisfechos y se habían prometido mutuamente no tener aventuras, un pacto según el cual procederían a divorciarse en caso de que alguno de los dos entablara una relación con otra persona.

Evidentemente el juez había encontrado a alguien de su gusto. En cuanto la señorita Clary estuvo en nómina empezaron a correr rumores por el juzgado de que su señoría había vuelto a las andadas; algunos de sus subordinados sabían que nunca había sido capaz de quedarse con los pantalones puestos.

El cadáver de Naomi fue hallado en un sofá, cerca de donde asesinaron al juez. Estaba desnuda, de espaldas, con los tobillos atados con cinta americana plateada, así como las manos, sujetas a la espalda. Le habían pegado dos tiros en la frente. Tenía el cuerpo lleno de pequeñas quemaduras. Tras unas horas de debate y análisis, el jefe de la brigada de investigación aceptó como hipótesis más probable que la hubieran torturado para que Fawcett abriera la caja fuerte. Por lo visto había funcionado: la caja estaba vacía, con la puerta abierta, y dentro no quedaba absolutamente nada. El ladrón la había limpiado, y después había ejecutado a sus víctimas.

El padre de Fawcett había sido constructor. De pequeño el juez le seguía a todas partes con un martillo, y desde entonces nunca se había cansado de erigir cosas: un nuevo porche trasero, una galería, un cobertizo... Cuando sus hijos aún eran pequeños, antes del naufragio de su matrimonio, había vaciado y reformado por completo una suntuosa mansión de época en el centro de Roanoke. Se ocupaba de todo, y se pasaba los fines de semana sobre una escalera de mano. Años más tarde reformó un *loft* que primero fue su picadero y después su domicilio. El martillo, la sierra, el sudor eran una terapia, una huida mental y física del estrés del trabajo. La cabaña del lago, con tejado a dos aguas, la había diseñado y construido casi a solas durante cuatro años. En el sótano donde murió había una pared revestida con estanterías de la mejor madera de cedro, llenas de gruesos tomos jurídicos. En el centro, sin embargo, había una puerta oculta. Una parte de las estanterías giraba sobre unas bisagras y escondía perfectamente la caja fuerte. En el transcurso del crimen la habían separado casi un metro de la pared antes de vaciarla.

Era una caja de metal y plomo sobre cuatro ruedas de doce centímetros de diámetro, fabricada por la compañía Vulcan de Kenosha, Wisconsin, y que el juez había adquirido por internet. Según la descripción poseía una altura de ciento diecisiete centímetros, una anchura de noventa y dos, una profundidad de ciento dos, una capacidad de doscientos cincuenta y cinco litros, un peso de doscientos treinta kilos y un precio de venta al público de dos mil cien dólares. Bien cerrada era ignífuga, impermeable y sobre todo antirrobo. En la puerta había un teclado donde se tenía que introducir una clave de seis dígitos.

El FBI se extrañó desde el primer momento de que un juez que cobraba ciento setenta y cuatro mil dólares al año necesitase guardar sus objetos de valor en un compartimento de aquel tipo, blindado y oculto. En el momento de su muerte Fawcett tenía quince mil dólares en una cuenta corriente, sesenta mil a plazo fijo con un interés anual menor al uno por ciento, treinta y un mil en bonos y cuarenta y siete mil en un fondo común que llevaba casi una década rindiendo por debajo de la inflación. También tenía un plan de pensiones, y las prestaciones habituales en los funcionarios de máximo nivel. Al carecer de deudas, su balance causaba cierta —moderada— impresión. Su auténtica seguridad era su cargo. Dado que la Constitución le permitía ejercer hasta su muerte, nunca dejaría de percibir su salario.

La familia de la señora Fawcett estaba forrada de acciones, a las que el juez, sin embargo, nunca había tenido acceso, y que desde la separación quedaban aún más lejos de sus manos. En otras palabras, su posición era desahogada, pero sin llegar a la riqueza, ni a ser el tipo de persona que necesita una caja fuerte secreta para proteger sus cosillas.

¿Qué había dentro de la caja? O dicho sin rodeos, ¿por qué le asesinaron? Más tarde, las entrevistas a parientes y amigos permitieron saber que el juez no tenía costumbres caras ni atesoraba oro o diamantes raros, o algún otro artículo que justificase tanta protección. Aparte de una colección francamente copiosa de tarjetas de béisbol de su juventud, no había señales de que practicase ningún tipo de coleccionismo.

La cabaña estaba tan adentrada en el bosque que era casi imposible encontrarla. Rodeada por un porche, desde ningún punto se veían personas, vehículos, bungalows, casas grandes, barracas o barcas. El aislamiento era total. Fawcett tenía guardados en el sótano un kayak y una canoa, y era sabido que pasaba horas en el lago, pescando, pensando y fumando puros. Era un hombre tranquilo, ni solitario ni tímido, pero sí cerebral y serio.

Al FBI le resultó de una obviedad exasperante que no podía haber testigos, dada la ausencia de seres humanos en varios kilómetros a la redonda. La cabaña era el lugar perfecto para matar a alguien y estar muy lejos cuando se descubriera el crimen. Nada más llegar, los investigadores supieron que iban muy por detrás del asesino, situación que se agravó al no encontrar ninguna huella dactilar ni pisadas, ningún trocito de fibra o folículo capilar, ningún rastro de neumático... ninguna pista, en suma. No es que la cabaña careciera de cámaras de vigilancia, es que no tenía ni una simple alarma. ¿Para qué instalarla, si el policía más cercano estaba a media hora de camino? Y aun suponiendo que encontrase la casa, ¿qué haría? Cualquier descerebrado estaría muy lejos para entonces.

Los investigadores escrutaron durante tres días hasta el último centímetro cuadrado de la cabaña y de las dos hectáreas que la rodeaban, pero no encontraron nada. Tampoco les puso de muy buen humor que el asesino se hubiera mostrado tan escrupuloso y tan metódico. Se enfrentaban con alguien de talento, dotado para el crimen y que no dejaba pistas. ¿Por dónde empezar?

Desde Washington, los de Justicia ya estaban presionando. El director del FBI estaba formando un grupo *ad hoc*, una especie de brigada de operaciones especiales que caería sobre Roanoke para resolver el crimen.

Como era de prever, el brutal asesinato de un juez adúltero y su joven novia fue un magnífico regalo para los medios de comunicación y la prensa sensacionalista. Cuando enterraron a Naomi Clary, tres días después de encontrar su cadáver, la policía de Roanoke puso barreras para evitar la presencia de periodistas o curiosos en el cementerio. Al día siguiente, en las honras fúnebres de Raymond Fawcett en la iglesia episcopaliana, llena hasta la bandera, no se oía la música porque un helicóptero sobrevolaba el templo. El comisario jefe, viejo amigo del juez, no tuvo más remedio que mandar un helicóptero de la policía para que lo ahuyentase. Firmemente plantada en la primera fila con sus hijos y nietos, la señora Fawcett no quiso derramar ninguna lágrima, ni mirar el ataúd. Se dijeron muchas cosas buenas sobre el juez, pero hubo quien pensó, sobre todo entre los hombres: «¿Cómo consiguió una novia tan joven, el muy carcamal?».

En cuanto estuvieron ambos bajo tierra la atención volvió a centrarse en las pesquisas. El FBI no hacía declaraciones, más que nada por falta de argumentos. Una semana después de que se encontrasen los cadáveres había una sola prueba encima de la mesa: los informes balísticos. Cuatro balas expansivas disparadas con una pistola de calibre 38, como las que había a millones por la calle; un arma que a esas alturas seguramente estaba en el fondo de un gran lago, en las montañas de Virginia Occidental.

Se empezaron a buscar posibles móviles. En 1979 el juez John Wood murió de varios disparos a las puertas de su casa en San Antonio. El asesino era un sicario a sueldo de un poderoso narcotraficante que estaba a punto de ser condenado por el juez, gran enemigo del tráfico de drogas y de sus practicantes. Su apodo de «John Penamáxima» despejaba cualquier duda sobre la motivación del crimen. En Roanoke, las brigadas del FBI inspeccionaron hasta la última causa que había presidido Fawcett, penal o civil, y elaboraron una breve lista de posibles sospechosos, casi todos vinculados al narcotráfico.

En 1988 fue otro juez, Richard Daronco, quien murió por arma de fuego mientras trabajaba en el jardín de su casa de Pelham, Nueva York. El asesino era el airado padre de una mujer que acababa de perder un caso en la sala del juez. Después de disparar se suicidó. En Roanoke, los hombres del FBI analizaron los archivos del juez Fawcett y hablaron con sus secretarios. En los juzgados federales nunca faltan majaderos que archiven tonterías y presenten demandas extravagantes. Poco a poco se formó una lista de nombres, pero no de verdaderos sospechosos.

En 1989 mataron en su casa de Mountain Brook, Alabama, al juez Robert Smith Vance. Murió al abrir un paquete que contenía una bomba. Al final encontraron al asesino y le condenaron a muerte, pero no llegó a esclarecerse el móvil. Los fiscales formularon la hipótesis de que estaba indignado con uno de los últimos veredictos de Smith. En Roanoke, el FBI habló con cientos de abogados cuyas causas Fawcett había instruido tiempo atrás o en los últimos meses. Todo abogado tiene algún cliente bastante loco o sádico para querer vengarse, y por la sala del juez Fawcett habían pasado varios de ellos. Los localizaron, los interrogaron y los descartaron.

En enero de 2011, un mes antes del asesinato de Fawcett, el juez John Roll fue abatido cerca de Tucson, en el mismo tiroteo del que salió herida la congresista Gabrielle Giffords. El juez Roll, que no era el objetivo, tuvo la mala suerte de estar donde no debía, así que su muerte no sirvió de nada al FBI en Roanoke.

Cada día se enfriaba más el rastro. Sin testigos, ni pruebas dignas de ese nombre ni errores por parte del asesino, solo con algún inútil chivatazo y unos pocos sospechosos de la lista de autos del juez, la investigación topaba cada dos por tres con un camino sin salida.

De poco sirvió el anuncio a bombo y platillo de una recompensa de cien mil dólares para insuflar vida en las líneas telefónicas del FBI.

4

Al ser Frostburg un centro de baja seguridad, tenemos más contacto con el exterior que la mayoría de los internos. Siempre existe la posibilidad de que nos abran y lean las cartas, pero no es lo habitual. Tenemos acceso limitado al correo electrónico, aunque no a internet. Teléfonos los hay a decenas. Aunque su funcionamiento esté sujeto a muchas reglas, podemos hacer todas las llamadas que queramos a cobro revertido. Los móviles están rigurosamente prohibidos. Nos dejan suscribirnos a decenas de revistas de una lista autorizada, y cada mañana llegan puntualmente varios periódicos, disponibles a cualquier hora en un rincón del comedor al que llamamos «la cafetería».

Allí es donde una mañana, a primera hora, leo el titular de *The Washington Post*: «Asesinado un juez federal cerca de Roanoke».

Se me escapa una sonrisa. Es el momento.

Hace tres años que estoy obsesionado con el juez Raymond Fawcett. No le conozco personalmente, no he entrado nunca en su despacho, ni he presentado ninguna demanda en su terreno, el distrito Sur de Virginia. He ejercido casi siempre en juzgados del estado. Mis incursiones en el coso federal han sido pocas, y siempre en el otro distrito de Virginia, el

Norte, desde Richmond hacia arriba. El distrito Sur se extiende por Roanoke, Lynchburg y la gran franja urbana del área metropolitana de Virginia Beach-Norfolk. Antes de la defunción de Fawcett trabajaban en el distrito Sur doce jueces, y trece en el Norte.

Aquí en Frostburg he conocido a varios presos condenados por Fawcett. A través de ellos, disimulando mi curiosidad, me he ido informando sobre el juez. Usaba la excusa de que nos conocíamos y habíamos coincidido en varios juicios. Todos le odiaban, sin ninguna excepción. No había ni uno que no considerase excesiva su condena. Parece que como más disfrutaba el juez era echando sermones al dictar sentencia por algún delito económico. Es un tipo de vista que acostumbra a atraer a mucha prensa, y Fawcett tenía un ego como una catedral.

Empezó los estudios universitarios en Duke, cursó Derecho en la Universidad de Columbia y trabajó unos cuantos años en un bufete de Wall Street. Su adinerada mujer era de Roanoke, donde se instalaron cuando Fawcett apenas sobrepasaba los treinta años. Tras ingresar en el mayor bufete de la ciudad, tardó poco tiempo en escalar hasta la cima. Su suegro siempre había dado dinero a los demócratas. En 1993 el presidente Clinton nombró a Fawcett para un cargo vitalicio en el tribunal del distrito Sur de Virginia.

En el mundo de la judicatura estadounidense, un nombramiento de ese tipo da un prestigio enorme, pero no mucho dinero. Por aquel entonces el nuevo sueldo de Fawcett era de ciento veinticinco mil dólares anuales, aproximadamente trescientos mil menos que lo que ganaba como socio muy activo de un próspero bufete. A sus cuarenta y ocho años pasó a ser uno de los jueces federales más jóvenes del país, y con sus cinco hijos, uno de los más apurados económicamente. Pronto su suegro empezó a complementar sus ingresos, y alivió esa presión.

Los primeros años de Fawcett en el cargo fueron descritos por el propio juez en una larga entrevista para una de esas publicaciones jurídicas que gozan de tan pocos lectores. Me la encontré por casualidad en la biblioteca de la cárcel, dentro de un fajo de revistas destinadas a la basura. Pocos libros y revistas pasan por alto a mi mirada curiosa. Muchos días leo durante cinco o seis horas. Aquí los ordenadores son de sobremesa, un poco viejos, y hay tanta demanda que acaban hechos polvo, pero al ser el bibliotecario, y controlar toda la parte informática, puedo acceder a ellos sin problemas. Estamos suscritos a dos webs de investigación jurídica digital por las que he navegado para leer todas las opiniones publicadas por el honorable Raymond Fawcett, que en paz descanse.

En el año 2000, con el cambio de siglo, al juez le pasó algo. Durante sus primeros siete años como magistrado había manifestado tendencias progresistas: protector de los derechos individuales, compasivo con los pobres y los afligidos, no le dolían prendas en regañar a las fuerzas del orden, ni en mostrarse escéptico con las grandes empresas, a la vez que manifestaba un gran deseo de censurar a los demandantes veleidosos mediante una pluma afiladísima. En el transcurso de un año, sin embargo, algo empezó a cambiar: sus opiniones se volvieron más breves, menos argumentadas, y a veces hasta desagradables. Fue un claro viraje a la derecha.

Ese mismo año el presidente Clinton le nombró para cubrir una vacante en el tribunal federal de apelaciones de la Región Cuarta, con sede en Richmond. Es un ascenso lógico para un juez de distrito con talento, o con las amistades necesarias. En Richmond habría sido uno de los quince jueces que se ocupaban exclusivamente de las apelaciones. Por encima de eso, en el escalafón no queda más que el Tribunal Supremo, y no se puede afirmar que Fawcett tuviera tantas ambiciones (aunque en un momento u otro la mayoría de los jueces federales las albergan). El caso, sin embargo, es que Clinton estaba a punto de dejar la presidencia, y no de forma muy brillante, así que el Senado frenó sus nombramientos y, tras la victoria de George W. Bush, el futuro de Fawcett se quedó en Roanoke.

Tenía cincuenta y cinco años. Sus hijos ya eran mayores de edad, y algunos de ellos se estaban marchando de casa. Es posible que sufriera una especie de crisis de los cincuenta, o que su matrimonio estuviera zozobrando. Para entonces su suegro ya había muerto, sin incluirle en su testamento. Mientras Fawcett, figurativamente hablando, pasaba penurias con un sueldo de empleado, sus antiguos colegas se hacían ricos. En fin, que por algún motivo el juez se convirtió en otra persona al subir al estrado. En las causas penales sus sentencias se volvieron más erráticas, y mucho menos compasivas. En las civiles mostraba muchas menos simpatías por los débiles, y tomó partido repetidas veces por los intereses de los poderosos. Los jueces suelen cambiar con la edad, pero no es habitual un viraje tan brusco como el de Raymond Fawcett.

El mayor juicio de toda su carrera fue una guerra en torno a la extracción de uranio que empezó en 2003. Yo entonces aún trabajaba, y a grandes rasgos conocía el proceso. No se podía obviar. La prensa le dedicaba prácticamente un artículo diario.

Por el centro y el sur de Virginia pasa una rica veta de uranio. La extracción de este mineral es una pesadilla para el medio ambiente. Por eso el estado aprobó una ley que la prohibía. Como es lógico, los propietarios de tierras, los arrendatarios y las compañías mineras que controlan los yacimientos deseaban desde hacía mucho tiempo poner en marcha las excavaciones, y se gastaron millones de dólares en tratar de influir en los legisladores para que levantasen la prohibición, pero la Asamblea General de Virginia no daba su brazo a torcer. En 2003 una compañía canadiense, Armanna Mines, presentó una demanda en el distrito Sur de Virginia por supuesta inconstitucionalidad de la prohibición. Era un ataque frontal, sin cortapisas, con mucho dinero a sus espaldas, y encabezado por algunos de los mejores talentos jurídicos que pudieran comprar con dinero.

Armanna Mines, como pronto salió a relucir, era un consorcio de empresas mineras no solo canadienses, sino de Estados Unidos, Australia y Rusia. El valor potencial de los yacimientos de Virginia se calculaba entre los quince y los veinte mil millones de dólares.

Siguiendo el procedimiento aleatorio de selección vigente en esa época, el caso fue asignado a un juez de Lynchburg, un tal McKay, de ochenta y cuatro años, que sufría demencia senil y alegó motivos de salud para inhibirse. El siguiente fue Raymond Fawcett, que carecía de razones válidas para abstenerse. La parte demandada era la mancomunidad de Virginia. Pronto se unieron a ella muchas ciudades, pueblos y condados situados sobre los yacimientos, así como algunos propietarios que no querían ser cómplices de la destrucción, y la demanda se convirtió en un macrolitigio que daba trabajo a más de cien jueces. Fawcett rechazó las peticiones iniciales de sobreseimiento y encargó una instrucción a fondo. Poco después ya dedicaba el 90 por ciento de su tiempo a la demanda.

En 2004 entró en mi vida el FBI y perdí interés por la causa minera. De repente había temas más urgentes que me reclamaban. Mi juicio empezó en octubre de 2005, en Washington. Para entonces ya hacía un mes que estaba dirimiéndose el de Armanna Mines, en una sala abarrotada de Roanoke. A mí, tal como estaban las cosas, lo que menos me preocupaba era el uranio.

Después de tres semanas de juicio me declararon culpable y me condenaron a diez años. Tras un juicio de diez semanas, el juez Fawcett dictaminó a favor de Armanna Mines. No podía haber ninguna relación entre ambos casos. Al menos era lo que pensaba al entrar en la cárcel.

Pero poco después me relacionaría con el hombre que acabó matando al juez Fawcett. Conozco la identidad del asesino, y su móvil.

El móvil: ardua cuestión para el FBI. Durante unas semanas el operativo especial se centra en el litigio de Armanna Mines y se habla con decenas de personas relacionadas con el juicio. En su momento aparecieron un par de grupos ecologistas radicales que se movían por los márgenes del pleito, y que fueron vigilados de cerca por el FBI. Fawcett recibió amenazas de muerte, y a lo largo del juicio tuvo escolta. Tras investigar a fondo las amenazas se vio que no eran creíbles. Aun así, los guardaespaldas siguieron con el juez.

La intimidación es poco plausible como móvil. Fawcett ya había tomado su decisión, y aunque los ecologistas no pudieran verle ni en pintura, el daño ya no tenía vuelta atrás. En 2009 la Región Cuarta confirmó la sentencia de Fawcett. Ahora el pleito ha sido remitido al Tribunal Supremo. El uranio, de momento, mientras se resuelven los recursos, no lo ha tocado nadie.

Lo que sí es un móvil es la venganza, a pesar de que el FBI no la mencione. Algunos periodistas han empezado a usar las palabras «asesino a sueldo», aunque no parece que se basen en nada más que en la profesionalidad de los asesinatos.

Teniendo en cuenta el lugar del crimen, y que una caja fuerte tan bien escondida apareciese vacía, la causa más probable parece el robo.

Yo tengo un plan, que hace años que tramo. Es mi única manera de salir de aquí.

5

Todo recluso federal en condiciones físicas de trabajar está obligado a hacerlo, ajustándose a una escala salarial controlada por la Dirección de Prisiones. Hace dos años que soy bibliotecario, y recibo treinta centavos por hora a cambio de mis desvelos. Más o menos la mitad de este dinero, y de los cheques de mi padre, está sujeto al Programa de Responsabilidad Financiera de los Reclusos. La Dirección de Prisiones se lo queda y lo deduce de las evaluaciones, multas e indemnizaciones. Aparte de condenarme a diez años de cárcel me ordenaron pagar unos ciento veinte mil dólares, repartidos entre varias multas. A treinta centavos por hora tardaré el resto del siglo, y algo más, en saldar la deuda.

Otros trabajos que tenemos aquí son los de cocinero, lavaplatos, recogemesas, friegasuelos, fontanero, electricista, carpintero, administrativo, camillero, lavandero, pintor, jardinero y profesor. Yo me considero afortunado. Mi trabajo, que es uno de los mejores, no me rebaja a limpiar lo que ensucian los demás. De vez en cuando doy clases de historia a los presos que aspiran a obtener el equivalente al título de secundaria. Las clases se pagan a treinta y cinco centavos por hora, pero no me tienta el aumento salarial. Lo encuentro bastante deprimente, por los bajos niveles de instrucción de los reclusos, tanto da si son negros, blancos o latinos. Hay tal cantidad de cuasi analfabetos que algo, piensas, está fallando en el sistema educativo.

Pero yo no estoy aquí para arreglar el sistema educativo, ni el jurídico, ni el judicial, ni el penitenciario. Estoy aquí para sobrevivir un día tras otro, a la vez que mantengo en todo lo posible mi autoestima y dignidad. Somos purrela, ceros a la izquierda, delincuentes comunes apartados de la sociedad, y cualquier ocasión es buena para recordárnoslo. A los celadores hay que llamarles «agentes correctivos», o simplemente AC. Que a nadie se le ocurra referirse a ellos como vigilantes. Ni hablar. Ser AC es algo muy superior, con más caché. La mayoría de los AC son policías o militares que han pasado a trabajar en cárceles porque no se les daba muy bien su trabajo anterior. Alguno competente hay, pero la mayoría son unos fracasados, demasiado tontos para darse cuenta de ello. ¿Y quiénes somos nosotros para decírselo? Por muy tontos que sean, están muy, pero que muy por encima de nosotros, y les encanta recordárnoslo.

Hay una rotación de AC para evitar que se hagan demasiado amigos de algún preso. Algún caso habrá, supongo, aunque una de las reglas cardinales de supervivencia del recluso es evitar lo más posible a su AC. Trátale con respeto, sigue al pie de la letra sus indicaciones y no le des problemas, pero sobre todo evítale.

Ahora mismo mi AC no es de los mejores. Se llama Darrel Marvin y es un blanco corpulento y barrigudo que no pasa de los treinta años al que sus andares chulescos se ven frustrados por la pesadez de sus caderas. Es un ignorante y un racista, a quien le caigo mal por ser negro y tener dos licenciaturas (dos más que él). Cada vez que tengo que hacerle la pelota a este matón se me despierta un conflicto interior espantoso, pero no hay alternativa. De momento le necesito.

—Buenos días, agente Marvin —le digo con una sonrisa hipócrita a la salida del comedor.

—¿Qué pasa, Bannister? —gruñe él.

Le entrego una hoja de papel, un formulario oficial que Marvin coge y simula leer. Tengo la tentación de ayudarle con las palabras más largas, pero me muerdo la lengua.

—Debería hablar con el director —digo educadamente.

—¿Y para qué quieres ver tú al director? —pregunta, mientras aún se esfuerza por leer el formulario, que muy complicado no es que sea...

En realidad no es cosa suya ni de nadie lo que pueda querer del director, pero recordárselo solo daría problemas.

—Es que mi abuela está a punto de morirse, y me gustaría ir a su entierro. Solo son cien kilómetros.

—¿Cuándo calculas que se morirá? —pregunta el muy listillo.

—Pronto. Por favor, agente Marvin, que no la he visto en años.

—Al director no le gustan estas chorradas, Bannister. Con el tiempo que llevas aquí deberías saberlo.

—Ya, pero es que me debe un favor. Hace unos meses le di unos consejos legales. Hágaselo llegar, por favor.

Dobla el papel y se lo mete en un bolsillo.

—Bueno, vale, pero es perder el tiempo.

—Gracias.

Mis dos abuelas murieron hace años.

En la cárcel nada está pensado para la comodidad de los presos. Lo normal sería que solo se tardasen unas horas en conceder o denegar una sencilla petición, pero sería demasiado fácil. Pasan cuatro días hasta que Darrel me informa de que tengo que presentarme mañana, 28 de febrero, a las diez de la mañana en el despacho del director. Otra sonrisa hipócrita.

—Gracias —le digo.

El director es el rey de este pequeño imperio, y tiene el ego previsible en quien gobierna por edictos o cree que debería hacerlo. Es gente que va y viene. El porqué de tantos traslados es algo incomprensible, pero ya he dicho que no seré yo quien reforme nuestro sistema carcelario, así que lo que ocurra en el pabellón administrativo no me quita el sueño.

El actual director se llama Robert Earl Wade, y es un veterano que no acepta tonterías. Acaba de divorciarse por segunda vez. Es verdad que le expliqué algunos aspectos básicos de la legislación sobre pensiones en Maryland. Entro en su despacho. Él no se levanta, ni me da la mano, ni tiene conmigo ninguna atención que pueda interpretarse como una señal de respeto.

—Hola, Bannister —dice señalando una silla vacía.

—Buenos días, señor Wade. ¿Cómo estamos?

Me acomodo.

—Soy libre, Bannister. La número dos es historia. No volveré a casarme nunca más.

—Me alegro de saberlo y de haberle ayudado.

Una vez cumplidos los preámbulos con tal celeridad, me acerca una libreta.

—Mira, Bannister, no os puedo dejar volver a casa para cada entierro. Lo tienes que entender.

—No es por ningún entierro —aclaro—. No tengo abuela.

—Pero ¿qué coño dices?

—¿Sigue usted lo del asesinato del juez Fawcett, que están investigando en Roanoke?

Frunce el ceño y echa la cabeza para atrás como si le hubieran insultado. He venido con un falso pretexto. Seguro que en lo más recóndito de alguno de los miles de manuales federales figura como una infracción. Intenta reaccionar mientras sacude la cabeza.

—Pero ¿qué coño dices? —repite.

—El asesinato del juez federal. Ha salido en toda la prensa.

Parece mentira que no esté al corriente del homicidio, aunque imposible no es. Que yo lea varios periódicos no significa que lo haga todo el mundo.

—¿El juez federal? —pregunta.

—Sí, ese. Le encontraron con su novia en una cabaña de un lago del sudoeste de Virginia, muertos a tiros, y...

—Sí, sí, ya conozco la noticia, pero ¿qué tiene que ver eso contigo?

Le molesta que le haya dicho una mentira. Está buscando el castigo adecuado. Un ser supremo, todopoderoso, como es el director no puede dejarse utilizar por ningún preso. Robert Earl mueve mucho los ojos, mientras decide cómo reaccionar a mi artimaña.

Tendré que ponerme lo más dramático que pueda, porque lo más probable es que al oír mi respuesta a su pregunta Wade se ría. Los reclusos tienen demasiado tiempo libre para confeccionar enrevesadas protestas de inocencia, o pergeñar teorías de la conspiración sobre crímenes sin resolver, o acumular secretos que puedan intercambiarse de un día al otro por la libertad condicional. Resumiendo, que los presos siempre están tramando formas de salir, y seguro que Robert Earl ha visto y oído de todo.

—Sé quién mató al juez —afirmo con toda la seriedad que puedo.

Me alivia enormemente no ver una sonrisa en sus labios. Se apoya en el respaldo con la mano en la barbilla, y empieza a asentir con la cabeza.

—¿Y de dónde has sacado la información? —pregunta.

—Conozco al asesino.

—¿Dónde le has conocido, aquí dentro o fuera?

—Eso no se lo puedo decir, señor director, pero no le estoy

engañando. Por lo que he ido leyendo en la prensa, el FBI da palos de ciego y los va a seguir dando.

No hay ni una sola mancha en mi expediente disciplinario. Nunca he tenido una mala palabra para ningún funcionario de prisiones. Tampoco me he quejado nunca. Dentro de mi celda no existe el contrabando. Ni siquiera hay un triste paquete de azúcar del comedor. Tampoco juego, ni pido dinero prestado. He ayudado a resolver problemas legales a decenas de presos, y a unos cuantos civiles, entre ellos el propio director. Mantengo un orden meticuloso en mi biblioteca. El punto es que para ser un preso tengo credibilidad.

El director se apoya en los codos y muestra sus dientes amarillos. Tiene ojeras y la mirada húmeda: ojos de bebedor.

—A ver si lo adivino, Bannister: te gustaría dar la información al FBI, pactar con ellos y salir de la cárcel, ¿no?

—En efecto, señor, ese es mi plan.

Ahora sí se ríe, un agudo cacareo de gran potencial humorístico, a su vez.

—¿Cuándo te sueltan? —dice apenas se le acaba el aliento.

—Dentro de cinco años.

—Ah, pues no es mal trato, ¿verdad?. ¿Les dices un nombre y a salir de aquí tan pancho, cinco años antes de lo programado?

—Nada es tan fácil.

—¿Y qué quieres que haga, Bannister? —ruge, sin rastro ya de risas—. ¿Llamar al FBI y decirles que aquí hay un tío que conoce al asesino y está dispuesto a pactar? Lo más seguro es que reciban cien llamadas al día, casi todas de pirados que andan buscando el dinero de la recompensa. ¿Por qué arriesgaría mi credibilidad en ese juego?

—Porque sé la verdad, y porque usted tiene claro que no soy un pirado ni un cuentista.

—Y entonces ¿por qué no les escribes una carta, sin implicarme a mí?

—Si quiere lo haré, pero en algún momento tendrá que implicarse, porque le juro que convenceré al FBI. Pactaremos, me despediré y usted se encargará de la logística.

Se desploma en la silla como si le abrumase la presión del cargo, y se hurga en la nariz con el pulgar.

—Mira, Bannister, ahora mismo tengo seiscientos dos hombres en Frostburg, y eres el último de quien me habría esperado que entrase en mi despacho con engaños para contarme una idea tan descabellada. El último de todos.

—Gracias.

—No hay de qué.

Me inclino y le miro a los ojos.

—Señor director, no hablo por hablar. Ya sé que los presos no son de fiar, pero solo le pido que me escuche. Poseo información sumamente valiosa, y el FBI se morirá de ganas de conocerla. Llámeles, por favor.

—No sé qué decirte, Bannister. Quedaremos como un par de tontos.

—Por favor.

—Lo pensaré. Ahora lárgate y dile al agente Marvin que he rechazado tu petición de ir al entierro.

—Sí, señor. Gracias.

Tengo la corazonada de que el director no podrá resistirse a un poco de emoción. Es aburrido dirigir un centro penitenciario de baja seguridad poblado por reclusos que se portan bien. ¿Por qué no implicarse en la investigación del asesinato más famoso en todo el país?

Salgo del pabellón administrativo y cruzo el patio, la parte central de las instalaciones. En el lado oeste hay dos dormitorios, cada uno para ciento cincuenta hombres. Estos recintos son idénticos a los dos edificios de enfrente; campus este y oeste, como quien se pasea por una pequeña y pulcra universidad.

Los AC tienen una sala de descanso cerca del comedor. Es donde encuentro al agente Marvin. Lo más probable es que si meto el pie en la sala me peguen un tiro o me ahorquen, pero la puerta metálica está abierta y se ve el interior. Marvin está repantingado en una silla plegable, con una taza de café en una mano y una pasta grande en la otra. Se está riendo con otros dos AC. Colgados todos del cuello, y pesados en una balanza de carnicero, sumarían casi quinientos kilos.

—¿Qué quieres, Bannister? —gruñe al verme.

—Solo darle las gracias, agente; el director me ha dicho que no, pero se lo agradezco de todos modos.

—Vale, Bannister. Me sabe mal lo de tu abuela.

Después de estas palabras uno de los celadores cierra la puerta con el pie y casi me la estampa en las narices. El ruido del metal y la vibración me llegan a la médula. Es un sonido que conozco.

Mi arresto. El Club Cívico del Centro celebraba cada miércoles una comida en el histórico hotel George Washington, a cinco minutos caminando desde mi despacho. Éramos unos setenta y cinco miembros, todos blancos menos tres. Dio la casualidad de que aquel día yo era el único negro que asistió. No lo digo porque tenga especial importancia. Sentado en una mesa larga, comía a dos carrillos lo de siempre, pollo gomoso y guisantes fríos, mientras charlaba con el alcalde y un agente de seguros. Ya habíamos hablado de lo de costumbre (tiempo y deporte), y habíamos comentado algún tema político, aunque muy por encima, con las precauciones habituales. De momento era la típica reunión del club: media hora para comer y otra media a cargo de un orador que no solía ser nada del otro mundo. Aquel día memorable, sin embargo, no tuve la oportunidad de escuchar el discurso.

De repente se armó un gran revuelo en la puerta. Después, la sala de banquetes sufrió la invasión de una escuadra de agentes federales tan armados que parecía que fueran a matarnos a todos. Era una brigada de operaciones especiales con su ropa de ninja al completo: uniforme negro, gruesos chalecos, armas pesadas y esos cascos de combate alemanes cuya fama se debe a las tropas de Hitler.

—¡Malcolm Bannister! —berreó uno.

Me puse de pie sin pensar.

—¿Qué coño pasa? —murmuré.

Me apuntaron enseguida al menos cinco rifles automáticos.

—Manos arriba —bramó el intrépido jefe.

Las levanté. En cuestión de segundos me las pusieron en la espalda y por primera vez en mi vida sentí en mis muñecas el pellizco inconfundible de unas esposas grandes. Es una sensación horrible, que nunca se te olvida. Me empujaron por el estrecho pasadizo que dejaban las mesas entre sí y me sacaron de la sala. Lo último que oí fue el grito del alcalde:

—¡Esto es un escándalo!

No hace falta que diga que aquella irrupción tan teatral fue como un jarro de agua fría para el resto de la reunión.

Crucé el vestíbulo entre un enjambre de pasma paramilitar que me sacó a la calle. Alguien había tenido el simpático detalle de avisar a la televisión local, así que unos cámaras grabaron el momento en el que me metían en la parte trasera de un Chevrolet Tahoe negro, con un gorila a cada lado.

—¿No se podía hacer de otra manera? —pregunté mientras íbamos hacia la cárcel.

—Tú cállate —dijo el jefe sin volverse, sentado en el sitio del copiloto.

—Bueno, callarme la verdad es que no tengo que hacerlo —respondí—. Pueden arrestarme, pero no hacerme callar. ¿Se da cuenta?

—Que te calles.

El gorila de mi derecha me puso el cañón de su rifle en la rodilla.

—¿Me haría usted el favor de retirar el arma? —le dije, sin que él la cambiara de sitio.

Seguimos.

—A ustedes todo esto les pone mucho, ¿no? —dije—. Debe de ser emocionante pasearse como unos tíos duros, maltratando a personas inocentes en plan Gestapo.

—Te he dicho que te calles.

—Y yo he dicho que no me callaré. ¿Lleva la orden de arresto?

—Sí.

—Déjemela ver.

—Ya te la enseñaré en la cárcel. Ahora cállate.

—¿Y qué tal si es usted el que se calla?

Se le veía una parte del cuello justo debajo del casco de combate alemán. Al verla enrojecer de rabia, respiré hondo y me dije que no había que perder la calma.

El casco. Yo había llevado el mismo modelo durante mis cuatro años en la Marina, cuatro años de servicio activo, con combates incluidos en la primera guerra del Golfo. Segundo Regimiento, Octavo Batallón, Segunda División del Cuerpo de Marines de Estados Unidos. Fuimos los primeros soldados estadounidenses que se enfrentaron con los iraquíes en Kuwait. No se puede decir que fuera un gran combate, pero me harté de ver muertos y heridos en uno y otro bando.

Ahora estaba rodeado por soldados de juguete que nunca oirían un disparo hecho con rabia, ni eran capaces de correr dos kilómetros sin flaquear. Y resulta que eran los buenos.

Cuando llegamos a la cárcel había un fotógrafo del periódico local. Mis gorilas me hicieron entrar lentamente, para asegurarse las fotos. Era su versión del paseíllo.

No tardé en enterarme de que otra brigada de matones del gobierno había asaltado las oficinas de Copeland, Reed & Bannister aproximadamente a la misma hora en la que yo comía con mis compañeros del Club Cívico. Dando muestras de su gran previsión, y de una planificación meticulosa, el operativo de combate esperó hasta mediodía, hora en que solo quedaba en el bufete la pobre señora Henderson, que explicó que irrumpieron en el despacho con las armas a punto, entre gritos, palabrotas y amenazas. Le lanzaron sobre la mesa una orden de arresto, la hicieron sentarse junto a la ventana y, tras jurar que la detendrían si hacía algo más que respirar, se dedicaron a saquear nuestra modesta sede. Se llevaron los ordenadores, las impresoras y varias decenas de archivadores. En un momento dado el señor Copeland volvió de comer y cuando protestó le apuntaron con un arma. Se sentó al lado de la señora Henderson, que estaba llorando.

Mi arresto fue una gran sorpresa. Después estuve más de un año en tratos con el FBI. Me había buscado un abogado y juntos hicimos todo lo posible por colaborar. Me había sometido a dos exámenes con el polígrafo, a cargo de expertos del propio FBI, y habíamos entregado todo el papeleo que yo, como abogado, podía enseñar sin contravenir la ética. Gran parte del asunto se lo oculté a Dionne, pero ella se dio cuenta de que estaba profundamente angustiado. Luchaba contra el insomnio y me esforzaba por comer sin apetito. Finalmente, después de doce meses de vivir con miedo y pavor a los golpes en la puerta, el FBI informó a mi abogado de que el gobierno ya no estaba interesado en mí.

Era mentira, y no sería la última que dijera el gobierno.

Dentro de la cárcel —lugar que yo visitaba al menos dos

veces por semana— había otro escuadrón de agentes, estos con parkas azul marino en cuya espalda brillaban las siglas amarillas del FBI. Iban y venían con paso decidido, sin que pudiera ver exactamente a qué se dedicaban. La policía local, a muchos de cuyos miembros conocía muy bien, se apartó y me miró con perplejidad y conmiseración.

¿Tan necesario era mandar a dos docenas de agentes federales para mi detención y la confiscación de mis archivos? Acababa de ir a pie desde mi despacho hasta el hotel George Washington. Cualquier poli incompetente podría haberme parado por la calle y haberme detenido durante su pausa del almuerzo; claro que entonces habría perdido gracia la manera de ganarse la vida que tenían esos grandes gerifaltes.

Me llevaron a una sala pequeña, me sentaron a una mesa, me quitaron las esposas y me dijeron que esperase. Pocos minutos después entró un hombre con un traje oscuro.

—Soy el agente especial Don Connor, del FBI —dijo.

—Encantado —contesté.

Me puso delante unos papeles.

—Aquí tiene la orden de arresto —dijo. Después dejó caer un grueso fajo de papeles grapados—. Esta es el acta de acusación. Le dejo unos minutos para que se la lea.

Dio media vuelta sin decir nada más y salió, dando un portazo con todas sus fuerzas. Era una puerta gruesa de metal, cuyo impacto y vibración reverberaron durante unos segundos en la sala.

Jamás olvidaré aquel ruido.

6

A los tres días de mi primera entrevista con Wade, el director, me convocan de nuevo a su despacho. Entro y me lo encuentro solo, hablando por teléfono de algo importante. Espero en la puerta, incómodo. Tras zanjar la conversación con un «no hay más que hablar» muy descortés, él se levanta.

—Ven conmigo —dice.

Entramos por una puerta lateral en una sala de reuniones pintada con el típico verde claro de los edificios gubernamentales, y amueblada con tantas sillas de metal que nunca podrán usarse todas.

El año pasado se supo por una auditoría que la Dirección de Prisiones había comprado «para usos administrativos» cuatro mil sillas a ochocientos dólares cada una. El mismo modelo lo vendía el fabricante al por mayor por 79,1 dólares. A mí ya no debería importarme, pero trabajar por treinta centavos la hora da otra perspectiva sobre cómo gestionar el dinero.

—Siéntate —ordena Wade.

Me instalo en una de las sillas, que encima de caras son feas. Él elige una al otro lado de la mesa, porque entre nosotros dos siempre tiene que haber una barrera. Miro a mi alrededor y cuento veintidós sillas. Bueno, dejemos el tema.

—El otro día, después de que te fueras, llamé a Washington —informa con solemnidad, como si se comunicase cada cierto tiempo con la Casa Blanca—. Los del FBI me aconsejaron seguir mi propio criterio. Después de darle vueltas durante unas horas, me puse en contacto con los de Roanoke. Han enviado a dos agentes. Están abajo, en el vestíbulo.

A pesar de mi entusiasmo, sigo con cara de póquer.

Wade me señala con un dedo.

—Te lo advierto, Bannister —dice con mirada amenazante—. Como resulte una engañifa, y quede en mal lugar, me esforzaré por amargarte la vida.

—No es ningún engaño, señor director, se lo juro.

—No sé por qué te creo.

—No se arrepentirá.

Se saca del bolsillo sus gafas de lectura, las apoya en la parte central de su nariz y mira un papelito.

—He hablado con el subdirector, Victor Westlake, que es quien lleva la investigación, y ha enviado a dos de sus hombres para hablar contigo: los agentes Hanski y Erardi. No les he dicho tu nombre, o sea, que no saben nada.

—Gracias, señor director.

—Espérate aquí.

Da una suave palmada en la mesa, se levanta y sale. Mientras aguardo, atento a si se acercan pasos, siento un fuerte dolor en la barriga. Como no me salga bien, me quedo aquí otros cinco años y todo el tiempo que puedan añadir.

El de más rango es Chris Hanski, un agente especial de mi edad y con el pelo canoso. Alan Erardi, más joven, es su ayudante. En un artículo ponía que en estos momentos investigan lo de Fawcett cuarenta agentes del FBI. Supongo que estos dos estarán en la parte baja del escalafón. La primera entrevista será importante, como todas, pero es obvio que han mandado a dos soldados rasos para echarme un vistazo.

El director no está en la sala. Me imagino que habrá vuelto a su despacho, y que tendrá el oído pegado a la puerta.

Al principio no usan ni bolígrafos ni libretas, clara señal de que han venido a divertirse un poco. Nada serio. Supongo que no son bastante listos para darse cuenta de que me he pasado muchas horas sentado con agentes del FBI.

—Así que quieres pactar —suelta Hanski.

—Sé quién ha matado al juez Fawcett, y por qué. Si el FBI da algún valor al dato... pues supongo que sí, que podríamos pactar.

—Das por sentado que aún no lo sabemos —dice Hanski.

—Estoy seguro. Si no, ¿por qué están aquí?

—Nos han pedido que viniéramos porque estamos siguiendo cualquier pista, pero dudamos mucho de que esto lleve a alguna parte.

—Prueben.

Se miran con chulería. A pasar un buen rato.

—O sea, que tú nos das un nombre. ¿Y a cambio qué recibes?

—Salir de la cárcel, con protección.

—¿Así de fácil?

—No, qué va, es muy complicado. La persona en cuestión es un mal bicho, con amigos aún más malos. Además, no estoy dispuesto a esperar dos años más hasta que le condenen. Si les digo el nombre salgo inmediatamente.

—¿Y si no le condenan?

—Eso es problema de ustedes. Si la cagan en el juicio no podrán echarme a mí la culpa.

Es el momento en el que Erardi saca su libreta, destapa un boli barato y apunta algo. Ya están atentos. Aún se esfuerzan demasiado en aparentar desinterés, pero están expuestos a una gran presión. A falta de pistas creíbles, su pequeño comando marea la perdiz, o al menos eso dice la prensa. Hanski sigue hablando.

—¿Y si nos das un nombre equivocado? Supón que no acertamos con el sospechoso y que tú, mientras tanto, ya estás en libertad.

—En libertad no estaré nunca.

—Pues fuera de la cárcel.

—Y mirando de reojo el resto de mi vida.

—Nunca hemos perdido a ningún informador en régimen de protección, y son más de ocho mil.

—Bueno, eso solo es propaganda. Francamente, no me importa demasiado su historial ni qué les pueda haber pasado a los demás. Lo que me preocupa es mi propio pellejo.

Durante una pausa, Erardi deja de escribir y se decide a hablar.

—Suena a algún tipo de mafioso, un traficante de drogas, por ejemplo. ¿Qué más puedes decirnos?

—Nada. En realidad no les he dicho nada. Ustedes hagan todas las conjeturas que quieran.

Hanski sonríe. A saber dónde estará la gracia.

—Dudo que a nuestro jefe le impresione mucho tu plan para salir de la cárcel. Hoy ya se han puesto en contacto con nosotros al menos dos reclusos que aseguran tener información valiosa. También quieren salir de la cárcel, claro. No es nada fuera de lo común.

No puedo saber si me engaña, pero parece creíble. Ya se me ha disuelto el nudo en el estómago. Me encojo de hombros y les obsequio con una sonrisa, instándome a no perder la calma.

—Enfóquenlo como prefieran. Aquí mandan ustedes, obviamente. Si quieren seguir dándose de cabezazos contra la pared, y perdiendo el tiempo con otros presos, adelante. Cuan-

do quieran saber el nombre de la persona que mató al juez Fawcett, recuerden que puedo dárselos.

—¿Le conoces de la cárcel? —pregunta Erardi.

—O de fuera. Solo lo diré cuando hayamos pactado.

Nos observamos durante una larga pausa. Al final Erardi
cierra su libreta y guarda el boli en el bolsillo.

—Vale —concluye Hanski—, pues ya se lo comunicare-
mos a nuestro jefe.

—Ya saben dónde encontrarme.

Varias veces por semana quedo con mis amigos blancos en la
pista de atletismo y damos largas vueltas alrededor de un campo que se usa para los partidos de fútbol. Carl, el optometrista, saldrá dentro de pocos meses. A Kermit, el especulador
inmobiliario, le quedan dos años. Wesley, el senador del estado, debería salir más o menos en las mismas fechas que yo. El
único que aún tiene presentado un recurso es Mark, que lleva
aquí dieciocho meses y dice que su abogado es optimista, aunque no tiene reparos en reconocer que falsificó algunos documentos hipotecarios.

No hablamos demasiado de nuestros delitos. En la cárcel
no es costumbre. No importa quién fueras ni qué hicieras. Además, duele tanto que es mejor no comentar nada.

La mujer de Wesley acaba de pedir el divorcio. Él se lo ha
tomado mal. Al haber pasado por lo mismo, Kermit y yo le damos consejos e intentamos animarle. Me encantaría contarles
la visita del FBI, pero hay que mantenerla en secreto. Si funciona mi plan, un día de estos saldrán a pasear y ya no estaré
con ellos; me habrán trasladado de la noche a la mañana, por
motivos que nunca sabrán.

7

El cuartel general provisional del FBI para el operativo Fawcett era un almacén de un polígono industrial cercano al Aeropuerto Regional de Roanoke. Su último inquilino había sido
una empresa que importaba langostinos de Centroamérica y
los congelaba durante años, así que lo bautizaron casi enseguida como «la Nevera». Ofrecía mucho espacio, aislamiento y
privacidad respecto a la prensa. Los carpinteros se dieron mucha prisa en levantar paredes y dividirlo todo en salas, despachos, pasillos y espacios de reunión. Varios técnicos de Washington trabajaron las veinticuatro horas del día para instalar
lo último en tecnología de comunicación, datos y seguridad.
El ir y venir de camiones llenos de muebles y accesorios de alquiler fue constante hasta que el CM —el centro de mando—
quedó repleto de más sillas y mesas de las que pudieran llegar
a utilizarse. El aparcamiento estaba ocupado por toda una flo-
ta de todoterrenos de alquiler. Se contrató un servicio de cate-
ring para las tres comidas al día del equipo, cuyos integrantes
ascendieron rápidamente hasta casi setenta (unos cuarenta
agentes más el personal de apoyo). No había presupuesto, ni
se reparaba en gastos. A fin de cuentas la víctima era un juez
federal.

Se firmó un arrendamiento por seis meses, pero después

de tres semanas sin haber avanzado casi nada la sensación imperante entre los federales era que podían tardar más. Aparte de una breve lista de sospechosos elegidos al azar, conocidos todos por su propensión a la violencia y por haber comparecido ante Fawcett en los últimos dieciocho años, no había pistas merecedoras de ese nombre. En 2002, un tal Stacks había amenazado al juez en una carta escrita desde la cárcel. Le encontraron trabajando en una tienda de bebidas alcohólicas de Panama City Beach, Florida, y no solo tenía una coartada para el fin de semana del asesinato del juez y la señorita, sino que llevaba al menos cinco años sin pisar Virginia. En 1999, al ser condenado a veinte años de cárcel, un narcotraficante de apellido Ruiz había insultado a Su Señoría en español. Seguía en un centro de reclusos de seguridad media, pero solo después de unos días de hurgar en su pasado el FBI llegó a la conclusión de que todos los miembros de su antigua banda de traficantes de coca estaban muertos o encarcelados.

Uno de los equipos se dedicó a cribar metódicamente todas las causas instruidas por Fawcett durante sus dieciocho años como juez; un hombre, por otra parte, de lo más hacendoso, con trescientos litigios anuales, entre civiles y penales, cuando la media de los jueces federales es de doscientos veinticinco. Fawcett había condenado a prisión a más de tres mil hombres y mujeres. Partiendo de la premisa (dudosa, según reconocían ellos mismos) de que entre esas personas se hallaba el asesino, un equipo dedicó cientos de horas a añadir, y sucesivamente descartar, nuevos nombres a la lista de sospechosos. Otro grupo estudió los casos que seguían pendientes de dictamen al ser asesinado el juez. Otros agentes, en fin, consagraron todo su tiempo al litigio de Armanna Mines, prestando especial atención a un par de ecologistas radicales un poco zumbados y con poca simpatía por Fawcett.

La Nevera fue un hormiguero de tensiones desde el momento de su creación. Todo eran reuniones urgentes, nervios de punta, una sucesión de pistas falsas, profesionales que pendían de un hilo y órdenes que venían de Washington. La prensa llamaba a todas horas. Los blogueros alimentaban el frenesí a base de rumores creativos y abiertamente falsos.

Todo ello hasta la aparición de un preso, Malcolm Bannister.

El director del operativo era Victor Westlake, un agente con una carrera de treinta y un años que gozaba de un despacho precioso y con muy buenas vistas en el edificio Hoover de Pennsylvania Avenue, en Washington, pero que ahora llevaba casi tres semanas en un cubil de la parte central del CM, recién pintado pero sin ventanas. No era su primer trabajo de campo, en absoluto; tenía a sus espaldas años de prestigio como organizador de primera, experto en acudir al lugar del crimen con gran celeridad, formar a las tropas, dar mil detalles, planear el ataque y resolver el delito. Una vez había estado todo un año en un motel de los alrededores de Buffalo para seguir a un genio que disfrutaba enviando paquetes bomba a los inspectores federales del sector cárnico; y aunque al final resultara ser la persona equivocada, Westlake no cayó en el error de arrestar a su presa. Dos años después sí le echó el guante al de las bombas.

Al entrar en el despacho de Westlake, los agentes Hanski y Erardi le encontraron de pie al otro lado de la mesa, como siempre. En vista de que su jefe no estaba sentado, tampoco ellos tomaron asiento. Según Westlake, permanecer en una silla durante horas era malo e incluso letal para la salud.

—Venga, que os escucho —les espetó, haciendo chasquear los dedos.

—Se llama Malcolm Bannister —contestó Hanski—. Ne-

gro, cuarenta y tres años, diez por infracción de la ley RICO*
en un tribunal federal de Washington, ex abogado en Winchester, Virginia. Dice que nos puede dar el nombre del asesino, y también el móvil, pero, claro, quiere salir de la cárcel.

—Enseguida —añadió Erardi—, pero con protección.

—Qué sorpresa, uno con ganas de que lo dejen en libertad. ¿Es creíble?

Hanski se encogió de hombros.

—Dentro de lo que son los presos, supongo que sí. Según
el director de la cárcel no es de los troleros. Asegura que
tiene un expediente como los chorros del oro, y nos aconseja
escucharle.

—¿A vosotros qué os ha dicho?

—Nada de nada. Es bastante listo. Hasta es posible que
sepa algo, en cuyo caso podría ser su única oportunidad de
salir.

Westlake empezó a pasearse detrás de su escritorio, pisan-
do el suelo de cemento liso hasta llegar a una pared con serrín
en la base. Después volvió a la mesa.

—¿Qué tipo de abogado es? ¿Penal? ¿De narcos?

—Un generalista de pueblo —contestó Hanski—, con un
poco de experiencia en derecho penal, pero no muchos juicios. Ex marine.

A Westlake, que también lo era, le gustó.

—¿Expediente militar?

—Cuatro años, licenciado con honores. Combatió en la primera guerra del Golfo. Su padre estuvo en la Marina y en la
policía estatal de Virginia.

---

* La *Racketeer Influenced and Corrupt Organizations Act* (Ley contra las Organizaciones Corruptas e Influidas por Extorsionistas), más conocida por las siglas RICO, fue aprobada en 1970 para luchar contra las
actividades de tipo mafioso, aunque desde entonces ha recibido una apli-
cación más generalizada. *(N. del T.)*

—¿Por qué está en prisión?

—No se lo va a creer: por Barry el Sobornos.

Westlake frunció el ceño y sonrió a la vez.

—Venga ya.

—En serio. Le llevaba a Barry algunos negocios de terrenos y se vio envuelto en aquel berenjenal. Supongo que se acuerda de que el jurado les condenó por la ley RICO y por conspiración. Creo que juzgaron a ocho al mismo tiempo. Bannister era un boquerón en una red de pesca mayor.

—¿Alguna relación con Fawcett?

—De momento no. Solo hace tres horas que sabemos su nombre.

—¿Y tenéis algún plan?

—Más o menos —dijo Hanski—. Suponiendo que Bannister conozca al asesino, no es muy aventurado pensar que coincidieron en la cárcel. Parece difícil que fuera en las tranquilas calles de Winchester. Es mucho más probable que sus caminos se cruzasen cuando estaban entre rejas. Bannister lleva cinco años, y los primeros veintidós meses los pasó en Louisville, Kentucky, un centro de seguridad media con dos mil reclusos. Desde entonces ha estado en Frostburg, un centro de seiscientos.

—Son muchos, y además van y vienen —señaló Westlake.

—Claro, por eso hay que empezar por lo más lógico. Hay que buscar su expediente de recluso y los nombres de sus compañeros de celda, y puede que de pabellón. Iremos a los dos centros y hablaremos con los directores, los encargados de unidad, los AC y cualquier persona que pueda saber algo de Bannister y sus amigos. Primero buscaremos nombres, y después averiguaremos cuántos se han cruzado con Fawcett.

—Dice que el asesino tiene amigos peligrosos —añadió Erardi—. Por eso quiere protección. A mí me suena a algún tipo de mafia. Cuando empecemos con la lista de nombres nos centraremos en los que tengan conexiones mafiosas.

Una pausa.

—¿Ya está? —preguntó Westlake, no muy convencido.

—De momento no podemos hacer nada mejor.

Hizo chocar los talones, arqueó la espalda, se puso las manos en la nuca y respiró profundamente. Se desperezó, respiró, se estiró de nuevo...

—Vale —dijo—, buscad los expedientes penitenciarios y manos a la obra. ¿A cuánta gente necesitaréis?

—¿Le sobran dos?

—No, pero podéis disponer de ellos. Vamos, en marcha.

Barry el Sobornos. El cliente a quien solo conocí una mañana gris cuando nos llevaron a un juzgado federal y nos leyeron todas las acusaciones en voz alta.

En un bufete de barrio, de los del montón, se aprende lo más básico de muchos trámites jurídicos del día a día, pero es difícil especializarse. Siempre procuré evitar los divorcios y las quiebras. Lo inmobiliario no acababa de gustarme, pero a menudo tenía que aceptar cualquier cosa que entrase por la puerta para sobrevivir. Curiosamente, la causa de mi caída fue de tipo inmobiliario.

El tema me lo remitió un compañero de la facultad de Derecho que trabajaba en Washington, en un bufete no muy grande. Uno de los clientes del despacho quería comprarse una cabaña de caza en el condado de Shenandoah, en las estribaciones de los montes Allegheny, aproximadamente a una hora de Winchester, hacia el sudoeste. Quería la máxima discreción posible y exigía quedar en el anonimato, cosa que de por sí ya debería haberme puesto sobre aviso. El precio de compra eran cuatro millones de dólares. Regateando un poco negocié los honorarios de Copeland, Reed & Bannister en cien mil redondos para toda la tramitación. Era una cifra nunca vista, ni por mí ni por mis socios. Al principio estábamos entusiasmados. Aparqué todos los otros temas para investigar el catastro del condado de Shenandoah.

La cabaña tenía unos veinte años. La habían construido unos médicos aficionados a la caza del urogallo, que acabaron discutiendo, como suele ocurrir: una pelea de las gordas, con abogados y demandas de por medio, y hasta un par de quiebras. Aun así lo tuve resuelto en dos semanas. No tendría problemas en dar luz verde para la escritura a mi cliente, que por cierto seguía en el anonimato. Estipulamos una fecha para la firma y preparé los contratos y las escrituras necesarios. Era mucho papeleo, pero también tenía unos honorarios suculentos.

La firma se retrasó un mes. Siguiendo una práctica común, le pedí a mi compañero de facultad cincuenta mil dólares, la mitad de los emolumentos. A esas alturas llevaba cien horas invertidas en el tema y quería cobrar. Él me llamó para decirme que el cliente no estaba de acuerdo. Bueno, pensé, no pasa nada: lo típico en las escrituras es que solo se pague al abogado al final. Informado de que el cliente, una empresa, había cambiado de nombre, volví a redactar los documentos y esperé. La firma sufrió un nuevo retraso, y los vendedores empezaron a amagar con retractarse.

Durante todo ese tiempo me sonaba de algo el nombre de Barry Rafko, un politicastro de la capital más conocido como Barry el Sobornos. Rafko tenía cincuenta años y llevaba prácticamente toda su vida adulta rondando por Washington en busca de maneras de ganar dinero tumbado a la bartola. Había sido asesor, estratega, analista, recaudador de fondos y portavoz. También había participado a bajo nivel en algunas campañas al Congreso y al Senado, tanto para los demócratas como para los republicanos. Le daba lo mismo. Mientras le pagasen, podía enfocar sus estrategias y análisis en cualquiera de ambos bandos. Su verdadera ascensión empezó el día en que abrió un bar cerca del Capitolio con un socio. Para hacer de camareras contrató a unas cuantas putas jóvenes con minifalda, y el local se convirtió casi de la noche a la mañana en uno de los mercados de carne favoritos de las hordas de burócratas que pululan por la zona. Lo descubrieron congresistas de tres al cuarto y funcionarios de mediana graduación, y a partir de ese momento Barry estuvo en el mapa. Con los bolsillos llenos de dinero, su siguiente negocio fue un asador de gama alta a dos manzanas del bar. Con muy buena carne y muy buenos vinos a precios razonables para un grupo de cabilderos, en poco tiempo Barry consiguió una clientela fija de senadores, que tenían reservadas las mejores mesas. Gran amante del deporte, compraba grandes fajos de entradas (de los Redskins, los Capitals, los Wizards y los Georgetown Hoyas) y se las regalaba a sus amigos. Para entonces ya había fundado su propia empresa de «relaciones con el gobierno», que crecía a pasos agigantados. Después de una pelea con su socio le compró su participación. Solo, rico y con grandes ambiciones, apuntó a lo más alto de su profesión. Sin consideraciones éticas que le frenasen, se convirtió en uno de los mediadores más agresivos de todo Washington. Si un cliente rico quería un nuevo resquicio para no pagar impuestos, Barry contrataba a alguien que lo redactase, lo incorporase al código fiscal, obtuviera el apoyo de sus amistades y lo disimulase con toda la maestría del mundo. Si un cliente rico quería ampliar una fábrica en su lugar de origen, Barry podía concertar un acuerdo según el cual un congresista se ocupaba de la provisión y el envío de fondos y se embolsaba un suculento cheque para su campaña a la reelección. Y todos tan contentos.

Los primeros problemas con la ley los tuvo al ser acusado de sobornar a uno de los principales asesores de cierto senador; y aunque la acusación no llegara a cuajar, sí lo hizo el apodo: Barry el Sobornos.

Al actuar en el lado más ruin de un mundo que de sórdido tenía mucho, Barry era consciente del poder del dinero, y el del sexo. Su yate en el Potomac adquirió triste fama como nido de amor, escenario de fiestas sonadas y salvajes llenas de mujeres jóvenes. Barry se llevaba a miembros del Congreso a un campo de golf de su propiedad en Carolina del Sur, donde pasaban largos fines de semana, casi siempre en ausencia de sus cónyuges.

Pero cuanto más poder acumulaba Barry, más riesgos estaba dispuesto a correr. Sus viejas amistades se apartaron de él por miedo a unos problemas que parecían inevitables. Su nombre apareció en una investigación sobre ética de la Cámara de Representantes. *The Washington Post* siguió la pista, y Barry Rafko empezó a recibir a manos llenas la atención que siempre había anhelado.

Yo no sabía —ni tenía manera de saberlo, la verdad sea dicha— que la cabaña de caza figurase entre sus proyectos.

Hubo otro cambio de nombre de la empresa, y un nuevo trámite con la documentación. También la firma se volvió a retrasar, hasta que llegó una nueva propuesta: mi cliente quería alquilar la cabaña por un año al precio mensual de doscientos mil dólares, con opción a compra. Tras una semana de intenso toma y daca, alcanzamos un acuerdo. Yo volví a redactar los contratos e insistí en que mi bufete percibiese la mitad de nuestros honorarios. Así se hizo, no sin alivio por parte de los señores Copeland y Reed.

Cuando al fin se firmaron los contratos, mi cliente era una empresa con sede en un paraíso fiscal, la pequeña isla de Saint Kitts, y yo seguía sin tener idea de quién se encontraba detrás de ella. Los acuerdos los firmó en el Caribe un representante de la empresa a quien no llegamos a ver, y en menos de un día los tuve en mi despacho. Según lo pactado, mi cliente depositaría en la cuenta bancaria del bufete una cantidad algo superior a cuatrocientos cincuenta mil dólares, suficiente para los primeros dos meses de alquiler, así como los honorarios que nos quedaban por cobrar y algunos gastos de índole diversa. A su vez, yo extendería un cheque por doscientos mil dólares a los vendedores por cada uno de los dos primeros meses, a continuación de lo cual mi cliente volvería a ingresar el dinero en la cuenta. Después de doce meses el arrendamiento se convertiría en venta, y nuestro pequeño bufete se haría acreedor a sustanciosos honorarios.

Cuando llegó la primera transferencia a nuestro banco, el director de la sucursal me llamó para informarme de que acabábamos de recibir cuatro millones y medio de dólares en vez de cuatrocientos cincuenta mil. Supuse que a alguien se le había ido la mano con los ceros. Además, había cosas peores que tener demasiado dinero en el banco. Algo, sin embargo, no cuadraba. Intenté ponerme en contacto con la empresa fantasma de Saint Kitts que técnicamente era mi cliente, pero me dieron largas. Entonces localicé a mi compañero de la facultad, el que me había remitido el caso, y prometió investigarlo. Una vez saldado el alquiler del primer mes y repartidos los honorarios, esperé instrucciones para enviar por transferencia lo sobrante, pero pasaron días y semanas, y un mes después llamaron del banco para decirme que acababan de aterrizar tres millones más en nuestra cuenta.

Para entonces los señores Reed y Copeland estaban muy preocupados. Di orden al banco de que cancelaran el ingreso mediante una devolución del dinero a la entidad emisora, y que lo hicieran cuanto antes. El director lo intentó durante varios días, pero descubrió que habían cancelado la cuenta bancaria de Saint Kitts. Al final mi compañero de facultad me dio instrucciones por correo electrónico de que ordenase dos transferencias: una mitad del dinero a una cuenta en Gran Caimán y la otra en Panamá.

Como abogado de provincias, mi experiencia en transferir dinero a cuentas cifradas era nula, pero al buscar en Google descubrí que caminaba a ciegas por algunos de los paraísos fiscales con peor fama del mundo. A pesar del beneficio económico, me arrepentí de haber aceptado trabajar para aquel cliente anónimo.

La transferencia a Panamá, de unos tres millones y medio, rebotó. Entonces pegué unos cuantos gritos a mi compañero de facultad, que a su vez pegó unos cuantos a quien correspondiese. El dinero se quedó dos meses donde estaba, acumulando intereses, aunque no pudiésemos cobrarlos por una cuestión de ética. También fueron los principios morales los que me impulsaron a dar todos los pasos necesarios para proteger aquel fondo. No era mío, ni lo había pedido, obviamente, pero tenía que salvaguardarlo.

Por inocencia o estupidez había dejado que el dinero sucio de Barry el Sobornos quedase bajo control de Copeland, Reed & Bannister.

Una vez en posesión de la cabaña de caza, Barry hizo una reforma exprés, dio unos cuantos retoques y añadió un spa y un helipuerto. Después alquiló un helicóptero Sikorsky S-76 que en cosa de veinte minutos le permitía trasladar desde Washington a la vivienda a diez de sus mejores amigos. Lo más normal era que el viernes por la tarde el helicóptero hiciera varios viajes antes de que empezase la fiesta. A esas alturas de su carrera, Barry había prescindido de la mayoría de los funcionarios y cabilderos para centrarse ante todo en los congresistas y sus secretarios. En la cabaña se podía encontrar de todo: la mejor comida, el mejor vino, puros cubanos, drogas, whisky escocés de treinta años y mujeres de veinte. De vez en cuando se montaba alguna caza de urogallos, pero los invitados solían estar más ocupados en la espectacular colección de rubias monumentales puestas a su servicio.

Había una chica ucraniana. Durante el juicio (el mío) su chulo dijo con un fuerte acento que le habían pagado cien mil dólares en efectivo a cambio de ella y se la habían llevado a la cabaña, donde tenía una habitación. La entrega del dinero había corrido a cargo de un mafioso que declaró haber sido uno de los muchos correos de Barry.

La chica murió de sobredosis, según la autopsia, tras una larga noche de fiesta con Barry y sus amigos de Washington. Corrió el rumor de que estaba en la cama con un congresista y por la mañana no se despertó. Barry dio la voz de alerta mucho antes de que llegaran las autoridades. Nunca se supo con quién se había acostado la muchacha durante su última noche. Alrededor de Barry, sus negocios, sus amigos, sus aviones, yates, helicópteros, restaurantes y complejos hoteleros, y de todo el alcance de su sórdida influencia, estalló una tormenta mediática. Mientras la prensa iba hacia él en estampida, sus compinches y clientes se alejaron corriendo. Varios miembros escandalizados del Congreso fueron en busca de los reporteros, exigiendo juicios e investigaciones.

Las cosas empeoraron mucho al ser localizada en Kiev la madre de la joven, que mostró un certificado de nacimiento según el cual su hija solo tenía dieciséis años: una esclava sexual menor de edad participando en una fiesta con miembros del Congreso en una cabaña de las montañas Allegheny, a menos de dos horas en coche del Capitolio.

La primera acta de acusación tenía un centenar de páginas y atribuía una asombrosa variedad de delitos a catorce implicados. Yo formaba parte de ellos. Mi presunto delito consistía en lo que suele llamarse blanqueo de dinero. Permitiendo que una de las empresas anónimas de Barry Rafko aparcase sus ganancias en la cuenta de mi bufete, supuestamente le había ayudado a conservar el dinero que robaba a sus clientes, lavarlo un poco en un paraíso fiscal y convertirlo en un bien de valor: la cabaña de caza. También me acusaron de ayudar a Barry a esconder sus fondos al FBI, al Servicio de Impuestos y otros.

Las gestiones previas al juicio eliminaron a algunos de los acusados. A otros, desgajados del paquete, se les dio a elegir entre colaborar con el gobierno o someterse a un juicio propio. Mi abogado y yo presentamos veintidós instancias entre el día de mi imputación y el de mi juicio, y solo nos concedieron una, que no sirvió de nada.

A través de las delegaciones del FBI y la fiscalía general del estado en Washington, el Departamento de Justicia lanzó todos sus recursos contra Barry Rafko y sus cómplices, entre los que había un congresista y uno de sus asistentes. Daba igual que algunos pudiéramos ser inocentes. Tampoco importaba que el gobierno tergiversase nuestra versión de los hechos.

De modo que ahí estaba yo, sentado con otros siete acusados en una sala llena de gente. Entre los implicados se encontraba uno de los mediadores políticos más nefandos creados por Washington en varias décadas. Yo era culpable, sí: de haber sido tan tonto como para dejarme meter en todo aquel embrollo.

Después de la selección del jurado, el fiscal me ofreció un último acuerdo: declararme culpable de una infracción de la ley RICO, pagar diez mil dólares de multa y cumplir dos años de prisión.

Una vez más les dije que se fueran a la mierda. Yo era inocente.

8

REMITIR AL DESTINATARIO

> *Víctor Westlake*
> *Subdirector del FBI*
> *Edificio Hoover*
> *935, Pennsylvania Avenue*
> *Washington, D.C 20535.*

Apreciado señor Westlake:

Me llamo Malcolm Bannister y soy uno de los internos del Centro Penitenciario Federal de Frostburg, Maryland. El lunes 21 de febrero de 2011 me reuní con dos de sus hombres que investigan el asesinato del juez Fawcett: los agentes Hanski y Erardi. Fueron muy amables, pero creo que ni les impresioné yo ni mi historia.

Según informan esta mañana *The Washington Post, The New York Times, The Wall Street Journal* y *The Roanoke Times,* usted y su equipo siguen dando palos de ciego, y no saben muy bien por dónde tirar. Ignoro si disponen ustedes de una lista verosímil de sospechosos, pero puedo asegurarle que el verdadero asesino no consta en ninguna de las que hayan podido elaborar usted y su equipo.

Tal como les expliqué a Hanski y Erardi, sé la identidad del asesino, así como el móvil del crimen.

Por si Hanski y Erardi no hubieran pillado los detalles, no pusieron mucho entusiasmo en tomar notas, dicho sea de paso, le expondré mi visión del acuerdo: yo les revelo la identidad del asesino, y ustedes (el gobierno) acceden a sacarme de la cárcel. No estoy abierto a ningún tipo de suspensión cautelar de la sentencia. Tampoco de libertad vigilada. Quedaré en total libertad, me darán una nueva identidad y estaré protegido por los de su bando.

Obviamente, es un pacto que requiere la participación del Departamento de Justicia y de la fiscalía general en ambos distritos de Virginia, el Norte y el Sur.

También deseo cobrar el dinero de la recompensa, que me correspondería por derecho. Según *The Roanoke Times* de esta mañana acaba de aumentar hasta ciento cincuenta mil dólares.

Si prefiere seguir dando palos de ciego, adelante.

Deberíamos hablar, y más siendo ambos ex marines.

Ya sabe dónde encontrarme.

Atentamente,

MALCOLM BANNISTER
#44861-127

Mi compañero de celda es un chico de diecinueve años, negro y de Baltimore, condenado a ocho años por vender crack. A chavales como Gerard, de los barrios bajos, los he visto a miles en los últimos cinco años. Hijo de madre adolescente y padre desaparecido, dejó la escuela a los dieciséis y empezó a ganarse la vida fregando platos. Cuando encarcelaron a su madre se mudó con su abuela, que ya criaba a toda una horda de primos. Empezó a consumir crack, y más tarde a venderlo. Pese a haber vivido en la calle, es un buen chico, sin asomo de maldad. No tiene antecedentes de violencia y no tiene sentido que derroche sus mejores años en la cárcel. Pertenece al millón de negros jóvenes mantenidos por el contribuyente.

En este país ya nos estamos aproximando a los dos millones y medio de reclusos, el índice más elevado de población penitenciaria en todo el mundo civilizado.

No es raro tener que compartir la celda con alguien que te caiga mal. Yo tuve un compañero que no necesitaba dormir mucho y se pasaba toda la noche con el iPod. Usaba auriculares, que son obligatorios a partir de las diez, pero tenía el volumen tan alto que se oía la música. Tardé tres meses en que me asignasen a otra persona. En cambio Gerard entiende las normas. Me ha contado que una vez durmió varias semanas en un coche abandonado, y que estuvo a punto de morirse de frío. Cualquier cosa es mejor que eso.

Gerard y yo empezamos el día a las seis, cuando el timbre nos despierta. Rápidamente nos ponemos la ropa de trabajo, procurando dejarnos mutuamente todo el espacio que permite nuestra celda de tres por cuatro metros, y hacemos la cama. Gerard duerme en la de arriba; yo en la de abajo, por ser el mayor. A las seis y media salimos pitando para la cantina, donde nos espera el desayuno.

En el comedor hay barreras invisibles que dictan dónde se sienta cada uno. Hay una zona para los negros, otra para los blancos y otra para los latinos. La mezcla está mal vista, y casi nunca se practica. Aunque Frostburg sea un centro penitenciario de baja seguridad, no deja de ser una cárcel, con muchas tensiones. Una de las principales normas de protocolo es respetar el espacio ajeno. No saltarse nunca la fila. No coger nada. El que quiera el salero se lo tiene que pedir a otro, por favor. En Louisville, donde estuve antes, las peleas en la cantina no eran nada excepcional. Solían empezar porque algún gilipollas de codos inquietos invadía el espacio de sus compañeros.

En cambio aquí comemos despacio y con modales sorprendentes para un grupo de presidiarios. En nuestras celdas hay tan poco espacio que la amplitud del comedor es un placer.

Abundan las bromas, y los chistes bastos, y se habla mucho de mujeres. He conocido a hombres que han estado un tiempo en el hoyo (aislados, vaya), y lo peor es no poder relacionarse con nadie. Hay alguno que lo lleva bien, pero la mayoría resiste pocos días. Hasta los solitarios más recalcitrantes, y en la cárcel hay muchos, necesitan estar rodeados de gente.

Después de desayunar Gerard ficha como conserje y friega los suelos. Yo tengo una hora libre antes de presentarme en la biblioteca. Es cuando voy a la cafetería y leo la prensa.

Tampoco hoy parece que hayan avanzado mucho en la investigación de lo de Fawcett, aunque hay un dato interesante: su hijo mayor se ha quejado a un reportero de *The Washington Post* de que el FBI tiene muy desinformada a la familia. El FBI no ha contestado.

La presión aumenta a diario.

Ayer un reportero escribió que el FBI mostraba interés por el ex marido de Naomi Clary. Se divorciaron hace tres años de mala manera, con acusaciones mutuas de adulterio. Según el periodista, sus fuentes le decían que el FBI lo había interrogado al menos dos veces.

La biblioteca está en un anexo, que comparte con una pequeña capilla y una enfermería. Mide exactamente doce metros de largo y nueve de ancho, y tiene cinco cubículos individuales, cinco ordenadores de sobremesa y tres mesas largas donde los presos pueden leer, escribir e investigar. También hay diez estantes que suelen contener unas mil quinientas obras, casi todas de tapa dura. En Frostburg tenemos derecho a acumular hasta diez libros de bolsillo en nuestra celda, aunque prácticamente todo el mundo tiene alguno más. Los presos pueden ir a la biblioteca en sus horas libres, y las reglas son bastante flexibles. Se pueden sacar dos libros por semana. Yo me paso la mitad del tiempo controlando los retrasos.

Otro cuarto del tiempo lo invierto haciendo de abogado.

Hoy recibo a un nuevo cliente, Roman. Es de un pueblo de Carolina del Norte, donde tenía una casa de empeño especializada en dar salida a objetos robados, sobre todo armas de fuego. Sus proveedores eran dos bandas de imbéciles pasados de coca que asaltaban mansiones a plena luz del día. Su absoluta falta de finura hizo que les pillasen con las manos en la masa, y en cuestión de minutos ya se acusaban mutuamente. Poco después detuvieron a Roman y le echaron encima todos los delitos federales habidos y por haber. Él alegó no saber nada, pero su abogado, que era de oficio, resultó ser con certeza el más tonto de la sala.

No es que pretenda ser un gran experto en derecho penal, pero cualquier alumno de primero podría enumerar los errores cometidos por el defensor de Roman durante el juicio. Roman fue declarado culpable y condenado a siete años. Ahora tiene interpuesto un recurso. Me trae sus «papeles legales», el fajo que se les permite guardar en la celda a todos los reclusos, y los repasamos en mi pequeño despacho, un cubículo lleno de objetos personales vedado al resto de los internos. Roman no para de despotricar contra su abogado. Yo no tardo mucho en coincidir con él. La AIL (asistencia ineficaz del letrado) es una de las quejas más habituales entre los presos condenados en juicio, pero pocas veces sirve como base para una apelación en causas que no sean de condena a muerte.

Me entusiasma la posibilidad de cebarme en la pésima actuación de un abogado que aún está en libertad, ganándose la vida y fingiéndose mucho mejor de lo que es. Paso una hora con Roman, y quedamos para otro día.

Del juez Fawcett me habló uno de mis primeros clientes. Estaba tan desesperado por salir de la cárcel que me vio capaz de hacer milagros. Sabía con exactitud el contenido de aquella caja fuerte, y estaba obsesionado con ponerle las manos encima antes de que desapareciese.

9

Estoy otra vez en el despacho del director. Algo ha pasado. Lleva un traje oscuro, una camisa blanca almidonada, una corbata con estampado de cachemir y sus botas de vaquero puntiagudas de siempre, pero recién enceradas y pulidas. A la suficiencia habitual se suma hoy un poco de nerviosismo.

—No sé qué les has contado, Bannister —me dice—, pero la cuestión es que les gusta. Odio repetirme, pero como esto vaya en broma te costará muy caro.

—No es ninguna broma, señor.

Sospecho que nos espió a través de la puerta y sabe con exactitud qué les comenté.

—Hace dos días mandaron a cuatro agentes que metieron las narices en todas partes. Querían saber qué compañías frecuentabas, a quién ayudabas en temas legales, con quién jugabas al ajedrez, dónde trabajabas, con quién comías, con quién te duchabas, quién era tu compañero de celda, etcétera.

—Yo me ducho solo.

—Supongo que quieren saber de quién eres amigo, ¿no?

—No sé, pero no me sorprende. Ya me lo imaginaba.

Sabía que el FBI merodeaba por Frostburg, aunque no hubiera visto a los agentes. En la cárcel es dificilísimo tener secretos, sobre todo cuando viene alguien de fuera y empieza a hacer preguntas. A mi juicio, basándome en mis experiencias, fue una manera un poco torpe de escarbar en mis costumbres.

—Pues han vuelto —informa el director—. Llegarán a las diez y han dicho que puede que se queden un buen rato.

Faltan cinco minutos para las diez de la mañana. Siento la misma punzada de siempre en la barriga. Intento respirar profundamente sin que se me note demasiado, y me encojo de hombros como si no fuera para tanto.

—¿Quién vendrá? —pregunto.

—Y yo qué sé.

Segundos después suena el teléfono del director, y su secretaria le transmite un mensaje.

Estamos en la misma sala de la otra vez, la que da al despacho del director. Él no está, claro. Los agentes Hanski y Erardi han vuelto en compañía de un tal Dunleavy, un joven enérgico que es ayudante del fiscal en el distrito Sur de Virginia, delegación de Roanoke.

Voy cobrando peso. Cada vez soy más creíble y despierto más curiosidad. Mi pequeño grupo de interrogadores ha ganado mayor presencia.

Pese a ser el más joven de los tres, Dunleavy es el abogado de la acusación, mientras que los otros son unos simples policías, así que en este momento les supera en graduación y parece bastante pagado de sí mismo, lo cual no deja de ser lógico en alguien de su rango. No puede haberse licenciado hace más de cinco años. Doy por supuesto que será quien llevará la voz cantante.

—Obviamente, señor Bannister —empieza, con una condescendencia que me irrita—, no estaríamos aquí si no nos interesara un poco su pequeña historia.

Pequeña historia. Qué capullo.

—¿Le puedo llamar Malcolm? —pregunta.

—Mejor dejarlo en «señor Bannister» y «señor Dunleavy», al menos de momento —respondo.

Soy un presidiario, y hace años que nadie me trata de esa manera. La verdad es que me gusta como suena.

—Hecho —acepta él. Mete rápidamente la mano en el bolsillo, saca una delgada grabadora y la deja en la mesa, a medio camino entre mi lado y el que ocupan ellos tres—. Si no le importa, me gustaría grabar nuestra conversación.

Es un paso de gigante para mi causa. Hace una semana Hanski y Erardi se resistían a sacar los bolis y tomar alguna nota. Ahora el gobierno quiere registrar hasta la última palabra que se diga. Me encojo de hombros.

—Me da lo mismo.

Dunleavy pulsa un botón.

—Bueno, dice usted que sabe quién mató al juez Fawcett y que quiere intercambiar la información por un billete de salida. Y que una vez fuera quiere que le protejamos. ¿Quedamos en que sería la estructura básica del acuerdo?

—Hecho —digo imitándole.

—¿Por qué me lo tengo que creer?

—Porque sé la verdad, y porque ustedes dan palos de ciego.

—¿Y cómo lo sabe?

—Pues porque lo sé. Si sospecharan de alguien de verdad no estarían aquí, hablando conmigo.

—¿Está en contacto con el asesino?

—A eso no contestaré.

—Algo tiene que darnos, señor Bannister; algo que nos haga ver más claro el pequeño pacto que propone.

—Yo no lo calificaría de pequeño.

—Pues califiquémoslo como prefiera. ¿Por qué no nos lo explica? ¿A usted cómo le parece que funcionaría ese gran pacto?

—Vamos a ver... Tiene que ser un secreto muy confidencial. Lo acordaremos por escrito con el beneplácito de las delegaciones de la fiscalía general del estado tanto en el distrito Norte, donde me juzgaron, como en el distrito Sur, donde se está llevando a cabo esta investigación. Tendrá que firmarlo el juez Slater, que me condenó. Cuando hayamos pactado les diré el nombre del asesino. Entonces ustedes le echarán el guante y le investigarán. Cuando el gran jurado le impute por asesinato, me trasladarán sin previo aviso a otra cárcel. Lo que pasa es que ya no cumpliré condena. Saldré de aquí como para un traslado, pero a lo que me someteré será a su programa de protección de testigos. Me conmutarán la pena, eliminarán mis antecedentes, cambiarán mi nombre y probablemente necesite alguna operación de cirugía plástica para modificar mi apariencia. Recibiré nuevos documentos, ropa nueva, un buen trabajo de funcionario en algún sitio y además me quedaré el dinero de la recompensa.

Se me quedan mirando, impenetrables.

—¿Ya está? —dice finalmente Dunleavy.

—Ya está. Y no es negociable.

—Vaya —masculla Dunleavy, como si estuviera en estado de shock—. Me imagino que habrá tenido mucho tiempo para meditarlo.

—Mucho más que ustedes.

—¿Y si se equivoca? ¿Y si detenemos a un inocente, conseguimos imputarle, sale usted y no podemos demostrarlo?

—No es mi problema. Si la cagan durante el proceso será culpa de ustedes.

—Bueno, pero cuando tengamos al culpable, ¿cuántas pruebas habrá?

—Tienen a su disposición a todo el gobierno federal. Seguro que cuando hayan pillado al asesino podrán encontrar bastantes pruebas. Yo no lo puedo hacer todo.

Para dar más dramatismo, Dunleavy se levanta, se estira y

va hacia el fondo de la sala, como si estuviera torturado, absorto en sus cavilaciones. Después vuelve, toma asiento y me lanza una mirada fulminante.

—Creo que estamos perdiendo el tiempo —dice con un penoso farol, como un crío que no debería estar en ese lugar.

Hanski, el veterano, baja un poco la cabeza y parpadea. Le parece mentira que Dunleavy lo pueda hacer tan mal. Erardi no me quita la vista de encima. La desesperación se palpa en el ambiente; también la tensión entre el FBI y la fiscalía del estado, algo bastante habitual.

Me levanto despacio.

—Tiene razón —señalo—, estamos perdiendo el tiempo. No pienso volver a reunirme con ustedes hasta que me manden a alguien un poco más curtido. Ya les he hecho mi propuesta. La próxima vez que hablemos quiero que en la mesa estén Victor Westlake y uno de sus jefes, señor Dunleavy. Y si le veo a usted en la sala, me iré.

Dicho y hecho: me voy. Al cerrar la puerta miro hacia atrás y veo que Hanski se frota las sienes.

Volverán.

Podrían haber organizado la reunión en el edificio Hoover de Pennsylvania Avenue. Victor Westlake habría estado contento de volver y hablar con el jefe, ver cómo estaba el personal, cenar con la familia y todas esas cosas, pero al director le apetecía una pequeña excursión. Dado que necesitaba salir unas horas del edificio, cargó a todo su séquito en un elegante avión privado, uno de los cuatro controlados por el FBI, y despegó hacia Roanoke para un vuelo de cuarenta minutos.

Se llamaba George McTavey, y a sus sesenta y un años tenía una larga carrera a sus espaldas; no era, pues, un cargo político, aunque en esos momentos sus tendencias políticas le indispusieran con el presidente. Según los incesantes chismorreos que circulan por Washington, McTavey colgaba de un hilo. El presidente quería a otro director al frente del FBI. Después de catorce años, McTavey tenía que ceder su sitio. Se rumoreaba que en el edificio Hoover la moral no era muy buena. En los últimos meses McTavey había desaprovechado muy pocas oportunidades para alejarse de Washington, aunque solo fuera unas horas.

Además, casi era refrescante concentrarse en un delito tan anticuado como el asesinato. Ya hacía diez años que McTavey medía sus fuerzas con el terrorismo, pero aún no había aparecido ni una sola pista que pudiera vincular la muerte de Fawcett con al-Qaeda o alguna célula interna. Los días de gloria de la lucha contra el delito organizado y la persecución de los falsificadores pertenecían al pasado.

En Roanoke, al pie de la escalera del avión, esperaba un todoterreno negro que se llevó a McTavey y su equipo como si hubiera francotiradores al acecho. Al cabo de un minuto frenaron a la entrada de la Nevera y fueron escoltados a su interior.

La visita del director tenía dos objetivos. El primero era levantar los ánimos del equipo y transmitir la idea de que a pesar de la falta de resultados el caso gozaba de la máxima prioridad. El segundo era aumentar un grado la presión. Tras una vuelta rápida por el recinto improvisado, y una ronda de apretones como para impresionar a un político, el director McTavey fue conducido a la sala de reuniones más grande para recibir el parte.

Se sentó al lado de su viejo amigo Victor Westlake y se dedicó a comer donuts con él mientras un investigador de alta graduación resumía con exceso de palabrería las escasas novedades. A McTavey no le hacía falta ser informado personalmente. Desde el asesinato conversaba con Westlake al menos dos veces al día.

—Vamos a hablar de Bannister, o como se llame —dijo tras media hora de pesada narración que no iba a ningún sitio.

Hicieron circular rápidamente otro informe por la mesa.

—Aquí está lo último —señala Westlake—. Hemos empezado por los compañeros de instituto y hemos seguido por los de la universidad sin que hayamos detectado sospechosos viables. No se tiene constancia de ningún amigo, conocido o lo que sea que coincidiese con el juez Fawcett. Tampoco de mafiosos, traficantes de drogas o delincuentes peligrosos. El siguiente paso ha sido seguir la pista del máximo número de clientes, aunque ha sido difícil, porque no tenemos acceso a la documentación más antigua. Tampoco hemos encontrado nada interesante. Bannister ejerció unos diez años de abogado de provincias con otros dos letrados afroamericanos mayores que él, y en el bufete no había nada raro.

—¿Trabajó en algún momento en la sala del juez Fawcett? —preguntó McTavey.

—No hay constancia de que llevara ninguna causa. La verdad es que no trabajaba mucho a nivel federal; además, pertenecía al distrito Norte de Virginia. En realidad, Bannister no era un abogado penalista muy solicitado.

—Vaya, que les parece que quien mató a Fawcett es alguien a quien Bannister conoció en la cárcel, siempre que nos creamos que sabe la verdad, por supuesto.

—Exacto. Los primeros veintidós meses de condena los cumplió en Louisville, Kentucky, un centro de seguridad media con dos mil reclusos. Tuvo tres compañeros de celda distintos y trabajó en la lavandería y la cocina. También perfeccionó sus conocimientos como abogado de cárcel; de hecho, ayudó a salir al menos a cinco presos. Tenemos una lista de unos cincuenta hombres a quienes probablemente conociera bien, pero es imposible averiguar la identidad de todas las personas con quienes tuvo contacto en Louisville. En Frostburg igual. Lleva tres años y ha cumplido condena con un millar de hombres.

—¿Qué extensión tiene su lista? —preguntó McTavey.

—Unos ciento diez nombres, pero dudamos de la mayoría.

—¿Cuántos fueron condenados por Fawcett?

—Seis.

—O sea, que en el historial penitenciario de Bannister no hay un sospechoso claro.

—Todavía no, aunque lo estamos investigando. Tenga en cuenta que es nuestra segunda teoría, la que parte de la premisa de que el asesino del juez le guardaba rencor por haber salido perjudicado por uno de sus veredictos. Nuestra primera teoría es que fue el típico robo con asesinato.

—¿Hay tercera teoría? —preguntó McTavey.

—El ex marido celoso de la secretaria muerta —contestó Westlake.

—Pero no es muy plausible, ¿verdad?

—No.

—¿Y cuarta teoría?

—No, ahora mismo no tenemos ninguna.

El director McTavey tomó un poco de café y añadió:

—Está malísimo.

Dos currantes apostados al fondo de la sala salieron disparados en busca de algo más potable.

—Perdone —se excusó Westlake.

De todos era sabido que el director era un gran amante del café. Resultaba violento servirle una infusión que no estuviera a la altura de sus exigencias.

—¿Puede repetirme el historial de Bannister?

—Diez años, ley RICO y pillado hace unos años con todo el jaleo de Barry Rafko, aunque no era de los peces gordos.

Le había gestionado a Barry unas compras de terrenos, y le condenaron.

—¿O sea, que no se acostaba con chicas de dieciséis años?

—No, no, eso solo pasaba con los congresistas. Bannister tiene pinta de ser buen tío. Hasta fue marine. Lo único que le pasó es que se equivocó de cliente.

—Bueno, pero ¿era culpable o no?

—Al jurado le pareció que sí, y al juez también. No te condenan a diez años sin haberla cagado en algo.

Colocaron otra taza de café ante el director, que lo olisqueó antes de tomar un sorbo, mientras los demás aguantaban la respiración. Otro sorbo. Respiraron aliviados.

—¿Por qué nos creemos a Bannister? —preguntó McTavey.

Westlake escurrió enseguida el bulto.

—Hanski.

El agente Chris Hanski, que esperaba el momento, carraspeó y se lanzó a la piscina.

—Bueno, yo no tengo tan claro que nos lo creamos, pero da buena impresión. Las dos veces que he hablado con él le he observado atentamente y no he visto ninguna señal de que me estuviera engañando. Es inteligente y astuto, y no gana nada con mentirnos. Es muy posible que en cinco años de cárcel haya coincidido con alguien que quisiera cargarse al juez Fawcett, o robarle.

—Pero no tenemos ni idea de quién puede ser ese alguien, ¿verdad?

Hanski miró a Victor Westlake.

—No me gustan nuestras probabilidades de averiguar la identidad del asesino basándonos en quién puede haber conocido en la cárcel el tal Bannister —dijo McTavey con toda la lógica del mundo—. Nos podríamos pasar diez años siguiendo pistas infructuosas. ¿En qué nos perjudica pactar con Bannister? Total, es culpable de un delito económico y ya ha cumplido cinco años por una actividad delictiva que a escala general parece bastante inofensiva. ¿Tú no lo ves igual, Vic?

Vic asentía gravemente.

McTavey insistió.

—Si declara, sale de la cárcel. Hombre, tampoco es que soltemos a un asesino o un violador en serie. Si dice la verdad, resolvemos la investigación y nos vamos a casa; y si nos engaña, ¿qué tiene de tan grave?

En ese momento nadie en la mesa fue capaz de imaginarse algo muy grave.

—¿Quién se opondrá? —preguntó McTavey.

—El ministerio fiscal se desmarca —dijo Westlake.

—No me extraña —dijo McTavey—. Mañana por la tarde he quedado para hablar con el fiscal. Podré neutralizarle. ¿Algún otro problema?

Hanski volvió a carraspear.

—Bueno, es que Bannister insiste en que no nos dará el nombre hasta que un juez federal firme la conmutación de la pena. No tengo muy claro el mecanismo, pero el indulto se haría automático en el momento en que el gran jurado imputase al asesino.

McTavey no le dio importancia.

—Para eso tenemos abogados. ¿Y Bannister? ¿También tiene abogados?

—Que yo sepa no.

—¿Y lo necesita?

—Se lo preguntaré con mucho gusto —propone Hanski.

—Pues nada, adelante con el pacto —concluye McTavey, impaciente—. Hay mucho que ganar y poco que perder. Visto lo que hemos adelantado hasta ahora, nos merecemos un poco de suerte.

10

Ha pasado un mes desde los asesinatos del juez Fawcett y Naomi Clary, y la repercusión de las indagaciones en la prensa se ha ido haciendo más breve y esporádica. Al principio el FBI no hacía declaraciones. Ahora, después de trabajar como locos durante todo un mes sin poder presentar resultados, parece que el operativo ya no exista. Durante este mes se han conjugado un terremoto en Bolivia, un tiroteo en un colegio de Kansas, una estrella del rap con sobredosis y otra en desintoxicación para distraernos de otros temas de mayor importancia.

A mí ya me conviene. Aunque desde fuera no parece que se mueva nada, a nivel interno aumenta la presión. Mi mayor pesadilla es un titular en letras grandes que anuncie que han detenido a alguien, aunque cada vez parece menos probable. Pasan los días y espero con paciencia.

Solo recibo a clientes con cita previa. Nos reunimos en mi cubículo de la biblioteca, y ellos me traen su legajo, una serie variopinta de recursos, autos, peticiones y dictámenes que todo preso tiene derecho a guardar en su celda, sin que puedan tocarlo los AC.

En la mayoría de los casos bastan dos sesiones para convencer al cliente de que no hay nada que hacer. En la primera reunión repasamos los puntos principales y yo leo los papeles. Después dedico unas horas a investigar. Durante la segunda reunión suelo dar la mala noticia de que no tendrán suerte. No les salvará ningún vacío legal.

En cinco años he ayudado a seis presos a salir de la cárcel antes de lo previsto. Huelga decir que mi fama de águila del derecho penitenciario se ha beneficiado mucho de ello. Sin embargo, cada vez que viene a verme un nuevo cliente le advierto de que las probabilidades juegan contra él.

Así se lo explico a Otis Carter, de veintitrés años y con dos hijos, que se pasará los próximos catorce meses en Frostburg por una falta que no debería considerarse delito. Otis es un chico de campo, baptista y muy creyente. Felizmente casado, y electricista de profesión, aún no se cree que esté en una cárcel federal. A él y su abuelo les acusaron de infringir la Ley de Conservación de Campos de Batalla y Restos Arqueológicos de la Guerra Civil de 1979 (con las enmiendas de 1983, 1989, 1998, 2002, 2008 y 2010). Su abuelo, de setenta y cuatro años y aquejado de un enfisema, está en el Centro Médico Federal de Tennessee, donde permanecerá durante catorce meses. Su estado de salud hará que los contribuyentes paguen unos veinticinco mil dólares mensuales por su manutención.

Los Carter estaban buscando restos arqueológicos en su granja de ochenta hectáreas, situada junto al Parque Bélico Histórico Estatal de New Market, en el valle de Shenandoah, a menos de una hora de mi pueblo, Winchester. Es una granja que lleva más de cien años en manos de la familia. Desde que Otis aprendió a caminar acompañó a su abuelo en sus excavaciones, siempre en busca de reliquias y recuerdos de la Guerra Civil. Con el paso de las décadas los Carter han reunido una imponente colección de balas Minié, bolas de cañón, cantimploras, botones de latón, trozos de uniforme, un par de estandartes y varias decenas de armas de fuego de todo tipo. Y lo han hecho legalmente. Lo que es ilegal es llevarse materiales y reliquias de un Sitio Histórico Nacional, que pertenece al gobierno. De hecho, los Carter conocían bien la ley, y su museo privado, en un granero reformado, solo contenía restos encontrados en su finca.

Pero en 2010 se volvió a reformar la Ley de Conservación de Campos de Batalla y Restos Arqueológicos de la Guerra Civil. En respuesta a las iniciativas de los conservacionistas que querían limitar el desarrollo urbanístico en zonas anejas a los escenarios bélicos se añadieron algunos términos de última hora a una modificación de cien páginas, y desde ese momento fue ilegal cavar en busca de reliquias «a tres kilómetros a la redonda» de los límites de un Sitio Histórico Nacional, independientemente de quién fuera el dueño de las tierras excavadas. Los Carter no fueron informados de la nueva normativa. En realidad, era un pasaje tan recóndito del nuevo texto que no lo conocía casi nadie.

Hacía años que la policía federal hostigaba al abuelo de Otis, acusándole de hacer excavaciones en terrenos protegidos. Pasaban a menudo por su casa y exigían ver el museo. Tras el cambio de ley esperaron con paciencia hasta pillar a Otis y su abuelo en plena prospección con detectores de metal por un bosque de su propiedad. Los Carter acudieron a un abogado, que les aconsejó declararse culpables. La ignorancia de la ley no exime de su cumplimiento.

Como víctima de la ley RICO, tan desacertada en muchos casos y tan flexible, como es bien sabido, me interesa profundamente la proliferación del código penal federal, que ya va por las veintisiete mil páginas. En la Constitución solo aparecen tres delitos: la traición, la piratería y la falsificación. Actualmente los delitos federales son más de cuatro mil quinientas, número que sigue aumentando a medida que el Congreso endurece su postura ante la delincuencia, y los fiscales federales se vuelven más creativos a la hora de buscar aplicaciones de las nuevas leyes.

Es posible que Otis pudiera poner en entredicho la constitucionalidad de la ley modificada. Serían años de litigio, que se extenderían mucho más allá de su puesta en libertad condicional y su regreso al hogar. Se lo explico durante nuestra segunda reunión, y ya no parece tan interesado. ¿De qué sirve molestarse si no puede salir ahora mismo? En cambio a mí me intriga el caso, y decidimos reunirnos otro día.

Si falla mi gran plan, tal vez acepte la defensa de Otis y lleve mi lucha al Tribunal Constitucional. Así estaré ocupado durante los próximos cinco años.

El Tribunal Supremo ha rechazado dos veces estudiar mi caso, y aunque no pudiéramos demostrarlo tuvimos la clara sensación de que se resolvían mis recursos por la vía rápida debido al afán del gobierno por olvidarse de Barry Rafko y sus cómplices, yo incluido.

Recibí el fallo en noviembre de 2005, y dos meses más tarde me condenaron a diez años. En la sentencia se dictaba auto de prisión preventiva, es decir, privación de libertad. Unos pocos acusados por delitos federales tienen la suerte de que se les permita entregarse voluntariamente, quedando en libertad hasta que reciban la orden de presentarse en algún centro penitenciario. Así tienen tiempo de prepararse, aunque la mayoría no goza de ese lujo.

Mi abogado calculó que me caerían cinco o seis años. A Barry el Sobornos, el acusado estrella, el gran objetivo, el malo pintoresco al que daba gusto odiar, le echaron doce. Sin duda me merecía menos de la mitad de la condena de un mal bicho. En la vista estaba Dionne, mi bella esposa, todo amor y apoyo incondicional, junto a mi humillado padre. Aquel día fui el único de los ocho a quien se dictó condena. Delante del juez Slater, con mi abogado a la derecha, tuve dificultades para respirar. No puede ser, repetía para mis adentros mientras se me nublaba la vista. No me lo merezco. Puedo explicarlo todo. No soy culpable. Slater se deshizo en reproches y sermones de cara a la prensa. Me sentí como un peso pesado en el decimoquinto asalto, contra las cuerdas, vapuleado, tapándome la cara en espera del siguiente puñetazo. Tenía las rodillas como de plastilina, y sudaba.

Cuando el juez Slater dijo «diez años», oí un grito ahogado a mis espaldas. Era Dionne, que empezó a llorar. Después me sacaron de la sala, y por última vez miré hacia atrás. Lo he visto cien veces en el cine, y en la tele, y en noticias sobre juicios: la mirada final del condenado, su desesperación al despedirse. ¿Qué piensas al salir del juzgado sin irte a casa? Pues la verdad es que nada muy claro. Hay demasiados pensamientos aleatorios, demasiado miedo, rabia y emoción en carne viva para entender lo que sucede.

Dionne se tapaba la boca con las manos y sollozaba, deshecha en lágrimas. Mi padre le había pasado un brazo por la espalda para consolarla. Fue lo último que vi: a mi bella esposa angustiada y destrozada.

Ahora está casada con otro.

Gracias al gobierno federal.

Todos los miembros del jurado eran de la ciudad de Washington. Algunos parecían inteligentes e instruidos, pero la mayoría, por decirlo de algún modo, no destacaba por su refinamiento. Después de tres días de deliberaciones anunciaron al juez que no avanzaban. Nadie podía culparlos. Al recurrir a un buen pedazo del código federal la acusación había adoptado la vieja estrategia de arrojar todo el barro posible a la pared con la esperanza de que alguien se quedara pegado. De ese modo, había convertido lo que debería haber sido un proceso relativamente fácil, contra Barry Rafko y el congresista, en un atolladero jurídico. Ni siquiera yo, que me había pasado un número incontable de horas preparando mi propia defensa, entendía todas las teorías de la acusación. Desde el principio mi abogado había predicho que el jurado no llegaría a un acuerdo.

Después de cuatro días de deliberaciones el juez Slater soltó lo que en círculos judiciales suele llamarse «carga de dinamita». Se trata básicamente del requerimiento de que se reúna de nuevo el jurado y alcance un veredicto a toda costa. ¡Sin sentencia nos os iréis a casa! Casi nunca sirve de nada, pero yo no tuve tanta suerte. Una hora después, agotados física y emocionalmente, los miembros del jurado reaparecieron con veredictos unánimes contra todos los inculpados, por todas las acusaciones. No fui el único, ni mucho menos, que vio con meridiana claridad que no entendían la mayoría de los artículos del código ni las enrevesadas teorías usadas por la acusación. En declaraciones publicadas más tarde, uno de ellos dijo: «Supusimos que eran culpables; de lo contrario no les habrían imputado». Usé la cita en mis recursos, pero no parece que me hicieran mucho caso.

Durante el juicio observé con atención a todos los miembros del jurado, y desde las declaraciones iniciales vi que la situación les iba grande; lógico, porque hubo nueve versiones de los hechos, a cargo de otros tantos abogados. Fue necesario rediseñar y reformar la sala para que cupieran todos los acusados y sus defensores.

El juicio fue un espectáculo, una farsa, una búsqueda ridícula de la verdad, que de todos modos no era lo importante, como pude ver. Quizá en otros tiempos le daban importancia a la exposición de los hechos, el esclarecimiento de la verdad y la determinación de la justicia, pero ahora son competiciones que gana una parte y pierde la otra. Como cada bando tiene previsto que el otro tergiversará las normas o hará trampas, nadie juega limpio, y en el rifirrafe se pierde la verdad.

Dos meses después regresé a la misma sala para oír la condena. Mi abogado había pedido que pudiera entregarme yo mismo, pero al juez Slater no le hizo mella la solicitud, y tras imponer la pena ordenó mi reingreso en prisión.

La verdad es que me extraña que no maten a tiros a más jueces federales. Durante varias semanas urdí toda clase de planes para que Slater sufriese una muerte lenta y dolorosa.

Los alguaciles me llevaron de inmediato a una celda del juzgado. Después me condujeron a la cárcel de Washington, donde fui despojado de mi ropa, cacheado, provisto de un mono naranja y encerrado con otros seis presos. Solo había cuatro catres. La primera noche la pasé sentado en el suelo de cemento, con una manta fina y agujereada. La cárcel era un zoo ruidoso, hacinado y con carencias de personal, donde era imposible dormir. Demasiado asustado y aturdido para cerrar los ojos, me senté en un rincón y estuve escuchando gritos, berridos y amenazas hasta el amanecer. Permanecí en ese lugar durante una semana, comiendo y durmiendo poco y orinando a la vista de todos en un retrete sucio que tenía estropeada la cadena y estaba a tres metros de mis compañeros de celda. No me duché ni una sola vez. Cualquier movimiento intestinal precisaba una súplica urgente para ir al «cagadero» situado en el pasillo.

Del traslado de presos federales se ocupa el cuerpo de alguaciles, y es una pesadilla. Mezclan a presos de todos los niveles de seguridad, sin tener en cuenta nuestros delitos ni los riesgos que puedan comportar. Por lo tanto, nos tratan a todos como asesinos salvajes. En cada traslado me esposaban las manos, me encadenaban los tobillos y me ataban a los presos de delante y de detrás. Es un ambiente repulsivo. Los alguaciles tienen una sola misión: trasladar a los presos sin que se escape nadie, y los reclusos, que en muchos casos (como el mío) son novatos, están asustados, agobiados y desconcertados.

Catorce hombres salimos de Washington en el mismo autobús, un trasto no identificado que décadas antes se había dedicado al transporte escolar. Fuimos hacia el sur. No nos quitaron las esposas ni las cadenas. En el asiento delantero iba un alguacil con una escopeta. Después de cuatro horas de camino llegamos a una cárcel del condado, en Carolina del Norte. Nos dieron un bocadillo húmedo y nos dejaron orinar detrás del autobús, con las esposas y cadenas puestas. En ningún momento nos quitaron lo uno ni lo otro. Tras dos horas de espera salimos rumbo al oeste con tres presos más. A lo largo de seis días fuimos parando en diferentes penitenciarías de Carolina del Norte, Tennessee y Alabama, para recoger a otros presos, transferir a alguno y dormir cada noche en una celda distinta.

Lo peor eran las cárceles de los condados: celdas diminutas y llenas de presos, sin calefacción, aire acondicionado, luz solar ni sanitarios decentes; comida a la que no harían caso ni los perros, poca agua, vigilantes garrulos; un riesgo de violencia mucho más elevado, y reclusos de la zona a quienes sentaba mal la intrusión de «presos federales». Me parecía imposible que en este país pudieran existir unas condiciones tan deplorables, pero es que era un ingenuo. Durante nuestro viaje, a medida que se agriaban los ánimos, el índice de piques experimentó un notable aumento dentro del vehículo que nos transportaba, al menos hasta que un preso veterano explicó el concepto de «terapia diésel»: si te quejas o das problemas, los alguaciles te dejan varias semanas en el autobús, visitando sin coste decenas de cárceles en distintos condados.

Prisa no tenían. Los alguaciles solo pueden trasladar a los presos en horario diurno, por lo que las distancias tienden a ser cortas. No les interesaban en lo más mínimo ni nuestro bienestar ni nuestra intimidad.

Al final llegamos a un centro de distribución de Atlanta, un sitio de muy mala fama donde estuve incomunicado veintitrés horas al día mientras mis papeles eran cumplimentados muy lentamente en algún despacho de Washington. Después de tres semanas empecé a perder la cordura. Nada que leer, nadie con quien hablar, una comida horrible, vigilantes crueles... Al final nos volvieron a esposar y nos hicieron subir a otro autobús que nos llevó al Aeropuerto de Atlanta, para embarcarnos en un avión de carga anónimo. Volamos a Miami encadenados a un banco de plástico duro, rodilla con rodilla, sin saber adónde íbamos. Uno de los alguaciles tuvo la amabilidad de explicárnoslo. En Miami recogimos a unos cuantos presos más y volamos a Nueva Orleans, donde estuvimos una hora sentados en una humedad sofocante, mientras los alguaciles todavía cargaban a más presos.

En el avión nos dejaron hablar, y la conversación fue refrescante. La mayoría habíamos estado varios días incomunicados y nos pusimos a charlar por los codos. Algunos, para quienes no era el primer viaje, contaron otras historias de transporte con cadenas por cortesía del gobierno federal. Fue cuando oí las primeras descripciones de la vida en la cárcel.

Llegamos de noche a Oklahoma City, donde nos amontonaron en otro autobús para llevarnos a un nuevo centro de distribución. No estaba tan mal como el de Atlanta, pero a mí ya me rondaban ideas de suicidio. Después de cinco días completamente aislados nos volvieron a esposar y nos trasladaron de nuevo al aeropuerto. Llegamos a Texas, capital mundial de las inyecciones letales, donde soñé despierto con que me clavaban la jeringa en el brazo y me alejaba flotando. En Dallas embarcaron, como en *Con Air. Convictos en el aire*, ocho tíos duros, todos hispanos. Fuimos a Little Rock, y luego a Memphis y Cincinnati, donde llegó a su fin mi etapa como pasajero. Después de seis noches en una dura cárcel municipal, dos alguaciles me transportaron en furgón a la de Louisville, Kentucky.

Louisville está a ochocientos kilómetros de mi localidad natal, Winchester, Virginia. Si me hubieran dejado ingresar en la cárcel por mi propio pie habría tardado ocho horas en llegar en coche con mi padre, que se habría despedido de mí en la puerta.

Fueron cuarenta y cuatro días, veintiséis de ellos incomunicado, y tantas paradas que ya no las recuerdo. Es un sistema sin ninguna lógica, pero a nadie le importa. A nadie le preocupa.

Lo verdaderamente trágico de este sistema penal no son sus absurdidades, sino las vidas que destroza y desperdicia. El Congreso exige penas largas y severas, que estarán muy bien para los presos violentos, curtidos criminales a quienes se encierra en fortalezas dominadas por las mafias, donde los asesinatos están a la orden del día, pero la mayoría de los presos federales no son violentos, y a muchos les condenan por delitos poco o nada vinculados a algún tipo de actividad criminal.

Durante el resto de mi vida seré considerado un delincuente. Me niego a aceptarlo. Quiero una vida libre del pasado, muy alejada de los tentáculos del gobierno federal.

11

El artículo 35 del código de procedimiento penal de Estados Unidos establece la existencia de un solo mecanismo para la conmutación de una pena de cárcel: una norma de una lógica brillante que se ajusta perfectamente a mi situación. Si un preso puede resolver otro delito que sea de interés para las fuerzas del orden federales, es posible reducir la condena del recluso en cuestión. Para ello, como es natural, se necesita la colaboración de las autoridades investigadoras —el FBI, la DEA, la CIA, la ATF, etcétera—, así como la de la sala que dictó la sentencia.

Últimamente el director está mucho más simpático conmigo. Piensa que tiene entre sus manos un premio codiciado por algunos peces gordos, y necesita estar en el meollo. Me siento delante de su mesa. Él me pregunta si quiero un café, una oferta demasiado surrealista para que la entienda: el todopoderoso director ofreciéndole una bebida a un recluso.

—Vale —digo—, un café solo.

Pulsa un botón y comunica nuestros deseos a una secretaria. Me fijo en que se ha puesto gemelos: buena señal.

—Hoy han venido a verme los jefazos, Malcolm —me informa, ufano, como si fuera él quien coordinase todos los esfuerzos por hallar al asesino.

Ahora somos tan amigos que me llama por mi nombre. Hasta entonces siempre era Bannister tal y Bannister cual.

—¿Quiénes? —pregunto.

—El director del operativo, Victor Westlake, de Washington, y varios abogados. Yo diría que has captado su atención.

Se me escapa una sonrisa, pero solo un segundo.

—¿El asesino del juez Fawcett ha estado alguna vez en Frostburg? —pregunta el director.

—Perdone, pero eso no se lo puedo decir.

—Supongo que si no sería en Louisville.

—Puede ser. También puede ser que le conozca de antes de la cárcel.

Frunce el ceño y se frota la barbilla.

—Ya —masculla.

Llega el café en una bandeja, y por primera vez en años no lo bebo en un vaso de plástico ni de papel. Matamos unos minutos hablando de cualquier cosa. A las 11.05 la secretaria del director le informa de algo por el intercomunicador.

—Ya están todos instalados.

Sigo al director al otro lado de la puerta, a la sala de reuniones de siempre.

Son cinco hombres, todos con el mismo traje oscuro, la misma camisa blanca con el cuello abrochado y la misma corbata sosa. Hasta a un kilómetro, y en plena multitud, podría haber dicho: «Mira, unos del FBI».

Hacemos las presentaciones tensas de rigor. El director no tiene más remedio que irse. Yo me siento a un lado de la mesa y mis nuevos cinco amigos, al otro. Victor Westlake se coloca en el centro, con el agente Hanski a la derecha, y una cara nueva, el agente Sasswater. Ninguno de los dos abre la boca. A su izquierda, Westlake tiene a los dos ayudantes del fiscal:

Mangrum, del distrito Sur de Virginia, y Craddock, del distrito Norte. Del novato, Dunleavy, han prescindido.

Esta noche han pasado nubes de tormenta, justo después de las doce.

—Cómo ha tronado, ¿eh? —dice Westlake para empezar.

Yo le miro, cerrando un poco los ojos.

—¿Va en serio? ¿Quiere hablar del tiempo?

Se cabrea de verdad, pero es un profesional: una sonrisa, un gruñido y...

—No, señor Bannister, no he venido a hablar del tiempo. Mi jefe considera que deberíamos pactar con usted. Por eso estoy aquí.

—Genial. Ah, y sí que ha tronado, sí.

—Nos gustaría oír sus condiciones.

—Creo que ya las saben. Usaríamos el artículo 35. Según el acuerdo, que firmaríamos todos, yo les daría el nombre de la persona que mató al juez Fawcett, ustedes le capturarían, le investigarían y harían su trabajo, y yo saldría de la cárcel el mismo día de su imputación por un gran jurado federal. Me trasladarían de Frostburg y desaparecería como testigo protegido. Adiós a la cárcel, adiós a los antecedentes penales y adiós a Malcolm Bannister. El pacto, que sería confidencial, se guardaría bajo llave, con la firma del fiscal general del estado.

—¿El fiscal general?

—El mismo. No me fío ni de usted ni de nadie en esta sala. Tampoco me fío del juez Slater, ni de ningún otro juez, fiscal, ayudante del fiscal, agente del FBI o cualquier persona que trabaje para el gobierno federal. El papeleo tiene que ser perfecto y el acuerdo, imposible de romper. Saldré cuando imputen al asesino, y no se hable más.

—¿Usará usted a un abogado?

—No, ya me las arreglo solo.

—Como quiera.

De pronto Mangrum saca una carpeta y extrae varias copias de un documento. Hace que una de ellas resbale por la mesa hasta detenerse delante de mí. Al mirarla siento que se me acelera el corazón. El encabezamiento es el mismo que el de todas las peticiones y autos dictados en mi proceso: «Juzgado del distrito de Washington. Estados Unidos contra Malcolm Bannister». En el centro de la página se lee en mayúsculas: INSTANCIA REFERIDA AL ARTÍCULO 35.

—Esto es una propuesta de auto judicial —dice Mangrum—. Solo es un punto de partida, pero le hemos dedicado cierto tiempo.

Dos días más tarde me hacen subir al asiento trasero de un todoterreno Ford y me sacan de Frostburg. Es la primera vez que salgo del centro en los últimos tres años, desde que llegué. Hoy no hay cadenas en las piernas, aunque llevo esposas. Mis dos acompañantes son alguaciles que, pese a no decir su nombre, son bastante amables. Después de hablar del tiempo, uno de ellos me pregunta si sé algún chiste bueno. Si encierras juntos a seiscientos hombres y les dejas mucho tiempo libre, surgen bromas a raudales.

—¿Normal o verde? —pregunto, a pesar de que en la cárcel hay pocos chistes que no sean obscenos.

—Verde, verde, claro —dice el conductor.

Cuento un par y les hago reír mientras pasan rápidamente los kilómetros. Vamos por la interestatal 68. Cruzamos Hagerstown como una exhalación, y yo disfruto de la euforia de sentirme libre. A pesar de las esposas casi paladeo la vida fuera de la cárcel. Al ver el tráfico sueño con volver a tener y conducir un coche, e ir a todas partes. Al ver locales de comida rápida en los cruces pienso en una hamburguesa con patatas y se me hace la boca agua. Veo a una pareja que entra en una tienda, y casi es como si le palpara a ella las carnes. Un anuncio de cerveza en el escaparate de un bar me da sed. Un cartel que anuncia cruceros por el Caribe me lleva a otro mundo. Es como si hubiera estado encerrado todo un siglo.

Giramos hacia el sur por la interestatal 70 y no tardamos en llegar a la gran mancha metropolitana de Washington-Baltimore. A las tres horas de salir de Frostburg estamos en el sótano del juzgado federal del centro de la capital. Dentro del edificio me quitan las esposas. Camino con un alguacil delante y otro detrás.

La reunión se celebra en el despacho del juez Slater, tan cascarrabias como siempre. No parece haber envejecido cinco años, sino veinte. Me considera un delincuente, y apenas da muestras de haberme visto. Qué más me da. Es evidente que entre su despacho, la fiscalía, el FBI y el fiscal general del estado se han producido muchas conversaciones. En un momento dado cuento a once personas alrededor de la mesa. La instancia del artículo 35, con su acuerdo adjunto, ha aumentado de tamaño: ahora se extiende por veintidós páginas. Yo he leído cada palabra cinco veces. Hasta les he exigido que incorporasen algunas de mi propia cosecha.

El acuerdo, para resumir, accede a todos mis deseos: libertad, una nueva identidad, protección oficial y los ciento cincuenta mil dólares de recompensa.

Tras los habituales carraspeos, el juez Slater toma la voz cantante.

—A partir de ahora quedará constancia de todo lo que se diga —indica. Su taquígrafa empieza a tomar notas—. Aunque el tema sea confidencial, y el auto quede guardado bajo llave, deseo que se levante acta de la sesión. —Una pausa para mover papeles—. Estados Unidos presenta una instancia para que se aplique el artículo 35. Bannister, ¿se ha leído toda la instancia, el acuerdo y la propuesta de auto?

—Sí, señoría.

—Tengo entendido que es usted abogado; bueno, digamos que lo era.

—En efecto, señoría.

—¿La instancia, el acuerdo y el auto gozan de su aprobación?

Que si gozan, dice...

—Sí, señor.

Slater hace las mismas preguntas al resto de los ocupantes de la mesa. Son simples formalidades, porque todos han dado ya luz verde. Lo más importante es que el fiscal general del estado ha firmado el acuerdo.

Slater me mira.

—¿Es consciente —dice—, señor Bannister, de que en caso de que el nombre que nos facilite no conduzca a ninguna imputación el acuerdo quedará nulo al cabo de doce meses, no se le conmutará la pena y cumplirá su condena hasta el final?

—Sí, señor.

—Y de que mientras no haya ninguna inculpación quedará usted a cargo de la Dirección de Prisiones.

—Sí, señor.

Después de hablar un poco más sobre las condiciones del acuerdo, el juez Slater firma el auto y da por terminada la vista. Ni él se despide, ni yo le insulto como me gustaría. Repito que es un milagro que no se carguen a más jueces federales.

Me rodea todo un séquito que me lleva al piso de abajo, a una sala donde esperan más hombres trajeados. Han instalado una cámara de vídeo, solo para mí. Victor Westlake se pasea por la habitación. Me piden que me siente al final de la mesa, mirando la cámara, y me ofrecen algo de beber. Están todos muy nerviosos, muertos de ganas de que pronuncie el nombre.

12

—Se llama Quinn Rucker, es negro, tiene treinta y ocho años, es de Washington, de la zona de Southwest, y hace dos años le declararon culpable de distribución de estupe- facientes y le condenaron a siete años. Nos conocimos en Frostburg. Se fugó hace tres meses y no ha vuelto. Es de una gran familia de traficantes que trabaja muy bien desde hace muchos años. No son simples camellos, ni muchísimo me- nos, sino hombres de negocios con contactos por toda la cos- ta Este. Disciplinados, duros y con muchos recursos. Más de uno ha pasado por la cárcel, y a más de uno le han matado, pero ellos lo consideran un peaje necesario.

Hago una pausa para respirar. Nadie dice nada.

Al menos cinco de los trajeados están tomando notas. Uno de ellos tiene un portátil y ya ha abierto la ficha de Quinn Ru- cker, que ha subido de categoría hasta meterse en la lista de cincuenta principales sospechosos del FBI, más que nada por haber coincidido en Frostburg conmigo y haberse fugado.

—Como dije, Quinn y yo nos conocimos en Frostburg y nos hicimos amigos. Como muchos reclusos, estaba conven- cido de que yo podía presentar una instancia mágica para de- jarle en libertad, pero en su caso era imposible. Al ser Frost- burg su primera experiencia, la cárcel le sentaba mal. Es típico de algunos de los nuevos que no han visto otra cosa: no saben valorar el ambiente del centro. En fin, la cuestión es que al cabo de un tiempo se empezó a poner nervioso. No se imaginaba cinco años más recluido. Está casado, tiene un par de hijos, dinero de los negocios familiares y muchas inseguridades. Estaba convencido de que algunos de sus primos querían arrebatarle su lugar y robarle su parte. Normalmente estos mafiosos son unos cuentistas y exageran lo que les pasa, sobre todo cuando se trata de dinero y violencia, pero Quinn me caía bien. Probablemente haya sido mi mejor amigo en la cárcel. Nunca compartimos celda, pero éramos íntimos.

—¿Sabe por qué se fugó? —pregunta Victor Westlake.

—Creo que sí. Vendía marihuana y le iba bien. También fumaba mucho. Ya sabe que la manera más rápida de salir de un centro federal es que te pillen con drogas o alcohol. Están rigurosamente prohibidos. Quinn se enteró por un chivatazo de que los AC estaban al tanto de sus trapicheos, y de que estaban a punto de hacer saltar la liebre. Es inteligentísimo y se las sabe todas, así que la droga nunca la guardaba en su celda. Como la mayoría de los que venden en el mercado negro, escondía su inventario en las zonas comunitarias. Ya había empezado a correr la voz, y Quinn era consciente de que si le pillaban le mandarían a otro sitio más duro, así que se marchó. Yo estoy seguro de que no se fue muy lejos. Probablemente le esperase alguien cerca.

—¿Sabe dónde está?

Asiento, sin prisas.

—Tiene un primo, no sé cómo se llama, que tiene un par de clubs de strippers en Norfolk, Virginia, cerca de la base naval. Busquen al primo y encontrarán a Quinn.

—¿Con qué nombre?

—No lo sé, pero no Quinn Rucker.

—¿Y usted cómo sabe tantas cosas?

—Perdone, pero no es asunto suyo.

En este momento Westlake hace una señal con la cabeza a un agente apostado en la puerta, que se va. Ha empezado la búsqueda.

—Hablemos del juez Fawcett —dice Westlake.

—Vale —contesto.

No podría contar el número de veces que he esperado este momento. Lo he ensayado en mis noches en vela, dentro de la celda a oscuras. Lo he dejado por escrito, y después he destruido los papeles. He dicho las palabras en voz alta mientras daba largos paseos por los límites de Frostburg. Parece mentira que al final esté pasando.

—Una parte importante de los negocios de la banda Rucker era llevar cocaína desde Miami a las principales ciudades de la costa Este, sobre todo las del sur: Atlanta, Charleston, Raleigh, Charlotte, Richmond y demás. El trayecto más común era la interestatal 95, por lo transitada que es, aunque la banda usaba todas las carreteras del mapa, nacionales y de los condados. Casi todo el transporte lo hacían mulas. Pagaban cinco mil dólares al conductor para que alquilase un coche, llenase de droga el maletero y la llevase a un centro de distribución... de cualquier ciudad que se les ocurra. Después de la entrega, la mula daba media vuelta y volvía al sur de Florida. Según Quinn, el 90 por ciento de la coca esnifada en Manhattan llega en coches alquilados en Miami por alguna mula, que los conduce al norte como si fuera algo legal. Es prácticamente imposible detectarlo. Si descubren a alguna mula es que ha habido un chivatazo. Bueno, pues Quinn tenía un sobrino que estaba subiendo en el escalafón de los negocios familiares. Se dedicaba a transportar droga y le pillaron por exceso de velocidad en la interestatal 81, justo a las afueras de Roanoke. Iba en una camioneta de alquiler, de las de Avis, y dijo que tenía que entregar muebles antiguos en una tienda de Georgetown. Era verdad que había muebles en la camioneta, pero el auténtico cargamento era cocaína con un valor en la calle de cinco millones. El policía sospechó y pidió refuerzos. El sobrino, que se sabía la normativa, se negó a que le registraran la camioneta. El segundo policía era un novato con tantas ganas de hacer bien las cosas que empezó a meter las narices en la zona de carga de la camioneta, y eso que no tenía orden de registro, causa probable o autorización. Al encontrar la cocaína se puso como una moto y ahí ya cambió todo.

Hago una pausa para beber un poco de agua. El agente del portátil teclea y teclea. Seguro que está mandando directrices por toda la costa Este.

—¿Cómo se llama el sobrino? —pregunta Westlake.

—No lo sé, pero no creo que se apellide Rucker. En su familia hay varios apellidos, y bastantes apodos.

—¿Y asignaron la causa del sobrino al juez Fawcett? —inquiere Westlake para hacerme hablar, aunque nadie parece tener prisa. Están pendientes de todas mis palabras, y a pesar de sus ganas de encontrar a Quinn Rucker primero quieren saberlo todo.

—Sí, y Quinn contrató a un abogado importante de Roanoke que le aseguró que el registro era de una inconstitucionalidad flagrante. Si Fawcett invalidaba el registro ya no quedarían pruebas y por tanto podían despedirse del juicio y de la condena. En algún momento del proceso Quinn se enteró de que el juez Fawcett podía ser más benévolo con la causa del sobrino si había un intercambio de pasta de por medio. Estoy hablando de un buen fajo. Según Quinn, el intermediario fue su abogado. Cuyo nombre desconozco, por cierto.

—¿De cuánto dinero hablamos? —pregunta Westlake.

—Medio millón. —No me sorprende su escepticismo al oír la respuesta—. Ya, yo tampoco me lo creía. Un juez federal aceptando un soborno... Claro que también me impresionó que pillaran a un agente del FBI espiando para los rusos. Supongo que en determinadas circunstancias las personas están dispuestas a casi todo.

—No cambiemos de tema —salta Westlake, irritado.

—Vale, vale. Quinn y la familia pagaron el soborno, y Fawcett lo aceptó. El proceso avanzó a paso de tortuga hasta el día en que se celebró una vista sobre la instancia del sobrino para que invalidasen las pruebas requisadas durante el registro ilegítimo. Todo el mundo se quedó de piedra al ver que el juez dictaminaba en contra del sobrino y a favor del gobierno, y que ordenaba la celebración de un juicio. A falta de defensa, el jurado declaró culpable al chico, pero el abogado vio bastantes posibilidades de apelar la sentencia. El caso sigue pendiente del recurso, y mientras tanto el chaval está cumpliendo dieciocho años de prisión en Alabama.

—Una historia muy bonita, señor Bannister —comenta Westlake—, pero ¿cómo sabe que Quinn Rucker mató al juez?

—Porque me dijo que lo haría, por venganza y para recuperar el dinero. Me lo comentó muchas veces. Sabía con todo detalle dónde vivía y trabajaba el juez, y dónde le gustaba pasar los fines de semana. Sospechaba que el dinero estaba guardado en algún lugar de la cabaña, y estaba convencido de no ser el único estafado por Fawcett. Me la tendrá jurada en cuanto le detengan, señor Westlake, por habérselo contado. Aunque salga de la cárcel, me pasaré la vida mirando por encima del hombro. Son muy listos. Fíjese en sus investigaciones: nada, ni una sola pista. Es gente rencorosa y muy paciente. Quinn esperó casi tres años para matar al juez. Por mí aguardará otros veinte.

—Si es tan astuto, ¿por qué le contó tantas cosas? —pregunta Westlake.

—Muy sencillo. Como tantos reclusos, Quinn me creía capaz de presentar una instancia muy bien hecha y encontrar algún vacío legal que le sacase de la cárcel. Dijo que me pagaría bien. Me prometió la mitad de lo que le sacase al juez Fawcett. No es la primera ni la última vez que lo oigo. Yo eché un vistazo al expediente de Quinn y le aseguré que no podía hacer nada.

Tienen que creer que les he dicho la verdad. Si no imputan a Quinn Rucker me pasaré los próximos cinco años en prisión. Todavía estamos en bandos opuestos, pero poco a poco vamos encontrando terreno en común.

13

Seis horas más tarde dos agentes negros del FBI pagaron la entrada con consumición en el club Velvet, a tres manzanas de la base naval de Norfolk. Iban vestidos de obreros de la construcción y no tuvieron problemas en pasar desapercibidos entre la clientela, compuesta a partes iguales de blancos y negros, y de marines y civiles. En la pista de baile, la proporción era la misma: discriminación positiva a tope. En el aparcamiento esperaban dos furgones de vigilancia y una docena más de agentes. Quinn Rucker estaba localizado y fotografiado. Le habían visto entrar en el club a las cinco y media. Trabajaba en la barra. A las nueve menos cuarto, cuando abandonó su puesto para ir al lavabo, le siguieron. Los agentes le abordaron en el baño, y tras una breve discusión accedieron a salir por una puerta trasera. Quinn entendió la situación y no hizo nada inesperado. Tampoco parecía sorprendido. En el fondo era un alivio no tener que seguir huyendo. Les pasa a muchos fugitivos: los sueños de libertad se agrietan bajo el peso de la vida normal, con todos sus problemas, y siempre hay alguien al acecho.

Le esposaron y se lo llevaron a la delegación de Norfolk del FBI. En una sala de interrogatorios dos agentes negros le sirvieron café y entablaron una conversación amistosa. El delito no pasaba de una simple fuga, y Quinn carecía de argumentos para defenderse: culpable al cien por cien, volvería a la cárcel.

Le consultaron si estaba dispuesto a responder algunas preguntas básicas sobre su fuga de hacía tres meses, y él no puso pegas. Ni siquiera hizo falta sonsacarle que se había citado con un cómplice anónimo a poca distancia del centro de Frostburg, y que le habían llevado a Washington en coche. Después se había quedado algunos días en la capital, pero su presencia no era bienvenida. Los fugitivos llaman la atención, y a los suyos no les gustaba la posibilidad de que el FBI metiera las narices en su busca, así que Quinn empezó a hacer de mula entre Miami y Atlanta, llevando cocaína. Lo malo es que había poco trabajo. Estaba tocado. Su «sindicato», como dijo él mismo, recelaba de él. De vez en cuando veía a su mujer e hijos, pero se daba cuenta de lo peligroso que era acercarse demasiado a su casa. Estuvo un tiempo en Baltimore, con una antigua novia, pero tampoco puede decirse que estuviera encantada con su presencia. Al final se dedicó a vagar sin rumbo, aceptando algunos encargos de droga hasta que tuvo la suerte de que su primo le diera trabajo como barman en el club Velvet.

Justo al lado, en una sala de interrogatorios de mayores dimensiones, dos interrogadores veteranos del FBI espiaban la conversación. Arriba había otro equipo que escuchaba, a la espera. Si todo iba bien, Quinn tendría una noche muy larga. Y el FBI necesitaba que fuera todo bien. De momento no tenían ninguna prueba tangible, ni una sola, así que era imperativo que saliese alguna del interrogatorio. Lo que les preocupaba era la experiencia del sospechoso en esas lides. Difícilmente diría gran cosa por intimidación.

Justo después de sacar a Quinn por la puerta trasera del club Velvet, los agentes del FBI arrinconaron a su primo y le exigieron información. El chico, que era gato viejo, no abrió la boca hasta que le amenazaron con acusarle de haber acogido a un fugitivo. Los antecedentes penales del primo eran de órdago. Pesaban varias acusaciones contra él en el estado, y lo más probable era que una nueva imputación le devolviese al trullo. Como prefería vivir al aire libre, empezó a cantar. Quinn vivía y trabajaba con el falso nombre de Jackie Todd, aunque cobraba en efectivo y en negro. El primo condujo a los agentes del FBI a un desvencijado aparcamiento de caravanas situado a una distancia de algo menos de un kilómetro y les enseñó la que alquilaba Quinn por meses, con muebles incluidos. Al lado había un Hummer H3 de 2008 con matrícula de Carolina del Norte. El primo explicó que a Quinn le gustaba más ir al trabajo caminando y esconder el Hummer, siempre que el clima lo permitiera.

En menos de una hora recibieron una orden de registro de la caravana y el Hummer, que remolcaron a una comisaría de Norfolk para abrirlos y examinarlos. La puerta principal de la caravana estaba cerrada con llave. Sin embargo, no era muy sólida, y bastó un simple mazazo para franquear el paso a los agentes. El interior llamaba la atención por su limpieza y orden. Los seis agentes, que no perdían el tiempo, lo peinaron en toda su anchura (cuatro metros) y longitud (cinco). Solo había un dormitorio, donde encontraron la cartera, las llaves y el móvil de Quinn entre el colchón y el somier. En la cartera había unos quinientos dólares en efectivo, un permiso de conducir falso de Carolina del Norte y dos tarjetas Visa de prepago valoradas cada una en mil doscientos dólares. El móvil también era de prepago, ideal para un fugitivo. Debajo de la cama los agentes encontraron una pistola Smith & Wesson de cañón corto y calibre 38, cargada con balas expansivas.

La recogieron con muchísimo cuidado, dando por supuesto que era la que había servido para matar al juez Fawcett y a Naomi Clary.

Entre las llaves había una de un minitrastero que quedaba a tres kilómetros. Un agente encontró documentación de Quinn en un cajón de la cocina: un par de carpetas con pocos papeles, entre ellos el resguardo del alquiler para seis meses de una unidad en Minitrasteros Macon, firmado por Jackie Todd. El jefe de la brigada llamó por teléfono a Roanoke, donde había un magistrado federal de guardia, y pronto llegó a Norfolk una orden de registro por correo electrónico.

La misma carpeta contenía el título de propiedad del Hummer H3 de 2008, extendido en Carolina del Norte a nombre de Jackie Todd. Al no haberse anotado ningún tipo de gravamen, era lícito suponer que el señor Todd había pagado al contado, o bien en efectivo o bien con un cheque. En el cajón no se encontraron talonarios ni extractos bancarios. Tampoco se esperaban. Según la factura, había adquirido el coche el 9 de febrero de 2011 en un concesionario de segunda mano de Roanoke. 9 de febrero: dos días después de la aparición de los cadáveres.

Provistos de la orden judicial, dos agentes entraron en la minúscula unidad de Minitrasteros Macon correspondiente a Jackie Todd, bajo la atenta y recelosa mirada del señor Macon en persona. Suelo de cemento, paredes de bloques de hormigón sin pintar y una sola bombilla empotrada en el techo. Había cinco cajas de cartón arrimadas a una pared. Un rápido registro permitió encontrar ropa vieja, unas botas militares manchadas de barro, una pistola Glock de 9 milímetros con el número de registro limado y por último una caja de metal llena de dinero hasta el límite de su capacidad. Los agentes se llevaron las cinco cajas de cartón y, tras agradecerle al señor Macon su hospitalidad, se fueron pitando.

Al mismo tiempo, el sistema informático del Centro Nacional de Información sobre Delitos cribaba el nombre de Jackie R. Todd y detectaba una coincidencia en Roanoke, Virginia.

A medianoche hicieron pasar a Quinn a otra sala y le presentaron a los agentes especiales Pankovits y Delocke, que lo primero que hicieron fue explicarle que el FBI les usaba para interrogar a los presos fugados. Era una simple consulta de rutina, un pequeño sondeo para buscar datos del que siempre disfrutaban, porque ¿a quién no le gustaba hablar con un fugitivo y enterarse de todos los detalles? Era tarde. Si Quinn quería dormir algo en la cárcel del condado, estarían encantados de empezar la mañana siguiente, a primera hora. Quinn dijo que no, que prefería zanjarlo de una vez. Trajeron bocadillos y refrescos. Reinaba el buen humor. Los dos agentes mostraban la máxima cordialidad. Pankovits era blanco y Delocke, negro. Quinn dio muestras de encontrarse a gusto con ellos. Entre mordiscos a un bocadillo de jamón y queso contaron una anécdota sobre un preso que había estado fugado veintiún años. El FBI les había hecho viajar hasta Tailandia en su busca. ¡Cómo se habían divertido!

Le preguntaron por su huida, y por sus movimientos de los días siguientes: interrogantes, y respuestas, que ya habían sido cubiertas en el interrogatorio inicial. Quinn no quiso identificar a su cómplice. Tampoco les dio el nombre de ninguna persona que le hubiera ayudado, pero no pasaba nada; los dos agentes no le presionaron, ni mostraron interés por atrapar a nadie más. Después de una hora de cháchara amigable Pankovits se acordó de que no le habían leído sus derechos. Le dijeron que no se preocupara, porque su delito era evidente, y no se había implicado en nada más que en la fuga. Podía estar tranquilo. Ahora bien, si quería seguir tendría que renunciar a sus derechos. Lo hizo firmando un documento. Para entonces ya le llamaban Quinn, y él a ellos les decía Andy en vez de Pankovits y Jesse en lugar de Delocke.

Al reconstruir en detalle sus movimientos de los últimos tres meses, quedaron sorprendidos por la precisión con la que Quinn recordaba las fechas, los lugares y acontecimientos. Impresionados, le felicitaron por su buena memoria. También prestaron especial atención a sus ingresos; todo en efectivo, claro, pero ¿cuánto por cada trabajo?

—Oye, y en el segundo viaje de Miami a Charleston —dijo Pankovits sonriendo al mirar sus apuntes—, el de una semana después del día de Año Nuevo, ¿cuánto cobraste en efectivo?

—Creo que seis mil.

—Ah, ya.

Los agentes escribían como dos posesos, sin dar muestras de que no creyeran algo de lo dicho por el interrogado. Quinn les explicó que había vivido y trabajado en Norfolk desde mediados de febrero, aproximadamente. Vivía con su primo y un par de novias en un piso grande, bastante cerca del club Velvet. Le pagaban en dinero, comida, bebidas, sexo y maría.

—Bueno, Quinn —saltó Delocke sumando una columna de números—, pues si no me equivoco has ganado unos cuarenta y seis mil dólares desde que te fuiste de Frostburg, todo en efectivo, sin impuestos. No está mal para tres meses de trabajo.

—Supongo que no.

—¿Y cuánto te has gastado? —preguntó Pankovits.

Quinn se encogió de hombros, como si ya no importase mucho.

—No lo sé, casi todo. Sale muy caro ir de un lado para el otro.

—Y cuando pasabas droga desde Miami, ¿cómo alquilabas los coches? —quiso saber Delocke.

—No los alquilaba yo. Lo hacía otra persona y me daba las llaves. Mi trabajo era conducir con cuidado y despacio, y que no me parase la pasma.

Era comprensible. Ninguno de los dos agentes dudó en mostrarse de acuerdo.

—¿Te compraste algún coche? —preguntó Pankovits sin apartar la vista de sus apuntes.

—No —respondió Quinn sonriendo. Qué pregunta más tonta—. Fugado y sin papeles no te puedes comprar coches. No, claro.

En la Nevera de Roanoke, Victor Westlake contemplaba la imagen de Quinn Rucker en una gran pantalla. Una cámara oculta de la sala de interrogatorios transmitía el vídeo hasta ese espacio provisional dotado de una cantidad increíble de aparatos. Además de Westlake había cuatro agentes, atentos a los ojos y las expresiones de Rucker.

—Imposible —masculló uno de los cuatro—. Este tío es demasiado listo. Sabe que encontraremos la caravana, la cartera, el documento falso de identidad y el Hummer.

—Puede que no —dijo otro—. De momento es una simple fuga. Se cree que no sabemos nada del asesinato. No es nada grave.

—Estoy de acuerdo —confirmó un tercero—. Me parece que está haciendo un cálculo de probabilidades. Cree que puede resistir unas cuantas preguntas y que después lo llevarán otra vez a la cárcel. Piensa llamar a su primo en algún momento y pedirle que lo recoja todo.

—A ver qué pasa —concluyó Westlake—, y cómo reacciona cuando explote la primera bomba.

—¿Puedo ir al baño? —preguntó Quinn.

Delocke se levantó y le acompañó al pasillo. Cerca había otro agente, como exhibición de poderío. Cinco minutos después Quinn había vuelto a su asiento.

—Es bastante tarde, Quinn —dijo Pankovits—. ¿Quieres ir a la cárcel y dormir un poco? Tenemos tiempo de sobra.

—Prefiero esto que la cárcel —señaló Quinn con tristeza—. ¿Cuánto tiempo creéis que añadirán? —inquirió.

—No lo sé, Quinn —respondió Delocke—. Eso ya depende de la fiscalía. Lo malo es que al centro de baja seguridad ya no te enviarán, ni ahora ni nunca. Irás a una prisión de verdad.

—¿Sabes qué te digo, Jesse? Que echo un poco de menos el centro. Al final no era tan malo.

—Entonces ¿por qué te fuiste?

—Por una tontería. ¿Por qué? Porque podía. Te ibas y era como si no le importase a nadie.

—Nosotros hablamos cada año con veinticinco tíos que han escapado de un centro federal. Creo que sí, que la mejor palabra es «tontería».

Pankovits barajó unos papeles.

—Bueno, Quinn, me parece que lo cronológico ya lo tenemos bastante por el mango —afirmó—. Fechas, sitios, movimientos, cobros en efectivo... Todo constará en el informe previo a la sentencia. Lo bueno es que en los últimos tres meses no has hecho nada excepcionalmente grave. Has llevado droga un par de veces (cosa que no te ayudará, claro), pero al menos no le has hecho daño a nadie, ¿no?

—No, qué va.

—Y ya lo has explicado todo, ¿verdad? No te has dejado nada. ¿Nos lo estás contando todo?

—Sí.

Los dos agentes se pusieron algo tensos, frunciendo el entrecejo.

—¿Y Roanoke, Quinn? —soltó Pankovits—. ¿Has pasado alguna vez por Roanoke?

Quinn miró el techo, pensativo.

—Un par de veces, como mucho —dijo.

—¿Seguro?

—Seguro.

Delocke abrió una carpeta y examinó un papel.

—¿Quién es Jackie Todd? —preguntó.

Quinn cerró los ojos. De su boca entreabierta salió un leve sonido gutural que brotaba de lo más profundo, como si le hubieran dado un golpe debajo del cinturón. Sus hombros bajaron. De haber sido blanco habría palidecido.

—No lo sé —dijo al cabo de un rato—. No le conozco de nada.

—¿No? —preguntó Delocke—. Pues parece que el martes 8 de febrero por la noche detuvieron en un bar de Roanoke a un tal Jackie R. Todd. Por embriaguez pública y amenazas. Según el informe de la policía se peleó con otros borrachos y pasó la noche en la cárcel. Por la mañana pagó ochocientos dólares de fianza y salió.

—No era yo.

—¿De verdad?

Delocke acercó un papel a Quinn, que lo cogió despacio. Era una foto policial. Saltaba a la vista que era él.

—Bastante indiscutible, ¿no, Quinn?

Quinn dejó el papel sobre la mesa.

—Vale, vale —dijo—, usé un nombre falso. ¿Qué queríais que hiciese, jugar al escondite con mi nombre de verdad?

—No, claro, Quinn —respondió Pankovits—, pero no me negarás que nos has mentido.

—No es la primera vez que miento a la poli.

—Mentirle al FBI puede costar hasta cinco años de cárcel.

—Bueno, vale, os he pegado algunas bolas.

—No es que me sorprenda, pero de ahora en adelante no podremos creernos nada. Supongo que habrá que volver a empezar.

—El 9 de febrero —dijo Delocke— un tal Jackie Todd entró en un concesionario de segunda mano de Roanoke y pagó veinticuatro mil dólares en efectivo por un Hummer H3 de 2008. ¿Te dice algo, Quinn?

—No, no era yo.

—Ya me lo parecía. —Delocke deslizó sobre la mesa una copia de la factura—. Y esto tampoco lo has visto nunca, ¿verdad?

Quinn lo miró.

—No.

—Venga, Quinn —le soltó Pankovits—, que no somos ni la mitad de tontos de lo que te crees. Estuviste en Roanoke el 8 de febrero, te fuiste al bar, te metiste en una pelea, acabaste en la cárcel, por la mañana pagaste la fianza, volviste a tu habitación del motel Safe Lodge, que pagaste al contado, sacaste más dinero y te compraste un Hummer.

—¿Es delito pagar un coche en metálico?

—En absoluto —contestó Pankovits—, pero en esas fechas teóricamente no podías tener tanto dinero.

—Puede que me haya equivocado un poco con las fechas y los pagos al contado. No puedo acordarme de todo.

—¿Recuerdas dónde compraste las pistolas? —preguntó Delocke.

—¿Qué pistolas?

—La Smith & Wesson calibre 38 que hemos encontrado en tu caravana y la Glock de 9 milímetros que hemos hallado en tu trastero hará cosa de dos horas.

—Robo de armas de fuego —tuvo el detalle de puntualizar Pankovits—. Otro delito federal.

Quinn juntó lentamente las manos en la nuca y se miró los

pies. Pasaron dos minutos. Los dos agentes le observaban sin pestañear, ni mover un solo músculo. Reinaba un silencio inmóvil, tenso. Al final Pankovits sacó unos documentos y eligió uno.

—En el inventario preliminar —dijo— constan una cartera con quinientos doce dólares en efectivo, un permiso de conducir falso de Carolina del Norte, dos tarjetas Visa de prepago, un móvil de prepago, la Smith & Wesson de la que acabamos de hablar, la factura y el título de propiedad del Hummer, el contrato de alquiler del minitrastero, el seguro del coche, una caja de balas del calibre 38 y algunas cosas más, todas encontradas en la caravana que tenías alquilada por cuatrocientos dólares mensuales. En el minitrastero hemos inventariado ropa, la Glock de 9 milímetros, unas botas militares, algunas cosas más, y sobre todo una caja metálica con cuarenta y un mil dólares dentro, en efectivo y billetes de cien.

Quinn cruzó lentamente los brazos en el pecho y fijó su mirada en Delocke.

—Tenemos toda la noche, Quinn —señaló este último—. ¿Y si nos lo explicases?

—Será que hice de mula más veces de lo que recuerdo. Los viajes de ida y vuelta de Miami fueron muchos.

—¿Y por qué no nos los has contado todos?

—Ya te digo que no puedo acordarme de todo. Cuando te fugas tiendes a olvidarte de las cosas.

—¿Recuerdas haber usado para algo alguna de las dos pistolas, Quinn? —preguntó Delocke.

—No.

—¿No usaste las pistolas o no recuerdas haberlas usado?

—No usé las pistolas.

Pankovits encontró otro papel y lo estudió solemnemente.

—¿Estás seguro, Quinn? Esto de aquí es un informe balístico preliminar.

Poco a poco Quinn echó la silla hacia atrás, se levantó, se desperezó y dio unos pasos hacia un rincón.

—Puede que necesite un abogado.

14

No había ningún informe de balística. La Smith & Wesson del 38 estaba en el laboratorio de criminología de la sede central del FBI en Quantico, pendiente de que llegaran los técnicos, cuya jornada de trabajo empezaba en unas cinco horas. El papel que había levantado Pankovits como estrategia era una copia de un informe sin ninguna trascendencia.

Pankovits y Delocke disponían de un amplio repertorio de juego sucio que tenía el beneplácito del Tribunal Supremo. Su uso dependería del margen que les diera Quinn. El problema más inmediato era el comentario sobre el abogado. Si Quinn hubiera dicho de forma clara e inequívoca «¡quiero un abogado!», o «¡no pienso contestar a ninguna otra pregunta hasta que tenga un abogado!», o algo por el estilo, el interrogatorio habría terminado *ipso facto*. Sin embargo, se fue por la tangente y usó el «puede».

El factor tiempo era crucial. Para desviar la atención de la cuestión del abogado, los agentes efectuaron un cambio rápido de entorno. Delocke se levantó.

—Tengo que echar una meadita —dijo.

—Pues yo necesito más café —añadió Pankovits—. ¿Quieres uno, Quinn?

—No.

Delocke dio un portazo al salir. Pankovits se levantó y estiró la espalda. Casi eran las tres de la madrugada.

Quinn tenía dos hermanos y dos hermanas, de entre veintisiete y cuarenta y dos años, todos los cuales habían pasado por el negocio familiar del narcotráfico. Una de las hermanas se había desmarcado del tráfico y la compraventa en sí, pero seguía dedicándose a actividades de blanqueo. La otra se había salido del negocio para irse a vivir a otro sitio, y hacía lo posible por evitar a la familia por completo. El menor de los hermanos se llamaba Dee Ray Rucker y era un joven callado que estudiaba Ciencias Económicas en Georgetown y sabía mucho de mover dinero. Tenía antecedentes por tenencia de armas, pero nada grave. A Dee Ray, en realidad, le podían el miedo y la violencia de la vida callejera, de la que procuraba apartarse. Vivía con su novia en un piso sencillo cerca de Union Station. Ahí fue donde le encontró el FBI poco después de medianoche: en la cama, sin el peso de ninguna orden judicial de excepción ni de ninguna investigación pendiente por delito, ajeno a lo que ocurría con su querido hermano Quinn. Dormía profunda y plácidamente, y no ofreció resistencia, aunque sí elevó una cantidad enorme de protestas. La brigada de agentes que se lo llevó apenas le dio explicaciones. En el edificio del FBI de Pennsylvania Avenue fue conducido sin ceremonias a una sala, sentado en una silla y rodeado de agentes, todos con la misma parka azul marino con las siglas del FBI en amarillo chillón. La escena fue fotografiada desde varios ángulos. Al cabo de una hora, en la que estuvo sentado y esposado sin recibir ninguna justificación, le sacaron de la sala, se lo llevaron al mismo furgón de antes y le dejaron delante de su casa, en la acera, sin mediar palabra.

Su novia le trajo unas pastillas. Al final Dee Ray se calmó.

Por la mañana llamaría a su abogado y montaría la de Dios, pero pronto quedaría en el olvido todo aquel episodio.

En el mundo de la droga nadie espera un final feliz.

Al volver del baño, Delocke dejó la puerta abierta para que pasara una administrativa guapa y delgada, quien depositó al borde de la mesa una bandeja con bebidas y galletas. La mujer sonrió a Quinn, que seguía en el rincón, demasiado desconcertado para reparar en ella. Cuando volvieron a quedarse solos, Pankovits abrió una lata de Red Bull y la sirvió con cubitos.

—¿Necesitas un Red Bull, Quinn?

—No.

En el bar lo servía toda la noche (Red Bull con vodka), pero nunca le había gustado su sabor. La pausa le dio tiempo para respirar y organizar sus ideas, o intentarlo. ¿Qué era mejor, seguir o no hablar más, insistiendo en que viniera un abogado? Su intuición le decía que lo segundo, pero tenía mucha curiosidad por averiguar cuánto sabía el FBI. Lo que ya habían descubierto le tenía atónito. ¿Hasta dónde eran capaces de llegar?

Delocke también se sirvió un Red Bull con hielo, que acompañó con una galleta.

—Siéntate, Quinn —dijo haciéndole señas de que volviera a la mesa.

Quinn dio unos pasos y se sentó. Pankovits ya había empezado a tomar notas.

—Tu hermano mayor, el Alto, creo que le llaman... ¿Sigue por Washington?

—¿A qué viene eso?

—No, por nada, Quinn, es que estamos llenando unas lagunas. Me gusta tener el máximo de datos. ¿En los últimos tres meses has visto mucho al Alto?

—No pienso decir nada.

—Vale. ¿Y tu hermano pequeño, Dee Ray? ¿Aún está por Washington?

—No tengo ni idea de dónde está Dee Ray.

—¿Le has visto mucho en los últimos tres meses?

—No pienso decir nada.

—¿Te acompañó Dee Ray a Roanoke cuando te detuvieron?

—No pienso decir nada.

—¿Había alguien contigo cuando te arrestaron en Roanoke?

—Estaba solo.

Delocke resopló, molesto. Pankovits suspiró como si fuera otra mentira, y ambos lo supieran.

—Os juro que estaba solo —dijo Quinn.

—¿Qué hacías en Roanoke? —preguntó Delocke.

—Negocios.

—¿Tráfico?

—Eso es cosa nuestra. Roanoke forma parte de nuestro territorio. Teníamos un problema y tuve que resolverlo.

—¿Qué tipo de problema?

—No pienso decir nada.

Pankovits bebió un buen trago de su Red Bull.

—Mira, Quinn —advirtió—, ahora mismo tenemos un problema, y es que no podemos creernos nada de lo que dices. Mientes. Sabemos que mientes. Hasta lo has reconocido. Cuando te preguntamos algo contestas con mentiras.

—Así no vamos a ninguna parte, Quinn —intervino Delocke—. ¿Qué hacías en Roanoke?

Quinn se inclinó para coger una Oreo. Quitó la parte de encima, lamió la crema y contempló a Delocke.

—Teníamos una mula y sospechábamos que se chivaba. Al haber perdido dos remesas de manera rara, sacamos nuestras conclusiones y fui a ver a la mula.

—¿Para matarle?

—No, no es como trabajamos. No le encontré. Se ve que se enteró y se fue. Entonces fui a un bar, bebí demasiado, me metí en una pelea y tuve una mala noche. Al día siguiente un amigo me dijo que vendían un Hummer a buen precio y fui a verlo.

—¿Quién era el amigo?

—No pienso decir nada.

—Mientes —soltó Delocke—. Mientes, Quinn, y nos consta. Encima lo haces fatal, si quieres que te diga la verdad.

—Bueno, pues vale.

—¿Por qué matriculaste el Hummer en Carolina del Norte? —preguntó Pankovits.

—Os recuerdo que me había fugado. Intentaba no dejar ninguna pista. ¿Lo pilláis o no? Un documento de identidad falso, una dirección falsa... Todo falso.

—¿Quién es Jakeel Staley? —inquirió Delocke.

Quinn titubeó un segundo. Después intentó disimular y respondió como si no fuera con él.

—Un sobrino.

—¿Y dónde está?

—En una cárcel federal, no sé dónde. Seguro que vosotros sí.

—Alabama. Está condenado a dieciocho años —aclaró Pankovits—. ¿Verdad que a Jakeel le trincaron cerca de Roanoke con una camioneta llena de cocaína?

—Supongo que tendréis el expediente.

—¿Intentaste ayudarle?

—¿Cuándo?

La reacción de ambos agentes fue una exhibición teatral de frustración. Los dos bebieron un poco de Red Bull. Delocke cogió otra Oreo. En la bandeja quedaba una docena. También había una cafetera llena. Por lo visto pensaban seguir toda la noche.

—Venga, Quinn —dijo Pankovits—, no sigas mareándonos. Tenemos claro que a Jakeel le trincaron en Roanoke con un montón de coca y que le quedan muchos años en el trullo. La pregunta es si intentaste ayudarle.

—Pues claro, es de la familia, forma parte del negocio y le trincaron mientras trabajaba. La familia siempre da la cara.

—¿Fuiste tú quien contrató al abogado?

—Sí.

—¿Cuánto le pagaste?

Quinn pensó un momento.

—La verdad es que no me acuerdo —respondió—, pero un montón de pasta.

—¿Y le pagaste en efectivo?

—Os lo acabo de decir. No está prohibido, que yo sepa. Nosotros no usamos cuentas ni tarjetas de crédito, ni nada que pueda dar pistas a los federales. Solo dinero en efectivo.

—¿Quién te dio la pasta para contratar al abogado?

—No pienso decir nada.

—¿Te la dio Dee Ray?

—No pienso decir nada.

Pankovits acercó lentamente la mano a una fina carpeta, de la que sacó un papel.

—Pues Dee Ray dice que te dio todo el dinero que pudieras necesitar en Roanoke.

Quinn sacudió la cabeza y lo negó con una sonrisa repelente, como diciendo «venga ya».

Pankovits empujó hacia él una ampliación de veinte por veinticinco de una foto de Dee Ray entre agentes del FBI, esposado, furioso y con la boca abierta.

—Más o menos una hora después de pillarte hemos encontrado a Dee Ray en Washington —explicó Delocke—. ¿Sabes que le gusta mucho hablar? De hecho habla bastante más que tú.

Quinn enmudeció, mirando la foto.

La Nevera. Las cuatro de la madrugada. Victor Westlake se levantó y dio su enésimo paseo por la habitación. Había que moverse para combatir el sueño. Los otros cuatro agentes seguían despiertos, con el cuerpo activado por anfetaminas sin receta, Red Bull y café.

—Pero qué lentos son estos tíos —dijo uno.

—Son metódicos —contestó otro—. Le están desgastando. Es increíble que después de siete horas todavía hable.

—No quiere ir a la cárcel del condado.

—No me extraña.

—Yo creo que aún tiene curiosidad. El gato y el ratón. ¿En realidad cuánto sabemos?

—No le pillarán. Es demasiado inteligente.

—Saben lo que hacen —dijo Westlake.

Se sentó y se sirvió más café.

En Norfolk, Pankovits también se puso a beber café.

—¿Quién te llevó a Roanoke? —preguntó.

—Nadie. Yo mismo, en coche.

—¿Qué tipo de coche?

—No me acuerdo.

—Mentira, Quinn. La semana anterior al 7 de febrero fuiste a Roanoke con otra persona. Erais dos. Tenemos testigos.

—Pues vuestros testigos mienten. Y vosotros también. Aquí miente todo el mundo.

—El Hummer lo compraste el 9 de febrero. Lo pagaste al contado, sin ningún tipo de plazos. ¿Cómo llegaste al concesionario de segunda mano el día en que adquiriste el Hummer? ¿Quién te llevó?

—No me acuerdo.

—O sea, que no te acuerdas de quién te llevó.

—No me acuerdo de nada. Tenía resaca. Aún estaba medio borracho.

—Venga, Quinn —dijo Delocke—, que tus mentiras empiezan a ser ridículas. ¿Qué escondes? Si no escondieras algo no mentirías tanto.

—¿Qué queréis saber, exactamente? —preguntó Quinn levantando las manos.

—¿De dónde sacabas tanto dinero en efectivo, Quinn?

—Soy traficante de droga. Lo he sido casi toda la vida. Si he estado en la cárcel ha sido por tráfico de droga. Nosotros el efectivo lo quemamos. Nos lo comemos. ¿No lo entendéis?

Pankovits sacudía la cabeza.

—Pero Quinn, por lo que acabas de contarnos has trabajado poco para la familia desde que te fugaste. ¿No decías que te tenían miedo? ¿O me equivoco? —preguntó mirando a Delocke, que se apresuró a confirmar que su colega estaba en lo cierto.

—Como la familia te hacía el vacío —dijo Delocke—, empezaste a hacer viajes de ida y vuelta por el sur. Has dicho que ganaste unos cuarenta y seis mil dólares, aunque ahora sabemos que es falso, porque te gastaste veinticuatro mil en el Hummer y hemos encontrado cuarenta y un mil en tu trastero.

—Conseguiste dinero, Quinn —añadió Pankovits—. ¿Qué nos escondes?

—Nada.

—Pues entonces ¿por qué mientes?

—Miento como todo el mundo. Creía que en eso estábamos de acuerdo.

Delocke dio unos golpes en la mesa.

—Vamos a retroceder unos años, Quinn —dijo—. Tu sobrino Jakeel Staley está en la cárcel de Roanoke, esperando juicio. Tú le pagaste a su abogado una suma al contado por sus servicios jurídicos, ¿verdad?

—Sí.

—¿Circuló más efectivo? ¿Alguna ayudita para engrasar la maquinaria? No sé... ¿Un soborno, para que el tribunal no estuviera muy duro con el chico? ¿Algo así, Quinn?

—No.

—¿Estás seguro?

—Pues claro que estoy seguro.

—Venga, Quinn.

—Pagué al abogado en efectivo y supuse que se quedaría el dinero en concepto de honorarios. Es lo único que sé.

—¿Quién era el juez?

—No me acuerdo.

—¿Te suena de algo el nombre del juez Fawcett?

Quinn se encogió de hombros.

—Puede.

—¿Fuiste alguna vez con Jakeel al juzgado?

—Estaba en la sala cuando le condenaron a dieciocho años.

—¿Te sorprendió que le cayeran dieciocho?

—Sí, la verdad es que sí.

—En principio tenían que caerle muchos menos, ¿no?

—Según su abogado sí.

—Y tú estabas en la sala para poder ver bien al juez Fawcett, ¿verdad?

—Estaba por mi sobrino, nada más.

La pareja se calló al mismo tiempo. Delocke bebió un poco de Red Bull.

—Tengo que ir al lavabo —dijo Pankovits—. ¿Tú estás bien, Quinn?

Quinn se frotaba la frente.

—Muy bien —contestó.

—¿Te traigo algo de beber?

—¿Podría ser un Sprite?

—Hecho.

Pankovits no se dio prisa. Quinn iba bebiendo. A las cuatro y media el interrogatorio se reanudó con una pregunta de Delocke.

—Oye, Quinn, ¿has seguido las noticias en los últimos tres meses? ¿Has leído algún periódico? Supongo que tendrías un poco de curiosidad por saber si decían algo de tu fuga.

—La verdad es que no —dijo Quinn.

—¿Te has enterado de lo del juez Fawcett?

—No. ¿Qué le pasa?

—Le asesinaron. De dos tiros en el cogote.

No hubo ninguna reacción por parte de Quinn, ni de sorpresa ni de pena. Nada.

—¿No lo sabías, Quinn? —preguntó Pankovits.

—No.

—Dos balas expansivas disparadas con una pistola del 38 idéntica a la que hemos encontrado en tu caravana. El informe de balística preliminar dice que hay un 90 por ciento de posibilidades de que tu pistola fuera la que se usó para matar al juez.

Quinn empezó a sonreír y asentir.

—Ahora lo entiendo. Todo esto es porque se ha muerto un juez. Creéis que al juez Fawcett le he matado yo, ¿verdad?

—Pues sí.

—Genial. O sea, que hemos desperdiciado... ¿cuántas horas, siete? En chorradas. Pues estáis malgastando mi tiempo, el vuestro, el de Dee Ray y el de todos, porque no he matado a nadie.

—¿Has estado alguna vez en Ripplemead, Virginia, un pueblo de quinientos habitantes en medio de la montaña, al oeste de Roanoke?

—No.

—Es la población más próxima a un pequeño lago donde asesinaron al juez. En Ripplemead no hay negros, y si aparece alguno llama la atención. Según el dueño de una gasolinera, el día antes de que mataran al juez pasó por el pueblo un hombre negro que concuerda con tu descripción.

—¿Es una identificación como Dios manda o solo una suposición?

—Algo a medio camino. Mañana le enseñaremos una foto tuya de mejor calidad.

—No me extraña. Seguro que mejora mucho su memoria.

—Suele pasar —señaló Delocke—. A seis kilómetros al oeste de Ripplemead se acaba el mundo. Ya no hay asfalto, solo unas cuantas pistas de grava que se pierden por las montañas. Lo que hay es una de esas tiendas donde venden un poco de todo. Se llama Peacock's. Al señor Peacock no se le pasa nada por alto. Dice que el día antes del asesinato entró un hombre negro en la tienda y le pidió unas indicaciones. El señor Peacock no recuerda la última vez que vio a un hombre negro por la zona. Nos dio una descripción, y cuadra bastante contigo.

Quinn se encogió de hombros.

—No soy tan tonto.

—¿Ah, no? Pues ¿por qué te quedaste la Smith & Wesson? Cuando recibamos el informe de balística definitivo serás hombre muerto, Quinn.

—La pistola es robada, ¿vale? Las pistolas robadas dan muchas vueltas. Me la compré hace dos semanas en una casa de empeño de Lynchburg. Debe de haber cambiado de manos una docena de veces en el último año.

Buen argumento, que no podían refutar, al menos hasta que hubieran concluido las pruebas de balística. Una vez que dispusieran de ellas, ningún jurado daría crédito a la versión de Quinn sobre el origen del revólver.

—En tu trastero —dijo Pankovits— hemos encontrado unas botas militares, de esas falsificaciones baratas de lona, con camuflaje y todas las demás chorradas. Están bastante nuevas, no se han usado mucho. ¿Para qué necesitabas unas botas militares, Quinn?

—Tengo los tobillos débiles.

—Ah, ya. ¿Y te las pones a menudo?

—Hombre, si están guardadas será que no. Me las probé, me salió una ampolla y me olvidé de ellas. ¿Por qué lo preguntas?

—Porque encajan con una huella que encontramos en el suelo cerca de la cabaña donde fue asesinado el juez Fawcett —mintió Pankovits, pero con suma eficacia—. Concuerdan, Quinn. Lo cual te sitúa en el lugar del crimen.

Quinn bajó la cabeza y se frotó los ojos, inyectados en sangre y cansados.

—¿Qué hora es?

—Las 4.50 —contestó Delocke.

—Tengo que dormir un poco.

—Pues no sé qué decirte, Quinn. Hemos hablado con la cárcel del condado y tu celda está bastante llena. Ocho hombres y cuatro catres. Tendrás suerte si encuentras sitio en el suelo.

—Me parece que esa cárcel no me gusta. ¿Podríamos buscar alguna otra?

—Lo siento, pero espera a ver el pasillo de la muerte, Quinn.

—Al pasillo de la muerte no iré, porque no he matado a nadie.

—Mira, Quinn, la situación es la siguiente —dijo Pankovits—: dos testigos te sitúan en la zona a la hora del asesinato, y el lugar no es precisamente un cruce de calles muy transitado. Estuviste, llamaste la atención y se acuerdan de ti. La balística te pillará por los cojones. La huella de bota ya es la guinda.

Eso en lo que respecta al lugar del crimen. Después del asesinato la cosa mejora, o empeora, según quién lo mire. Estuviste en Roanoke el día en que encontraron los cadáveres, el martes 8 de febrero; lo has reconocido tú mismo y lo respaldan los registros de la cárcel y el juzgado. De un día al otro te cargaste de billetes. Pagaste una fianza y veinticuatro mil dólares por un Hummer. Has despilfarrado mucho más, y ahora que te pillamos resulta que tienes otra fortuna escondida en un minitrastero. ¿Móviles? Hay muchos. Pactaste con el juez Fawcett para que emitiera un veredicto favorable a Jakeel Staley. Le sobornaste con una cantidad que rondaría el medio millón de dólares, y él, una vez que tuvo el dinero, se olvidó del acuerdo y le echó encima todo el código penal a Jakeel. Tú juraste venganza, y al final la conseguiste. Por desgracia se cruzó la secretaria en el camino.

—Pena de muerte asegurada, Quinn —afirmó Delocke—. No hay vuelta de hoja.

Quinn cerró los ojos a la vez que se encogía. Empezó a respirar más deprisa, mientras se le formaban gotas de sudor sobre las cejas. Transcurrieron dos minutos. Se había esfumado toda su chulería.

—Os habéis equivocado de hombre —señaló el nuevo Quinn.

Pankovits se rió.

—¿No se te ocurre nada mejor? —soltó Delocke con desdén.

—Os habéis equivocado de hombre —repitió Quinn, aún con menos convicción que antes.

—Suena muy pobre, Quinn —dijo Delocke—. Y en el juicio aún sonará peor.

Quinn se contempló las manos, mientras pasaba otro minuto.

—Si tanto sabéis —saltó finalmente—, ¿qué más queréis?

—Quedan algunas lagunas —contestó Pankovits—. ¿Lo hiciste solo? ¿Cómo abriste la caja fuerte? ¿Por qué mataste a la secretaria? ¿Qué ha sido del resto del dinero?

—No os puedo ayudar. No sé nada de todo eso.

—Lo sabes todo, Quinn, y no nos iremos hasta que hayas aclarado los detalles.

—Pues entonces me parece que estaremos aquí mucho tiempo —dijo Quinn. Se inclinó hasta apoyar la frente en la mesa—. Voy a echar una cabezadita.

Los dos agentes se levantaron y recogieron sus carpetas y libretas.

—Vamos a tomarnos un descanso, Quinn. Volveremos dentro de media hora.

15

Victor Westlake estaba satisfecho con la evolución del interrogatorio, pero también preocupado. No había testigos, ni ningún informe de balística que vinculase la pistola del 38 de Quinn con el lugar del crimen; tampoco había ninguna huella de bota, ni ningún interrogatorio simultáneo a Dee Ray. Lo que sí había era un móvil, siempre que fueran ciertas las explicaciones de Malcolm Bannister sobre el soborno. De momento la prueba más contundente era que Quinn Rucker había estado en Roanoke el día después de que se encontrasen los cadáveres, y que tenía demasiado dinero en metálico. Westlake y sus hombres estaban agotados por la noche en vela. Fuera aún estaba oscuro. Se recargaron de café y dieron largos paseos por la Nevera. De vez en cuando miraban la pantalla, en busca de imágenes del sospechoso. Quinn estaba recostado en la mesa, pero sin dormir.

A las seis de la mañana Pankovits y Delocke volvieron a la sala de interrogatorios con sendos vasos altos de Red Bull con hielo. Quinn despegó la cabeza de la mesa y se instaló en su silla para la siguiente ronda.

Fue Pankovits quien empezó.

—Acabo de hablar por teléfono con el fiscal general, Quinn. Le hemos puesto al corriente del interrogatorio, y dice que mañana reunirá al gran jurado para entregarle la imputación. Dos acusaciones de homicidio sin atenuantes.

—Felicidades —contestó Quinn—. Supongo que será cuestión de que me busque un abogado.

—Tú mismo, pero puede que necesites más de uno. No sé si sabes mucho de legislación federal sobre sobornos, Quinn, pero llega a ser brutal. La fiscalía adoptará la postura de que los asesinatos del juez Fawcett y su secretaria fueron obra de una banda muy conocida y bien organizada, y de que el ejecutor, naturalmente, fuiste tú. En el acta se te imputarán muchos delitos, entre ellos el de homicidio, pero también el de soborno. De todos modos, lo principal es que el escrito no te nombrará solo a ti, sino a otros personajes tan funestos como el Alto, Dee Ray, una de tus hermanas, tu primo Antoine Beck y dos o tres docenas de parientes.

—Podréis tener un ala propia en el pasillo de la muerte —añadió Delocke—: la banda Rucker-Beck, celda con celda, esperando la jeringa.

Delocke sonreía. Pankovits lo encontró gracioso. Menudo par de actores.

Quinn empezó a rascarse un lado de la cabeza y a hablar mirando el suelo.

—Me gustaría saber qué diría mi abogado de todo esto. Tenerme encerrado toda la noche en esta sala oscura y sin ventanas... ¿Desde cuándo, desde las nueve, más o menos? Pues son las seis de la mañana: nueve horas seguidas de chorradas, oyendo cómo me acusáis de sobornar a un juez y luego de matarle. Y ahora amenazáis con la pena de muerte no solo al menda sino a toda mi familia. Decís que tenéis testigos decididos a declarar, un informe balístico sobre una pistola robada, y una huella de bota que dejó en el barro algún cabrón.

¿Cómo puedo saber si decís la verdad o mentís como bellacos? Yo no me fío del FBI; no me he fiado nunca y nunca me fiaré. Me mintieron la primera vez que me trincaron, y doy por hecho que vosotros ahora me estáis mintiendo. Quizá yo os haya dicho alguna bola, pero ¿me podéis decir honestamente que vosotros a mí no? ¿Podéis o no?

Pankovits y Delocke se lo quedaron mirando. Tal vez fuera el miedo, o el sentimiento de culpa. Quizá era un delirio. En todo caso, Quinn estaba de lo más elocuente.

—Estamos diciendo la verdad —replicó Pankovits.

—Otra mentira más para la lista. Mi abogado llegará hasta el fondo. Durante el juicio os dejará con el culo al aire y os denunciará, a vosotros y vuestras mentiras. Enseñadme el análisis de la huella de bota. Venga, que lo quiero ver.

—No tenemos permiso para mostrárselo a nadie —objetó Pankovits.

—Muy oportuno. —Quinn se inclinó, apoyando los codos en las rodillas. Casi tocaba el borde de la mesa con la frente. Siguió hablando con la cabeza gacha—. ¿Y el informe de balística? ¿Lo puedo ver?

—No tenemos permiso para...

—¡Qué sorpresa! Pues ya lo conseguirá mi abogado; cuando pueda hablar con él, por cierto, porque llevo toda la noche pidiéndolo y no se han respetado mis derechos.

—Tú no has pedido un abogado —señaló Delocke—. Te has referido vagamente a él, pero sin llegar a solicitarlo, y has seguido hablando.

—Claro, como que tenía elección, ¿verdad? O me quedaba aquí sentado hablando o me iba con los borrachos. Mirad, yo ya he estado preso, y no me asusta. Forma parte del negocio. ¿Delinques? Pues a cumplir. En este negocio no entras sin saber las reglas. Ves que se llevan a todos tus amigos y parientes, pero acaban volviendo. Cumples y sales.

—O te fugas —dijo Delocke.

—También. No niego que fuera una tontería, pero me lo pedía el cuerpo.

—Porque tenías una deuda que saldar, ¿no es cierto, Quinn? Te pasaste dos años en la cárcel pensando cada día en el juez Fawcett, y en el pacto que rompió después de que le dieras el dinero. Y eso en vuestro mundo se castiga, ¿verdad?

—Sí.

Quinn se frotaba las sienes, mirándose los pies. Más que hablar, farfullaba. Los agentes respiraron hondo e intercambiaron sonrisas fugaces. Por fin el primer atisbo de una confesión.

Pankovits ordenó unos documentos.

—Bueno, Quinn —dijo—, vamos a ver si hacemos un poco de balance. Acabas de admitir que el juez Fawcett tenía que pagar, ¿no? ¿Quinn?

Quinn seguía apoyado en los codos, con la mirada perdida, aunque ahora se mecía como si estuviera mareado. No contestó a la pregunta.

Delocke levantó la vista de su libreta.

—Según mis notas, Quinn, te he hecho la siguiente pregunta: «Y eso en vuestro mundo se castiga, ¿verdad?» Y tú has contestado: «Sí». ¿Lo niegas, Quinn?

—Me estás haciendo decir cosas que no he dicho. Para.

Pankovits aprovechó la ocasión.

—Mira, Quinn, tenemos que informarte de las novedades. Hace unas dos horas Dee Ray ha reconocido que le diste dinero para que se lo entregase al juez Fawcett, y que él, el Alto y algunos otros te ayudaron a planear el asesinato. Dee Ray ha confesado y ya ha aceptado un trato para salvarse de la pena de muerte. Al Alto le hemos pillado hace dos horas. Ahora estamos buscando a una de tus hermanas. La cosa se está poniendo fea.

—¡Venga ya! Si no saben nada.

—Claro que saben, y mañana mismo les acusarán, igual que a ti.

—No me hagáis eso, tíos, que mi madre se muere. Tiene setenta años, la pobre, y está mal del corazón. No podéis jugar así con ella.

—¡Pues estate al quite, Quinn! —dijo en voz alta Pankovits—. ¡Cómete el marrón! El asesinato lo hiciste tú. Pues cumple, como tanto dices. No tiene sentido arrastrar al resto de la familia.

—¿Al quite de qué?

—Te estamos proponiendo un trato. Tú nos das los detalles y nosotros le decimos al ministerio fiscal que deje en paz a tu familia —explicó Pankovits.

—Ah, y otra cosa —añadió Delocke—. Si hacemos bien el acuerdo no habrá pena de muerte, solo cadena perpetua sin libertad condicional. Parece que la familia Fawcett no es partidaria de la pena capital, y tampoco quiere un juicio largo y penoso. Lo que quiere es que se cierre la causa, y el ministerio fiscal respetará sus deseos. Según el fiscal, él no se niega a una sentencia acordada que te salve la vida.

—¿Y por qué me lo tengo que creer?

—No es ninguna obligación, Quinn, pero espera unos días, hasta que presenten los cargos. Puede haber hasta treinta acusados, cada uno por algo diferente.

Quinn Rucker se levantó despacio y elevó al máximo ambas manos. Después dio unos pasos, primero en una dirección y luego en otra.

—Bannister, Bannister, Bannister —empezó a decir.

—¿Cómo dices, Quinn? —preguntó Pankovits.

—Bannister, Bannister, Bannister.

—¿Quién es Bannister? —quiso saber Delocke.

—Una rata —soltó Quinn con amargura—. Un mierda.

Un viejo amigo de Frostburg, abogado corrupto, que va de inocente. Pues un rata es lo que es. No hagáis como si no os sonara, que si Bannister no fuera un rata no estaríais aquí.

—No le conozco de nada —dijo Pankovits.

Delocke también lo negó con la cabeza.

Quinn se sentó y puso los codos en la mesa. Ahora estaba muy despierto, observando a los agentes con los ojos entornados, mientras frotaba entre sí sus grandes manos.

—Bueno, a ver, ¿qué pactaríamos? —preguntó.

—Nosotros no podemos pactar, Quinn, pero sí poner en marcha algunas cosas —le explicó Pankovits—. Para empezar llamaremos a Washington para que dejen en paz a tu familia y los de tu banda, al menos de momento. La fiscalía lleva cinco semanas con un marrón de no te menees, desde el asesinato, y se muere de ganas de recibir buenas noticias. Nos han asegurado que no pedirán pena de muerte, y nosotros te lo aseguramos a ti. Serás el único acusado. Solo tú por los dos asesinatos. Así de fácil.

—Eso por un lado —aclaró Delocke—. La otra mitad sería una declaración en vídeo en la que confieses tus delitos.

Quinn se cogió la cabeza con las manos y cerró los ojos. Durante un minuto estuvo inmerso en una pugna interior.

—Ahora sí que quiero un abogado —pidió finalmente entre dientes.

—Allá tú, Quinn —contestó Delocke—. No faltaría más, pero ahora mismo Dee Ray y el Alto están bajo custodia policial, cantando como pajaritos, y la cosa se pone cada vez peor. Tu abogado podría tardar un par de días en llegar. Si dices que sí soltamos a tus hermanos y ya no les molestamos más.

Quinn se vino abajo de repente.

—¡Vale, vale! —bramó.

—¿Vale qué?

—¡Que sí, que lo haré!

—No tan deprisa, Quinn —advirtió Pankovits—. Primero tenemos que repasar un par de cosas. Vamos a ordenar los hechos, formarnos una idea clara y asegurarnos de que estamos de acuerdo en lo que se refiere al lugar del crimen. Tenemos que comprobar que no falte ningún detalle importante.

—Que sí, que sí, pero ¿puedo desayunar algo?

—Claro, Quinn, por supuesto. Tenemos todo el día.

16

Una de las pocas virtudes de la vida en la cárcel es la adquisición gradual de la paciencia. No hay nada que progrese a un ritmo razonable, así que aprendes a ignorar los relojes. El día de mañana está a la vuelta de la esquina. Ya cuesta bastante sobrevivir al de hoy. Tras mi corto viaje a Washington paso unos días en Frostburg recordándome que me he convertido en una persona muy paciente, que el FBI irá deprisa, y que de hecho no puedo hacer gran cosa. Para mi sorpresa, y alivio, todo se agiliza.

Como no esperaba que el FBI me tuviera informado, tampoco tengo ninguna manera de saber que Quinn Rucker ha sido detenido y ha confesado. La noticia sale en la portada de *The Washington Post* del sábado 19 de marzo, por encima de todos los otros titulares: «Detenido un sospechoso de asesinar a un juez federal». La acompaña una gran foto en blanco y negro de Quinn, tomada de una ficha policial. Observo sus ojos mientras tomo asiento en la cafetería, justo después del desayuno. El artículo contiene pocos datos, pero muchas sospechas. Dado que el FBI lo criba todo, es normal que no se divulguen los detalles: detención en Norfolk de un fugitivo condenado por tráfico de drogas y con un largo historial de actividad mafiosa en la zona de Washington. Ninguna referencia al móvil, ni a los motivos del FBI para decantarse por Quinn, salvo una alusión de pasada a un informe de balística. Lo más importante, sin embargo, es esta frase del artículo: «Tras renunciar a sus derechos, el sospechoso se sometió de forma voluntaria a un largo interrogatorio y facilitó una declaración en vídeo al FBI».

Conocí a Quinn Rucker hace dos años, poco después de su llegada a Frostburg. Después de instalarse acudió a la biblioteca y me pidió que revisara su sentencia. En la cárcel aprendes a ser lento y cauteloso con las nuevas amistades, porque no abundan las personas auténticas. Lo que más hay son timadores, sinvergüenzas y profesionales del engaño, y todo el mundo vela por sus propios intereses. Con Quinn era distinto. Me cayó bien inmediatamente. No sé si he conocido nunca a nadie tan carismático y sincero, aunque también sufría cambios bruscos de humor que le volvían retraído; eran sus «días oscuros», como los llamaba él mismo. A veces era cascarrabias, maleducado y duro, con amagos de violencia a punto de aflorar. Comía solo, sin hablar con nadie. Dos días después contaba chistes durante el desayuno y desafiaba a una buena partida de póquer a los más expertos. Podía pasar en cuestión de momentos de la chulería y la jarana al silencio y la vulnerabilidad. Ya he dicho que en Frostburg no hay violencia. Lo más parecido a una pelea que he visto fue un episodio en que un paleto apodado el Mofeta retó a Quinn a resolver a puñetazos una discusión de juego. Quinn le llevaba al menos diez centímetros y catorce kilos, pero al final no hubo pelea: se echó atrás y quedó humillado. Al cabo de dos días me enseñó un cuchillo casero que se había comprado en el mercado negro. Pensaba usarlo para cortar el pescuezo del Mofeta.

Yo no estaba muy seguro de que lo dijera en serio, pero le disuadí de todos modos. Pasábamos mucho tiempo juntos. Nos hicimos amigos. Él me veía en posesión de una especie de magia jurídica que podía sacarnos de la cárcel a los dos y abrir las puertas a algún tipo de colaboración profesional. Estaba cansado de los chanchullos familiares. Quería dedicarse a algo legal. Fuera, bajo el trasero del juez Fawcett, le esperaba una olla repleta de oro.

Henry Bannister espera en la sala de visitas, tristemente sentado en una silla plegable mientras a su lado parlotean una joven madre y sus tres hijos. A medida que pase la mañana se irá llenando la sala, y Henry prefiere zanjar la visita cuanto antes. Las normas permiten que cada sábado y domingo los presos se sienten a hablar con sus familiares entre las siete de la mañana y las tres de la tarde. A Henry, sin embargo, le basta con una hora. A mí también.

Si se cumplen mis planes (y nada me lleva a temer lo contrario) podría ser la última visita de mi padre. Es posible que tardemos años en volver a vernos, o no nos veamos nunca más, pero es un tema del que no puedo hablar. Acepto la bolsa de papel de la tía Racine y me como una galleta. Hablamos de mi hermano Marcus y de lo malo que son sus hijos; también sobre mi hermana Ruby, cuyos hijos son perfectos.

En Winchester la media de asesinatos es de uno al año, cuota que se cumplió la semana pasada el día en que un hombre casado salió del trabajo antes que de costumbre y vio aparcada delante de su casa una camioneta desconocida. Al entrar con sigilo pilló a su mujer infringiendo con brío sus votos maritales junto a un conocido del marido, el cual fue a buscar una escopeta. Al verlo, el seductor quiso saltar desnudo por la ventana del dormitorio, que no estaba abierta. No lo consiguió. Hubo tiros.

Henry piensa que al marido podrían declararle inocente. Disfruta al explicarlo, todo sea dicho. Parece que el pueblo se divide entre los que piensan que es culpable y los que creen que el homicidio estuvo justificado. Casi me parece oír los cotilleos en los bares del centro a los que iba en otros tiempos. Mi padre se explaya sobre el tema, probablemente a causa de las pocas ganas que tenemos ambos de entrar en cuestiones familiares.

De todos modos hay que hablar de la familia, así que mi padre cambia de tema.

—Parece que aquella joven blanca está pensando en abortar —dice—. No, si al final no seré abuelo.

—Tranquilo, que Delmon ya repetirá.

De él siempre esperamos lo peor.

—Hay que esterilizarle. Es demasiado tonto para ponerse un condón.

—Bueno, de todos modos cómprale unos cuantos, que ya sabes que Marcus no tiene ni una perra.

—Solo le veo cuando quiere algo. ¡Aún me dará un sablazo para el aborto! Yo creo que la blanca es pura chusma.

El tema del dinero me hace pensar involuntariamente en la recompensa de la causa Fawcett: ciento cincuenta mil dólares, contantes y sonantes. Nunca he visto tanto dinero junto. Un día, antes de nacer Bo, Dionne y yo nos dimos cuenta de que teníamos seis mil dólares ahorrados. Pusimos la mitad en un fondo de inversión y la otra nos la gastamos en un crucero. Pronto nos olvidamos de nuestra frugalidad, y ya no volvimos a tener ahorros de esa magnitud. Justo antes de que me juzgaran volvimos a hipotecar la casa para sacar todo el jugo a nuestro patrimonio. Sirvió para pagar los costes jurídicos.

Seré rico y libre. Me digo que no hay que dejarse llevar por el entusiasmo, pero es mucho pedir.

Henry tiene que ponerse una prótesis en la rodilla izquierda. Dedicamos un momento al tema. Antes siempre se burlaba de los viejos que se pasan el día hablando de sus enfermedades, pero ha acabado igual que ellos. Al cabo de una hora se aburre y quiere irse. Le acompaño a la puerta y nos damos la mano, envarados. Después se marcha, y me pregunto si volveré a verle.

Domingo. No hay noticias del FBI ni de nadie. Después del desayuno leo cuatro periódicos sin enterarme de casi nada nuevo sobre Quinn Rucker y su detención, aunque hay una novedad importante; según *The Washington Post*, mañana la fiscalía general del distrito Sur de Virginia presentará la causa al gran jurado. Lunes. Si el gran jurado imputa a Quinn, en teoría, y según lo pactado, seré libre.

Es sorprendente el peso de la religión organizada dentro de la cárcel. Angustiados como estamos, buscamos consuelo, paz, serenidad y un sentido en la vida. Nos han humillado. Nos han arrebatado nuestra dignidad, nuestra familia y nuestros bienes, y ya no nos queda nada. Arrojados al infierno, levantamos la vista en busca de una salida. Hay unos cuantos musulmanes que rezan cinco veces al día y no se relacionan con el resto. También hay un monje budista, que lo es por propia designación y tiene algunos seguidores. Judíos o mormones, que yo sepa, no hay ninguno. Después estamos los cristianos, que es cuando el tema se complica. Dos veces al mes viene un cura católico para dar misa el domingo a las ocho de la mañana. En cuanto salen los católicos de la capilla, que es pequeña, se celebra una ceremonia no confesional para las principales iglesias: metodistas, baptistas, presbiterianos, etcétera. Es donde encuentro yo mi sitio casi todos los domingos. A las diez de la mañana se reúnen los pentecostales para un bullicioso servicio con música a tope y sermones aún más ruidosos, acompañados de curaciones y de don de lenguas. En principio deberían acabar a las once, pero a veces la cosa se alarga, porque entre los fieles se difunde el espíritu. Los pentecostales negros tienen la capilla a su disposición a las once de la mañana, aunque en ocasiones se ven obligados a esperar hasta que se aplaquen los blancos. He oído decir que a veces discuten, pero de momento no ha habido ninguna pelea en los espacios destinados al culto religioso. Una vez en el púlpito, los pentecostales negros se quedan toda la tarde.

Se equivocaría quien pensase que Frostburg está lleno de fanáticos. En absoluto. No deja de ser una cárcel, y a la mayoría de mis compañeros no les pillarían ni muertos en un servicio religioso.

Salgo de la capilla después de la ceremonia no confesional. En ese momento se me acerca un AC.

—Te buscan en el pabellón administrativo —me dice.

17

El agente Hanski me espera con una nueva incorporación: Pat Surhoff, alguacil. Después de las presentaciones nos distribuimos en torno a una mesita. El despacho del director queda cerca, en el mismo pasillo, aunque al ser domingo es impensable que haga acto de presencia en el recinto. ¿Cómo reprochárselo?

Hanski saca un documento y lo desliza sobre la mesa.

—Aquí está el acta de acusación —dice—. Llegó a Roanoke el viernes a última hora de la tarde. De momento aún es un secreto, pero a primera hora de la mañana se informará a la prensa.

Lo tomo en mis manos como si fuera un lingote de oro, leo el texto con dificultad. «Estados Unidos contra Quinn Al Rucker.» El sello está en la esquina superior derecha, con la fecha del viernes pasado en tinta azul.

—En el *Post* dicen que el gran jurado se reunirá mañana por la mañana —logro señalar, aunque obviamente ya se haya reunido.

—Es que estamos dando largas a la prensa —dice Hanski, pagado de sí mismo.

Satisfecho pero mucho más simpático que la otra vez. Se ha producido un cambio de papeles drástico. Antes yo era un timador de mirada huidiza, que aspiraba a un pacto y probablemente a estafar al sistema, mientras que ahora soy la gran estrella que está a punto de salir de aquí con un buen fajo de billetes.

Sacudo la cabeza.

—Me he quedado sin palabras —afirmo—. Échenme una mano.

Hanski se lanza al ataque.

—Pues mira, Bannister, yo había pensado lo siguiente.

—¿Y si me llama Malcolm? —propongo.

—Perfecto. Yo soy Chris, y él es Pat.

—Vale.

—La Dirección de Prisiones acaba de reasignarte al trullo de seguridad media de Fort Wayne, Indiana. El motivo no se sabe o no se dice; algún tipo de infracción que habrá sentado mal a los jefazos. Seis meses sin visitas. Incomunicado. Si alguien tiene curiosidad podrá encontrarte usando el Servicio de Localización de Reclusos, pero se dará enseguida contra una pared. Después de dos meses en Fort Wayne volverán a reasignarte. El objetivo es que circules hasta que te trague el sistema.

—No creo que cueste mucho —suelto.

Los dos se ríen. ¿Qué pasa, que he cambiado de bando?

—Dentro de unos minutos haremos por última vez el numerito de las esposas y las cadenas en los tobillos, y te sacaremos de aquí como en un traslado normal. Subirás con Pat y otro alguacil a una camioneta sin identificar que te llevará al oeste, hacia Fort Wayne. Yo iré detrás. Cuando llevemos recorridos cien kilómetros, justo antes de llegar a Morgantown, pararemos en un motel donde tenemos habitaciones reservadas. Te cambiarás de ropa, y cuando hayas comido hablaremos del futuro.

—¿Dentro de unos minutos? —pregunto, impactado.

—Es el plan. ¿Tienes algo en la celda que te resulte del todo imprescindible?

—Sí, efectos personales, documentos y esas cosas.

—Muy bien, pues les diremos a los de la cárcel que mañana lo metan todo en cajas, y te lo haremos llegar. Lo mejor es que ya no vuelvas más por aquí. Si alguien te viera recoger tus cosas podría hacer preguntas. No queremos que nadie sepa que te vas hasta que te hayamos sacado de aquí.

—Muy bien.

—Y nada de despedidas ni de chorradas, ¿vale?

—Vale.

Pienso un segundo en mis amigos de Frostburg, pero se me pasa enseguida. Tarde o temprano llegará su turno, y una vez que sales ya no miras atrás. Dudo mucho que las amistades que he hecho en la prisión tengan continuidad fuera de ella. En mi caso, además, nunca podré hablar con los colegas de los viejos tiempos, ni podremos contarnos cómo nos va la vida. Estoy a punto de convertirme en otra persona.

—Tienes setenta y ocho dólares en tu cuenta de la cárcel. Haremos una transferencia a Fort Wayne y se perderán en el sistema.

—Ya me ha vuelto a joder el gobierno —suelto.

También les hace gracia.

—¿Alguna pregunta? —dice Hanski.

—¡Por supuesto! ¿Cómo han conseguido que confiese? Es demasiado listo.

—La verdad es que nos sorprendió. Usamos a un par de interrogadores veteranos, que tienen sus métodos. Quinn hizo un par de referencias a un abogado, pero al final se retractó. Tenía ganas de hablar. Parecía superado por la idea de que no le hubieran pillado por la fuga, sino por el asesinato. Quería saber cuánto sabíamos. Total, que seguimos interrogándole: diez horas, toda la noche, hasta el amanecer. Quinn se quedó en la sala para no ir a la cárcel. Al convencerse de que sabíamos lo mismo que él, se vino abajo. Cuando le comentamos que podía acabar imputada su familia, y la mayor parte de su banda, se prestó a pactar y nos lo contó todo.

—¿Qué quiere decir con todo?

—Su versión concuerda a grandes rasgos con la tuya. Sobornó al juez Fawcett con medio millón de dólares para salvar a su sobrino. El juez pasó de él, se quedó con el dinero y mandó al chaval a la trena. En el mundo de Quinn eso es algo imperdonable, que exige venganza. Resumiendo, que siguió al juez Fawcett hasta la cabaña, se los cargó a él y a su secretaria y se vengó.

—¿Cuánto quedaba del dinero?

—Más o menos la mitad. Según Quinn, forzó el piso del juez en Roanoke y buscó por todas partes sin encontrar ni un céntimo. Entonces sospechó que lo guardaba en un sitio más seguro, y por eso siguió al juez a la cabaña. Redujo a Fawcett en el porche y lo obligó a entrar en la vivienda. No estaba seguro de que el dinero estuviera ahí, pero como estaba decidido a encontrarlo le hizo un par de barbaridades a la secretaria y persuadió a Fawcett de que confesara. Siguiente paso, la caja fuerte secreta. Desde el punto de vista de Quinn, el dinero era suyo.

—Y debió de creer que la única opción era el asesinato, ¿no?

—Claro. No podía dejar a dos testigos. No tiene remordimientos, Malcolm. El juez se lo buscó, y la secretaria se equivocó de sitio. Ahora Quinn se enfrenta a dos acusaciones de homicidio sin atenuantes.

—¿O sea, que es un juicio de los de pena de muerte?

—Seguramente. Nunca hemos ejecutado a nadie por asesinar a un juez federal, y nos encantaría que Quinn Rucker fuera el primer ejemplo.

—¿Dijo mi nombre? —pregunto, seguro de la respuesta.

—Pues sí. Tiene claras sospechas de que eres nuestra fuente, y lo más probable es que ya trame su venganza. Por eso estamos aquí, a punto para irnos.

Yo quiero marcharme, pero no tan deprisa.

—Quinn conoce el artículo 35, como todos los presos federales. Si resuelves un delito que haya pasado fuera de la cárcel te conmutan la condena. Además, me considera muy buen abogado. Quinn y su familia se enterarán de que he salido y no estoy en la cárcel, ni en la de Fort Wayne ni en ninguna otra.

—Sí, es verdad, pero, bueno, que busquen. También es importante que tu familia y tus amigos, me refiero a los tuyos, Malcolm, crean que aún estás encerrado.

—¿Temen por mi familia? —pregunto.

Es la primera vez que interviene Pat Surhoff.

—Hasta cierto punto. Si quieres les ponemos protección, aunque ya puedes imaginarte que les cambiaría la vida.

—No estarían dispuestos —contesto—. Si se lo comentan a mi padre, les daría un puñetazo. Es policía retirado, y está seguro de que sabe cuidarse por sí solo. Mi hijo tiene un nuevo padre, y una nueva vida.

Les digo que la idea de llamar por teléfono a Dionne para informarla de que Bo podría estar en peligro por algo que he hecho en la cárcel me supera. Además, no sé por qué —añado— pero no creo que Quinn Rucker fuera capaz de hacerle daño a un niño inocente.

—Si quieres lo podemos discutir en otro momento —sugiere Surhoff.

—Vale. Ahora mismo estoy demasiado disperso.

—Te espera la libertad, Malcolm —dice Hanski.

—Vámonos de aquí.

Les sigo por un pasillo a otro pabellón donde nos esperan tres AC y el director. Después de ponerme las esposas y encadenarme los tobillos me hacen caminar y subir a una camioneta. Si alguien nos viera sin estar al corriente de la situación, creería que van a ejecutarme. El alguacil que conduce se llama Hitchcock. Surhoff cierra la puerta corredera de mi lado y sube al asiento del copiloto. Allá vamos.

No quiero girarme y ver la última imagen de Frostburg. Tengo imágenes de sobra para varios años. Al ver deslizarse el paisaje se me escapa una sonrisa. Minutos después paramos en el aparcamiento de un centro comercial. Surhoff baja, abre la puerta corredera y me quita las esposas. Después me suelta los tobillos.

—Felicidades —dice cordialmente.

Pienso que Surhoff me cae bien. Oigo por última vez el ruido de las cadenas. Me froto las muñecas.

Poco después entramos a gran velocidad en la interestatal 68, en dirección oeste. Casi es primavera, y en el paisaje de colinas del oeste de Maryland se aprecian señales de vida. Los primeros instantes de libertad casi me abruman. Hay tantas cosas que se disputan mi atención... Estoy impaciente por elegir mi propia ropa y ponerme unos tejanos. No veo el momento de comprarme un coche e ir a donde quiera. Ansío tocar un cuerpo de mujer, y saborear un buen bistec y una cerveza fría. Me niego a preocuparme por la seguridad de mi hijo y de mi padre. No les pasará nada.

Los alguaciles tienen ganas de hablar, así que escucho.

—Bueno, Malcolm —dice Pat Surhoff—, ya no estás en custodia de nadie. Si optas por acogerte al Programa de Seguridad de Testigos, más conocido como protección de testigos, nosotros, el cuerpo de alguaciles, nos ocuparemos de ti. Velaremos por tu seguridad, tu integridad y tu salud. Te daremos otra identidad, con documentación auténtica. Recibirás ayuda económica para todo lo referente a la vivienda, la manutención y los servicios médicos. Te buscaremos un trabajo y, cuando ya puedas mantenerte por tu cuenta, no vigilaremos tus actividades cotidianas, pero siempre estaremos cerca por si nos necesitas.

Parece que lea un prospecto. De todos modos, es música para mis oídos.

—En el programa —tercia Hitchcock— hemos tenido más de ocho mil testigos y nunca le ha pasado nada a ninguno.

Pregunto lo evidente.

—¿Dónde viviré?

—El país es grande, Malcolm —contesta Hitchcock—. Hemos reubicado a testigos en todas partes, a ciento cincuenta kilómetros de su lugar de origen y a tres mil. No es que la distancia sea lo más importante, pero en general cuanto más lejos mejor. ¿A ti qué te gusta, el calor o la nieve? ¿Las montañas y los lagos o el sol y la playa? ¿Las ciudades grandes o pequeñas? Los pueblos dan problemas. Nosotros aconsejamos que la población no baje de los cien mil habitantes.

—Es más fácil pasar desapercibido —añade Surhoff.

—¿Y puedo elegir? —pregunté.

—Sí, dentro de lo razonable —dice Hitchcock.

—Déjenme que lo piense.

Es lo que hago durante los siguientes quince o veinte kilómetros. No es la primera vez. Tengo una idea bastante clara de adónde iré y por qué. Al mirar por encima del hombro reconozco un vehículo.

—Supongo que los de detrás son los del FBI.

—Sí, el agente Hanski y otro tío —dice Surhoff.

—¿Hasta cuándo nos seguirán?

—Me imagino que se irán en pocos días —dice Surhoff tras intercambiar una mirada con Hitchcock.

No lo saben. Yo tampoco pienso insistir.

—¿Es habitual que el FBI siga la pista a los testigos como yo? —pregunto.

—Depende —contesta Hitchcock—. Normalmente, si un testigo recibe protección es porque le queda algo pendiente con la persona o personas de quienes se ha chivado, lo cual quiere decir que a veces tiene que volver al juzgado para declarar. En esos casos el FBI quiere tener localizado al testigo, pero siempre a través de nosotros. Luego, con los años, podríamos decir que al FBI se le olvidan los testigos.

Pat cambia de tema.

—Una de las primeras cosas que tendrás que hacer será cambiar de nombre, oficialmente, claro. Nosotros lo hacemos a través de un juez del condado de Fairfax, en Virginia del Norte, que tiene los archivos bajo llave. Es algo de rutina, pero tendrás que elegir un nuevo nombre. Lo mejor es mantener las iniciales y elegir algo sencillo.

—¿Por ejemplo?

—Mike Barnes, Matt Booth, Mark Bridges, Mitch Baldwin...

—Parece la lista de un club blanco de universitarios.

—Sí, es verdad, pero Malcolm Bannister también.

—Gracias.

Durante unos kilómetros reflexionamos sobre mi nuevo nombre. Surhoff abre un ordenador portátil y empieza a teclear.

—¿Cuál es el apellido que empieza por la letra «b» más frecuente en el país? —dice.

—Baker —prueba Hitchcock.

—Ese es el segundo.

—Bailey —lo intento yo.

—Ese es el tercero. El cuarto es Bell y el quinto, Brooks. El ganador es Brown, con el doble de personas que el segundo, Baker.

—Uno de mis escritores afroamericanos favoritos es James Baldwin —digo—. Me lo quedo.

—Vale —dice Surhoff sin dejar de teclear—. ¿Nombre?

—¿Qué tal Max?

Hitchcock aprueba con un gesto de la cabeza, mientras Surhoff introduce el nombre de Max.

—Me gusta —dice Hitchcock como quien olfatea un buen vino.

Surhoff levanta la cabeza.

—En Estados Unidos hay unos veinticinco Max Baldwin. Vaya, que nos viene de perlas: un nombre ni demasiado habitual ni demasiado exótico o raro. Me gusta. Vamos a adornarlo un poco. ¿Segundo nombre? ¿Qué te gustaría, Max?

Ningún segundo nombre encaja mucho con Max. De pronto pienso en los señores Reed y Copeland, mis dos antiguos socios, y en su pequeño local de Braddock Street, en Winchester: Copeland & Reed, Asesoría Jurídica. En su honor elijo Reed.

—Max Reed Baldwin —puntualiza Surhoff—. Queda bien. Y ahora, Max, un pequeño sufijo para rematar. Junior, Tercero, Cuarto... Sin encopetarse demasiado.

Hitchcock sacude la cabeza.

—Así ya está bien —dice, casi murmurando.

—Estoy de acuerdo —añado—. Nada al final.

—Estupendo. Bueno, pues ya tenemos el nombre: Max R. Baldwin. ¿Vale, Max?

—Supongo. Déjenme rumiarlo una hora, más o menos. Tengo que acostumbrarme.

—Claro que sí.

Por inquietante que sea elegir un nuevo nombre para el resto de mi vida, será una de mis decisiones más fáciles. Pronto deberé hacer frente a otras mucho más arduas: ojos, nariz, labios, barbilla, casa, trabajo, antecedentes familiares... ¿Qué tipo de infancia ficticia he tenido? ¿A qué universidad fui y qué estudié? ¿Por qué estoy soltero y nunca me he casado? ¿Hijos?

Me da vértigo pensarlo.

18

A pocos kilómetros al este de Morgantown abandonamos la interestatal y encontramos el aparcamiento de un Best Western, uno de esos moteles a la antigua donde es posible dejar el coche justo delante de la habitación. Hay hombres esperando: algún tipo de agentes, supongo que del FBI. Al salir de la camioneta, sin cadenas (¡qué maravilla!), se acerca rápidamente Hanski.

—Tu habitación es la 38.

Uno de los agentes anónimos abre la puerta y me entrega la llave. Dentro hay dos camas dobles y una selección de ropa encima de una de ellas. Hanski y Surhoff entran y cierran la puerta.

—Pregunté tu talla en la cárcel —dice Hanski, señalando con el brazo mi nuevo vestuario—. Si no te gusta, tranquilo, podemos ir de compras.

Hay dos camisas blancas y una de cuadros azules, todas con cuello de botones, dos pantalones de algodón con pinzas y unos tejanos con efecto descolorido, un cinturón de piel marrón, varios bóxers bien doblados, dos camisetas blancas, diferentes pares de calcetines con su envoltorio, unos mocasines marrones de aspecto presentable y otros negros que son los más feos que he visto en toda mi vida. No está mal para empezar.

—Gracias —digo.

Hanski sigue hablando.

—El cepillo, la pasta de dientes y lo de afeitar lo tienes en el baño. También hay una bolsa pequeña de deporte. Si necesitas algo más iremos a comprarlo. ¿Te apetece comer?

—Ahora no. Solo quiero estar solo.

—Como quieras, Malcolm.

—Ahora soy Max, si no les importa.

—Max Baldwin —añade Surhoff.

—Qué rápido.

Se van. Cierro la puerta y me quito lentamente la ropa de la cárcel: camisa y pantalones de color verde aceituna, calcetines blancos, zapatos de cordones negros y suela gruesa y unos bóxers muy gastados. Me pongo calzoncillos nuevos y una camiseta. Después me cubro con la manta y contemplo el techo.

Salimos a comer al lado del motel, a un sitio barato de marisco donde no hace falta ni bajar del coche (aunque nosotros vamos a pie) y donde hay bufet libre de patas de cangrejo a siete dólares con noventa y nueve. Solo vamos los tres, Hanski, Surhoff y yo. Disfrutamos de una larga comida a base de marisco mediocre pero delicioso. Sin la presión de antes hasta cuentan chistes y hacen comentarios sobre mi nueva ropa. Yo les devuelvo los insultos recordándoles que no soy un universitario blanco pijo, como ellos, y que a partir de ahora la ropa me la compro yo.

Va pasando la tarde hasta que me informan de que tenemos trabajo. Hay muchas decisiones que tomar. Regresamos al motel, a la habitación contigua a la mía, donde una de las dos camas está cubierta de carpetas y papeles. Ahora somos cuatro, porque ha entrado Hitchcock. Supuestamente trabajamos juntos, aunque tengo mis dudas. Me digo y me repito que ahora están de mi lado y que el gobierno es mi protector, mi amigo, pero no consigo aceptarlo del todo. Quizá se ganen mi confianza con el tiempo. De todos modos, lo dudo: la última vez que pasé varias horas con agentes del gobierno prometieron no juzgarme.

A estas alturas ya ha cuajado el nuevo nombre: primera decisión en firme.

—Max —dice Hanski—, mañana por la mañana nos iremos y tenemos que saber adónde. Dependerá de los cambios de aspecto físico que hayas pensado. Comentaste claramente que querías modificar tus facciones, lo cual nos plantea una dificultad.

—¿Lo dices por mi testimonio? —pregunto.

—Sí. A Rucker podrían juzgarle dentro de seis meses o un año.

—También se puede declarar culpable y no ir a juicio —digo.

—Sí, claro, pero supongamos que decide apelar al tribunal. Si te operas ahora, cuando declares se verá tu nueva cara, mientras que si esperas hasta después del juicio será mucho menos peligroso para ti.

—Sí, entonces sí, pero ¿y ahora? —puntualizo—. ¿Y los próximos seis meses? Ya sabemos que la banda de Rucker me la tiene jurada. Ahora mismo estarán pensando cómo pillarme, y cuanto menos tarden mejor será para ellos. Si consiguen encontrarme antes del juicio se cargarán a un testigo importante. Los próximos seis meses son los más peligrosos. Por eso quiero operarme ahora, inmediatamente.

—De acuerdo. ¿Y durante el juicio?

—Venga, Chris, que ya sabes que hay maneras de esconderme. Puedo declarar detrás de una pantalla o de un velo. No sería la primera vez. ¿No ves la tele, ni vas al cine?

Se oye alguna que otra risa, pero el ambiente es bastante

serio. La idea de declarar en contra de Quinn Rucker es aterradora. Sin embargo, existen maneras de protegerme.

—El año pasado ya lo hicimos —dice Hitchcock—, en un juicio importante de droga en New Jersey. Como el rostro del informador estaba totalmente cambiado, pusimos un biombo delante del estrado para que solo le vieran el juez y el jurado. Usamos un aparato para cambiarle la voz, y los acusados no tuvieron ni idea de quién era ni de cómo era.

—En mi caso seguro que sabrán quién soy —digo—. Lo que no quiero es que me vean.

—Bueno, vale —dice Hanski—, tú decides.

—Pues ya lo puedes dar por decidido.

Hanski saca su móvil y va hacia la puerta.

—Tengo que hacer unas llamadas.

—Bueno —dice Surhoff después de que haya salido—, ¿qué te parece si hablamos de sitios para vivir mientras Hanski está al teléfono? Danos alguna pista, Max, para que podamos poner manos a la obra y elegir alguno.

—Florida —digo—. Siempre he vivido en colinas y montañas, menos cuando estaba en la Marina. Quiero cambiar de paisaje: playas, vistas al mar, un clima más cálido... —Lo suelto como si lo tuviera muy pensado, y es verdad—. Pero no el sur de Florida, donde hace demasiado calor. Podría ser en Pensacola, o en Jacksonville, hacia el norte, donde las temperaturas son más suaves.

Veo que los alguaciles lo asimilan y se quedan pensando. Surhoff empieza a teclear en su portátil, en busca de mi nuevo hogar en un lugar soleado. Yo me relajo en una silla, descalzo y con los pies encima de la cama. No puedo evitarlo: disfruto. Casi son las cuatro de la tarde. En Frostburg lo peor eran los domingos por la tarde. El día del Señor yo no trabajaba, como la mayoría de los presos, y a menudo me aburría. Jugábamos al baloncesto, dábamos largos paseos por el circuito de jogging... Cualquier cosa era mejor que estar desocupados. A esas horas ya no había visitas, y los que habían visto a la familia solían quedarse muy callados. Empezaba otra semana, idéntica a la anterior.

Poco a poco se borra la vida de la cárcel. Sé que será imposible de olvidar, pero ha llegado el momento de iniciar el proceso de dejarlo todo atrás. Malcolm Bannister sigue preso en algún sitio. En cambio Max Baldwin es un hombre libre, que viajará y verá cosas nuevas.

Después de anochecer vamos en coche a Morgantown en busca de un restaurante de carne. De camino pasamos al lado de un club de strippers, y aunque nadie diga nada la tentación es fuerte. Hace cinco años que no veo a una mujer desnuda, salvo en sueños, pero no estoy muy seguro de que en un momento así me llene mucho quedarme embobado ante unas cuantas strippers. Encontramos el restaurante que nos han aconsejado y conseguimos mesa: tres viejos amigos que han salido a cenar. Hanski, Surhoff y yo pedimos los filetes más grandes de la carta. Acompaño el mío con tres cervezas de barril. Ellos toman té helado, aunque veo que me envidian. Regresamos antes de las diez. Ante la imposibilidad de conciliar el sueño, miro la tele durante una hora, algo que hacía poco en Frostburg.

A medianoche cojo una copia del acta de acusación que me ha dejado Hanski y la leo a fondo. No aparece mencionado ningún informe de balística, ni ningún testigo. El documento consta de una larga descripción del lugar del crimen, las heridas de bala, las causas de las muertes, las quemaduras en el cuerpo de Naomi Clary y la caja fuerte vacía, pero no incluye ninguna descripción de pruebas físicas. De momento lo único que tienen es la confesión de Quinn, además de las sospechas en torno al dinero en efectivo que obraba en su posesión. El ministerio fiscal puede modificar el acta de acusación en el momento que desee. Esta se tiene que trabajar un poco. Parece hecha con prisas, para calmar los ánimos.

No se trata de ninguna crítica. Es un documento que da gusto verlo.

19

Iba a ser el momento más importante de la corta trayectoria de Stanley Mumphrey en el cargo de fiscal general del distrito Sur. Nombrado por el presidente, llevaba dos años en la fiscalía del estado y le había parecido bastante insustancial. Por muy beneficioso que fuera para su currículum, no se podía decir que le agradara mucho. Al menos hasta el asesinato del juez Fawcett y de la señorita Clary. En un instante, la carrera de Mumphrey había experimentado un cambio radical. Ahora tenía entre manos el juicio más candente del país, y como tantos integrantes del ministerio fiscal pensaba aprovecharlo al máximo.

Aunque la reunión se hubiera anunciado como una rueda de prensa, ninguno de los altos cargos presentes tenía la menor intención de contestar preguntas. Era un espectáculo, nada más ni nada menos; un acto orquestado al milímetro para dos cosas: (1) alimentar una serie de egos y (2) hacer saber a la opinión pública, sobre todo a los posibles integrantes del jurado, que el FBI había encontrado al culpable y que su nombre era Quinn Al Rucker.

A las nueve de la mañana el estrado ya era una alfombra de micrófonos portátiles que hacían alarde de las respectivas cadenas de televisión o emisoras de radio que los enviaban. La sala estaba llena de reporteros de todo pelaje. Un montón de operarios con cámaras enormes tropezaban entre sí en busca del mejor sitio bajo la atenta mirada de los secretarios judiciales.

En ninguna página de las normativas y las decisiones que rigen la práctica y los procedimientos del derecho penal, sea a nivel estatal o federal, está escrito que deba hacerse público el «anuncio», la «comunicación», «entrega» o «notificación» de un acta acusatoria. De hecho casi nunca ocurre. Una vez que el gran jurado ha tomado una decisión, el documento se cursa oficialmente ante el funcionario responsable y a su debido tiempo se entrega a la parte acusada. El acta solo representa a uno de los bandos que intervienen en el proceso: el de la acusación. Lo que contiene no posee en ningún caso categoría de prueba. Tampoco es visto por el jurado en el transcurso del juicio. El gran jurado que emite el documento solo atiende una acusación al gobierno.

De vez en cuando, sin embargo, aparece alguna acusación demasiado sonada e importante (demasiado divertida, qué demonios) para que pueda permitirse que fluya plácida por el sistema. Es necesario que la hagan pública quienes tanto han trabajado para echar el guante a un infractor y hacer que comparezca delante de la justicia. En el caso de Stanley Mumphrey, pese a no haber echo nada para apresar a Quinn Rucker, no cabía duda de que sería él quien le sometería a juicio. Dentro de la jerarquía federal un fiscal queda muy por encima de un simple agente del FBI. Por lo tanto, la causa era de Stanley, que tal como dictaba la costumbre compartiría el protagonismo (a regañadientes) con el FBI.

A las 9.10 se abrió una puerta contigua al estrado y un pelotón de hombres de aspecto curtido y uniformes negros ocupó todo el espacio junto al podio. Cada uno se colocó en su lugar y se irguió con las manos entrelazadas por debajo de la cintura. En este caso era determinante la distribución, debido a que el espacio tenía sus límites. Compartían el estrado Stanley Mumphrey y Victor Westlake, mandamases, respectivamente, de la fiscalía y de la poli, frente a varios agentes del FBI y ayudantes del fiscal que intentaban ver bien las cámaras, apretujados, para que con algo de suerte también ellas captaran su atención. Los afortunados escucharían atentamente a los señores Mumphrey y Westlake y harían ver, ceñudos, que ignoraban la presencia de la prensa a tres kilómetros a la redonda. Era la misma patética rutina perfeccionada por quienes ocupan un escaño en el Congreso.

—Esta mañana tenemos un acta de acusación por el asesinato del juez Raymond Fawcett y la señorita Naomi Clary —dijo pausadamente Mumphrey, al menos dos octavas por encima de su voz normal.

Nunca se había lucido en los juicios, aunque se los asignara él mismo para ganarlos por goleada. Las críticas más habituales eran que no mostraba aplomo ni seguridad. Algunos tenían la impresión de que era por falta de experiencia judicial acumulada en sus diez años de discreta trayectoria.

Stanley tomó el documento y lo levantó como si quienes le veían tuvieran intención de leerlo.

—El acta corresponde a dos imputaciones de homicidio. El acusado responde al nombre de Quinn Al Rucker, y mi objetivo, por si les interesa, es solicitar la pena de muerte.

La última frase estaba ideada para que cundiera el dramatismo, pero Stanley eligió mal el momento. La nota dramática, de todos modos, llegó pronto, cuando un subordinado proyectó en una pantalla una gran foto de Quinn en blanco y negro. Por fin veían todos al hombre que había matado al juez y su secretaria. ¡Culpable!

Leyendo sus notas con voz insegura, Stanley expuso los antecedentes de Quinn y logró dar la impresión de que se había fugado de la cárcel con el único propósito de vengarse del juez. En un momento dado, Victor Westlake, que se mantenía a su lado como si le vigilase, frunció el ceño y echó un vistazo a sus apuntes, pero Stanley, impertérrito, procedió a explayarse —casi entre lágrimas— sobre su querido amigo y mentor Raymond Fawcett, que tan importante había sido para él y tal y cual. La verdad es que le tembló un poco la voz al tratar de explicar hasta qué punto era un honor recibir sobre sus hombros la tremenda misión de que se hiciera justicia por aquellos crímenes «atroces». Podría haber leído el acta en dos minutos y marcharse, pero no: con un público de aquella magnitud, y varios millones de espectadores pendientes de sus palabras, consideró necesario divagar y echar un sermón acerca de la justicia y la guerra contra la delincuencia. Tras una serie de tristes digresiones encarriló de nuevo su discurso cerca del final, cuando lo toco ceder la palabra, fase en que elogió a Victor Westlake y el FBI por su labor, «sobrehumana, incansable y acertada».

Por fin se calló. Tras darle las gracias sin dejar claro si era por haberse callado o por las alabanzas, Westlake, mucho más avezado que el joven Stanley a esos espectáculos, habló cinco minutos sin decir nada. Agradeció a sus hombres, expresó su confianza en que se había resuelto la investigación y transmitió sus mejores deseos al fiscal. Finalizado su discurso, dio un paso hacia atrás, pero un reportero le hizo una pregunta a pleno pulmón.

—No tengo nada más que decir —replicó Westlake dando a entender que era hora de irse.

Stanley, sin embargo, aún no estaba dispuesto a alejarse de las cámaras. Durante uno o dos segundos siguió obsequiando al público con una sonrisa boba, como si dijera: «Aquí estoy yo». Entonces Westlake le susurró algo.

—Gracias —dijo Stanley.

Se apartó. Final del acto.

Veo la rueda de prensa en mi habitación del Best Western pensando que si dependiera de Stanley tal vez Quinn no lo tendría todo perdido. De todos modos, si llegara a celebrarse el juicio, Stanley se haría a un lado y designaría a algún ayudante más experimentado para que se ocupara del tema. No cabe duda de que seguiría compareciendo ante los medios informativos, y empezaría a urdir su candidatura a un puesto más alto en el escalafón, pero el auténtico trabajo lo harían profesionales. En función de cuánto se alargara la cosa, hasta es posible que a Stanley se le agotase el mandato. Le corresponden cuatro años, como al presidente, y cuando la Casa Blanca cambia de manos no queda un solo fiscal del estado en pie.

Terminada la rueda de prensa, empiezan a hablar los monigotes de la CNN. Cambio de canal, pero no encuentro nada interesante. Con el mando a distancia en mis manos soy amo absoluto del televisor. Es curioso lo fácil que me está resultando acostumbrarme a la libertad. Puedo dormir lo que me pida el cuerpo. Puedo elegir la ropa que me pongo, aunque de momento el abanico sea limitado. Lo más importante es no tener un compañero de celda, nadie con quien disputarme un cubículo de tres por cuatro metros. Ya he tomado dos veces las medidas de la habitación del motel: unos cinco metros de ancho y diez de largo, incluido el baño. Es un castillo.

A media mañana reanudamos el viaje. Ahora vamos hacia el sur por la interestatal 79. En tres horas llegamos al Aeropuerto de Charleston, en Virginia Occidental, donde nos despedimos del agente Chris Hanski. Él me desea suerte, y yo le agradezco su amabilidad. Me embarco con Pat Surhoff en un vuelo con escala cuyo destino es Charlotte, en Carolina del Norte. A pesar de que no llevo documentación, me limito a seguir a Surhoff mientras el cuerpo de alguaciles habla en clave con la aerolínea. Debo reconocer que me emociona subir al pequeño avión.

El Aeropuerto de Charlotte es un edificio grande, espacioso y moderno. Paso dos horas en un entresuelo, observando el ir y venir de la gente. Soy como ellos, libre. Pronto podré acercarme yo solo a un mostrador y comprar un billete para cualquier destino.

A las 6.10 embarcamos en un vuelo directo a Denver. Los alguaciles han conseguido que nos suban de estatus. Me siento con Surhoff en primera clase, por cortesía del contribuyente. Yo me tomo una cerveza y él, un ginger ale. El menú es pollo al horno con salsa. Supongo que la mayoría de los pasajeros lo comen para tener algo en la barriga, pero a mis ojos es todo un banquete. Acompaño la comida con una copa de pinot noir, el primer vino que bebo en muchos años.

Al salir de la rueda de prensa, Victor Westlake y su séquito fueron en coche al céntrico bufete de Jimmy Lee Arnold, situado a cuatro manzanas, y se identificaron en la recepción, donde ya estaban al corriente de su llegada. En cuestión de minutos la recepcionista les condujo por un pasillo estrecho y les hizo pasar a una gran sala de reuniones, donde les ofreció café. Ellos le agradecieron la oferta, que de todos modos declinaron.

Jimmy Lee era uno de los popes del derecho penal en Roanoke, con veintitrés años de experiencia en guerras de droga y vicio. Cuatro años antes había defendido a Jakeel Staley, el sobrino de Quinn Rucker. Como tantos pistoleros solitarios que trabajan cerca de los bajos fondos, era todo un personaje: pelo largo gris, botas de vaquero, dedos cargados de anillos y unas gafas rojas de lectura sobre el puente de la nariz. Pese a recelar del FBI, les dio la bienvenida a sus dominios. No eran los primeros agentes que venían a verle. En tantos años habían pasado muchos por su despacho.

—Así que ya tienen el acta —dijo justo después de las presentaciones.

Victor Westlake resumió en pocas palabras la causa contra Quinn Rucker.

—¿Verdad que hace unos años defendió usted a su sobrino, Jakeel Staley?

—Sí —contestó Jimmy Lee—, pero a Quinn Rucker no llegué a conocerle.

—Me imagino que le contrataría la familia o la banda.

—Algo así. Fue un contrato privado. No fui designado por ningún tribunal.

—¿Con quién de la familia tuvo tratos?

El humor de Jimmy Lee cambió. Metió una mano en el bolsillo de su chaqueta y extrajo una pequeña grabadora.

—Por si acaso —dijo al pulsar un botón—. Mejor que lo grabemos, que ustedes son tres y yo uno solo. Quiero asegurarme de que se entiendan bien mis palabras. ¿Tienen algún inconveniente?

—No —respondió Westlake.

—Me alegro. Bueno, me ha preguntado con quién de la familia tuve tratos cuando me contrataron para defender a Jakeel Stanley, ¿verdad?

—Exacto.

—Pues no estoy seguro de poder contestar. Ya me comprende: el secreto profesional, y todo eso... ¿Por qué no me explica la razón de su interés?

—Por supuesto. Quinn Rucker confesó. Dijo que mató al juez Fawcett porque este renegó de un soborno. Según Rucker, la banda le pagó medio millón de dólares contantes y sonantes a cambio de un veredicto favorable sobre la instancia para anular el registro de una camioneta durante el que se descubrió un cargamento completo de cocaína.

Westlake se detuvo a observar con atención a Jimmy Lee

y su mirada inescrutable. Al cabo de un rato el abogado se encogió de hombros.

—¿Y?

—¿Tenía usted conocimiento del soborno?

—Saberlo constituiría un delito, ¿no? ¿Qué se cree, que soy tan tonto como para reconocer un delito? Me ofende.

—No, señor Arnold, no se ofenda, que yo no le acuso de nada.

—¿Me ha implicado Quinn Rucker en el soborno?

—De momento no ha sido muy concreto. Solo ha dicho que el intermediario fue un abogado.

—Seguro que esta banda de mafiosos tiene a su disposición a muchos abogados.

—Seguro. ¿Le sorprendió que el juez Fawcett rechazase la instancia de anulación?

Jimmy Lee sonrió y puso los ojos en blanco.

—A mí ya no me sorprende nada. Para quien crea en la Constitución fue un registro mal hecho, y deberían haber descartado las pruebas: ciento cincuenta kilos de coca en estado puro. Lo que ocurre es que para hacer algo así hay que tener narices, y hoy en día ya nadie se arriesga, sobre todo en las grandes operaciones contra el tráfico de drogas. Un juez, sea estatal o federal, necesita muchos huevos para excluir una prueba tan estupenda, al margen de cómo la obtuviera la poli. No, no me sorprendió.

—¿Durante cuánto tiempo trabajó usted con el juez Fawcett?

—Desde que le nombraron, hace veinte años. Le conocía mucho.

—¿Cree que habría aceptado un soborno?

—¿En metálico, a cambio de un veredicto favorable?

—Y de una condena más corta.

Jimmy Lee cruzó las piernas, apoyó en una de las rodillas

una bota de piel de avestruz y juntó las manos debajo de la barriga. Pensó un momento.

—Dictámenes escandalosos he visto unos cuantos, pero casi siempre por tontería o pereza del juez —dijo—. No, señor Westlake, no creo que Fawcett, ni ningún otro juez federal de la mancomunidad de Virginia, aceptase un soborno, en metálico o de cualquier otro tipo. Le he dicho que a mí ya no me sorprende nada, pero no es verdad. Un soborno así me chocaría.

—¿Diría usted que el juez Fawcett tenía fama de ser muy íntegro?

—No, no lo diría. Durante los primeros años en el cargo lo hizo bien, pero luego cambió y se volvió un cabrón. Todos mis clientes han sido acusados de algún delito, pero no todos son delincuentes. Fawcett no lo veía así. Le gustaba demasiado meterle veinte años a un tío. Siempre se ponía del lado del fiscal y de la poli. Yo eso no lo considero integridad.

—Pero no le pagaban.

—No, que yo sepa.

—Nuestro dilema es el siguiente, señor Arnold: si Quinn Rucker dice la verdad, ¿cómo pudo hacer llegar el dinero a manos de Fawcett? Imagínese a un tío duro de Washington, criado en la calle y que no conocía al juez de nada. Algún intermediario tuvo que haber. No estoy diciendo que fuera usted, ni insinúo que aparezca en la versión de Rucker, pero conoce el sistema. ¿Cómo cambió de manos el medio millón?

Jimmy Lee había empezado a sacudir la cabeza.

—Si por sistema entiende usted el soborno, no lo conozco, no. Me ofende lo que deja usted en el aire. Se ha equivocado de interlocutor.

—Repito que no le implico en nada ni le acuso.

—Caramba, pues no le falta mucho. —Jimmy Lee se levantó despacio y tendió la mano hacia la grabadora—. Digamos que se ha acabado la reunión.

—No es necesario, señor Arnold.

Jimmy Lee guardó la grabadora en su chaqueta.

—Ha sido un placer —dijo al abrir la puerta de par en par y salir al pasillo.

Justo al otro lado de Church Street, mientras Victor Westlake y sus agentes salían de las oficinas de Jimmy Lee, Dee Ray Rucker entraba en otro bufete.

Quinn había sido detenido el miércoles por la noche, y las primeras horas de cautividad las había pasado en la sala de interrogatorios. Tras confesar ante la cámara se lo habían llevado a la cárcel municipal de Norfolk y había dormido doce horas seguidas, incomunicado. No le habían dejado usar el teléfono hasta el sábado por la mañana, y había tardado casi todo el día en encontrar a algún pariente dispuesto a hablar con él. El sábado por la tarde le habían trasladado desde Norfolk a Roanoke, un viaje de cuatro horas y media.

Al comprender que su hermano mayor estaba en la cárcel por haber matado a un juez federal, Dee Ray se lanzó en búsqueda de un abogado dispuesto a defenderle. Topó con muchas negativas, tanto en la ciudad de Washington como en Virginia, pero el domingo por la tarde otro personaje de Roanoke, llamado Dusty Shiver, aceptó representar a Quinn en las primeras fases de la imputación, aunque se reservó el derecho a desentenderse de la causa si finalmente había juicio. Por motivos obvios, el colegio de abogados de la zona no veía con muy buenos ojos la defensa de un reo acusado de cargarse a un miembro tan importante del sistema judicial.

Dusty Shiver había sido compañero de trabajo de Jimmy Lee Arnold, y estaban hechos de la misma pasta. En el mundo jurídico la mayoría de los bufetes, grandes o pequeños, se disgregan, casi siempre por dinero. Jimmy Lee se quedó con unos honorarios por cobrar, echó la culpa a sus socios y se trasladó al otro lado de la calle.

El lunes por la mañana, antes de la imputación, Dusty tuvo la oportunidad de pasar una hora en la cárcel con Quinn, y le sorprendió que su cliente ya hubiera confesado. Quinn juraba y perjuraba que le habían coaccionado, engañado, presionado y amenazado, y que la confesión era falsa. Él se declaraba inocente. De vuelta de la cárcel, Dusty pasó por las oficinas de la fiscalía para llevarse una copia del acta de acusación. La estaba leyendo en el momento en que su secretaria le comunicó la llegada del señor Dee Ray Rucker.

Con su largo pelo gris, sus tejanos descoloridos y su chaleco de cuero rojo, Dusty parecía el traficante, y Dee Ray, con su traje de Zegna, el abogado. Se saludaron con prevención en el despacho de Dusty, donde no cabía un alfiler. De lo primero que hablaron fue del anticipo. Dee Ray abrió su cartera de Prada y sacó cincuenta mil dólares contantes y sonantes, que Dusty metió en un cajón después de haberlos contado.

—¿Sabe que ya ha confesado? —preguntó al guardar el dinero.

—¿Qué dice? —inquirió Dee Ray, horrorizado.

—Pues eso, que ha confesado. Asegura que firmó una declaración escrita donde admitía los dos asesinatos. Supuestamente también hay un vídeo. Dígame que no es tan tonto, por favor.

—No, no es tan tonto. Nosotros nunca hablamos con la poli, nunca. Quinn no confesaría nada voluntariamente, aunque fuera culpable como la copa de un pino. No es nuestro modus operandi. Si se presenta la pasma, lo primero que hacemos es llamar a nuestros abogados.

—Él afirma que el interrogatorio duró toda la noche, que

renunció a sus derechos y que pidió varias veces un abogado, pero que los dos agentes del FBI siguieron dale que te pego. Le pusieron trampas y le desorientaron hasta que empezó a tener alucinaciones y ya no se pudo callar. Le dijeron que le acusarían de dos homicidios que podían castigarse con la pena capital, y que encausarían a toda la familia porque los asesinatos estaban relacionados con los negocios de la banda. Le mintieron. Afirmaron que si colaboraba le podían ayudar, que la familia del juez Fawcett era contraria a la pena de muerte y tal y cual. Después de unas horas él se vino abajo y les dijo lo que querían. Asegura que no se acuerda de todo. Estaba demasiado cansado. Cuando se despertó e intentó hacer memoria, era como un sueño, una pesadilla, y tardó varias horas en darse cuenta de lo que había hecho. De todos modos sigue sin tener un recuerdo completo.

Dee Ray se había quedado demasiado estupefacto para hablar.

—De lo que sí se acuerda —siguió explicando Dusty— es de que los agentes le dijeron que tenían un informe de balística que relacionaba una de sus pistolas con el lugar del crimen, y que supuestamente había algún tipo de huella de bota. Encima hay testigos que le ubican en la zona a la misma hora de los asesinatos, aunque también en este caso hay inconcreciones.

—¿Cuándo podrá ver la confesión?

—Me reuniré lo antes posible con el fiscal general, pero no será rápido. Es posible que tarde semanas en tener la confesión por escrito y el vídeo, además de las otras pruebas que pretenden usar.

—¿Y por qué no pararon el interrogatorio cuando Quinn pidió un abogado?

—Muy buena pregunta, aunque los polis suelen jurar que el acusado renunció a sus derechos y no pidió asistencia jurídica. Es su palabra contra la de él. En un caso de esta importancia, cuente con que jurarán por todo lo habido y por haber que Quinn no hizo ninguna referencia a un abogado. De la misma manera, jurarán que no le amenazaron, ni le dijeron ninguna mentira, ni le prometieron ningún acuerdo. Ahora que ya tienen su confesión intentan conseguir pruebas tangibles que le inculpen. Si no encuentran ninguna solo les quedará la confesión.

—¿Y es bastante?

—¡Ya lo creo!

—No puede ser. Quinn no es tonto. No se habría prestado a un interrogatorio.

—¿Ha matado alguna vez a alguien?

—Que yo sepa no. Para esas cosas tenemos a otros.

—¿Por qué se fugó de la cárcel?

—¿Usted ha estado alguna vez en la cárcel?

—No.

—Yo tampoco, pero conozco a muchos que sí, y todos quieren salir.

—Si usted lo dice... —contestó Shiver—. ¿Le suena de algo el nombre de Malcolm Bannister?

—No.

—Quinn dice que estuvieron juntos en la cárcel de Frostburg, y que es la fuente de las acusaciones. Dice que eran amigos y que hablaron mucho del juez Fawcett y sus triquiñuelas. Está francamente resentido con Bannister.

—¿Cuándo podré ver a mi hermano?

—El sábado, como muy pronto, que es cuando empiezan las visitas normales. Yo volveré a la cárcel esta misma tarde con una copia del acta de acusación. Si quiere le paso algún mensaje.

—Vale, pues dígale que se esté bien callado.

—Lo siento, pero ya es demasiado tarde.

20

Los detalles son vagos, y difícilmente se concretarán. Pat Surhoff está dispuesto a explicarme que la clínica forma parte del hospital militar de Fort Carson, dato que por otra parte sería difícil de negar. Dice, prudente, que está especializada en MRA (Modificación Radical del Aspecto), y que la usan varios organismos del gobierno central. Los especialistas en cirugía plástica se cuentan entre los mejores y han trabajado en muchas caras que sin cambios radicales podrían pasar inadvertidas. Yo no paro de hacerle preguntas, más que nada para ver cómo las esquiva, pero Surhoff no desvela mucho más. Después de la operación tendré aquí dos meses de convalecencia y después me iré.

Mi primera entrevista es con una especie de psicóloga que quiere cerciorarse de que esté preparado para una experiencia tan impactante como cambiar no solo de nombre sino de cara. Es una mujer agradable y atenta, a quien convenzo sin dificultades de mis deseos de transformar mi vida.

La segunda entrevista es con dos médicos, varones ambos, y una enfermera. A ella la necesitan para tener un punto de vista femenino sobre mi aspecto después de la operación. No tardo mucho en darme cuenta de que los tres son excelentes profesionales. Un software de lo más sofisticado les permite usar mi cara como punto de partida para someterla prácticamente a cualquier cambio. En este caso son básicos los ojos, repiten: modificarlos es variarlo todo. La nariz, un poco más afilada; los labios, ni tocarlos. Con un poco de bótox en los pliegues de los mofletes debería bastar. Rapar la cabeza, por supuesto, y mantenerla afeitada. Nos pasamos casi dos horas haciendo retoques al nuevo rostro de Max Baldwin.

En manos de otros cirujanos con menos experiencia podría ser un momento angustioso. Hace veinticinco años, desde que soy una persona adulta, que mi aspecto apenas ha cambiado; una cara modelada por la genética, curtida por los años y libre (por suerte) de heridas o lesiones. Es un buen rostro, ha prestado un buen servicio. Prescindir de él a bote pronto, y para siempre, no es cualquier cosa. Mis nuevos amigos dicen que no hace falta cambiarlo todo, solo algunas mejoras: un estironcito aquí, un cortecito allá, tensar, alisar... *et voilà*: una nueva versión igual de atractiva y mucho menos peligrosa. Yo les aseguro que me preocupa más la integridad que la vanidad. Se muestran de acuerdo sin ambages. No es la primera vez que lo oyen. Me pregunto inevitablemente con cuántos informadores, delatores y espías habrán trabajado: con cientos, a juzgar por lo bien que se complementan.

Mientras se va formando mi nueva imagen en la gran pantalla del ordenador, hablamos muy seriamente de accesorios. En el momento en que la cara de Max recibe unas gafas redondas de carey, los tres manifiestan un sincero entusiasmo.

—¡Así! —se exalta la enfermera.

Debo reconocer que a Max se le ve mucho más intelectual y más moderno. Nos pasamos media hora jugando con diferentes bigotes, hasta que los descartamos. La idea de una barba da empate: dos a dos. Decidimos esperar. Prometo no afeitarme en una semana, para que nos formemos una idea más clara.

La gravedad de nuestros actos explica que no haya prisa

alguna en mi pequeño equipo. Dedicamos toda la mañana a rediseñar a Max. Una vez que ha quedado todo el mundo satisfecho, imprimen una imagen en alta definición de mi nuevo *look*. Me la llevo a mi habitación y la engancho en la pared. Una enfermera la estudia y dice que le gusta. A mí me gusta ella, pero está casada y no tontea. Si supiera...

Me paso la tarde leyendo y paseando por las zonas de libre acceso de la base. Se parece mucho a cuando mataba el tiempo en Frostburg, lugar que ya queda lejos tanto en la distancia como en el recuerdo. Vuelvo una y otra vez a mi cuarto, y al rostro en la pared: la cabeza lisa, la nariz algo afilada, la barbilla un poco más marcada, los mofletes más pequeños, ni una sola arruga... y los ojos de otra persona. Han desaparecido los efectos carnosos de la edad. Los párpados no son tan grandes, pero lo más importante es que Max mira por unas gafas redondas de diseño, y que se le ve francamente moderno.

Siempre y cuando sea todo así de fácil, claro, y estos médicos posean la capacidad de obtener un rostro idéntico al Max recreado por ordenador; pero, bueno, aunque solo se aproximen ya me daré por satisfecho. Nadie reconocerá a su nueva creación, que es lo único importante. En cuanto a si estaré más guapo o más feo, no soy quién para decirlo; en todo caso, mal no estaré. Y es cierto que la integridad tiene mucho más peso que la vanidad.

A las siete de la mañana me hacen el preoperatorio y me llevan en camilla a un pequeño quirófano. El anestesista cumple con su cometido, y me hundo en una feliz inconsciencia.

La operación dura cinco horas y sale perfecta, a decir de los médicos, aunque no pueden saberlo porque tengo la cara vendada como una momia. Pasarán varias semanas hasta que baje la hinchazón y las nuevas facciones empiecen a delinearse.

Cuatro días después de ser encausado, Quinn Rucker compareció por primera vez ante la justicia, ocasión para la que vistió el mismo mono de color naranja que llevaba desde su ingreso en la cárcel municipal de Roanoke. Le pusieron esposas, una cadena en la cintura y otra en los tobillos. También le ataron a los hombros y el abdomen un chaleco antibalas. Nada menos que doce vigilantes, agentes y alguaciles muy armados le sacaron de la cárcel para hacerle subir a un Chevrolet Suburban blindado. Aunque no estuviera amenazado por nadie, y el recorrido hasta el juzgado federal fuera un secreto, las autoridades no querían riesgos.

Dentro de la sala, los bancos se llenaron de reporteros y curiosos desde mucho antes de las diez, la hora en que estaba prevista la comparecencia de Rucker. Su detención y imputación eran toda una bomba informativa, a la que en esos momentos no hacía sombra ninguna masacre o ruptura entre famosos. Le desataron y desencadenaron fuera de la sala, de manera que entró sin estar esposado. Al ser el único asistente con mono naranja, y prácticamente el único negro en toda la sala, aparentaba culpabilidad, sin duda. Se sentó ante una mesa con Dusty Shiver y uno de sus socios. Al otro lado del pasillo, Stanley Mumphrey y su brigada de ayudantes movían carpetas con aires de suma importancia, como si estuvieran preparándose para hablar ante el Tribunal Supremo.

Por respeto a su colega muerto, los otros once jueces del distrito Sur se habían recusado a sí mismos de la causa. La vista inicial estaría presidida por Ken Konover, un magistrado federal cuyo aspecto y actos no se diferenciarían mucho de los de un presidente del tribunal. Konover subió al estrado y pidió orden en la sala. Después de unos preliminares preguntó si el acusado había leído el acta.

—Sí, señoría —contestó Dusty—. Renunciamos a una lectura oficial.

—Gracias —respondió Konover.

Tras la mesa de los acusados, en primera fila, se sentaba Dee Ray, tan elegante como siempre, y con cara de franca preocupación.

—¿Desea el acusado hacer alguna declaración en este momento?

Dusty se levantó e hizo una señal con la cabeza a su cliente, que también se puso en pie, con más torpeza.

—Sí, señoría —dijo—. Me declaro inocente.

—Muy bien. Que conste en acta una declaración de inocencia.

Dusty y Quinn se sentaron.

—Tengo aquí una petición de establecimiento de fianza, señor Shiver —señaló Konover—. ¿Desea usted proceder a su exposición?

Su tono dejaba muy claro que ninguna intervención de Dusty podría convencer al tribunal de que otorgase una fianza razonable, o una fianza a secas.

—No, señoría —respondió Dusty al darse cuenta de lo inevitable, y para no ponerse en evidencia—. La petición habla por sí sola.

—¿Señor Mumphrey?

Stanley se levantó para acercarse al estrado. Carraspeó.

—Señoría —dijo—, el acusado está imputado por el asesinato de un juez federal. La parte demandante está persuadida de que es preferible no poner fianza.

—Estoy de acuerdo —confirmó rápidamente Konover—. ¿Algo más, señor Mumphrey?

—No, señoría, de momento no.

—¿Señor Shiver?

—No, señoría.

—El acusado será devuelto a la custodia del cuerpo de alguaciles.

Konover dio un golpe con el mazo, se levantó y abandonó el estrado. La primera vista duró menos de diez minutos.

Después de tres días, Dee Ray ya estaba cansado de Roanoke, así que recurrió a Dusty Shiver, quien a su vez acudió a un amigo de la cárcel para concertar una breve entrevista con el acusado. Dado que las visitas familiares estaban restringidas a los fines de semana, acordaron un encuentro extraoficial en la sala que usaban para hacer pruebas de sangre a los supuestos conductores ebrios. No quedaría constancia en ningún sitio. Los hermanos no sospecharían que pudieran oírles. El FBI grabó la conversación. He aquí una parte:

> Quinn: Estoy aquí por Malcolm Bannister, Dee. ¿Entiendes lo que te digo?
> Dee Ray: Bueno, bueno, ya nos ocuparemos de eso. Ahora me tienes que explicar qué ha pasado.
> Quinn: No ha pasado nada. No he matado a nadie. Ya lo he dicho. Me engañaron para que confesara. Quiero que se arregle lo de Bannister.
> Dee Ray: Está en la cárcel, ¿no?
> Quinn: Lo dudo. Conociéndole, lo más seguro es que haya usado el artículo 35 para salir.
> Dee Ray: ¿El artículo 35?
> Quinn: Dentro lo conoce todo el mundo, pero, bueno, da igual. La cuestión es que ha salido y hay que encontrarle.

Una larga pausa.

> Dee Ray: Mucho tiempo y dinero.
> Quinn: Mira, hermanito, de tiempo ni me hables. Los federales no tienen nada contra mí. Nada, ¿eh? Lo cual no significa que no puedan trincarme. Si esto va a juicio en cosa de un

año, pueden tener a Bannister como testigo estrella. ¿Lo pillas?

DEE RAY: ¿Y qué declarará?

QUINN: Lo que haga falta. A él le da lo mismo. Ya está fuera, tío. Ha pactado con ellos. Dirá que en la cárcel hablamos sobre el juez Fawcett. Eso será lo que argumentará.

DEE RAY: ¿Y hablasteis o no?

Otra larga pausa.

QUINN: Sí, constantemente. Sabíamos que tenía dinero guardado.

Una pausa.

QUINN: Tienes que encontrar a Bannister, Dee Ray. ¿Vale?

DEE RAY: Vale. Déjame que se lo comente al Alto.

21

A las tres semanas de operarme estoy que me subo por las paredes. Ya me han quitado las vendas y los puntos, pero esto tarda una eternidad en desinflamarse. Me miró en el espejo cien veces al día en espera de que la cosa mejore, y de que surja Max de entre tantos morados e hinchazones. Constantemente viene a verme mi equipo quirúrgico para decirme lo bien que me ve, pero me tienen harto. No puedo masticar, ni comer, ni caminar más de cinco minutos, así que la mayoría del tiempo me lo paso en la silla de ruedas. Los movimientos tienen que ser lentos y calculados, para no cargarme un solo detalle de la artesanía invertida en el rostro de Max Reed Baldwin. Llevo la cuenta de los días, y a menudo tengo la sensación de haber vuelto a la cárcel. Pasan las semanas y poco a poco desaparecen la hinchazón y los morados.

¿Se puede estar enamorado de una mujer sin haberla tocado? Yo he llegado a la conclusión de que sí. Se llama Vanessa Young y la conocí en Frostburg, en la sala de visitas, una mañana fría e invernal de un sábado. Venía a ver a su hermano, un preso a quien yo conocía y de quien tenía un buen concepto. La primera vez que hablamos fue, durante otra visita, pero no podíamos tocarnos. Yo le escribía, y ella a veces también, pero acabé por llegar a la penosa conclusión de que lo mío con Vanessa no era un amor correspondido.

Si quisiera calcular las horas que he invertido en fantasear sobre ella no me saldrían las cuentas.

En los últimos dos años nuestras vidas han cambiado drásticamente, y ahora tengo el valor necesario para ponerme en contacto con Vanessa. Mi nuevo amigo del alma, Pat Surhoff, me informó de que mientras esté en Fort Carson no podré mandar ni recibir correspondencia, pero escribo una carta de todos modos. La repaso durante dos días, cambiando algún que otro detalle, corrigiendo... Así paso el rato. Le desnudo mi alma a Vanessa, y prácticamente le suplico una cita.

Ya encontraré alguna manera de enviarla.

Ha vuelto Surhoff para recogerme. Salimos con prisas de Fort Carson para Denver, donde embarcamos en un vuelo directo a Atlanta. Yo me he puesto una gorra de béisbol y unas gafas de sol grandes, y no atraigo ni una sola mirada de curiosidad. Me quejo de los asientos. Vamos juntos, y no en primera. Surhoff dice que el Congreso está haciendo recortes en todo. Tras una opípara comida a base de uvas y Coca-Cola, vamos al grano. Pat abre una carpeta de lo más simpática, llena de golosinas: una orden judicial de Virginia por la que mi nombre pasa a ser Max Reed Baldwin, una nueva tarjeta de la seguridad social con los nuevos datos, un certificado de nacimiento que demuestra que mi lugar de origen es Memphis y tengo unos padres que no me suenan de nada, y un permiso de conducir de Florida con una foto falsa que es del retrato informático que pergeñamos mis médicos y yo antes de la operación. Se ve tan real que ni yo mismo puedo apreciar la diferencia. Pat me explica que dentro de un mes, aproximadamente, cuando se pongan todas mis facciones en su sitio, me darán otra foto. En el caso del pasaporte, más de lo mismo. Rellenamos solicitudes de tarjetas Visa y American Express. He estado practicando una letra diferente, por iniciativa de Surhoff. Parecen huellas de gallina, pero no es mucho peor que la de antes. Max firma un contrato de alquiler por seis meses de un apartamento de un solo dormitorio en Neptune Beach, a pocos kilómetros al este de Jacksonville, y solicita una cuenta corriente en el SunCoast Bank. Surhoff me dice que hay una sucursal a tres manzanas de mi piso. Cuando esté la cuenta operativa me transferirán los ciento cincuenta mil dólares de la recompensa, que podré usar como quiera. Considerando que aterrizaré con tanto dinero, las autoridades tienen la impresión de que no necesito gran cosa de ellas, y no puedo quejarme. Surhoff dice que el dinero estará exento de impuestos por orden expresa del Servicio de Impuestos, el IRS, y me da el nombre de un contable que sabe los dos códigos, el del IRS y el que usan los alguaciles. Después me entrega un sobre con tres mil dólares en efectivo, diciendo que debería bastar para ponerme en órbita. Hablamos de los pros y contras de alquilar un coche respecto a comprarlo, y él me explica que es más fácil lo primero, porque así me iré haciendo una buena situación crediticia.

Me entrega un resumen de dos páginas de la vida de Max Baldwin. Parece una esquela. Padres, hermanos, educación, trabajos... Me llama la atención haber pasado casi toda mi vida en Seattle, y haberme divorciado dos veces sin tener hijos. Me he mudado a Florida porque es lo más lejos que puedo estar de mi segunda ex. Es importante que me aprenda de memoria esta ficción y no me aparte del guión. Tengo un historial laboral (siempre en organismos públicos) y bancario.

En lo que al trabajo se refiere tengo dos opciones. La primera es ser encargado de abastecimiento de la base naval de

Mayport, a algunos kilómetros al norte de Neptune Beach, con un sueldo inicial de cuarenta y ocho mil dólares. Para ese puesto hacen falta dos meses de formación. La segunda posibilidad es ser director contable de la Administración de Veteranos, también por cuarenta y ocho mil al año. Es mejor que siga trabajando para el gobierno, al menos durante los primeros años. De todos modos, como subraya Surhoff por enésima vez, ahora mi vida es mía y puedo hacer lo que me dé la gana. Los únicos límites son los que dicta mi pasado.

Justo cuando empieza a atosigarme todo un poco, Surhoff mete la mano en su maletín y saca los juguetes. El primero es un iPad registrado ya a nombre de Max por gentileza del gobierno. Como bibliotecario, Malcolm tenía acceso a ordenadores (pero no a internet), y me esforcé por mantener lo más frescos posibles mis conocimientos, pero la tableta me deja flipado. Hacemos una clase intensiva de una hora. Cuando ya estoy agotado, Surhoff saca un iPhone. Es el suyo, no el mío, porque aún tendré que elegir operadora y comprármelo, pero me enseña lo básico del aparato, que es alucinante. Acaba antes el vuelo que la demostración.

En el Aeropuerto de Atlanta encuentro una tienda de informática y me distraigo durante una hora mirando aparatitos. Estoy resuelto a ponerme a la última, porque la tecnología será la clave de mi supervivencia. Antes de salir de Atlanta echo al correo la carta para Vanessa Young. Sin remitente.

Aterrizamos en Jacksonville de noche, alquilamos un coche y en media hora nos plantamos en las playas del este de la ciudad: Atlantic Beach, Neptune Beach, Jacksonville Beach... No se ve dónde acaba una y empieza la siguiente. La zona está muy bien, con cientos de casitas muy cuidadas, algunas residenciales y otras de alquiler por temporadas, y varios hotelitos y edificios de apartamentos con vistas al mar. Hace tiempo que nos hemos olvidado de las uvas del almuerzo.

Nos morimos de hambre. Encontramos un restaurante de marisco en un centro comercial, a una manzana de la playa, y devoramos ostras y gambas. La clientela de la barra es joven, con muchas chicas guapas de piernas bronceadas. Se me van los ojos. De momento solo he visto blancos. Me pregunto si llamaré la atención. El área metropolitana de Jacksonville tiene un millón de habitantes, el 18 por ciento de ellos negros, así que Surhoff no prevé ningún problema étnico. Yo intento explicarle qué es ser negro en un mundo blanco, pero me doy cuenta una vez más de que hay cosas que no pueden explicarse a fondo durante una cena, si es que pueden explicarse de algún modo.

Así que cambio de tema y le pregunto por el Programa de Seguridad de Testigos. Surhoff vive en Virginia, adonde volverá pronto. Entonces mi contacto, mi responsable, pasará a ser otro alguacil, que no hará nada por tenerme vigilado, aunque siempre estará cerca por si surge alguna pega, algún problema. Lo normal es que mi responsable vigile a varias «personas» a la vez. Al menor indicio de que algo pueda ir mal me trasladarán enseguida a otra ciudad, aunque Surhoff me tranquiliza diciendo que no ocurre casi nunca.

¿Cuánto tardarán en encontrarme los malos? Surhoff responde que no lo sabe, porque sería la primera vez. Yo insisto.

—Pero seguro que habréis tenido que cambiar a alguien de lugar.

—Personalmente nunca me ha pasado, pero sí que ha habido algún caso. Que yo sepa nadie ha estado en grave peligro, y llevo diez años tratando con informadores. Sí que me han hablado de dos o tres que estaban convencidos de que les habían descubierto y querían mudarse, así que intervinimos y volvieron a desaparecer.

Por razones obvias, la biblioteca de Frostburg no contenía libros sobre protección de testigos, ni en la sección jurídica ni en la general, así que mis conocimientos son limitados, pero sé que no ha sido un programa perfecto.

—¿O sea, que nunca ha habido problemas? Me cuesta creerlo.

—Yo no he dicho que haya sido perfecto. Hay una anécdota increíble de hace treinta años que en nuestro trabajo ya es una leyenda. Tuvimos a un informador de la mafia, un tío importante que dio un chivatazo y se cargó a unos cuantos peces gordos. Fue uno de los mayores golpes en toda la historia del FBI. El tío llevaba una diana encima que hasta con los ojos vendados habrías acertado. Le escondimos bien. Pasaron unos años. Era inspector postal en una ciudad de cincuenta mil habitantes, con una tapadera perfecta, pero, bueno, era un mafioso, un matón de nacimiento, y le resultaba imposible no meterse en líos. Primero abrió un concesionario de coches de segunda mano, y después otro. Luego se metió en el negocio de las casas de empeño y empezó a comerciar con objetos robados hasta que encontró la manera de entrar en el tráfico de marihuana. Nosotros sabíamos quién era, pero el FBI no. Cuando le imputaron llamó a su responsable para que pagase la fianza y le sacase de la cárcel. El responsable estaba desquiciado, como todo el mundo, desde lo más bajo del escalafón hasta el director del FBI. Corrieron como locos a dejarlo en libertad y reubicarle. Se amenazó con despedir a más de uno, se cerraron acuerdos y hubo que rogar a varios jueces. Al final sobreseyeron la causa, pero nos llevamos un buen susto, así que no vuelvas a blanquear dinero.

Piensa que el último comentario tiene alguna gracia.

—Yo nunca he blanqueado nada —respondo sin sonreír.

—Perdona.

Nos acabamos el postre y vamos a mi nueva casa. Es un piso en la sexta planta de una de las cuatro torres alineadas en la playa, con pistas de tenis y piscinas dispersas a sus pies.

Surhoff me explica que la mayoría de los apartamentos se alquilan por temporadas, pero que algunos tienen inquilinos fijos. Mi contrato es por seis meses. Depende de mí. Se trata de un piso de un solo dormitorio, amueblado, con cocina americana y sofá y sillones bonitos; nada lujoso, pero tampoco barato. Al quedarme solo salgo al balcón y contemplo la luna sobre el mar. Respiro el aire salino, y escucho cómo rompen suavemente las olas en la orilla.

La libertad provoca euforia, y es indescriptible.

Como me he olvidado de correr las cortinas, me despierta un sol deslumbrante. Es mi primera mañana de verdad como persona liberada y a quien no vigilan. No veo el momento de sentir la arena entre los dedos de los pies. En la playa hay algunos madrugadores. Bajo deprisa, tapándome un poco la cara con una gorra y unas gafas de sol. Nadie se fija ni le importa. Quienes pasean sin rumbo por allí están enfrascados en su propio mundo. Yo no tardo en quedarme absorto en el mío. No tengo familia, trabajo, responsabilidades ni pasado. Max empieza una nueva vida.

Pat Surhoff pasa a buscarme hacia mediodía. Comemos un bocadillo. Después me lleva en coche a la base naval de Mayport, donde estoy citado con un médico que sabe el código. El postoperatorio va muy bien, sin complicaciones. Dentro de unas semanas volveré para otra revisión.

Después vamos a la sucursal del banco SunCoast que queda cerca de mi casa. Al acercarnos, Surhoff me prepara para lo que ocurrirá. Él no entrará, porque es importante que la cuenta la abra yo personalmente. En el banco nadie sabe el código. Todo se hace con la máxima limpieza. De momento Max Baldwin está semijubilado; no trabaja, y se está planteando vivir en esta zona. Quiere abrir una cuenta corriente estándar, con un depósito inicial de mil dólares en efectivo. Cuando esté operativa volveré al banco y le darán las instrucciones para la transferencia. Al entrar en el banco me remiten a la encantadora Gretchen Hiler, una rubia de bote de cuarenta y pocos años que ha tomado demasiado el sol. Trabaja en un despacho muy pequeño, con una mesita, y no lleva anillo de casada. No puede saber que es la primera mujer con quien estoy a solas en más de cinco años. Se me acumulan los pensamientos lascivos, sin que pueda evitarlo. Tal vez sea natural. Gretchen es una cotorra, y en ese momento yo también. Resolvemos enseguida el papeleo. Me enorgullece dar una dirección real. Pongo mil dólares en efectivo. Ella va a buscar unos cuantos talones provisionales y me promete enviar otros por correo. Hechos los trámites, seguimos conversando. Ella me da su tarjeta y se ofrece a ayudarme en lo que necesite. Prometo llamarla cuando tenga un móvil, porque el banco exige disponer de algún número. Estoy a punto de invitarla a cenar, más que nada porque estoy seguro de que accedería, pero tengo la prudencia de no hacerlo. Ya habrá tiempo de sobra cuando esté más cómodo y mi cara ofrezca un aspecto esperemos que más agradable.

Me declaré a Dionne cuando tenía veinticuatro años, y desde entonces hasta el día de mi condena y encarcelamiento nunca le fui infiel. Una vez estuve a punto, con la mujer de un conocido, pero los dos nos dimos cuenta de que acabaría mal. Como abogado de provincias me ocupaba de muchos divorcios, y nunca dejaba de sorprenderme que un hombre pudiera joderse la vida y la de su familia solo por no haber resistido la tentación: primero un polvo, luego una aventura, luego algo más serio, y en poco tiempo ya se sacan los ojos ante el juez, perdiendo hijos y dinero. La verdad es que yo adoraba a mi mujer, y sexualmente estaba más que satisfecho. La otra parte de la verdad es que nunca me vi como un seductor.

Antes de Dionne tuve novias y disfruté de la soltería, pero nunca fui de los que saltan sin pensar de cama en cama. Ahora, con cuarenta y tres años y sin compromiso, tengo la corazonada de que hay muchas mujeres de mi edad en busca de compañía. Siento el impulso, pero al mismo tiempo la necesidad de calcular todos mis movimientos.

Salgo del banco con la sensación de haber hecho algo importante. Acabo de cumplir la primera misión de mi vida secreta. Pat Surhoff se ha quedado esperando en el coche.

—¿Qué tal? —me pregunta cuando subo.

—Todo bien.

—¿Por qué has tardado tanto?

—Es que la gerente es mona y se ha echado en mis brazos.

—¿Siempre has tenido ese problema?

—Yo no diría que sea un problema, pero sí, atraigo a las mujeres. Siempre he tenido que ahuyentarlas a palos.

—Pues sigue alejándolas, que han hecho caer a más de uno.

—¿Qué pasa, eres experto en mujeres?

—Para nada. ¿Ahora adónde vamos?

—De compras. Quiero vestirme como Dios manda.

Localizamos una tienda de ropa masculina, y me gasto ochocientos dólares en mejorar mi vestuario. Pat se queda otra vez en el coche: estamos de acuerdo en que dos cuarentones, uno blanco y el otro negro, podrían llamar la atención al hacer compras juntos, y mi objetivo es pasar desapercibido. A continuación me deja en una oficina de Florida Cellular donde abro una cuenta y me compro un iPhone. Ahora que lo tengo en el bolsillo, me siento como un americano de verdad: conectado.

Nos pasamos dos días haciendo recados y afianzando a Max. Extiendo mi primer talón en beneficio de un concesionario de coches, del que salgo al volante de un Audi 4 descapotable de segunda mano que será mío durante doce meses por cuatrocientos dólares mensuales, incluido el seguro a todo riesgo. Ahora que puedo moverme por mi cuenta, y que nos ponemos mutuamente de los nervios, Surhoff empieza a hablar de cuándo se irá. Yo estoy preparado para la independencia y él, para volver a su casa.

Paso otra vez a ver a Gretchen para enterarme de las instrucciones del banco sobre las transferencias, y explicarle que pronto llegará una cantidad bastante elevada de dinero. Pat Surhoff da luz verde a sus superiores. El dinero de la recompensa abandona alguna cuenta secreta con destino a Sun-Coast. Supongo que todos los implicados en la transacción seguirán las precauciones de rigor.

No puedo saber que la están controlando.

22

La instancia en la que Dusty Shiver pedía anular la confesión no sorprendió a nadie. Era un documento largo, bien
redactado y bien argumentado, sustentado en treinta páginas de declaración jurada en que el firmante, Quinn Rucker,
se retractaba por completo de su declaración. Tres días después de la presentación del escrito, Victor Westlake y dos
de sus agentes se reunieron con Stanley Mumphrey y dos de
sus ayudantes. El objetivo era someter la instancia a una
lectura laboriosa y preparar el contraataque. Ni Mumphrey
ni nadie de su plantilla estaban al corriente de las tácticas
utilizadas por los agentes Pankovits y Delocke como interrogadores. Tampoco sabían que Westlake y cuatro de sus
hombres habían contemplado por circuito cerrado la mara-
tónica sesión de diez horas, que tenían grabada. Eran datos
que nunca serían revelados al fiscal y que, por lo tanto, no
llegarían a saber jamás la parte acusada, el juez ni nadie
más.

Stanley, puesto al corriente de todos los detalles por sus
subordinados, tomó el control de la reunión.

—El primer tema, y el más importante —empezó diciendo—, es la alegación de que el acusado quiso hablar con un
abogado.

Westlake hizo una señal con la cabeza a un agente, que sacó unos papeles.

—Aquí tenemos dos declaraciones juradas de los agentes Pankovits y Delocke, nuestros dos interrogadores —dijo—, donde responden a las alegaciones. Como verá, dicen que el acusado hizo un par de referencias a un abogado pero no llegó a especificar que desease uno. No interrumpió en ningún momento el interrogatorio. Tenía ganas de hablar.

Stanley y sus hombres estudiaron las declaraciones.

—Bueno, segundo punto —dijo Stanley al cabo de unos minutos—. El acusado afirma que los dos agentes le amenazaron varias veces con la pena de muerte. Comprenderá que en caso de ser cierto supondría una grave falta que probablemente dejaría la confesión como papel mojado.

Westlake sacudió la cabeza a la vez que contestaba.

—Fíjese en el final de la séptima página de las dos declaraciones. Los agentes afirman bajo juramento no haber formulado ni una sola amenaza. Son interrogadores muy hábiles, Stan. Conocen las normas al dedillo.

Stanley y sus hombres buscaron la página siete y leyeron el texto. Perfecto. Al margen de lo que dijese Quinn en su declaración, había dos agentes del FBI dispuestos a contar la verdad de los hechos.

—Tiene buena pinta —dijo Stanley—. La tercera cuestión es que los agentes prometieron al acusado que no le juzgarían por ningún delito que pudiera castigarse con la pena de muerte.

—Página nueve —dijo Westlake—. Nuestros agentes saben que no tienen autoridad para pactar ningún acuerdo. Eso solo puede hacerlo la fiscalía general. Francamente, me parece una alegación ridícula. Rucker es un mafioso de toda la vida, y ya debería saber que los acuerdos los pactan los fiscales, no los policías.

—Estoy de acuerdo —se apresuró a decir Stanley—. La siguiente alegación es que los agentes del FBI amenazaron con imputar a otros miembros de la familia de Rucker.

—Siempre lo dicen, ¿verdad? Primero confiesan sin coacción de ningún tipo y luego se mueren de ganas de romper la confesión y aseguran que les amenazaron. Ya lo habrá visto muchas veces. —Sí, por supuesto (bueno, en realidad no)—. De todos modos —añadió Westlake—, tengo que reconocer que no sería mala idea hacer una redada con los Rucker, y que les clavasen a todos la jeringa.

Los hombres de Westlake se rieron. Los de Stanley también. Menuda juerga.

—¿Y la alegación de que los interrogadores estuvieron groseros y agotaron al acusado?

—Mire, Stan, voy a decirle la verdad —contestó Westlake—. Los agentes le preguntaron varias veces a Rucker si prefería continuar más tarde, y él dijo que no porque no quería pasar la noche en la cárcel del condado. Consultamos con la prisión y resultó estar llenísima. Los agentes informaron de ello a Rucker, quien insistió en que no quería ir.

A Stanley le pareció muy lógico.

—Bueno —dijo—, hay que hablar de los siguientes tres puntos, pero no creo que los toquemos demasiado en nuestra respuesta. Aquí se alega que los agentes del FBI mintieron sobre un supuesto informe de balística que vinculaba los asesinatos con la pistola Smith & Wesson confiscada al acusado. Por desgracia, ahora sabemos que el estudio balístico ha descartado el arma.

—Es lícito mentir, sobre todo en un interrogatorio de tanta importancia, Stanley —dijo Westlake con tono de viejo y sabio profesor.

—Bueno, pero dígame una cosa, solo por curiosidad: ¿es verdad que mintieron sus agentes?

—Claro que no. En absoluto. Página doce de sus declaraciones juradas.

—Me lo imaginaba. ¿Y la siguiente alegación, la de que sus hombres mintieron sobre la existencia de una huella en el lugar del crimen que coincidía con unas botas confiscadas al acusado?

—Falso, Stan. Imaginaciones de un abogado desesperado, y de un cliente culpable.

—¿Tienen ustedes una huella de bota?

Westlake miró de reojo a uno de sus agentes, como si se le pudiera haber olvidado alguna huella. El agente sacudió la cabeza.

—No —reconoció Westlake—, no hay ninguna huella de bota.

—Tenemos después la alegación de que sus agentes mintieron acerca de dos testigos presenciales. Se supone que el primero vio al acusado en la localidad de Ripplemead en torno a la hora de los asesinatos. ¿Tiene alguna veracidad?

Westlake dejó de apoyar el peso de su cuerpo en una nalga para hacerlo en la otra, mientras sonreía con condescendencia.

—Mire, Stan, no sé si se da cuenta de cuánto cuesta que se venga abajo un sospechoso culpable. ¿Que hay trucos? Sí, y...

—Ya lo entiendo.

—Y hay que meterle miedo al sospechoso para que crea que las pruebas son mucho más abundantes de las que se tienen en realidad.

—No he visto ningún informe sobre el testigo en cuestión.

—Ni lo verá, porque no existe.

—Mire, Vic, usted y yo estamos en el mismo bando. Solo necesito saber la verdad para que podamos responder a la instancia, ¿me entiende?

—Le entiendo.

—¿Y el segundo testigo, el de una tienda cerca de la cabaña? Tampoco existe, ¿verdad?

—Tampoco.

—¿Los agentes usaron algún otro truco que no me hayan comentado?

—No —dijo Westlake, sin que nadie lo creyera en la sala.

—Bueno, pues resumiendo nuestros argumentos contra Quinn Rucker, no tenemos testigos presenciales, ni informe balístico, ni huella de bota, ni huellas dactilares ni ningún tipo de pruebas físicas, ¿verdad?

Westlake asintió, aunque no dijo nada.

—Tenemos a un acusado que estuvo en Roanoke después de los asesinatos, pero no hay pruebas de que también estuviera antes, ¿verdad?

Más gestos de asentimiento.

—Y a nuestro acusado le pillaron con más dinero en efectivo de lo que es normal llevar encima; considerablemente más, diría yo.

Westlake se mostró de acuerdo.

—Claro que el señor Rucker es traficante de drogas confeso y pertenece a una familia famosa por su dedicación al narcotráfico, así que problemas de dinero no puede decirse que tengan. —Stanley apartó la libreta y se frotó las sienes—. Señores, nuestro único argumento es una confesión. Si la perdemos, el señor Rucker quedará libre y no habrá juicio.

—No puede perder la confesión, Stan —dijo Westlake—. Sería inconcebible.

—No tengo ninguna intención de perderla, pero no me extrañaría que el juez considerara un poco turbio el interrogatorio. Lo que me preocupa es su extensión: diez horas. Toda la noche. Un sospechoso exhausto, obviamente, curtido en mil delitos y que probablemente quisiera hablar con un abogado.

Dos interrogadores veteranos que se las saben todas. Nos podría ir de pelos.

Westlake le escuchó sonriendo.

—No olvidemos a nuestro testigo estrella, Stan —dijo al cabo de una larga pausa—. Malcolm Bannister declarará que Quinn Rucker habló varias veces de matar al juez Fawcett. Quería vengarse y recuperar su dinero.

—Sí, es verdad, y sumando el testimonio a la confesión conseguiremos una condena, pero el testimonio por sí solo no basta.

—No le veo muy confiado, Stan.

—Al contrario. Se trata del asesinato de un juez federal. No me imagino que otro juez federal pueda mostrar alguna compasión hacia Quinn Rucker. Tendremos la confesión y a Malcolm Bannister. Conseguiremos que le condenen.

—Así me gusta.

—Por cierto, ¿cómo anda nuestro amigo Bannister?

—Sano y salvo, escondido por el cuerpo de alguaciles.

—¿Dónde está?

—Lo siento, Stan, pero de algunas cosas no podemos hablar. De todos modos no se preocupe, vendrá cuando le necesitemos.

23

La sustituta de Pat Surhoff es Diana Tyler. Quedamos los tres para comer tras una larga mañana en el hospital, donde me hacen una revisión y me citan para dentro de un mes. Tyler es una mujer alta y guapa de unos cincuenta años, con el pelo corto, poco maquillaje, americana azul marino y sin anillo de casada. Muy agradable, me pega el rollo durante las ensaladas. Vive «por la zona» y trabaja con algunos en la misma situación que yo. Está disponible las veinticuatro horas del día y le gustaría hablar por teléfono al menos una vez por semana. Entiende mi situación, y dice que es normal que siempre esté mirando por encima del hombro, pero que con el tiempo se me pasará el miedo y viviré como cualquier otra persona. Si me voy de la ciudad —cosa que hace hincapié en que puedo hacer cuando me dé la gana— le gustaría conocer de antemano los detalles de mi viaje. Quieren tenerme controlado hasta mucho después de que declare en contra de Quinn Rucker, y persisten en pintarme un futuro agradable, sin peligro, que tarde o temprano llegará, una vez superados todos los obstáculos iniciales.

Surge el tema de las dos entrevistas de trabajo. Me voy por la tangente con el argumento de que no estoy preparado para trabajar. Ahora que tengo dinero en el banco, y libertad sin restricciones, no estoy listo para comenzar una nueva carrera. Quiero viajar un poco, ir mucho en coche... Conocer Europa, quizá. Ellos dicen que está muy bien viajar, pero que la tapadera da sus mejores resultados cuando existe un empleo. Dejamos el tema para más tarde y empezamos a hablar del pasaporte y el permiso de conducir actualizado. Dentro de una semana ya podrán hacerme fotos de la cara. Diana promete ocuparse de la documentación.

A la hora del café entrego a Surhoff una carta para mi padre, con remite del correccional federal de Fort Wayne, Indiana. La mandará a la cárcel, y alguien la hará llegar a Henry Bannister, en Winchester, Virginia. En la carta explico al viejo Henry que en Frostburg la cagué, y que me han devuelto a una cárcel estándar. Estoy incomunicado y tardaré al menos tres meses en poder recibir visitas. Le pido que se lo notifique a mi hermana Ruby, en California, y a mi hermano Marcus, en Washington. También le digo que no se preocupe, que estoy bien, y que tengo un plan para poder volver a Frostburg.

Pat Surhoff y yo nos despedimos. Le doy las gracias por su amabilidad y profesionalismo, y él me desea suerte. Me garantiza que mi nueva vida será satisfactoria y segura. No estoy muy convencido, porque sigo mirando por encima del hombro. Tengo la clara sospecha de que el FBI me estará vigilando durante una temporada, al menos hasta el día en que condenen y encarcelen a Quinn Rucker.

La verdad es que no puedo permitirme confiar en nadie, incluyendo en ese «nadie» a Pat Surhoff, Diana Tyler, el cuerpo de alguaciles y el FBI. Hay muchas sombras, por no hablar de los malos. Si el gobierno me quiere vigilar no puedo hacer gran cosa. Pueden obtener órdenes judiciales para espiar mi cuenta bancaria, pincharme el teléfono, controlar los movimientos de mi tarjeta de crédito y vigilar mi actividad en internet. Todo ello lo tengo ya previsto. Mi reto, en el futuro próximo, es engañarles sin que se enteren. Aceptar alguno de los dos trabajos solo les daría otra oportunidad para espiarme.

Por la tarde abro otra cuenta en el Atlantic Trust y transfiero cincuenta mil dólares de la del SunCoast. Después hago lo mismo con un tercer banco, Jacksonville Savings. En uno o dos días, cuando den luz verde a todo, empezaré a sacar dinero.

Al dar vueltas por el barrio en mi pequeño Audi dedico tanto tiempo a mirar el retrovisor como a mirar la calle. Ya es una costumbre. Durante mis paseos por la playa observo todas las caras. Al entrar en una tienda busco enseguida un escondite y vigilo la puerta que acabo de cruzar.

Nunca como dos veces en el mismo restaurante, y siempre pido una mesa con vistas al aparcamiento. El móvil solo lo uso para cosas prácticas, dando por hecho que me escuchan. Pago un portátil al contado, abro tres cuentas de Gmail y recurro a cibercafés para mis búsquedas por internet, siempre a través de sus servidores. Empiezo a experimentar con las tarjetas de prepago que me compro en una farmacia Walgreens. Instalo dos cámaras ocultas en mi piso por si entra alguien en mi ausencia.

La palabra clave es paranoia. Me convenzo de que siempre hay alguien que me observa y me escucha, y a medida que pasan los días me sumerjo cada vez más en mi pequeño mundo de engaños. Llamo cada dos días a Diana para darle las últimas noticias de una vida cada vez más banal. Ella no muestra indicios para que sospeche, pero, claro, no puede...

El abogado se llama Murray Higgins, y su pequeño anuncio en las páginas amarillas le presenta como especialista en casi todo: divorcios, fincas, quiebras, derecho penal, etcétera.

Más o menos la misma rutina pedestre que seguíamos en mi viejo bufete del alma, Copeland, Reed & Bannister. El despacho de Higgins no queda lejos de mi piso. La primera impresión que me da es de sosiego; parece un tipo relajado que llega a las nueve a trabajar y a las tres está en el campo de golf. Durante nuestro primer encuentro Murray me cuenta su vida. Triunfó en un gran bufete de Tampa, pero a los cincuenta estaba quemado y probó con la jubilación. Se fue a vivir a Atlantic Beach, se divorció y se aburrió, así que decidió montar su propio chiringuito. Ahora ya ha cumplido los sesenta y es feliz con su pequeño despacho, al que dedica pocas horas, eligiendo con cuidado a los clientes.

Después pasamos a mi biografía. Me ciño en casi todo al guión: dos ex mujeres en Seattle, etcétera. La única aportación de mi cosecha es que aspiro a ser guionista de cine, y estoy puliendo mi primer guión. Gracias a un par de golpes de suerte se ha interesado por él una pequeña productora especializada en documentales, y necesito abrir un pequeño local en Florida por varios motivos profesionales.

A cambio de dos mil quinientos dólares Murray puede montar un par de cortafuegos. Primero establecerá una sociedad de responsabilidad limitada en Florida, con M. R. Baldwin como propietario único. Después la S.L. formará una sociedad mercantil en Delaware, en la que Murray será el único constituyente, y yo el único dueño. La razón social será su bufete. Mi nombre no aparecerá en ningún documento de la empresa.

—Lo hago muchas veces —dice—. Florida atrae a mucha gente que intenta empezar desde cero.

Si tú lo dices, Murray...

Podría hacerlo yo mismo por internet, pero es menos peligroso tener a un abogado como intermediario. La confidencialidad es importante. Puedo pagar a Murray para que haga cosas que mis sombras jamás sospecharían ni podrían rastrear. Sus consejos de veterano dan vida a Skelter Films.

Dos meses y medio después del arresto de Quinn Rucker, y dos semanas después de haberme instalado en primera línea de mar, Diana me informa una mañana, a la hora del café, que el FBI desea hablar conmigo. Los motivos son diversos, pero el más importante es que quieren darme los últimos datos de la investigación y conversar sobre el juicio. Quieren planear mi testimonio. Estoy seguro de que también desean ver a Max Baldwin, que, por cierto, ha supuesto una mejora respecto a Malcolm Bannister.

Ya no estoy hinchado. La nariz y la barbilla son un poco más afiladas, los ojos mucho más jóvenes, y las gafas redondas de carey dan un *look* de director de documentales moderno e intelectual. Me afeito una vez por semana para que siempre haya un poco de barba, salpicada de canas. Para estar al cero hay que pasarse la cuchilla de afeitar cada dos días. Tengo las mejillas más lisas, sobre todo por lo poco que comí y el peso que perdí durante el postoperatorio. Mi intención es no recuperar los kilos. En general no me parezco nada a mi antiguo yo, algo que a menudo es turbador, pero también reconfortante.

Se trataría de volver a Roanoke para una reunión con Stanley Mumphrey y sus esbirros, pero me niego rotundamente. Diana me asegura que ni el FBI ni la fiscalía saben dónde me escondo. Yo finjo creerla. No quiero que la entrevista sea en Florida. Tras un pequeño tira y afloja nos decidimos por un hotel de Charleston, Carolina del Sur. Diana reserva los billetes y tomamos un vuelo desde Jacksonville. Los dos vamos en el mismo avión, pero separados.

Nada más pisar la recepción del hotel tengo la certeza de que me vigilan, y de que probablemente me estén haciendo fotos. El FBI está impaciente por conocer mi aspecto. Sorprendo un par de miradas de reojo, pero sigo caminando. Después de tomarme un bocadillo en mi habitación me encuentro con Diana en el vestíbulo y subimos a una suite del segundo piso. Está bien vigilada: hay dos hombres corpulentos trajeados de negro que parecen dispuestos a enzarzarse a tiros a la menor provocación. Como alguacil que es, Diana no participa en la causa, por lo que se queda fuera con los dos dóbermans mientras yo entro a reunirme con el resto.

Stanley Mumphrey ha traído a tres ayudantes, cuyos nombres se pierden en la avalancha de presentaciones. También está mi amigo el agente Chris Hanski, supongo que para compararme con mi aspecto previo. Va acompañado de un colega cuyo nombre se me olvida de inmediato. Mientras nos distribuimos lo mejor que podemos alrededor de una pequeña mesa de reuniones, reparo sin querer en dos fotos idénticas metidas en el fajo de papeles. Es Malcolm Bannister. Le estaban mirando. Ahora a quien observan, boquiabiertos, es a Max. Les ha impresionado la transformación.

Empieza Hanski, por ser el único que me conoció antes del cambio.

—Max, tengo que reconocer que se te ve más joven y más en forma. No sé si has mejorado mucho y te ves más guapo, pero a grandes rasgos no es un mal cambio de *look*.

Lo dice con jovialidad, para romper el hielo, se supone.

—No sabes cuánto te lo agradezco —digo con una sonrisa forzada.

Stanley observa las fotografías.

—Ni el menor parecido, Max. Nadie sospecharía que sea usted la misma persona que Malcolm. Es sorprendente.

Como ahora estamos todos en el mismo bando nos lanzamos pullas como viejos amigos, pero no hay fundamento, y la conversación languidece.

—¿Ya hay fecha para el juicio? —pregunto provocando un cambio en el ambiente.

—Sí —dice Stanley—, el 10 de diciembre en Roanoke.

—Solo faltan cuatro meses —contesto—. Me parece muy rápido.

—Es que en el distrito Sur somos muy eficientes —se jacta Stanley—. La media es de ocho meses entre la imputación y el juicio. En este caso hay un poco más de presión.

—¿Quién es el juez?

—Sam Stillwater. Nos lo han enviado del distrito Norte. Todos los colegas de Fawcett, del distrito Sur, han recusado el caso.

—Explíqueme cómo será el juicio —digo.

Stanley frunce el ceño, como los demás.

—Puede que sea bastante corto, Max, con pocos testigos y pruebas. Determinaremos que Rucker estaba por la zona en el momento del crimen. Demostraremos que tenía mucho dinero en efectivo cuando le pillamos. Hablaremos del proceso contra su sobrino, de la condena que dictó el juez Fawcett y de que tal vez hubiera un componente de venganza.

En ese momento Stanley hace una pausa, y no puedo resistirme a hacer un comentario gracioso.

—Abrumador —digo en plan listillo.

—No lo dude. Después tenemos la confesión, que ha sido cuestionada por la defensa. La semana que viene habrá una vista con el juez Stillwater, y esperamos ganar y conservar la confesión. Por lo demás, Max, es muy posible que el testigo estrella sea usted.

—Por mi parte, les he contado todo. Mi testimonio ya lo conocen.

—Sí, pero queremos repasarlo. Ahora que hemos llenado unas cuantas lagunas es hora de darle los últimos retoques.

—Bueno, vale. Y mi amigo Quinn, ¿cómo lo lleva?

—Ahora mismo no muy bien. No le gusta estar incomunicado, ni la comida, ni los vigilantes, ni las normas. Dice que es inocente. ¡Qué sorpresa! Creo que echa de menos la buena vida del club de campo de la prisión federal.

—Yo también.

Se oye alguna risita.

—Su abogado convenció al juez de que Quinn necesitaba una evaluación psiquiátrica. El médico dijo que está en condiciones de aguantar el juicio, pero que necesita antidepresivos. Está muy taciturno. Puede pasarse varios días sin conversar con nadie.

—Suena al Quinn que conocí. ¿Ha hablado de mí?

—¡Desde luego! Tampoco le tiene simpatía. Sospecha que es nuestro informador y que declarará contra él durante el juicio.

—¿Cuándo tienen que presentar la lista de testigos?

—Cuando falten sesenta días para la vista.

—¿Le han dicho al abogado de Quinn que testificaré?

—No. Nosotros nunca divulgamos nada, mientras no nos obliguen.

—Sí, es como lo recuerdo —digo.

Se les olvida que he estado en el bando acusado de un proceso federal, que hasta el último detalle de mi vida fue examinado con lupa por agentes del FBI, y que la fiscalía del estado amenazó con encarcelarme no solo a mí sino a mis socios, que eran ambos inocentes. Se creen que ahora somos muy amigos, un equipo feliz que marcha hombro con hombro hacia un veredicto, uno de tantos. Si pudiera les apuñalaría por la espalda y envenenaría su proceso.

Me quitaron cinco años de mi vida, ellos, el gobierno federal; cinco años y a mi hijo, mi mujer y mi trabajo. ¿Cómo se atreven a estar aquí sentados como si fuéramos socios de toda confianza?

Al final llegamos a mi testimonio, y dedicamos un par de horas a repasarlo. Es terreno trillado, que me aburre. El principal ayudante de Mumphrey ha traído un guión, unas preguntas y respuestas que me pide que estudie. Debo reconocer que está bastante bien. No se han dejado nada.

Trato de visualizar el marco surrealista de mi declaración. Me harán entrar en la sala con una máscara. Me sentaré detrás de algún tipo de mampara que impedirá a los abogados, al acusado y al público ver mi rostro cuando me haya quitado la máscara. Miraré al jurado. Los abogados lanzarán preguntas por encima de la pared, y contestaré con una voz distorsionada. Quinn, su familia y el resto de los mafiosos, todos presentes, estarán atentos a cualquier detalle para reconocerme. Sabrán que soy yo, por supuesto, pero en ningún momento me verán la cara.

Aunque parezca inevitable, dudo mucho que llegue a suceder.

24

Diana me informa por teléfono de que ya tiene mi nuevo permiso de conducir de Florida y mi nuevo pasaporte. Quedamos en una cafetería para tomar un café. Ella me da los documentos y yo, un itinerario con muchas lagunas.

—Así que te vas de viaje, ¿eh? —dice al mirarlo.

—Pues sí. Estoy impaciente por probar el nuevo pasaporte. Las tres primeras noches, a partir de hoy mismo, estaré en Miami, en South Beach. Salgo en coche en cuanto me haya acabado este café. Desde allá volaré a Jamaica y me quedaré aproximadamente una semana. Después me iré a Antigua, y puede que a Trinidad. Te llamaré cada vez que llegue a un sitio nuevo. El coche lo dejaré en el Aeropuerto de Miami, para que puedas decirles exactamente dónde está a los del FBI. Y ya puestos, por favor, pídeles que me dejen en paz durante mi paseo caribeño.

—¿Que te dejen en paz? —pregunta ella fingiendo no saber nada.

—Ya me has oído. Dejémonos de bromas, Diana. Puede que no sea el testigo más protegido del país, pero debo de estar entre los tres primeros. Siempre me vigila alguien. En las últimas dos semanas he visto cinco veces al mismo tío, uno al que llamo el Pelopincho. No lo hace muy bien. Hazme el favor de comentárselo a los del FBI cuando les des el parte. Metro ochenta, ochenta kilos, gafas Ray-Ban y perilla rubia. Va en un Cooper y lleva el pelo muy bien cortado. Es de un torpe.... Me sorprende.

También a ella. Se queda mirando el itinerario sin que se le ocurra nada que decir. La he pillado.

Pago el café y me voy por la interestatal 95, directo al sur durante casi seiscientos kilómetros. Hace bochorno. El tráfico, denso, avanza lentamente, pero disfruto de cada kilómetro. Me paro a menudo para repostar, estirar las piernas y estar atento por si se mueve algo a mis espaldas, aunque no lo espero. El FBI ya sabe adónde voy, así que no se habrán tomado la molestia de seguirme. Además, doy por supuesto que en algún punto de mi coche habrá un localizador GPS muy bien escondido. Siete horas más tarde me paro en el hotel Blue Moon, uno de los muchos hoteles pequeños de diseño en edificios reformados del barrio art déco de South Beach. Saco del maletero mi cartera y mi pequeña bolsa de viaje, le entrego las llaves al botones y entro en un decorado de *Corrupción en Miami*: ventiladores que giran lentamente en el techo mientras los huéspedes cotillean y toman copas en sillas blancas de mimbre.

—¿Tenía reservada alguna habitación, señor? —pregunta una chica guapa.

—Sí, Max Baldwin —contesto.

Por alguna razón me enorgullece. Tanta libertad me ahoga, a mí, Max el Poderoso. En este momento es más de la que puedo asimilar. Dinero de sobra, documentos nuevos y legales, un descapotable con el que puedo ir a donde quiera... Casi me aturde. Salgo de mi ensoñación al ver cruzar la recepción a una chica alta y morena. En la parte de arriba lleva la mínima expresión de un biquini de cuerdas que apenas tapa nada. En la de abajo, una falda transparente que aún esconde menos.

Entrego una Visa para los gastos. También podría pagar en efectivo, o usar una tarjeta de prepago, pero no hace falta disimular, porque el FBI sabe dónde me alojo. Seguro que han notificado a la delegación de Miami, y que no anda lejos algún par de ojos. Si fuera paranoico de verdad podría pensar que el FBI ya ha accedido a mi habitación y quizá haya puesto algún micrófono. Al entrar y no ver micros ni agentes, me doy una ducha corta y me pongo shorts y sandalias. Después voy al bar, a ver chicas guapas. Como solo en la cafetería del hotel, y llamo la atención de una cuarentona que parece estar cenando con una amiga. Más tarde volvemos a encontrarnos en el bar y nos presentamos. Eva, de Puerto Rico. Mientras tomamos una copa empieza a tocar el grupo de música en vivo. Eva quiere bailar. Hace años que no bailo, pero salgo a la pista con toda mi energía.

Hacia medianoche entro en mi habitación con Eva, que se desnuda enseguida y se mete en la cama. Casi rezo por que el FBI haya escondido micros sensibles al menor sonido, porque Eva y yo les estaremos dando un buen concierto.

Bajo del taxi en una acera de la Octava Avenida, en pleno centro de Miami. Son las nueve y media de la mañana, pero ya hace calor. Después de unos minutos a buen paso se me ha pegado la camisa a la espalda. Dudo que me sigan, pero de todos modos voy escabulléndome. El edificio es un bloque cuadrado de cinco plantas, tan feo que parece increíble que alguien pagase el proyecto a un arquitecto; claro que tengo mis dudas de que la mayoría de los inquilinos sean empresas punteras en su sector... Resulta que hay una que se llama Corporate Registry Services, o CRS, un nombre tan inocuo y anodino que sería imposible adivinar a qué se dedica. Y la mayoría de la gente no querría saberlo.

Aunque CRS sea una empresa totalmente legal, atrae a muchos clientes que no lo son. Es una dirección, una fachada, un contestador telefónico que pueden contratar las sociedades para adquirir un poco de autenticidad. Al no haber llamado con antelación paso una hora esperando a un asesor; Loyd, se llama, y acaba por llevarme a un despacho pequeño y de ambiente cargado, donde me ofrece una silla al otro lado del vertedero que usa como mesa. Charlamos un par de minutos mientras le echa un vistazo al cuestionario que he rellenado.

—¿Qué es Skelter Films? —pregunta finalmente.

—Una productora de documentales.

—¿De quién es?

—Mía. Está constituida en Delaware.

—¿Cuántas películas ha hecho?

—Ninguna. Acabo de empezar.

—¿Cuántas posibilidades hay de que dentro de dos años siga existiendo?

—Pocas.

Se enfrenta constantemente a estos tejemanejes, y no se inmuta.

—Suena a fachada.

—Se podría decir así.

—Necesitamos una declaración jurada en la que testifique que su compañía no participará en actividades delictivas.

—Lo testificaré.

Tampoco es la primera vez que lo oye.

—Bueno, pues le explico cómo funcionamos. Suministramos a Skelter una dirección física en este edificio. Todo el correo se lo reenviamos a donde nos diga. También le facilitamos un número de teléfono. Todas las llamadas entrantes serán atendidas por una voz en directo que soltará la cantinela que usted quiera: «Buenos días, Skelter Films, ¿con quién desea hablar?», u otra cosa. ¿Tiene socios?

—No.

—¿Y empleados, ficticios o reales?

—Tendré unos cuantos nombres, todos ficticios.

—No se preocupe, que si la persona que llama pregunta por alguno de estos fantasmas nuestra chica dirá lo que le indique usted. «Lo siento, pero está rodando en exteriores», o cualquier otra cosa. Usted escribe la ficción y nosotros la divulgamos. En cuanto recibamos una llamada se lo notificaremos. ¿Y una página web?

Es un tema que no tengo muy claro.

—De momento no —digo—. ¿Qué ventajas tendría?

Loyd cambia de postura y se apoya en los codos.

—Bueno, pongamos que Skelter sea una empresa legal que haga muchos documentales. En ese caso necesitará una página web por todos los motivos habituales: marketing, información, ego... Pongamos, en cambio, que Skelter es una empresa de verdad, pero no una productora de verdad. Pongamos que lo único que intenta es dar esa impresión, por la razón que sea. Las páginas web van muy bien para apuntalar esa imagen, dándole realismo, como si dijéramos. No es nada ilegal, ¿eh? Pero podríamos crear una página web con fotos de archivo y biografías de su personal, películas, premios, proyectos en marcha... Lo que usted diga.

—¿Por cuánto?

—Diez mil.

No estoy seguro de querer ni de necesitar gastar tanto dinero, al menos de momento.

—Deje que me lo piense —digo. Loyd se encoge de hombros—. ¿Y los servicios básicos de registro, a cuánto salen?

—La dirección, el teléfono, el fax y todo lo relacionado salen a quinientos al mes, que se pueden pagar con seis meses de antelación.

—¿Aceptan dinero en efectivo?

Loyd sonríe.

—¡Por supuesto! De hecho, lo preferimos.

No me sorprende. Pago en metálico, firmo un contrato y la declaración jurada de que mis actividades se mantendrán dentro de la legalidad y salgo del despacho. CRS presume de tener a novecientos clientes satisfechos. Al cruzar el vestíbulo no puedo evitar la sensación de haberme incorporado a algún tipo de mafia compuesta por empresas pantalla, timadores anónimos y evasores fiscales extranjeros. Qué más da.

Después de otras dos noches, Eva pretende que la acompañe a Puerto Rico, su país. Le prometo que me lo pensaré y abandono disimuladamente el Blue Moon para ir en coche al Aeropuerto Internacional de Miami, donde aparco para varios días y voy en transporte público a las terminales. Saco mi tarjeta de crédito y mi nuevo pasaporte y compro un billete solo de ida a Montego Bay, en Air Jamaica. El avión va muy lleno, con un pasaje repartido a medias entre jamaicanos nativos de piel morena y turistas blancos en busca de sol. Antes de despegar, las azafatas, que son unas preciosidades, sirven ponche de ron. El vuelo dura tres cuartos de hora. Después de aterrizar, la policía tarda demasiado en estudiar mi pasaporte. Me hace pasar justo cuando empiezo a sentir pánico. Encuentro el autobús que lleva al complejo Rum Bay, una serie de playas de topless solo para solteros, con todo incluido, y no muy buena fama. Me paso tres días sentado a la sombra, junto a la piscina, reflexionando sobre el sentido de la vida.

Desde Jamaica vuelo a Antigua, en las islas de Barlovento, en el este del Caribe. Es una isla muy bonita, de menos de trescientos kilómetros cuadrados, con montañas, playas blancas y decenas de complejos hoteleros. También es conocida por ser uno de los paraísos fiscales más acogedores de la actualidad, que es el motivo de mi visita. Si solo quisiera irme de juerga me habría quedado en Jamaica. La capital es Saint John's, bulliciosa población de treinta mil habitantes situada en un profundo puerto que atrae a los cruceros. Ocupo la habitación que he reservado en una pequeña posada en los aledaños de Saint John's, con bonitas vistas al mar, los barcos y los yates. Es junio, temporada baja: por trescientos dólares al día comeré como un rey, dormiré hasta mediodía y disfrutaré de que nadie me conozca ni sepa de dónde vengo o cuál es mi pasado.

25

Hacía un mes que habían desmantelado la Nevera. Victor Westlake estaba instalado de nuevo en la rutina, y en su despacho del tercer piso del edificio Hoover de Washington. A pesar de que los asesinatos del juez Fawcett y Naomi Clary estuvieran técnicamente resueltos, quedaban muchas dudas y preguntas en pie. La cuestión más urgente, por supuesto, era la validez de la confesión de Quinn Rucker. Si el juez la anulaba, el gobierno se quedaría con muy pocas pruebas para seguir con el proceso. Los asesinatos estaban prácticamente cerrados, sí, pero no la investigación, por lo menos desde el punto de vista de Westlake, que aún le dedicaba dos horas diarias. Por un lado estaba el parte cotidiano sobre Max Baldwin: sus movimientos, contactos, llamadas, actividad por internet, etcétera. Hasta ahora Max no había hecho nada que les sorprendiese. El viaje a Jamaica, y otros destinos aún más remotos, no era del agrado de Westlake, pero no estaba en sus manos evitarlo. De momento extremaban al máximo la vigilancia. Después estaba el parte diario sobre la familia de Rucker. El FBI había conseguido que el tribunal autorizase las escuchas telefónicas a Dee Ray Rucker, Sammy Rucker (el Alto), la hermana de ambos, Lucinda, y cuatro parientes que participaban en las operaciones de narcotráfico en la sección de Washington.

El miércoles 15 de junio, durante una reunión con su equipo, Westlake fue avisado de que tenía una llamada. Era urgente. Tardó pocos minutos en llegar a una sala donde varios técnicos se afanaban en los preparativos de la audición.

—La llamada —dijo uno de ellos— se hizo ayer por la noche a las 23.19 desde el móvil de Dee Ray. No estamos seguros de su procedencia, pero aquí la tiene. La primera voz es la de Dee Ray y la segunda, la de Sully. A Sully todavía no le hemos identificado.

—Aquí la tiene —dijo otro técnico.

DEE RAY: Sí.

SULLY: Oye, Dee Ray, que soy Sully.

DEE RAY: ¿Novedades?

SULLY: Tío, ya sé quién es el chivato: Bannister.

DEE RAY: No jodas.

SULLY: Que sí, Dee Ray.

DEE RAY: Bueno, vale, pero no me cuentes cómo, solo dónde.

SULLY: Pues mira, ahora mismo está en Florida, disfrutando de la playa. Se llama Max Baldwin y vive en un pisito de Neptune Beach, al este de Jacksonville. Se ve que tiene un dinerillo y se toma las cosas con calma. La buena vida.

DEE RAY: ¿Qué pinta tiene?

SULLY: Diferente. Muy operado, pero mide lo mismo y ha perdido algún kilo. Camina igual. Encima tenemos una huella dactilar que coincide.

DEE RAY: ¿Una huella dactilar?

SULLY: Bueno, es que nuestra empresa trabaja muy bien. Le siguieron a la playa, y al ver que tiraba una botella de agua a la basura la recogieron y sacaron una huella.

DEE RAY: Muy bien.

SULLY: No, si ya te digo. ¿Y ahora qué?

DEE RAY: Espera a que lo consulte con la almohada. Irse no se irá, ¿verdad?

SULLY: Qué va, si está feliz.

DEE RAY: Genial.

Westlake se hundió lentamente en una silla, boquiabierto y pálido. Estuvo mudo unos momentos por la conmoción.

—Que venga Twill.

Salió un machaca. Durante la espera, Westlake se frotó los ojos y pensó en su siguiente movimiento. Twill, su principal ayudante, llegó con mucha prisa. Escucharon otra vez toda la cinta. Para Westlake la segunda audición fue aún más escalofriante.

—Pero ¿se puede saber cómo...? —masculló Twill.

Westlake empezó a recuperarse.

—Llama a Bratten, del cuerpo de alguaciles.

—Lo operaron ayer —dijo Twill—. Ahora está Newcombe al mando.

—Pues que se ponga Newcombe al teléfono. No hay tiempo que perder.

Me he apuntado a un gimnasio, al que voy una hora cada mediodía para caminar en la cinta, cuesta arriba, y levantar pesas ligeras. Dada mi intención de estar mucho en la playa, tendré que dar el pego.

Después de un baño de vapor, y de una ducha larga, me empiezo a vestir, momento en el que suena mi móvil sobre la taquilla. Es la buena de Diana. Qué hora más rara para llamar.

—Hola —respondo en voz baja, a pesar de que no haya nadie más en el vestuario.

—Tenemos que hablar —dice ella sin preámbulos, primer indicio de una posible anomalía.

—¿De qué?

—Ahora no. Hay dos agentes del FBI en el aparcamiento, en un Jeep Cherokee marrón aparcado al lado de tu coche. Irás con ellos.

—Oye, Diana, ¿se puede saber cómo me has localizado?

—Ya hablaremos.

Me siento en una silla plegable.

—Cuéntame algo, Diana. ¿Qué ha pasado?

—Estoy a diez minutos de camino, Max. Sigue las órdenes, sube al Jeep y cuando nos veamos te explicaré lo que sé. Mejor que no lo comentemos por teléfono.

—Vale.

Acabo de vestirme, procurando aparentar la misma calma de siempre. Al cruzar el gimnasio en dirección a la salida sonrío a una profesora de yoga a quien llevo sonriendo toda una semana. Miro hacia fuera y veo el Jeep marrón al lado de mi coche. A estas alturas tengo bastante claro que ha pasado algo muy grave, así que trago saliva y salgo. Fuera cae un sol de justicia. El conductor del Jeep baja y me abre en silencio una puerta trasera. Tras siete minutos de silencio absoluto, aparcamos en la entrada de un dúplex muy mono, con un cartel de SE VENDE en el jardín. El mar está a una sola calle. En cuanto se apaga el motor los dos agentes bajan a echar un vistazo, como si pudiera haber francotiradores. Tengo un nudo en el estómago que parece una bola de billar.

Logramos entrar sin que nos pegue nadie un tiro. Diana espera dentro.

—Qué sitio más bonito —digo.

—Es un refugio —contesta.

—Ah, está bien. ¿Y por qué nos escondemos aquí a plena luz del día?

Llega de la cocina un hombre canoso, que me tiende la mano.

—Max, soy Dan Raynor, del cuerpo de alguaciles, el supervisor de zona.

Nos damos la mano como viejos amigos. Lo más increíble es que me sonríe como si estuviéramos a punto de pegarnos una buena comida.

—Es un placer —digo—. ¿Qué pasa?

Son cuatro: Raynor, Diana y los dos agentes anónimos del FBI. Durante unos segundos dudan sobre el protocolo. ¿De quién es la jurisdicción? ¿Quién puede participar? ¿Quién se queda y quién se va? Estas disputas territoriales pueden ser desconcertantes, como ya he aprendido.

Es Raynor quien toma la palabra.

—Lo siento, Max, pero se ha producido alguna filtración. Te lo diré sin rodeos: la tapadera ha fallado. No tenemos ni idea de cómo ha sucedido.

Me siento, secándome la frente.

—¿Quién lo sabe? —pregunto.

—No tenemos mucha información —dice Raynor—. De todos modos está a punto de llegar un grupo de Washington. El avión debería aterrizar en una hora, más o menos. Es evidente que el FBI captó algo anoche en una escucha. La familia Rucker estaba de palique, y el FBI la oyó.

—¿Saben dónde estoy?

—Sí, saben exactamente dónde vives.

—Lo sentimos muchísimo, Max —dice Diana.

La miro como si quisiera estrangularla, a la muy tonta.

—Caray, cómo te lo agradezco —digo—. Más vale que te calles.

—Lo siento.

—Es la segunda vez que lo dices. No lo repitas, por favor, no sirve de nada.

Se pica por mi tono, pero la verdad es que me da igual. En este momento solo debo preocuparme por mi pellejo. Las cuatro personas que me miran son culpables de la «filtración», como lo son sus superiores, y el gobierno en pleno.

—¿Quieres un café? —me pregunta Diana, sumisa.

—No, quiero heroína —digo yo.

Les hace gracia. Bueno, tampoco está de más reírse un poco. Sirven café y hacen circular una fuente de galletas. Empieza el proceso de la espera. Por surrealista que parezca, comienzo a pensar en cuál será mi siguiente destino.

Raynor dice que irán a buscar mi coche después de que anochezca. Están esperando a un agente negro de la delegación de Orlando que será mi doble durante uno o dos días. No me dejarán volver a vivir en mi piso bajo ningún concepto. Discutimos sobre cómo recuperar mis escasas pertenencias. El cuerpo de alguaciles se ocupará del alquiler y de darme de baja en los consumos. Raynor considera que necesitaré otro coche, aunque al principio me niego.

Los agentes del FBI salen y vuelven con bocadillos. Es como si se parase el reloj y se me echasen las paredes encima. Por fin, a las tres y media, aparece Victor Westlake en la puerta.

—Lo siento, Max —dice.

No me levanto, ni le doy la mano. El sofá es mío y solo mío. Westlake va acompañado por tres hombres con traje oscuro, que van a buscar sillas y taburetes de cocina. Una vez hechas las presentaciones, cuando ya estamos todos sentados, Westlake toma la palabra.

—Esto es insólito, Max. No sé qué decir. De momento no sabemos qué ha fallado. Quizá no lleguemos a averiguarlo.

—Bueno, pero dígame qué saben —le pido.

Abre una carpeta y saca unos papeles.

—Esto de aquí es la transcripción de una llamada que captamos anoche entre Dee Ray Rucker y un tal Sully. Los dos usaban teléfonos móviles. Dee Ray estaba en Washington. Sully hizo la llamada desde algún punto de esta zona.

Leo la transcripción, mientras los otros casi no respiran. Tardo unos segundos. Después la dejo en la mesita.

—¿Cómo lo han conseguido? —pregunto.

—Aún lo estamos estudiando. Una de las teorías es que le han localizado a través de una empresa privada. Nosotros tenemos controladas a unas cuantas especializadas en espionaje industrial, vigilancia, desaparecidos, escuchas y cosas así. Es gente que viene del ejército, antiguos espías y hasta algún ex agente del FBI, aunque me duela decirlo. Trabajan muy bien, con toda la tecnología necesaria. Si se les paga generosamente pueden conseguir mucha información.

—¿De dónde? ¿De dentro?

—Aún no lo sabemos, Max.

—Y aunque lo supieran no me lo dirían. Nunca reconocerían que la filtración pueda haber sido provocada por alguien dentro del gobierno: el FBI, el cuerpo de alguaciles, la fiscalía del estado, el Departamento de Justicia, la Dirección de Prisiones... Qué coño sé. ¿Cuánta gente está al tanto de este pequeño secreto, señor Westlake? Como mínimo varias docenas. ¿Los Rucker me han seguido el rastro, o han seguido al FBI porque el FBI me seguía?

—Le aseguro que no se ha producido ninguna filtración interna.

—Pues acaba de decir que no lo sabe. Tal como están las cosas, me da igual lo que asegure. Ahora mismo lo único claro es que desde este momento todos los implicados querrán poner el culo a cubierto y desviar las sospechas. De usted, señor Westlake, no me creo nada. Ni de nadie.

—Tiene que confiar en nosotros, Max. Es una situación urgente, que podría incluso ser mortal.

—Es lo que he hecho hasta esta mañana, confiar, y mire cómo estamos. Ni hablar de confianza. Cero.

—Tenemos que protegerle hasta el juicio, Max. Compréndalo. A partir de entonces ya no nos interesará, pero hasta ese momento tenemos que garantizar su integridad. Por eso teníamos pinchados los teléfonos. Hemos estado vigilando a los Rucker y hemos tenido suerte. Estamos de su lado, Max. ¿Que alguien la ha cagado? Vale, pues ya averiguaremos qué ha pasado; pero si está aquí, entero, es porque cumplimos con nuestro trabajo.

—Felicidades —digo, y me voy al baño.

La pelea de verdad empieza cuando les informo de que pienso prescindir de la protección de testigos. Dan Raynor me pega un rollo sobre lo peligrosa que será mi vida si no dejo que me trasladen a dos mil kilómetros y me asignen otro nombre. Pues lo siento: correré el riesgo de esconderme por mi cuenta. Westlake me suplica que me quede con ellos. Mi declaración será decisiva para el juicio. Sin ella, quizá no haya condena. Yo le recuerdo varias veces que ya tienen una confesión, y que ningún juez federal la anulará. Prometo personarme en el juicio, y aduzco que estaré más seguro si soy el único que sabe dónde me escondo. Hay demasiados agentes dedicados a mi protección. Es así de sencillo. Raynor me recuerda más de una vez que el cuerpo de alguaciles nunca ha sufrido ninguna baja entre sus informadores, que ya ascienden a más de ocho mil. Yo le recuerdo una y otra vez que alguien será la primera víctima. Pero no yo.

Pese a varios momentos de tensión, no estoy dispuesto a ceder. Además, lo único que pueden usar son argumentos. Carecen de cualquier autoridad sobre mí. Me han conmutado la condena y no estoy en libertad condicional. Accedí a testificar, y es lo que pienso hacer. Mi pacto con el cuerpo de alguaciles establece claramente que puedo abandonar la protección de testigos en el momento que desee.

—Me voy —declaro al levantarme—. ¿Tendrían la amabilidad de llevarme hasta mi coche?

Nadie se mueve.

—¿Qué planes tienes? —pregunta Raynor.

—¿Por qué se los iba a explicar?

—¿Y el piso?

—Lo dejaré dentro de un par de días. A partir de ese momento será de ustedes.

—¿O sea, que piensas irte de la zona? —pregunta Diana.

—Yo no he dicho eso. He dicho que abandonaré el piso. —Miro a Westlake—. Y no me vigilen más, por favor, que hay muchas posibilidades de que les estén siguiendo otros mientras me vigilan a mí. Denme un poco de margen, ¿vale?

—Eso es mentira, Max.

—Usted no sabe qué es verdad ni qué es mentira. No me sigan y punto, ¿vale?

Como es lógico, no accede. Se le han puesto los mofletes rojos. Está cabreado de verdad; normal, porque es un hombre acostumbrado a salirse con la suya. Me acercó a la puerta y la abro de golpe.

—Si no me llevan iré caminando.

—Llevadle —ordena Westlake.

—Gracias —digo por encima del hombro al salir de la casita.

La última voz que oigo es la de Raynor.

—Cometes un grave error, Max.

Voy en la parte trasera del mismo Jeep de antes, conducido en silencio por los mismos dos agentes. Al llegar al aparcamiento del gimnasio, salgo sin decir nada. Ellos se marchan, aunque dudo que se alejen mucho. Subo a mi pequeño Audi, bajo la capota y doy una vuelta por la playa, en la carretera A1A. Me niego a mirar por el retrovisor.

Victor Westlake regresó a Washington en un avión oficial. Cuando llegó a su despacho ya era de noche. La última noticia era que el juez Sam Stillwater había desestimado la petición de la defensa de que invalidase la confesión de Quinn Rucker, lo cual, sin ser muy sorprendente, no dejaba de ser un alivio. Llamó a Roanoke, a Stanley Mumphrey, y le dio la enhorabuena. De lo que no informó al fiscal fue de que su testigo estrella estaba a punto de abandonar el programa de protección de testigos y esfumarse.

26

Duermo con una pistola, una Beretta de 9 milímetros comprada legalmente por mí mismo y con la debida autorización del estado de Florida. Hace veinte años que no disparo un solo tiro, desde mi época en la Marina, y no tengo ganas de volver a empezar. La pistola está al lado de mi cama, en una caja de cartón que sirve de mesita de noche. En el suelo hay otra caja con las pertenencias que necesito: mi portátil, mi iPad, unos cuantos libros, un kit de afeitar, una bolsa hermética con dinero en metálico, un par de carpetas con documentos personales y un móvil de prepago con minutos ilimitados y prefijo de Miami. La ropa la guardo en una maleta barata que cabe en el pequeño maletero del Audi. Casi todo —la pistola, el móvil, la maleta— me lo compré hace poco por si tenía que salir con prisas.

Ha llegado el momento. Meto las cosas en el coche antes del amanecer y espero. Me siento por última vez en la terraza y tomo café mientras veo despuntar el sol en el horizonte, tiñendo el mar de un rosa desvaído que vira lentamente hacia el naranja. Ya lo he visto muchas veces, pero nunca me cansa. Si el cielo está despejado, la esfera surge perfecta de las aguas y con su saludo anuncia otra jornada espléndida.

No sé muy bien adónde voy, ni dónde acabaré, pero mi

intención es estar cerca de la playa, para que todos los días puedan empezar con esta silenciosa perfección.

A las ocho y media salgo del edificio dejando comida y bebida en la nevera, vajilla y utensilios varios de cocina, una buena cafetera, unas cuantas revistas encima del sofá y un poco de pan y de galletas saladas en la despensa. He vivido cuarenta y seis días en este piso. Ha sido mi primera casa de verdad desde la cárcel, y me entristece irme. Creía que me quedaría más tiempo. Dejo las luces encendidas, cierro la puerta con llave y me pregunto cuántos escondites provisionales me esperarán hasta que ya no esté obligado a seguir huyendo. Salgo en coche y no tardo mucho tiempo en confundirme con el denso tráfico que va hacia el oeste, a Jacksonville. Sé que están detrás, pero es posible que no me sigan mucho tiempo.

Dos horas más tarde llego por el norte al extrarradio de Orlando y me paro a desayunar en una crepería. Como despacio, leyendo la prensa y mirando a la gente. Reservo habitación en un motel barato de la misma calle, pagando una noche al contado. La recepcionista me pide un documento con fotografía. Le comento que ayer por la noche perdí la cartera en un bar. No le gustan mis explicaciones, pero sí el dinero en metálico, así que no le da más vueltas: me entrega una llave y voy a mi habitación. Con las páginas amarillas y mi móvil de prepago acabo encontrando un taller mecánico disponible a las tres de la tarde. El chaval que me atiende por teléfono promete dejar mi coche como nuevo por ciento noventa y nueve dólares.

Buck's Pro Shine queda al fondo de un gran túnel de lavado con mucha clientela. Nos asignan, a mí y a mi coche, a un chico flaco de pueblo, un tal Denny que se toma en serio su trabajo y expone con detalles su plan de lavado y abrillantamiento. Le sorprendo al decirle que me esperaré.

—Puede que tarde dos horas —dice.

—No tengo nada que hacer —respondo.

Se encoge de hombros y lleva el Audi a un puesto de lavado. Yo encuentro un banco debajo de un toldo y me pongo a leer un libro de bolsillo de Walter Mosley. Media hora después Denny termina de lavar el exterior del coche y empieza con la aspiradora, abriendo las dos puertas. Yo me acerco para charlar. Le explico que no hay que mover la maleta del asiento trasero ni la caja de cartón del maletero, porque me voy de la ciudad. Denny se encoge de hombros por segunda vez. Pues vale, menos trabajo para él. Me acerco otro paso y le cuento que ando metido en un divorcio de los malos, y que tengo motivos para pensar que los abogados de mi mujer vigilan todos mis movimientos. Me temo que podrían haber escondido algún tipo de localizador GPS dentro o fuera del coche. Si lo encuentra le daré cien dólares suplementarios solo para él. Al principio vacila. Le aseguro que el coche es de mi propiedad, y que no tiene nada de ilegal desmontar un aparato de seguimiento. Los que delinquen son los sinvergüenzas de los abogados de mi esposa. Al final se monta al carro, con un brillo en los ojos, así que abro el maletero y empezamos a registrar el coche entre los dos, mientras le explico que hay docenas de aparatos de este tipo, de todas las formas y colores, pero que la mayoría se adhieren con un imán potente. En función del modelo, la batería puede durar semanas. También hay aparatos que se alimentan del sistema eléctrico del propio coche. En cuanto a las antenas, pueden ser externas e internas.

—¿Y cómo sabe tanto? —pregunta Denny desde el suelo, asomando la cabeza por debajo del chasis.

—Porque le he escondido uno en el coche a mi mujer —contesto.

Le hace gracia.

—¿Y por qué no lo ha buscado usted? —pregunta.

—Porque me vigilaban.

Buscamos una hora y no encontramos nada. Justo cuando empiezo a pensar que quizá en mi coche no haya nada escondido, Denny retira una pequeña placa tras el faro derecho. Tendido boca arriba, con el hombro pegado al neumático delantero derecho, desprende algo y me lo da. La tapa impermeable es del tamaño de un móvil, negra y de plástico duro.

—Bingo —digo al quitarla.

Supongo que será del gobierno, porque he consultado cientos de aparatos así por internet y no se parece a ninguno. No lleva marca, números ni letras.

—Muy bien, Denny.

Le doy un billete de cien.

—¿Ya puedo acabar de limpiarlo? —pregunta.

—Sí, claro.

Me aparto y le dejo trabajar. Junto al túnel de lavado hay un pequeño centro comercial con media docena de tiendas de poca categoría. Entro en un bar, pido un descafeinado con sabor a rayos y me siento en la ventana, mirando el aparcamiento. Llega una pareja mayor con un Cadillac, aparca, sale y se aleja con desgana hacia un restaurante chino. En cuanto entran, salgo del bar y cruzo el aparcamiento como si me dirigiera a mi coche. Me agacho muy deprisa detrás del Cadillac y engancho el localizador bajo el depósito. Matrícula de Ontario. Ideal.

Denny está limpiando las ventanillas, muy sudoroso y enfrascado en su trabajo. Le sobresalto al ponerle la mano en el hombro.

—Oye, Denny —digo—, que lo estás haciendo muy bien, pero es que me ha salido un imprevisto y tengo que irme.

Ya he empezado a separar billetes de un fajo. Le doy tres de cien. Él se queda sorprendido, pero no me importa.

—Bueno, nada, pues usted sabrá —mascula sin apartar la vista del dinero.

—Me voy pitando.

Quita una toalla del capó.

—Ah, oiga, suerte con el divorcio.

—Gracias.

Desde el oeste de Orlando, voy hacia el norte por la interestatal 75 y, tras cruzar Ocala y Gainesville, entro en Georgia y me paro a pernoctar en Valdosta.

Circulo sin rumbo fijo durante cinco días. Lo más al sur que llego es Nueva Orleans; lo más al oeste, Wichita Falls, Texas; y lo más al norte, Kansas City. Voy por interestatales, estatales, comarcales y autovías nacionales. Pago todos mis gastos al contado, sin dejar ningún rastro, al menos que me conste. Vuelvo un par de veces por donde he venido, hasta que me convenzo de que no me siguen. Mi viaje acaba en Lynchburg, Virginia, adonde llego justo después de medianoche. Vuelvo a pagar en metálico una habitación en un motel. De momento solo me han dicho que no en un sitio por falta de identificación. Claro que no es que me aloje en la cadena de hoteles Marriott o Hilton... Estoy cansado de ir en coche, e impaciente por ponerme a trabajar en serio.

Al día siguiente me levanto tarde. En una hora estoy en Roanoke, el último lugar donde esperarían encontrar a Max Baldwin quienes le conocen. Animado por la idea, y por mi nueva cara, confío en poder moverme en el anonimato por una conurbación de doscientos mil habitantes. Lo único problemático son las matrículas de Florida de mi coche. Sopeso la posibilidad de alquilar otro, pero al final me disuade el papeleo. Además, lo de Florida acabará por dar sus frutos.

Conduzco un poco por la ciudad, fijándome en la topografía, el centro, las partes viejas y la inevitable dispersión del extrarradio. Malcolm Bannister estuvo varias veces en Roanoke, una de ellas a los diecisiete años, cuando jugaba en el equipo de fútbol americano del instituto. Winchester solo queda a tres horas al norte por la interestatal 81. Más tarde, en sus primeros años de abogado, Malcolm fue dos veces a tomar declaración. Por otra parte, Roanoke está pegado a la localidad de Salem, donde Malcolm pasó un fin de semana por asistir a la boda de un amigo.

Aquel matrimonio terminó en divorcio, como el de Malcolm, que después de ir a la cárcel ya no tuvo noticias de su amigo.

En cierto modo conozco la zona. El primer motel que pruebo es de una cadena nacional que tiene una normativa de registros bastante rigurosa. Esta vez no funciona el viejo truco de haber perdido la cartera. Como no puedo enseñar ningún documento que me identifique, no me dan habitación. No pasa nada. En esta zona hay muchos moteles baratos. Al bajar hacia el sur de Roanoke me encuentro en una parte no exactamente rica de Salem donde veo un motel que probablemente ofrezca habitaciones por horas. Aquí estarán contentos de que pague en metálico. Opto por la tarifa diaria de cuarenta dólares, y le digo a la vieja de la recepción que me quedaré unos cuantos días. No es muy simpática. Se me ocurre que quizá ya era la dueña en los buenos tiempos, cuando se podía rechazar a los negros. La temperatura es de treinta y dos grados. Le pregunto si funciona el aire acondicionado, y ella, orgullosa, contesta que los aparatos son novísimos. Aparco detrás, justo enfrente de mi habitación y lejos de la calle. La ropa de cama y el suelo están limpios; el baño, inmaculado. El aparato nuevo va como una seda. Para cuando saco el equipaje del coche, la temperatura ya ha bajado hasta los veinte grados. Me tiendo en la cama y me pregunto cuántos ligues ilícitos habrán ocurrido en esa habitación. Me acuerdo de Eva, la puertorriqueña, y pienso en lo bonito que sería tenerla de nuevo en mis brazos. También recuerdo a Vanessa Young, y me imagino cómo sería tocarla por fin.

Al anochecer salgo a la calle y ceno una ensalada en un local de comida rápida. He perdido casi diez kilos desde que salí de Frostburg, y estoy resuelto a seguir adelgazando, al menos de momento. Al salir del restaurante veo las luces de un estadio y decido ver un partido, así que voy en coche al Memorial Stadium, donde juegan los Red Sox de Salem, filial de segunda de los de Boston, contra los Hillcats de Lynchburg. Hay bastante público. Por seis dólares me siento en la grada. Compro una cerveza en un puesto de bebidas y me impregno visual y auditivamente del partido.

Cerca de mí hay un padre joven con dos hijos, que a juzgar por su edad, no superior a los seis años, se estarán iniciando en el béisbol. Los dos llevan la camiseta y la gorra de los Red Sox. Pienso en Bo, y en todas las horas que pasábamos jugando a pelota en el jardín mientras Dionne, sentada en el pequeño porche, se tomaba un té helado. Parece que fue ayer cuando estábamos juntos, una familia pequeña pero con grandes sueños, y con un futuro. Qué pequeño y qué mono era Bo... Bo, cuyo héroe era su padre, que intentaba conseguir que bateases con la izquierda y la derecha a los cinco años. Así estaban las cosas cuando entró en mi vida el FBI y lo destrozó todo. Qué desperdicio.

Ahora ya no le importa a nadie, solo a mí. Supongo que mi padre y mis hermanos se alegrarían de que rehiciese mi vida, pero no forma parte de sus prioridades. Ya tienen sus preocupaciones. Cuando te encarcelan, el resto del mundo presupone que te lo mereces, y ya puedes despedirte de la compasión. Si hicieran una encuesta ente mis viejos amigos y conocidos de Winchester seguro que dirían algo así como: «Pobre Malcolm, eligió malas compañías, optó por la vía rápida y le pudo la codicia. Qué tragedia». Si todos olvidan tan deprisa es porque quieren. La guerra contra el delito necesita bajas. Pobre Malcolm, le pillaron.

Así que estoy solo: Max Reed Baldwin, libre pero huido mientras trama una manera de vengarse, y su silueta se funde en el crepúsculo.

27

Por sexto día consecutivo Victor Westlake leyó un breve informe acerca de Max Baldwin mientras tomaba su primer café de la mañana. El informador había desaparecido. Al final habían encontrado el GPS en un Cadillac Seville propiedad de una pareja mayor de Canadá, y lo habían retirado mientras los dueños del coche comían cerca de Savannah, Georgia. Nunca llegarían a enterarse del ciberseguimiento a que les había sometido durante quinientos kilómetros el FBI.

Baldwin no estaba usando el iPhone, ni las tarjetas de crédito, ni su proveedor inicial de internet. Faltaba una semana para que caducase la autorización judicial para espiarle en esos frentes, y las posibilidades de que la renovasen eran casi nulas. Baldwin no era sospechoso ni fugitivo, y el tribunal se resistía a permitir que un ciudadano respetuoso de la ley fuera expuesto a esos niveles de fisgonería. El saldo de su cuenta en SunCoast era de cuatro mil quinientos dólares. Siguiendo la pista de la recompensa, el FBI la había visto dividirse y circular de un lado al otro del estado de Florida hasta perder su rastro. Baldwin era tan rápido en sus transferencias que los letrados del FBI no habían sido capaces de seguir el ritmo con sus peticiones de órdenes de registro. Había al menos ocho reintegros por un total de sesenta y cinco mil dólares en metálico. También tenían constancia de una transferencia de cuarenta mil dólares a una cuenta en Panamá. Westlake suponía que el resto del dinero estaría en paraísos fiscales. Al final no tuvo más remedio que sentir respeto por Baldwin y su habilidad para desaparecer. Si ni el propio FBI podía encontrarle, quizá estuviera a salvo, a fin de cuentas.

Si Baldwin podía evitar las tarjetas de crédito, el iPhone, el uso del pasaporte y que le detuvieran, podría pasar mucho tiempo escondido. No había vuelto a detectarse ninguna nueva conversación entre los miembros del clan Rucker. A Westlake seguía desconcertándole que una banda de narcotraficantes de Washington hubiera podido localizar a Baldwin cerca de Jacksonville. El FBI y el cuerpo de alguaciles estaban investigando el enigma, pero de momento no tenían ni una sola pista.

Dejó el informe sobre un fajo de papeles y acabó su café.

Encuentro la sede de Beebe Security en un bloque de oficinas que no queda lejos del motel. El anuncio de las páginas amarillas presumía de veinte años de experiencia en las fuerzas del orden, tecnología punta y blablablá. Es el lenguaje que usan casi todos los avisos clasificados de la sección de investigadores privados. Mientras aparco el coche, no recuerdo qué me atrajo de Beebe. Tal vez el nombre. Si no me gusta la agencia, pasaré al siguiente trabajo de la lista.

Si hubiera visto a Frank Beebe por la calle habría pensado: «Mira, un detective privado». Cincuenta años, barrigudo, los botones de la camisa a punto de saltar, pantalones de poliéster, botas de vaquero puntiagudas, pelambrera gris en la cabeza, el obligatorio bigote y los andares chulescos de alguien que va armado y no le teme a nada. El hombre cierra la puerta del despacho, pequeño y saturado.

—¿En qué puedo ayudarle, señor Baldwin? —pregunta.

—Necesito localizar a alguien.

—¿Para qué tipo de caso? —pregunta.

Cae con todo su peso en un sillón de dirección exageradamente grande. La pared de detrás está cubierta de fotos ampliadas y certificados de seminarios.

—Bueno, en realidad no es ningún caso. Solo tengo que encontrar a alguien.

—¿Y qué hará cuando le encuentre?

—Nada, hablar con él. No es ningún tema de infidelidad, o de morosos. No busco dinero, ni venganza, ni nada malo. Solo necesito ver a la persona en cuestión y averiguar más cosas sobre ella.

—Muy bien. —Frank destapa su bolígrafo y se dispone a tomar notas—. Cuénteme algo sobre él.

—Se llama Nathan Cooley. Creo que también le llaman Nat. Tiene treinta años, y creo que es soltero. Es de un pueblo que se llama Willow Gap.

—Sí, he pasado por allí alguna vez.

—Según mis últimas noticias, su madre todavía vive en el pueblo. Lo que no tengo claro es dónde está Cooley. Hace unos años le trincaron en una redada de metanfetaminas...

—Anda, qué sorpresa.

—... y estuvo un tiempo en una cárcel federal. A su hermano mayor le mataron durante un tiroteo con la policía.

Frank escribe y escribe.

—¿Y usted de qué le conoce?

—Bueno, digamos que es una larga historia.

—Vale. —Sabe cuándo hacer preguntas y cuándo pasarlas por alto—. ¿Qué tengo que hacer?

—Mire, señor Beebe...

—Llámeme Frank.

—De acuerdo, Frank. Dudo que en Willow Gap y sus alrededores haya muchos negros. Encima soy de Miami, y tengo un coche pequeño y extranjero con matrícula de Florida. Si aparezco y empiezo a hacer preguntas lo más probable es que no llegue muy lejos.

—Lo más probable es que le peguen un tiro.

—Cosa que preferiría evitar. Por eso he pensado que podría hacerlo usted sin levantar sospechas. Solo necesito su dirección, y si es posible su teléfono. Cualquier dato más sería un chollo.

—¿Ha probado a mirar en el listín?

—Sí. En Willow Gap hay más de un Cooley, pero ninguno que se llame Nathan. Si me pongo a llamar no llegaré muy lejos.

—Ya. ¿Algo más?

—No, nada. Es muy sencillo.

—Bueno, pues yo cobro cien por hora más gastos. Iré esta misma tarde a Willow Gap. Queda más o menos a una hora, en las quimbambas.

—Eso me han dicho.

He aquí el primer esbozo de mi carta:

Apreciado señor Cooley:

Me llamo Reed Baldwin y me dedico a hacer documentales en Miami. Somos tres socios y tenemos una productora, Skelter Films, especializada en reportajes sobre el abuso de poder por parte del gobierno federal.

Mi último proyecto trata de una serie de asesinatos cometidos a sangre fría por agentes de la Agencia Antidroga, la DEA. Es un tema que me toca muy de cerca, ya que hace tres años dos agentes pegaron un tiro a un sobrino mío de diecisiete años en Trenton, New Jersey. Mi sobrino no iba armado, ni tenía antecedentes. Como supondrá, la investigación interna no halló nada ilícito, y la demanda presentada por mi familia fue desestimada.

Durante mis investigaciones para el documental creo haber descubierto una conspiración que llega hasta lo propia cúpula de la DEA. Me parece que a determinados policías se les instiga a asesinar a sangre fría a los traficantes de droga o sospechosos de serlo, por dos motivos: en primer lugar, porque es evidente que los asesinatos frenan la actividad delictiva y, segundo, porque así se evitan juicios largos y esas cosas. La DEA está matando a gente en vez de detenerla.

Hasta la fecha he descubierto en torno a una docena de estos homicidios. He entrevistado a varias familias, todas convencidas de que sus seres queridos fueron asesinados. Por eso acudo a usted. Conozco los datos básicos sobre la muerte de su hermano Gene en 2004. En el tiroteo participaron al menos tres agentes de la DEA, que como siempre alegaron actuar en legítima defensa. Tengo entendido que usted se encontraba en el lugar de los hechos.

Le ruego que me permita hablar con usted e invitarle a comer para explicarle el proyecto. Ahora mismo estoy en Washington, pero puedo ir al sudoeste de Virginia cuando más le convenga. Mi número de móvil es el 305-806-1921.

Gracias por su atención.

Atentamente,

M. Reed Baldwin

A medida que pasan las horas, el reloj avanza bastante más despacio. Voy hacia el sur por la interestatal 81, en un largo viaje que me lleva a Blacksburg (donde está el Instituto Politécnico de Virginia), Christianburg, Radford, Marion y Pulaski. Es una zona montañosa, de bonitos paisajes, pero no he venido por las vistas. Puede que alguna de estas poblaciones me resulte necesaria en un futuro próximo. Anoto las áreas de descanso, los moteles y los sitios de comida rápida cerca de la interestatal. La carretera está llena de camiones, y de coches de muchísimos estados, así que nadie se fija en mí. De vez en cuando salgo de los cuatro carriles, me adentro en las montañas y cruzó pueblos sin pararme. Encuentro Ripplemead, de quinientos habitantes, el pueblo más cercano a la cabaña del lago donde asesinaron al juez Fawcett y Naomi Clary. Después de muchas vueltas regreso a Roanoke. Las luces están encendidas. Vuelve a haber un partido de los Red Sox. Compro una entrada y ceno un frankfurt con una cerveza.

A las ocho de la mañana me llama Frank Beebe. Una hora después estoy en su despacho.

—Le he encontrado en Radford —dice como si nada, sirviendo café—, una ciudad universitaria de unos dieciséis mil habitantes. Salió hace pocos meses de la cárcel, vivió una temporada con su madre y después se fue. He hablado con su madre, que es de armas tomar, y dice que su hijo se ha comprado un bar en Radford.

—¿Cómo consiguió que hablara? —pregunto por curiosidad.

Frank se ríe y enciende otro cigarrillo.

—Esa es la parte fácil, Reed. Cuando llevas tantos años como yo en el oficio siempre se te ocurre alguna mentira para aflojar las lenguas. Me imaginé que la madre tendría un sano miedo a cualquier persona mínimamente relacionada con el sistema penitenciario, así que le dije que era agente federal de prisiones y que tenía que hablar con su hijo.

—¿No es usurpación de autoridad?

—¡No, qué va, porque los agentes federales de prisiones no existen! Tampoco me pidió ninguna identificación. Y si llega a solicitármela, le habría enseñado alguna. Siempre llevo encima un montón de tarjetas. Tengo a mano todo un repertorio de agentes federales. Le sorprendería lo crédula que es la gente.

—¿Fue al bar?

—Sí, pero no entré. Habría llamado la atención. Al quedar justo al lado del campus de la Universidad de Radford, tiene una clientela mucho más joven que yo. Se llama Bombay y existe desde hace bastante tiempo. Según el registro de la propiedad cambió de dueño el 10 de mayo de este mismo año. El vendedor se llamaba Arthur Stone, y el comprador Nathan Cooley, que es el chaval a quien busca usted.

—¿Dónde vive?

—No lo sé. No sale en el catastro. Sospecho que vive de alquiler, y eso no lo registran. Qué coño, hasta puede que duerma encima del bar, que es un edificio viejo de dos plantas. Espero que no se le ocurra ir.

—No.

—Me alegro. Es demasiado mayor y demasiado negro. Allá son todos blancos.

—Gracias. Quedaré con él en otro sitio.

Pago seiscientos dólares en efectivo a Frank Beebe.

—Oiga, Frank —pregunto al irme—, ¿me podría dar alguna idea si necesitase un pasaporte falso?

—Sí, claro. Hay un tío en Baltimore que hace casi de todo. He trabajado alguna vez con él. De todos modos, hoy en día, con la ley de seguridad interior y todo eso, los pasaportes tienen su intríngulis. Como le pillen se pondrán como una moto.

Sonrío.

—No, si no es para mí.

Él se ríe.

—¡Anda —dice—, esa frase nunca me la habían dicho!

Meto el equipaje en el coche y me voy de la ciudad. Cuatro horas después estoy en McLean, Virginia, buscando una copistería rápida. Encuentro una en un centro comercial de lujo, pago la conexión y enchufo mi portátil a una impresora. Después de diez minutos tocando botones logro hacer funcionar el dichoso trasto e imprimo la carta a Nathan Cooley. El papel lleva el membrete de Skelter Films, con su dirección y todo (Octava Avenida, Miami), y varios números de teléfono y fax. Escribo en el sobre: «Nathan Cooley, c/o Bar Bombay & Grill, 914 East Main Street, Radford, Virginia 24141». A la izquierda de la dirección añado en mayúsculas: «Personal y confidencial».

Después de los últimos retoques, cruzo el Potomac y conduzco hasta el centro de Washington en busca de un buzón.

28

Quinn Rucker se colocó de espaldas a los barrotes, los aferró con las dos manos y juntó las muñecas. Mientras un alguacil le ponía las esposas, otro abrió la puerta de la celda. Le llevaron a una sala de espera, un cuchitril donde aguardaban tres agentes del FBI. Después cruzaron una puerta lateral y le hicieron subir a un todoterreno negro con los cristales tintados y más vigilantes armados a bordo. En diez minutos Rucker fue trasladado por su escolta a la puerta trasera de un edificio oficial, donde le hicieron subir dos tramos de escalera.

Ni Victor Westlake, ni Stanley Mumphrey, ni ningún otro letrado de la sala había participado en una reunión de esas características. Nunca se sacaba al reo de la cárcel para hablar con él. Si la policía quería decirle algo, lo hacía en prisión; y si era necesaria su comparecencia en el juzgado, el juez o el magistrado convocaban una vista.

Una vez en la pequeña sala de reuniones, ya sin las esposas, Quinn dio la mano a su abogado, Dusty Shiver, que lógicamente no podía faltar, pero que al no ver nada claro aquel encuentro había prevenido al FBI de que su cliente no diría nada sin su permiso.

Los cuatro meses en la cárcel no habían sentado nada bien a Quinn. Incomunicado por motivos que solo conocían sus custodios, su contacto con los celadores era mínimo. No solo había perdido peso (la comida era espantosa), sino que tomaba antidepresivos y dormía quince horas al día. A menudo se negaba a hablar con su familia o con Dusty. Una semana reivindicaba su derecho a declararse culpable a cambio de la cadena perpetua, mientras que días después quería que le juzgasen. Ya había despedido dos veces a Dusty, pero siempre le volvía a contratar. De vez en cuando admitía haber matado al juez Fawcett y su novia, pero siempre se acababa retractando, y acusando al gobierno de ponerle drogas en la comida. Si amenazaba a los celadores con matarles a ellos y sus hijos, tras el siguiente cambio de humor se deshacía en lágrimas y les pedía perdón.

El primero en intervenir fue Victor Westlake, el organizador del encuentro.

—Vayamos al grano, señor Rucker —dijo—. Sabemos fehacientemente que usted y algunos de sus compañeros de conspiración pretenden liquidar a uno de nuestros testigos.

Dusty tocó el brazo de Quinn.

—Silencio. No hables hasta que te lo diga.

Quinn sonrió a Westlake como si fuera un placer matar a un testigo del gobierno.

—La finalidad de esta pequeña reunión —prosiguió Westlake— es advertirle, señor Rucker, de que si alguno de nuestros testigos sufre algún percance tendrá usted que enfrentarse a nuevas acusaciones, y esta vez iremos a por toda su familia.

La sonrisa de Quinn era burlona.

—Así que Bannister se ha fugado, ¿eh?

—Cállate, Quinn —dijo Dusty.

—No tengo por qué callarme —repuso Quinn—. Me he enterado de que Bannister ya no está tomando el sol en Florida.

—¡Que te calles, Quinn! —le espetó Dusty.

—Le habréis cambiado de cara, y seguro que de nombre. Buen trabajo —añadió Quinn.

—Como les pase algo a nuestros testigos, Quinn —dijo Stanley Mumphrey—, imputaremos a Dee Ray, al Alto, a varios de sus primos y a todo el que esté a tiro.

—Pero si no tenéis testigos —escupió Quinn al otro lado de la mesa—, solo a Bannister.

Dusty levantó las manos y se dejó caer en la silla.

—Te aconsejo que te calles, Quinn.

—Vale, vale, ya te he oído —dijo Quinn.

Westlake logró mantener fruncido el ceño mientras contemplaba al acusado, pero se había quedado estupefacto. La reunión estaba pensada para intimidar a Quinn, no para asustar al gobierno. ¿Cómo narices habían logrado localizar a Bannister en Florida, y saber que se había marchado? Westlake y sus ayudantes tenían los pelos de punta. Si los Rucker tenían medios para localizar al delator, no habría nada que les impidiera cargárselo.

—Se podría pedir la pena de muerte para toda su familia, por asesinato —persistió Stanley, intentando parecer duro sin conseguirlo demasiado.

Quinn se limitó a sonreír. Cruzó los brazos en el pecho y no dijo nada más.

Tengo que ver a Vanessa Young. El encuentro presenta componentes de riesgo. Cualquier testigo inoportuno de la cita se haría preguntas que no estoy dispuesto a contestar. Ahora bien, es un acercamiento inevitable. Lo es desde hace años.

La vi en Frostburg un día de nieve en el que muchos visitantes no salieron de casa. Mientras yo hablaba con mi padre, ella entró y se sentó a la mesa de al lado. Venía a ver a su hermano. Era guapísima: poco más de cuarenta años, piel tersa y marrón, unos preciosos ojos tristes y unas piernas largas enfundadas en tejanos apretados. No le faltaba de nada. Me la quedé mirando. No podía evitarlo.

—¿Quieres que me vaya? —dijo mi padre finalmente.

No, por favor, que entonces se me acabaría el tiempo de visitas. Cuanto más se quedase Henry, más tiempo podría mirar a Vanessa, la cual, por cierto, no tardó demasiado en fijarse en mí. Poco después intercambiamos miradas intensamente. Fue una atracción mutua y a primera vista.

Por desgracia había un par de escollos, empezando por mi condición de preso y siguiendo por la suya de mujer casada, un matrimonio que era un verdadero desastre. Quise saber más a través de su hermano, pero él prefirió mantenerse al margen. Nos escribimos unas cuantas cartas. Vanessa, no obstante, tenía miedo de que la pillase su marido, y aunque intentó aumentar la frecuencia de sus visitas, tanto a su hermano como a mí, sus dos hijos adolescentes le complicaban la vida. Después de divorciarse salió con otros hombres, sin que acabase de cuajar ninguna relación. Yo le rogué que me esperase, pero a los cuarenta y un años, siete son muchos. Al final sus hijos se marcharon de casa, Vanessa se instaló en Richmond, Virginia, y nuestros amores a distancia se enfriaron. La experiencia vital de Vanessa la lleva a actuar con suma prudencia, sin apartar la vista del retrovisor. Supongo que es algo que tenemos en común. Usamos mensajes en clave por correo electrónico para concertar el momento y el sitio. Le advierto de que no me parezco nada al Malcolm Bannister a quien conoció en la cárcel. Responde que se arriesgará. Está impaciente por ver la nueva versión mejorada.

Aparco frente al restaurante, en las afueras de Richmond, con los nervios de punta. Estoy que no me tengo en pie: por fin se acerca el momento de tocar a una mujer con la que he estado soñando durante casi tres años. Sé que ella también quiere tocarme a mí. Lo que ocurre es que el hombre que tanto le atrajo físicamente en su momento ha cambiado de aspecto por completo. ¿Y si no le gusta el resultado? ¿Y si se queda con Malcolm, no con Max? Otra cosa que me saca de quicio es darme cuenta de que estoy a punto de hablar con la única persona que conoce a ambos, a excepción del FBI.

Me seco el sudor de la frente y pienso en irme. Al final salgo del coche y doy un portazo.

Está en la mesa. Casi tropiezo al acercarme. Ella me sonríe. Le gusto. Le doy un besito en la mejilla y me siento. Nos miramos largamente.

—Bueno, ¿qué te parece? —digo finalmente.

Vanessa sacude la cabeza.

—Alucinante. No te habría reconocido. ¿Llevas alguna documentación?

Nos reímos.

—Sí, claro, pero es falsa —puntualizo—. Pone que ahora me llamo Max, no Malcolm.

—Te veo delgado, Max.

—Gracias, yo a ti también.

Le he visto un poco las piernas por debajo de la mesa. Falda corta. Zapatos modernos de tacón. Va vestida para matar.

—¿A cuál de los dos prefieres? —pregunto.

—Bueno, supongo que ya no hay elección. Te veo guapo, Max. En general me gusta tu nueva identidad. ¿Quién tuvo la idea de las gafas de diseño?

—Mi asesor, el mismo que me aconsejó raparme la cabeza y llevar barba de cuatro días.

—Cuanto más te miro, más me gustas.

—Menos mal, porque estoy hecho un manojo de nervios.

—Pues tranquilo, que nos espera una noche muy larga.

El camarero nos trae las bebidas: para mí un martini, y para ella un refresco light. Hay muchas cosas de las que no quiero hablar, como por ejemplo mi brusca salida de la cárcel y mi condición de testigo protegido. El hermano a quien visitaba Vanessa salió de la cárcel, pero vuelve a estar entre rejas, así que le dejamos al margen de la conversación. Le pregunto por sus hijos: una chica de veinte años que va a la universidad y un chico de dieciocho que aún no tiene nada claro.

En un momento dado Vanessa me interrumpe.

—Hasta hablas de otra manera.

—Mejor. Es una nueva forma de hablar que llevo meses practicando. Mucho más despacio, y con la voz más grave. ¿Queda natural?

—Creo que sí. Sí, funciona.

Cuando me pregunta dónde vivo, le explico que aún no he encontrado un sitio fijo y que me voy moviendo para no ser perseguido, ni por el FBI ni por nadie. Mucho motel barato. Sin ser un fugitivo, tampoco soy exactamente un hombre libre. Nos traen la cena, pero apenas nos fijamos.

—Se te ve mucho más joven —dice—. No, si aún tendré que ir yo a tu cirujano.

—No, por favor, no te cambies nada.

Hablo de los cambios, sobre todo en los ojos, la nariz y la barbilla, y le hago reír al describir mis reuniones con los cirujanos y el diseño colectivo de una cara nueva. También peso casi diez kilos menos. Vanessa es del parecer de que debería engordar un poco. A medida que se nos pasa el nerviosismo nos relajamos y hablamos como viejos amigos. El camarero nos pregunta si está buena la comida, porque casi no la hemos probado. Tocamos varios temas, pero en el fondo los dos pensamos en lo mismo.

—Vámonos —digo finalmente.

Vanessa coge el bolso en cuanto salen las palabras de mi boca. Pago la cena en metálico. Ya estamos en el aparcamiento. No me gusta la idea de ir a su casa. Ella está de acuerdo. Me explica que es más bien pequeña y espartana. Vamos a un hotel que he visto antes, en la misma calle, y pedimos una botella de champán. Ni dos jóvenes en su luna de miel podrían echarle más ímpetu que Vanessa y yo. Con tanto que hacer, y tanto que recuperar...

29

Mientras Vanessa está en el trabajo, hago recados en Richmond. En una tienda me gasto setenta dólares en un móvil barato de prepago con cien minutos en llamadas. En otra me compro exactamente el mismo teléfono y el mismo plan por sesenta y ocho. Le daré uno a Vanessa y el otro me lo quedaré. Voy a una farmacia y me surto de tarjetas de crédito de prepago. Estoy citado con el dueño de una tienda de fotografía que se presenta como operador, pero que cobra demasiado. Si tengo suerte, y consigo una entrevista, necesitaré dos personas: un cámara y un técnico de sonido. Este señor dice que no trabaja si no es con todo un equipo.

Almuerzo con Vanessa: un bocadillo en un bar cerca de su oficina. A la hora de la cena vamos a un bistrot del barrio de Carytown. La secuencia posterior a la comida guarda una similitud muy grande, y maravillosa, con la que tuvo lugar la otra noche; de hecho, transcurre en la misma habitación de hotel. No, si aún nos acostumbraremos... Sin embargo, nuestros planes para la tercera noche se ven trastocados por una llamada del hijo de Vanessa, que está de paso en Richmond y necesita un lugar donde dormir. Vanessa supone que también le hará falta dinero.

Estamos acabando de comer cuando empieza a vibrar el

móvil que llevo en el bolsillo. Es una llamada sin identificación. Claro que en este teléfono todas lo son.

—Perdona un momento —le digo a Vanessa, previendo noticias importantes.

Me aparto de la mesa y contesto en la entrada del restaurante.

—Hola, ¿Reed Baldwin? —La voz me resulta vagamente familiar—. Soy Nathan Cooley. He recibido su carta.

Me exhorto a hablar despacio y con voz grave.

—Sí, señor Cooley, gracias por llamar.

Pues claro que ha recibido mi carta. Si no, ¿cómo sabría mi número?

—¿Cuándo quiere que hablemos? —pregunta.

—Cuando a usted le vaya bien. Estoy en Washington. Por hoy el rodaje se ha acabado. A mí me iría perfecto quedar ahora, porque tengo tiempo libre. ¿Y usted?

—Yo de aquí no me muevo. ¿Cómo me ha localizado?

—Por internet. Hoy en día es difícil esconderse.

—Supongo. Normalmente me levanto tarde y trabajo en el bar desde las dos hasta las doce, más o menos.

—¿Y si comemos juntos mañana? —digo con un poco de entusiasmo—. Solo los dos, sin cámaras, ni grabadoras, ni nada de eso. Invito yo.

Una pausa. Aguanto la respiración.

—Bueno, por qué no. ¿Dónde?

—Está usted en su terreno, señor Cooley. Elija el sitio y la hora y ahí estaré.

—Vale, pues en la salida de Radford de la interestatal 81 hay un sitio que se llama Spanky's. Mañana a las doce.

—Perfecto.

—¿Cómo le reconozco? —pregunta.

Se me está a punto de caer el teléfono. Nunca sabrá lo importante que es este punto, el de reconocerme. Me he sometido a una operación que ha provocado cambios radicales en mi cara. Me rapo la cabeza cada dos días y me afeito una vez por semana. He adelgazado casi diez kilos, pasando un hambre canina. Llevo unas gafas falsas redondas, de carey y montura roja; camisetas negras, americanas Armani de imitación y sandalias de lona de las que solo se ven en Miami o Los Ángeles. He cambiado de nombre. He modificado la voz y la forma de hablar.

Y toda esta charada no ha sido organizada con esmero para engañar a los que pretenden seguirme o matarme, sino para ocultarte a ti mi identidad, a ti, Nathan Cooley.

—Mido un metro ochenta —digo—, soy negro, delgado, con la cabeza rapada y llevaré un sombrero blanco de paja, tipo panamá.

—¿Es negro? —se le escapa.

—Sí. ¿Algún problema?

—No. Hasta mañana.

Vuelvo a la mesa donde espera impaciente Vanessa.

—Era Cooley —la informo en voz baja—. Hemos quedado mañana.

Sonríe.

—Venga, a por él —dice.

Acabamos de cenar y nos despedimos a regañadientes. Al salir del restaurante nos besamos como dos adolescentes. Durante el viaje a Roanoke no pienso más que en ella.

Llego con un cuarto de hora de antelación y aparco para poder observar los vehículos que giran al entrar en Spanky's. Lo primero que veré será su coche o camioneta, que dirá mucho de él. Hace seis meses estaba en la cárcel, acabando cinco años y pico de condena. Teniendo en cuenta que no tiene padre, que su madre es alcohólica y que dejó los estudios a los dieciséis años, será interesante su elección de vehículo. Pienso fijarme en todo lo que pueda durante la conversación: ropa, joyas, reloj, móvil...

Empiezan a venir los primeros clientes. A las 12.03 llega una camioneta Chevrolet Silverado plateada, novísima, y sospecho que es Nathan Cooley. Lo es, en efecto. Aparca al otro lado y camina hacia la entrada, mirando nervioso a todas partes.

No le había visto en cuatro años. Está casi igual: el mismo peso y las mismas greñas rubias, aunque en la cárcel se llegó a rapar. Tras mirar dos veces la matrícula de Florida de mi coche, entra. Yo respiro hondo, me pongo el sombrero de paja en la cabeza y me acerco a la puerta. Tranquilo, idiota, mascullo para mis adentros al sentir un vuelco en el estómago. Voy a necesitar mano firme y nervios de acero.

Nos encontramos en la entrada e intercambiamos los cumplidos de rigor. Yo me quito el sombrero y seguimos a la camarera hasta un reservado del fondo. Sentados frente a frente, hablamos del tiempo. Durante un momento mi artimaña casi me supera. Nathan está conversando con un desconocido, mientras que yo lo hago con un chico a quien había llegado a conocer bastante. No parece que sospeche nada. No se me queda mirando los ojos ni la nariz. Tampoco me observa con mirada penetrante, ni levanta las cejas, ni desenfoca la vista al escuchar mi voz. Por suerte tampoco dice «me recuerda un poco a alguien que conozco». De momento nada.

Le digo a la camarera que me apetece mucho una cerveza de barril bien grande.

—Pues a mí también —dice Nathan después de titubear.

Es muy posible que el éxito de esta misión descabellada dependa del alcohol. Nathan pasó su infancia en una cultura donde se bebía mucho y se era adicto a las metanfetaminas. Después estuvo cinco años en la cárcel, sin drogarse ni emborracharse. Doy por supuesto que ahora que está fuera habrá retomado sus viejas costumbres. Así parece indicarlo el hecho de que tenga un bar.

Para ser un paleto y no haber aprendido de nadie a vestir bien tiene bastante buena pinta: tejanos descoloridos, un polo de Coors Light dejado en el bar por algún comercial y botas militares. No lleva joyas ni reloj, pero sí un tatuaje carcelario de una fealdad increíble en la parte interior del antebrazo izquierdo. En resumen, Nathan no presume de dinero por su aspecto.

Nos traen las cervezas. Brindamos.

—Cuénteme algo sobre la película —dice él.

Asiento por costumbre. Después hago una pausa y me recuerdo que hay que hablar despacio, de manera clara y lo más gravemente que pueda.

—Llevo diez años haciendo documentales y nunca había visto un proyecto tan interesante.

—Oiga, señor Baldwin, ¿qué es exactamente un documental? De vez en cuando veo alguna película, pero no creo que haya visto muchas de ese tipo.

—Pues ahora mismo se lo explico. Acostumbran a ser películas de bajo presupuesto y de productoras independientes que no se estrenan en los cines grandes. No son comerciales. Van sobre gente de verdad y problemas reales, sin grandes estrellas, ni nada de eso. Están muy bien. Los mejores ganan premios en los festivales y reciben un poco de atención, pero nunca recaudan mucho dinero. Mi compañía está especializada en películas sobre el abuso de poder, sobre todo por parte del gobierno federal, pero también de las grandes compañías. —Bebo un poco, diciéndome que no hay que ir tan deprisa—. La mayoría dura alrededor de una hora. Puede que nuestro reportaje llegue a los noventa minutos, pero ya lo decidiremos.

Ha vuelto la camarera. Pido un sándwich de pollo y Nathan, una cesta de alitas.

—¿Usted cómo entró en el negocio de los bares? —pregunto.

Sonríe después de un largo trago.

—Por un amigo —dice—. El dueño anterior se estaba hundiendo, no por el bar, sino por otros negocios que tenía. Creo que le pilló la crisis. El caso es que intentó quitarse de encima el Bombay. Buscaba a algún tonto que cargase con la escritura y las deudas. Yo pensé: pues ¿sabes qué? Que me lanzo. Solo tengo treinta años, sin trabajo ni nada en perspectiva. ¿Y si me arriesgo? La verdad es que de momento gano dinero. Es bastante divertido. Vienen un montón de universitarias.

—¿No está casado?

—No. No sé cuánto sabe de mí, señor Baldwin, pero acabo de cumplir cinco años de cárcel. Últimamente, gracias al gobierno federal, no puedo decir que haya salido con muchas chicas. Acabo de volver al mercado, no sé si me entiende.

—Sí, claro. La condena fue por el mismo incidente en el que murió su hermano, ¿verdad?

—Exacto. Me declaré culpable y solo me echaron cinco años. Mi primo aún está en la cárcel, en Big Sandy, Kentucky. Mal sitio. La mayoría de mis primos están en la cárcel o muertos. Es una de las razones de que me viniera a vivir a Radford, señor Baldwin: para huir del negocio de la droga.

—Ya. Llámeme Reed, por favor. El señor Baldwin es mi padre.

—Bueno, pues yo soy Nathan, o Nate.

Volvemos a hacer chocar los vasos, como si de repente fuéramos mucho más íntimos. En la cárcel le llamábamos Nattie.

—Explíqueme algo sobre su productora de cine —dice.

Lo tenía previsto, pero no dejan de ser arenas movedizas. Tomo un trago de cerveza lentamente.

—Skelter es una productora nueva con sede en Miami. La formamos yo y dos socios, aparte de los empleados. Estuve trabajando varios años para una productora más grande de Los Ángeles, Cove Creek Films. Quizá le suene. —No lo recuerda. Acaba de mirar de reojo el trasero de una camarera joven y con buen tipo—. Bueno, pues Cove Creek tiene un montón de premios, y para lo que es este negocio ganaba bastante dinero, pero el año pasado se fue todo al carajo por una pelea sobre el control creativo y el calendario de proyectos. Aún estamos metidos en el pleito, que tiene pinta de durar años. En el tribunal federal de Los Ángeles hay un mandato que me prohíbe hasta hablar de Cove Creek y de la demanda. Qué locura, ¿no?

Me alivia ver que Nathan está perdiendo a paso acelerado cualquier interés por mi productora y sus problemas.

—¿Por qué tienen la sede en Miami?

—Porque hace unos años fui a trabajar en una película y me enamoré de la ciudad. Vivo en South Beach. ¿Ha estado alguna vez?

—No.

Con la excepción de los viajes organizados por el cuerpo de alguaciles, Nathan nunca se ha alejado más de trescientos kilómetros de Willow Gap.

—Pues hay mucho ambiente: buenas playas, chicas preciosas, mucha vida nocturna... Yo me divorcié hace cuatro años y estoy volviendo a disfrutar de la vida de soltero. En South Beach vivo más o menos la mitad del año. La otra mitad me la paso rodando en varios sitios.

—¿Cómo se hace un documental? —pregunta, antes de echarse más cerveza al gaznate.

—No se parece nada a las películas de actores. Normalmente lo hacemos todo un cámara y yo, o como máximo uno o dos técnicos. Lo importante es lo que se cuenta, no el paisaje o la cara del actor.

—¿Y quieren filmarme a mí?

—Nos encantaría. A usted, quizá a su madre y puede que a alguien más de la familia. Quiero ir a donde mataron a su hermano. Lo que busco es la verdad, Nathan. Tengo puesto el ojo en algo que podría ser muy gordo. Si consigo demostrar que la DEA se carga sistemáticamente a los traficantes, que los asesina a sangre fría, igual podemos meterles un buen puro a los muy hijos de puta. Mi sobrino iba por mal camino, y se estaba liando cada vez más con lo del crack, pero no era un traficante de los duros. De tonto sí, pero de peligroso no tenía un pelo. Tenía diecisiete años e iba desarmado, pero le pegaron tres tiros a bocajarro. Dejaron una pistola robada por el suelo y los de la DEA dijeron que era suya. Son un hatajo de mentirosos.

La cara de Nathan se crispa lentamente de rabia. Parece a punto de escupir. Insisto.

—La película explicará tres o cuatro asesinatos de esos. Al dirigirla yo, no estoy seguro de que acabe saliendo el caso de mi sobrino. Su muerte me toca demasiado cerca. Ya he rodado la historia de José Álvarez, un peón de diecinueve años, indocumentado, de Amarillo, Texas, que recibió catorce disparos de los agentes de la DEA. El problema es que en su familia nadie habla inglés, y que en general no hay mucha simpatía por los inmigrantes ilegales. También he filmado la historia de Tyler Marshak, un universitario de California que vendía marihuana. La DEA asaltó su residencia como si fuera la Gestapo y le mató a tiros en la cama. Igual le suena de haberlo leído.

No, no lo recuerda. El Nathan Cooley a quien conocía se pasaba varias horas al día jugando a videojuegos y no abría nunca un periódico o un libro. Tampoco tiene tanta curiosidad innata como para investigar sobre Skelter Films o Cove Creek.

—Bueno, el caso es que hemos rodado escenas muy buenas de la residencia y de la autopsia, y declaraciones de los familiares, pero están pendientes de una demanda contra la DEA y es posible que al final no pueda usarlas.

Nos traen la comida. Pedimos más cerveza. Nathan arranca la carne de pollo de los huesos y se limpia la boca con una servilleta.

—¿Y por qué le interesa tanto mi hermano?

—Digamos que por curiosidad. Todavía me faltan algunos datos. Me gustaría oír su versión de los hechos y estar donde hicieron la redada para seguirla paso a paso. Mis abogados han invocado la ley de Libertad de Información para que les dejen consultar los archivos de la DEA y el expediente judicial. Miraremos con lupa la documentación, aunque es muy posible que la DEA lo haya tapado todo. Es lo que suelen hacer. Iremos juntando las piezas poco a poco, mientras vamos viendo cómo quedan usted y su familia en la filmación. A la cámara no le gusta todo el mundo, Nathan.

—Mi madre dudo que le guste —dice.

—Ya veremos.

—No sé, no sé. Lo más seguro es que ella no quiera. Cada vez que alguien saca el tema de la muerte de Gene, se viene abajo.

Se chupa los dedos y escoge otra ala de pollo.

—Perfecto. Es lo que quiero captar en la película.

—¿De cuánto tiempo estamos hablando? ¿Cuál sería la previsión?

Le doy un mordisco al sándwich, y pienso al mismo tiempo que mastico.

—Puede que un año. A mí me gustaría acabar el rodaje en los próximos seis meses y tener otros tantos para cortarlo y montarlo todo, o volver a rodar algunas partes. Estas cosas puedes pasarte la vida retocándolas. Cuesta darlas por terminadas. En cuanto a usted, me gustaría rodar algunos planos, tres o cuatro horas, y mandarlos a mis productores y montadores de Miami. Así le ven, le oyen y se hacen una idea de la historia y de lo bien o mal que la cuenta. Cuando estemos todos de acuerdo seguimos rodando.

—¿Y yo qué gano?

—Nada. Bueno, que se sepa la verdad, y que se vea quiénes son los que mataron a su hermano. Piénselo, Nathan. ¿No le encantaría ver que les llevan a juicio por asesinato?

—¡Anda que no!

Me inclino con un brillo apasionado en los ojos.

—Pues hágalo, Nathan. Cuénteme la historia de su hermano. No tiene nada que perder, y mucho que ganar. Hábleme del negocio de la droga y de cómo destruyó a su familia. Cuénteme cómo entró Gene en ese mundo, y que en esta zona, donde no hay otros trabajos, era una manera de ganarse la vida como cualquier otra. No hace falta que diga ningún nombre. No quiero meter a nadie en líos. —Me acabo lo poco que queda de mi segunda cerveza—. ¿Dónde estaba Gene la última vez que le vio?

—Tirado en el suelo, con las manos en la espalda, mientras le esposaban. Nadie había disparado ningún tiro. La venta y la redada ya se habían acabado. Después de que me pusieran las esposas y me llevaran hacia el furgón policial oí disparos. Dijeron que Gene había tirado a un agente al suelo y se había escapado corriendo por el bosque. Mentira. Le mataron a sangre fría.

—Me lo tiene que contar, Nathan. Tiene que volver conmigo y reconstruir los hechos donde pasaron. El mundo tiene que saber lo que hace el gobierno federal en su guerra contra la droga. Van a saco, sin contemplaciones.

Cooley respira hondo para que se le pase. Estoy hablando demasiado, y con excesiva rapidez, así que dedico unos minutos a mi sándwich. La camarera nos pregunta si queremos otra cerveza.

—Sí, por favor —digo.

Nathan no tarda en pedir otra para él. Se acaba un ala y se chupa los dedos.

—Ahora mismo mi familia está dando problemas —dice—. Por eso me vine a vivir a Radford.

Me encojo de hombros como si fuera problema suyo, no mío, aunque no me sorprende.

—Si usted colabora —puntualizo— y el resto de su familia no, ¿también habrá problemas?

Se ríe.

—Entre los Cooley lo normal son los problemas —dice—. Tenemos fama de estar siempre peleándonos.

—Pues haremos una cosa: firmaremos un acuerdo de una página que han preparado mis abogados y que se entiende tan bien que no hará falta que contrate a sus propios abogados, si no le gusta tirar el dinero por el váter. En ese acuerdo pondrá que usted, Nathan Cooley, colaborará plenamente en el rodaje del documental, y que a cambio recibirá ocho mil dólares, que es lo mínimo que hay que pagar a los actores en estos proyectos. De vez en cuando, o siempre que quiera, podrá ver cómo avanza la película. Ah, y otra cosa esencial: si no le gusta lo que ve podrá desentenderse, y yo no tendré derecho a usar nada de lo que haya rodado sobre usted. Es un acuerdo bastante justo, Nathan.

Asiente, mientras busca las posibles trampas, pero no es de los que analizan las cosas con rapidez. Encima el alcohol actúa de acicate. Sospecho que se le cae la baba con la palabra «actor».

—¿Ocho mil dólares? —repite.

—Sí, ya le he dicho que son películas de bajo presupuesto. Nadie gana gran cosa.

Lo interesante es que el primero en hablar de dinero he sido yo. Añado unas palabras para que el acuerdo resulte más suculento.

—Y encima se quedará con una pequeña parte de las regalías.

No tengo claro que Nathan entienda la palabra.

—Eso quiere decir que si se venden entradas le corresponderá algo. De todos modos, no lo espere —digo—. Usted no lo hace por dinero, Nathan; lo hace por su hermano.

El plato de Cooley está lleno de huesos. La camarera nos trae la tercera ronda y se lleva los platos sucios. Es importante que Nathan siga hablando, porque no quiero que se pare a pensar.

—¿Cómo era Gene, personalmente? —pregunto.

Sacude la cabeza. Parece a punto de llorar.

—Bueno, era mi hermano mayor. Nuestro padre desapareció cuando éramos pequeños. Solo quedamos Gene y yo.

Cuenta algunas anécdotas de infancia, episodios graciosos de dos niños que trataban de sobrevivir. Nos acabamos la tercera cerveza y pedimos otra ronda, con la promesa, eso sí, de que será la última.

A las diez de la mañana quedo con Nathan en un café de Radford. Se lee el contrato, hace unas cuantas preguntas y lo firma. Después firmo yo, como vicepresidente de Skelter Films, y le hago entrega de un cheque por ocho mil dólares sacados de una cuenta de la empresa en Miami.

—¿Cuándo empezamos? —pregunta.

—Bueno, Nathan, yo de aquí no me muevo. Cuanto antes mejor. ¿Qué le parece mañana por la mañana?

—Vale. ¿Dónde?

—Le he estado dando vueltas. Estamos en el sudoeste de Virginia, y aquí son importantes las montañas. De hecho la geografía de esta zona está muy relacionada con la historia: el aislamiento de los montes, y todo eso... Creo que me gustaría rodar en exteriores, al menos al principio. Siempre podemos movernos un poco. ¿Vive en el pueblo o en el campo?

—De alquiler, justo donde se acaba el pueblo. Desde el patio trasero hay una vista muy bonita de las colinas.

—Pues iremos a verlo. Estaré a las diez de la mañana con un pequeño equipo. Haremos pruebas de iluminación.

—Vale. Se lo he comentado a mi madre y dice que ni pensarlo.

—¿Puedo hablar con ella?

—Puede probar, pero es bastante cabezota. No le gusta la idea de que alguien haga una película sobre Gene y nuestra familia, ni usted ni nadie. Piensa que nos hará quedar como un grupo de palurdos ignorantes.

—¿Le ha explicado que tiene usted derecho a controlar cómo avanza la película?

—Lo he intentado, pero estaba bebiendo.

—Lo siento.

—Hasta mañana por la mañana.

30

Nathan vive en una casita roja de ladrillo, junto a una estrecha carretera situada a pocos kilómetros al oeste del límite municipal de Radford. El vecino más próximo está casi a un kilómetro de distancia, cerca de la estatal, en una caravana de doble ancho. El césped de delante de la casa de Cooley está muy bien cortado. Algunos setos delimitan un estrecho porche. Cuando llegamos y aparcamos en el camino de entrada, detrás de la camioneta recién estrenada de Nathan, nos lo encontramos fuera, jugando con su perro labrador.

Mi equipo estrella se compone de mi nueva ayudante, Vanessa, que en este proyecto recibirá el nombre de Gwen, y dos autónomos de Roanoke: Slade, el operador, y su ayudante Cody. Slade se define como cineasta, y trabaja en su garaje. Todas las cámaras y el equipo son suyos. La verdad es que da el pego: coleta larga, tejanos con agujeros en las rodillas y unas cuantas cadenas de oro en el cuello. Cody es más joven y su aspecto, suficientemente pringoso. Cobran mil dólares al día más los gastos, y una de las condiciones acordadas es que hagan su trabajo sin hablar demasiado. He prometido pagarles en metálico, sin ninguna referencia a Skelter Films y lo demás. Podría ser un documental o cualquier otra cosa. Ellos harán lo que les pida, sin dar ningún detalle a Nathan Cooley.

Vanessa llegó a Radford ayer por la noche. Nos alojamos en un buen hotel, con la habitación a su nombre, pagada con una tarjeta de crédito de prepago. Le ha dicho a su jefe que está con gripe y que el médico le ha prohibido salir de casa en varios días. No sabe nada de hacer cine, pero, bueno, yo tampoco.

Tras la ronda forzada de presentaciones en la entrada de la casa examinamos el entorno. El jardín trasero de Nathan es un descampado que asciende por la ladera de la colina. Al vernos, un grupo de ciervos de cola blanca salta una valla y se dispersa. Cuando le pregunto a Nathan cuánto tarda en cortar el césped, me dice que tres horas. Después señala un cobertizo donde está aparcado un cortacésped John Deere de los buenos, de esos con asiento. Parece nuevo. Nathan dice que él es de campo, y que prefiere la vida al aire libre. Le gusta cazar, pescar y mear en el porche trasero. Además, aún se acuerda de la cárcel, y de lo que era estar con mil hombres que sobrevivían hacinados. Que no, que a él lo que le gusta son los espacios abiertos. Mientras nosotros dos caminamos y hablamos, Slade y Cody se pasean sin rumbo, mascullando, mirando el sol y frotándose la barbilla.

—Esto está bien —digo señalando un punto con autoridad—. Quiero que en la toma salgan aquellas colinas.

Slade no parece estar de acuerdo, pero empieza a descargar los trastos de la camioneta con la ayuda de Cody. Tardan una eternidad en montarlo todo. Como demostración de mi temperamento artístico empiezo a quejarme de lo lentos que son. Gwen se ha traído un pequeño kit de maquillaje. Nathan accede a regañadientes a que le pongan unos polvos y un poco de colorete. Estoy seguro de que nunca le habían maquillado, pero es necesario que se sienta actor. Gwen lleva una falda corta y una blusa con casi todos los botones desabrochados. Uno de sus papeles es averiguar con qué facilidad se puede excitar a nuestro chavalete. Finjo consultar mis notas, pero lo que hago es observar cómo observa Nathan a Gwen. Le encanta ser el centro de atención, y que tonteen con él.

Cuando ya está casi todo listo (cámara, luces, monitor y sonido) me llevo a Nathan para hablar de tú a tú, de director a estrella, y exponerle mi visión.

—Bueno, Nathan, quiero que estés muy serio. Piensa en Gene, y en que le asesinó el gobierno federal. Te quiero triste, sin sonrisas, que esto no tiene ninguna gracia, ¿de acuerdo?

—Vale, tío, ya lo pillo.

—Habla despacio, como si te costase. Yo te haré preguntas. Tú contesta mirando la cámara. Sé natural. Eres un tío con buena pinta. Creo que le gustarás a la cámara, pero es importante que seas tú mismo.

—Lo intentaré —dice.

Se nota que tiene muchas ganas.

—Ah, una cosa más. Debería habértelo comentado ayer. Si la película tiene el efecto que buscamos, y destapa los chanchullos de la DEA, podrían vengarse de alguna manera. Yo no me fío ni un segundo de los de la DEA; son una pandilla de matones, de granujas, capaces de todo y más. Por eso es importante que estés... digamos que fuera del negocio.

—Que sí, tío, que estoy limpio —confirma Nathan.

—¿No vendes nada de nada?

—Que no, joder. Yo a la cárcel no vuelvo, Reed. Es una de las razones de que me viniera a vivir aquí, lejos de mi familia. Ellos siguen haciendo meta y vendiéndola, pero yo no.

—Vale, pues piensa en Gene y ya está.

Cody le pone el micro. Nos situamos. Estamos en un plató, con sillas plegables, focos y cables por todas partes. Tengo la cámara en el hombro, y por unos instantes me siento como un verdadero periodista de investigación. Miro a Gwen.

—¿Te has olvidado de las fotos fijas? ¡Venga, Gwen!

Al oír que la regaño da un respingo y coge una cámara.

—Un par de fotos fijas, Nathan —digo—, para que quede bien registrada la iluminación.

Al principio Nathan frunce el ceño. Después sonríe a Gwen, que le hace fotos, y finalmente empezamos a rodar, una hora después de haber llegado. Tengo un bolígrafo en la mano izquierda con el que hago anotaciones en una libreta.

Malcolm Bannister era diestro; eso por si Nathan pudiera sospechar algo, que no lo parece.

Empiezo por lo básico, para que se desinhiba: nombre, edad, trabajo, educación, cárcel, antecedentes penales, hijos, soltería, etcétera. Le digo un par de veces que se relaje, insisto en que solo estamos charlando. Su infancia: varias casas y colegios, la convivencia con su hermano mayor, Gene, la falta de padre, la relación difícil con su madre...

—Oye, Reed —dice con respecto a esto último—, que a mi madre no pienso criticarla, ¿eh?

—No, claro, Nathan. No era mi intención, en absoluto.

Cambio rápidamente de tema. Sacamos el de la cultura de las metanfetaminas que rodeó su juventud. Finalmente se sincera, no sin vacilar, y pinta una imagen deprimente de una adolescencia escabrosa, llena de droga, alcohol, sexo y violencia. A los quince ya sabía preparar la meta. Un día explotó un laboratorio que habían montado en una caravana, y murieron quemados dos de sus primos. A los dieciséis años Nathan vio por primera vez una celda desde dentro. Al dejar los estudios empezó una vida más alocada. Tiene al menos cuatro primos que han estado en la cárcel por distribución de droga. Dos de ellos siguen encerrados. Aunque la prisión sea mala, consiguió apartarle de las drogas y el alcohol. Cumplió sus cinco años de condena sin consumir nada, y está decidido a no tocar nunca más la metanfetamina. Otra cosa es la cerveza.

A mediodía hacemos un descanso. El sol cae a plomo. Slade está preocupado por el exceso de luz. Se pasea con Cody en busca de otra localización.

—¿Hasta cuándo puedes continuar, Nathan? —pregunto.

—Soy el jefe —responde, presumido—. Puedo llegar al trabajo cuando quiera.

—Genial. ¿O sea, que un par de horas más?

—¿Por qué no? ¿Cómo me está saliendo?

—Fantástico. Has tardado unos minutos en ponerte a tono, pero ahora te sale muy fluido y muy sincero.

—Sabes contar las cosas sin haber aprendido a narrar —añade Gwen.

Nathan se pone contento. Gwen repite el número del maquillaje. Le seca el sudor de la frente, y mientras maneja el cepillo le roza, coquetea y se deja ver. Nathan está encantado con sus atenciones.

Hemos traído bocadillos y refrescos, que nos comemos a la sombra de un roble, justo al lado del cobertizo de las herramientas. A Slade le gusta el sitio, así que decidimos trasladar la localización. Gwen susurra algo a Nathan sobre si puede ir al baño. Él se pone nervioso, pero a estas alturas casi no puede apartar la vista de sus piernas. Yo me alejo, fingiendo hablar por el móvil con alguien importante de Los Ángeles.

Gwen se va al fondo de la casa. Más tarde informará de que hay dos dormitorios, uno de ellos sin muebles; en el cuarto de la tele solo hay un sofá, un sillón y un televisor HD enorme; al baño le convendría una limpieza a fondo y en la cocina hay un montón de platos sucios en el fregadero y mucha cerveza y fiambres en la nevera. También hay un desván con una escalera plegable. El suelo es de moqueta barata. Hay tres puertas (la delantera, la trasera y la del garaje), todas con grandes cerrojos de aspecto reciente. Alarma no parece haberla: no se ven teclados ni sensores sobre las ventanas y las puertas. En el armario del dormitorio de Nathan hay dos rifles y dos escopetas. En el del otro dormitorio, solo unas botas de caza llenas de barro.

Mientras Gwen está dentro de la vivienda, y yo prolongo mi conversación ficticia, observo a Nathan por mis gruesas gafas de sol. Está mirando la parte trasera de la casa, nervioso porque Gwen está dentro, a solas. Slade y Cody vuelven a conectarlo todo. Al ver salir a Gwen, Nathan se relaja y se disculpa por tenerlo todo tan desordenado. Ella contesta con marrullería y se toca el pelo. Una vez hechos todos los preparativos nos embarcamos en la sesión de la tarde.

Nathan cuenta que a los catorce años tuvo un accidente de moto y yo hago que lo explique con detalle durante media hora. Después ahondamos en su trayectoria laboral, que no es nada del otro mundo: jefes, compañeros, obligaciones, sueldos, despidos... Volvemos al tema de la droga, con detalles sobre cómo se prepara la metanfetamina, quién se lo enseñó, los ingredientes básicos y tal y cual. ¿Amores? ¿Novias? Dice que a los veinte años dejó embarazada a una prima muy joven, pero que no tiene ni idea de qué fue de ella ni del niño. Antes de ir a la cárcel tuvo una novia de verdad, pero ella le olvidó. A juzgar por cómo mira a Gwen, se nota que el chaval va bastante salido.

Tiene treinta años, y una vida que a excepción de la muerte de su hermano y el paso por la cárcel ha sido más bien anodina. Después de tres horas escarbando ya no queda nada de interés. Él dice que se tiene que ir a trabajar.

—Tenemos que ir a donde mataron a Gene —digo, mientras Slade apaga la cámara y nos relajamos todos.

—Está en las afueras de Bluefield, más o menos a una hora de camino —contesta Nathan.

—¿Bluefield, en Virginia Occidental?

—Exacto.

—¿Y qué hacías allí?

—Fuimos a hacer una entrega, pero el comprador era un chivato.

—Tengo que verlo, Nathan: caminar por el sitio, recrear la escena, la violencia, el momento y el lugar donde mataron a Gene de un tiro... Era de noche, ¿verdad?

—Sí, bastante después de las doce.

Gwen le está quitando el maquillaje con un trozo de tela.

—Quedas muy bien en la cámara —dice en voz baja.

Nathan sonríe.

—¿Cuándo podríamos ir? —pregunto.

Se encoge de hombros.

—Me da igual. Mañana, si quieres.

Perfecto. Quedamos en su casa a las nueve de la mañana para ir a las montañas de Virginia Occidental, a la mina abandonada donde los hermanos Cooley cayeron en la trampa.

El día con Nathan ha ido bien. Nuestra relación de director a actor ha sido buena, y en algunos momentos Gwen y él parecían a punto de quitarse la ropa y enrollarse. A finales de la tarde Gwen y yo encontramos el Bombay en la calle principal de Radford, al lado del campus universitario. Entramos y nos sentamos cerca del área de los dardos. Aún es muy pronto para que haya estudiantes, aunque en la barra algunos gamberros aprovechan los descuentos de la *happy hour*. Le pido a la camarera que informe a Nathan Cooley de que estamos aquí, tomando algo. Aparece en cuestión de segundos, muy sonriente. Le invitamos a sentarse. Él acepta, y empezamos a darle a la cerveza. Gwen, que bebe poco, consigue dar sorbos a una copa de vino mientras Nathan y yo nos pulimos unas pintas. El local se ambienta a medida que entran chicas de la universidad. Pregunto por los platos del día. En la pizarra pone bocadillo de ostras. Pedimos dos. Nathan se va a pegarle gritos al cocinero. Cenamos y nos quedamos hasta la noche. Aparte de ser los únicos negros del bar, somos los únicos clientes de más de veintidós años. De vez en cuando Nathan se acerca a saludarnos, pero está muy ocupado.

31

Al día siguiente, a las nueve de la mañana, volvemos a casa de Nathan, que también esta vez nos espera en el jardín jugando con su perro. Supongo que se queda fuera para que no entremos. Le explico que mi pequeño Audi necesita ir al taller, y que quizá sea mejor que nos traslademos en su camioneta. Una hora de ida y otra de vuelta nos permitirán compartir a solas con Nathan, sin ninguna distracción. Él se encoge de hombros y dice que vale, que nosotros mismos. Salimos. Slade y Cody nos siguen en su furgoneta. Voy de copiloto, y Gwen ocupa el asiento trasero. Hoy se ha puesto tejanos, porque ayer Nathan le miraba todo el rato las piernas. Se hará un poco la distante, para que él no dé nada por seguro.

De camino al oeste, a las montañas, admiro el interior de la camioneta y le explico a Nathan que es un tipo de vehículo en el que no he ido mucho. La tapicería es de cuero. Hay un sistema avanzado de GPS. Nathan, muy orgulloso de su furgoneta, no se cansa de darme detalles.

Para cambiar de tema hablo de su madre, a quien insisto en conocer.

—Mira, Reed —dice Nathan—, por mí inténtalo, pero es que no le gusta lo que estamos haciendo. Ayer por la noche conversé con ella. Le expliqué todo el proyecto, y lo importante que es. Le comenté también lo mucho que la necesitas, pero no conseguí nada.

—Ya, pero al menos podríamos saludarla, ¿no?

Al saber que Nathan considera que el proyecto es «importante» estoy a punto de girarme y sonreír a Gwen.

—Lo dudo. Es que es muy dura, Reed. Bebe mucho y tiene un humor de perros. Ahora mismo no nos llevamos muy bien.

Como agresivo periodista de investigación que soy, decido hurgar en temas espinosos.

—¿Es porque te has apartado del negocio familiar y estás ganando dinero con el bar?

Nathan respira hondo, mira por la ventanilla y se aferra al volante con ambas manos.

—Es largo de contar —dice—, pero es que mamá siempre me ha echado la culpa de la muerte de Gene, cosa que es un disparate, porque Gene era el hermano mayor, el jefe del grupo y el que más mano tenía en el laboratorio; encima era adicto, y yo no. Me metía algo de vez en cuando, pero nunca me enganché; en cambio Gene estaba descontrolado. Iba cada semana al lugar adonde vamos. Le acompañaba en algunos viajes, pero pocos. La noche que nos trincaron yo estaba allí por casualidad. Había uno... No voy a decir nombres, pero era un tío que nos pasaba la meta al oeste de Bluefield. Bueno, el caso es que sin que lo supiéramos le detuvieron y les sopló a los de la DEA cuándo y dónde. Caímos en una trampa. Te juro que no pude ayudar a Gene de ninguna manera. Ya te he dicho que nos rodearon, y que nos arrestaron. Entonces oí tiros, y luego Gene ya estaba muerto. Se lo he explicado mil veces a mi madre, pero ella no quiere saber nada. Gene era su preferido. La culpa de que se muriera es mía.

—Qué horror —masculló.

—¿Te iba a ver a la cárcel? —pregunta dulcemente Gwen desde el asiento de atrás.

Otra larga pausa.

—Dos veces.

Nos pasamos al menos cinco kilómetros sin hablar. Ahora estamos en la interestatal, yendo hacia el sudoeste mientras escuchamos a Kenny Chesney. Nathan carraspea.

—Si queréis que os diga la verdad, estoy intentando huir de mi familia: mi madre, mis primos, mis sobrinos, que son una pandilla de gorrones... Ahora que ha corrido la voz de que tengo un bar muy chulo, y de que hago buen negocio, pronto los muy payasos empezarán a pedirme dinero. Tengo que alejarme más.

—¿Y adónde irías? —pregunto, muy compadecido.

—No muy lejos. A mí me encantan las montañas, pasear, pescar... Soy un paleto, Reed, y siempre lo seré. Un sitio bonito es Boone, en Carolina del Norte. Algo por el estilo. Donde no haya ningún Cooley en el listín.

Se ríe con una risita un poco triste.

Pocos minutos después nos deja patidifusos.

—¿Sabes que me recuerdas a un colega de la cárcel? Se llamaba Malcolm Bannister. Un tío genial. Negro, de Winchester, Virginia. Era abogado, y siempre decía que el FBI le había empapelado sin motivos.

Muevo la cabeza como si no tuviera la menor importancia. Casi palpo el susto de Gwen en el asiento trasero.

—¿Y qué le pasó? —consigo preguntar.

Nunca he tenido la boca tan seca.

—¿A Malcolm? Creo que aún está en la cárcel. Le quedarán un par de años; no sé, le he perdido la pista. Es por algo... de la voz, o de los gestos; no sé muy bien por qué pero me recuerdas a él.

—El mundo es muy grande, Nathan —digo con una despreocupación total, agravando la voz—. Además, te recuerdo que los blancos nos veis a todos.iguales.

Se ríe. También a Gwen le sale una risa forzada.

En Fort Carson, mientras me curaba, trabajé con un experto que me grabó varias horas en vídeo y me hizo una lista de hábitos y maneras que tenía que cambiar. Practiqué durante horas, pero solo hasta que aterricé en Florida. Cuesta mucho romper con los movimientos naturales. Tengo la cabeza paralizada. No se me ocurre qué decir.

—Nathan —interviene Gwen—, hace unos minutos has hablado de sobrinos. ¿Cuánto crees que durará el negocio? Lo digo porque en muchas familias lo de la meta se está convirtiendo en algo que pasa de generación en generación.

Nathan frunce el ceño, pensativo.

—Yo diría que no tiene remedio. El único trabajo es el carbón, y hay muchos chicos jóvenes que a la mina ya no quieren ir. Encima empiezan a meterse cosas a los quince años, y a los dieciséis ya están enganchados. Las chicas se quedan embarazadas cuando aún son unas crías, a los dieciséis, y esos bebés no los quiere nadie. Con esta mierda, empiezas y no paras. Aquí no veo futuro para gente como yo.

Oigo, pero sin escuchar; me da vueltas la cabeza al preguntarme cuánto sabe Nathan. ¿Cuánto sospecha? ¿En qué me he delatado? Mi tapadera todavía resiste, de eso estoy seguro, pero ¿qué estará pensando Nathan?

Bluefield, Virginia Occidental, es una localidad de once mil habitantes situada en el extremo sur del estado, cerca de la frontera. La bordeamos por la nacional 52. Poco después todo son curvas, y dramáticas subidas y bajadas. Nathan conoce bien la zona, pese a no haberla visitado en varios años. Nos metemos por una carretera comarcal que baja hacia el fondo de un valle. A partir de un momento se interrumpe el asfalto y zigzagueamos por pistas de grava y tierra hasta detenernos al borde de un arroyo. Viejos robles de hoja de sauce tapan el sol. La maleza llega hasta las rodillas.

—Ya estamos —dice Nathan apagando el motor.

Salimos. Les pido a Slade y Cody que vayan sacando el equipo. Prescindiremos de iluminación artificial, y quiero que usen la cámara pequeña, la de mano. Trajinan con sus cosas.

Nathan se acerca al borde del riachuelo y sonríe al ver burbujear el agua.

—¿Venías a menudo? —pregunto.

—No, no mucho. En Bluefield teníamos varios puntos de entrega, pero el principal era este. Gene llevaba viniendo diez años. Yo en cambio no. La verdad es que me dedicaba menos al negocio de lo que le habría gustado. Me olía lo peor. Hasta intenté encontrar otro trabajo, ¿sabes? Quería desmarcarme. Pero Gene pretendía que me metiese más a fondo.

—¿Dónde aparcasteis?

Se vuelve y señala. Decido desplazar a un lado las dos camionetas, la de Nathan y la de Slade, para que no aparezcan en la toma. Mi intención es recurrir a mis grandes dotes de cineasta para rodar una escena de acción en que la cámara siga a Nathan mientras camina hacia el lugar de los hechos. Después de practicarlo unos minutos empezamos a rodar. El narrador es Nathan.

—Más alto, Nathan, tienes que hablar más alto —le suelto desde un costado.

Se acerca al sitio sin dejar de hablar.

—Gene y yo debimos de llegar hacia las dos de la madrugada. Vinimos en su camioneta. Conducía yo. Al frenar, justo aquí, vimos el otro coche entre los árboles de allá delante, donde habíamos acordado. —Señala, caminando—. Parecía todo normal. Aparcamos cerca del otro coche, y nuestro contacto, pongamos que se llamara Joe..., pues nada, que sale y nos saluda. Nosotros le decimos hola y vamos a la parte trasera de la camioneta de Gene. Hay unos cinco kilos de meta en una caja de herramientas cerrada con candado; meta de la buena, hecha personalmente por Gene. Debajo de una plancha de contrachapado llevamos una neverita con otros cinco kilos. En total la entrega eran casi diez kilos, que valdrían unos doscientos mil dólares al por mayor. Lo sacamos todo de la camioneta para llevárnoslo al coche de Joe. En cuanto Joe cerró el maletero, aquello fue de locos. Se nos debieron de echar encima doce agentes de la DEA. No sé de dónde salían, pero eran rápidos. Joe desapareció y no se supo más de él. A Gene le llevaron a rastras a su camioneta, mientras insultaba a Joe y amenazaba con mil cosas. Yo..., joder, tenía tanto miedo que casi no podía respirar. Nos habían pillado con las manos en la masa. Tuve claro que nos meterían en la cárcel. Me pusieron las esposas, me registraron la cartera y los bolsillos y me llevaron por aquel camino de allá. Mientras avanzaba giré la cabeza y conseguí ver a Gene en el suelo, con las manos en la espalda. Estaba rabioso, y les seguía insultando. Pasados unos segundos oí disparos y el grito de Gene cuando le dieron.

—¡Corten! —exclamo. Doy un par de vueltas—. Vamos a repetirlo.

Empezamos desde cero. A la tercera toma me doy por satisfecho y paso a la siguiente idea. Le pido a Nathan que se ponga donde estaba Gene la última vez que le vio en el suelo. Colocamos una silla plegable para que se siente.

—Bueno, Nathan —pregunto con la cámara en marcha—, ¿cuál fue tu primera reacción al sentir los disparos?

—No me lo creía. Habían tirado a Gene al suelo y le rodeaban al menos cuatro agentes de la DEA. Ya tenía las manos en la espalda, aunque aún no le hubieran puesto las esposas. No iba armado. Dentro del maletero llevábamos una escopeta y dos pistolas de 9 milímetros, pero no las habíamos sacado. Me da igual lo que dijeran luego los de la DEA. Gene estaba desarmado.

—Pero ¿y al oír los disparos?

—Me paré en seco y grité algo así como «¿Qué ha sido eso? ¿Qué pasa?». Empecé a berrear, llamando a Gene, pero los agentes me empujaron hacia delante por el sendero y no pude mirar atrás. Ya estaba demasiado lejos. En un momento dado dije: «Quiero ver a mi hermano», pero lo único que hicieron fue reírse y seguir empujándome en la oscuridad. Al final llegamos a una camioneta y me hicieron subir a empujones. Desde ahí me llevaron a la cárcel de Bluefield, mientras yo preguntaba todo el rato por mi hermano: «¿Qué le ha pasado a mi hermano? ¿Dónde está Gene? ¿Qué le habéis hecho a Gene?».

—Cortamos un momento —le digo a Slade. Después miró a Nathan—. No pasa nada si te emocionas, Nathan. Piensa en los que verán la película. ¿Qué quieres que sientan al escuchar una historia tan horrible? ¿Rabia? ¿Amargura? ¿Tristeza? Pues son los sentimientos que tienes que transmitir. Venga, vamos a intentarlo otra vez, pero con más emoción. ¿Te ves capaz?

—Lo intentaré.

—Rueda, Slade. Bueno, Nathan, ¿cuándo te enteraste de que tu hermano estaba muerto?

—A la mañana siguiente, en la cárcel, vino un alguacil con unos papeles y le pregunté por Gene. Él me contestó: «Tu hermano está muerto. Intentó escaparse de la DEA y le pegaron un tiro». Lo dijo así, sin compasión, ni preocupación ni nada. —Nathan se queda callado, tragando saliva. Empiezan a temblarle los labios, y se le humedecen los ojos. Le enseño el pulgar hacia arriba por detrás de la cámara—. No supe qué decir —sigue explicando—. Estaba en estado de shock. Gene no había intentado escaparse. Le mataron. —Se seca una lágrima con el dorso de la mano—. Lo siento —dice en voz baja.

Sufre de verdad. No es que actúe, es que está emocionado.

—Corten —ordeno.

Nos tomamos un descanso. Gwen acude a toda prisa con una brocha y un pañuelo.

—Precioso, precioso, de verdad —dice.

Nathan se levanta y va al arroyo, ensimismado. Le digo a Slade que empiece a rodar otra vez.

Nos pasamos tres horas en el lugar de los hechos, rodando y repitiendo escenas que me invento sobre la marcha. A la una del mediodía estamos hambrientos y cansados. Encontramos un local de comida rápida en Bluefield donde nos zampamos hamburguesas con patatas fritas. Durante el camino de regreso a Radford ninguno de los tres dice nada hasta que le pido a Gwen que llame por teléfono a Tad Carsloff, uno de mis socios de Miami. El nombre de Carsloff lo mencionó la secretaria de CRS dos días antes, cuando Nathan llamó al número de nuestras oficinas centrales.

—Hola, Tad, soy Gwen —dice ella, simulando una conversación real—. Muy bien, ¿y tú? Sí, ahora estamos volviendo a Radford con Nathan. Hemos pasado la mañana en el lugar donde mataron a su hermano. Ha quedado muy potente. Nathan ha estado genial como narrador. No le hace falta el guión. Le sale de manera natural.

Miro de reojo a Nathan, que es quien conduce. Se le escapa una sonrisa de satisfacción.

Gwen reanuda su diálogo unilateral.

—¿Su madre? —Una pausa—. De momento no ha cedido. Nathan dice que no quiere participar en la película, que no le parece bien. Reed quiere volver a intentarlo mañana. —Otra pausa—. Ha tenido la idea de ir al pueblo de los Cooley, filmar la tumba y hablar con sus amigos, o con algún compañero de trabajo... Bueno, ya sabes cómo va. —Escucha atentamente el silencio—. Sí, por aquí de maravilla. Reed está encantado con los primeros dos días, y con Nathan da gusto trabajar. Está saliendo muy, pero que muy potente. Dice Reed que ya te llamará esta tarde. Chao.

Seguimos en silencio uno o dos kilómetros, mientras Nathan digiere los elogios.

—¿Entonces mañana iremos a Willow Gap? —dice finalmente.

—Sí, pero si no quieres no hace falta que vengas —puntualizo yo—. Supongo que después de dos días ya estarás un poco harto.

—¿O sea, que conmigo ya habéis acabado? —pregunta, triste.

—No, qué va. Pasado mañana vuelvo a Miami y estaré unos días mirando el material. Empezaremos a montarlo, para ver si podemos acortarlo un poco. Dentro de un par de semanas, cuando a ti te convenga, volveremos para hacer más tomas.

—¿Ya le has explicado a Nathan la idea de Tad? —dice Gwen en el asiento trasero.

—No, todavía no.

—A mí me parece buenísima.

—¿Qué idea? —pregunta Nathan.

—Tad es el mejor montador de la productora. Lo hacemos todo juntos. Como esta película va de tres o cuatro familias diferentes, y de asesinatos diferentes, ha propuesto juntaros a todos en el mismo sitio y a la misma hora y dejar las cámaras encendidas: meteros en la misma habitación, muy cómodos, y dejar que fluya la conversación, sin guion ni pautas. Solo los hechos, que ya son bastante brutales. Ya te digo que hemos investigado media docena de casos y es curioso cómo se parecen. Elegiremos los tres o cuatro mejores...

—Está claro que el mejor es el tuyo —interviene Gwen.

—... y dejar que seáis vosotros, las víctimas, los que vayáis comparando experiencias. A Tad le parece que podría ser flipante.

—Tiene razón —tercia Gwen—. A mí me encantaría verlo.

—En principio estoy de acuerdo —digo.

—¿Y dónde quedaríamos? —pregunta Nathan, prácticamente convencido.

—Bueno, para eso aún falta mucho, pero lo más seguro es que sea en Miami.

—¿Has estado en South Beach, Nathan? —inquiere Gwen.

—No.

—¡Anda! Pues siendo soltero, y teniendo treinta años, no te querrás ir. Allá siempre están de fiesta, y las chicas son... ¿Tú cómo las describirías, Reed?

—No me he fijado —digo siguiendo el guión.

—Ya. Digamos que son guapas y están buenas.

—Oye, que esto no es ninguna juerga —replico regañando a mi ayudante—. También podríamos hacerlo por la zona de Washington. Seguramente sería más cómodo para las familias.

Nathan no dice nada, pero sé que vota por South Beach.

Paso la tarde con Vanessa en una habitación de hotel de Pulaski, Virginia, a media hora al sudoeste de Radford. Repasamos mis apuntes de Fort Carson y buscamos con afán el motivo de las sospechas de Nathan. Ya fue bastante angustioso oírle pronunciar el nombre de Malcolm Bannister. Ahora tenemos que entender por qué. Cuando Malcolm pensaba, se apretaba la nariz. Al escuchar daba golpecitos con los dedos. Cuando le divertía algo ladeaba un poco la cabeza hacia la derecha. Bajar la barbilla era señal de escepticismo. Si le aburría una conversación, se ponía el índice derecho en la sien del mismo lado.

—No muevas las manos, ni te las acerques a la cara —me aconseja Vanessa—. Y habla más bajo.

—¿He estado hablando demasiado alto?

—Cuando hablas mucho tiendes a recuperar tu voz de antes. Estate más callado. Menos palabras.

Debatimos sobre la gravedad de las sospechas. Vanessa está convencida de que hemos conquistado a Nathan, y de que le apetece mucho viajar a Miami. También está segura de que ahora mismo no podría reconocerme nadie de mi pasado. Tiendo a estar de acuerdo, pero todavía me impresiona que Nathan haya pronunciado mi nombre anterior. Casi aseguraría haber visto un brillo en sus ojos, como si dijera: «Sé quién eres y por qué has venido».

32

Nathan insiste en acompañarnos a Willow Gap, su población natal, así que por segunda mañana consecutiva nos adentramos por terreno montañoso con él al volante, mientras Gwen se explaya eufórica sobre las reacciones en Miami. Explica a Nathan que anoche Tad Carsloff y otros personajes importantes de la productora vieron todo el material, y que la palabra «emocionados» se queda corta. Les encanta cómo sale Nathan. Están convencidos de que el documental girará en torno a él. Aún hay algo más importante, y es que ha venido a Miami uno de nuestros principales inversores y da la casualidad de que ha visto el vídeo de Virginia. Está tan impresionado con Nathan, y con lo que hemos rodado, que se ha brindado a doblar su aportación. Es un tío que está forrado, y le parece que la película debería durar al menos una hora y media. El resultado podría hacer que imputasen a alguien de la DEA. Hasta podría provocar un escándalo sin precedentes en Washington.

Todo esto lo oigo mientras hablo por teléfono, supuestamente con alguien de la sede central, aunque en realidad no hay nadie al otro lado de la línea. De vez en cuando gruño y digo algo profundo, pero sobre todo escucho, pongo mala cara y hago como si el proceso creativo fuera algo muy farragoso.

De vez en cuando miro a Nathan. Le tenemos en el saco.

Durante el desayuno Gwen ha vuelto a insistir en que converse lo menos posible, siempre despacio, con voz grave y apartando las manos de la cara. Estoy encantado con que hable ella, ya que se le da muy bien.

Gene Cooley está enterrado detrás de una iglesia rural abandonada, en un pequeño cementerio infestado de hierbajos que contiene unas cien tumbas. Les digo a Slade y Cody que quiero varias tomas del sepulcro de Gene y su entorno. Después me aparto para otra llamada importante. Nathan, hecho todo un actor, y muy pagado de sí mismo, propone arrodillarse ante la tumba mientras rodamos, idea que entusiasma a Gwen. Asiento desde lejos, con el móvil encajado entre la mandíbula y el pecho, susurrándole a la nada. Nathan consigue incluso alguna lágrima más. Slade hace un zoom para que salga en primer plano.

Por cierto, Willow Gap tiene quinientos habitantes, pero sería imposible encontrarlos. El centro propiamente dicho consiste en cuatro edificios en mal estado y un colmado con una oficina de correos adjunta. Nathan se pone nervioso al ver personas por la calle: las conoce, y no quiere ser visto con un equipo de rodaje. Explica que la mayoría de los residentes, incluidos sus parientes y amigos, viven fuera del pueblo, por las estrechas carreteras comarcales y en las profundidades de los valles. Es gente recelosa por naturaleza. Ahora entiendo que haya querido acompañarnos.

No hay ningún colegio donde estudiaran él y Gene. A los niños de Willow Gap los recoge un autobús y se los lleva a una hora de camino.

—Así era fácil dejar de estudiar —dice Nathan, como si hablara solo.

Nos enseña de mala gana una casita vacía de cuatro habitaciones donde vivió casi un año con su hermano.

—Es el último sitio donde recuerdo haber compartido con mi padre —dice—. Calculo que tendría unos seis años, o sea, que Gene andaría por los diez.

Le convenzo con halagos de que se siente en los peldaños rotos de la entrada y hable a la cámara de todos los sitios donde vivieron él y Gene. Por un momento se le olvida el glamour de ser actor y se queda taciturno. Le pregunto por su padre, pero es un tema del que no quiere hablar; se enfada, y me contesta con mal tono. Luego, de repente, vuelve a interpretar. Pocos minutos después, Gwen, que ahora está muy de su lado y recela de mí, le dice que ha estado soberbio.

Nos quedamos delante de la casucha. Camino de un lado a otro como si me hubiera sumido en un profundo atasco creativo. Al final pregunto a Nathan dónde vive su madre.

—A unos diez minutos por aquella carretera —dice señalando a lo lejos—. Pero allá no vamos, ¿entendido?

Accedo a regañadientes y me aparto para volver a hablar por teléfono.

Después de dos horas dando vueltas por Willow Gap ya hemos visto bastante. Manifiesto mi insatisfacción con lo que hemos rodado, y me pongo irritable.

—Ya se le pasará —susurra Gwen a Nathan.

—¿Dónde estaba el laboratorio de meta de Gene? —pregunto.

—Ya no existe —contesta Nathan—. Explotó poco después de su muerte.

—Genial —mascullo.

Al final cargamos el equipo y nos marchamos de la zona. Por segundo día consecutivo la comida consiste en una hamburguesa con patatas justo al lado de una salida de la interestatal. Al volver a la carretera termino otra llamada imaginaria y me meto el teléfono en el bolsillo. Me vuelvo hacia Gwen. Se nota que tengo algo importante que anunciar.

—Bueno, las cosas están así: Tad ha estado hablando sin parar con la familia Álvarez de Texas y la Marshak de California. No sé si te acuerdas de que te comenté los dos casos, Nathan. Al chaval de los Álvarez le pegaron catorce tiros unos agentes de la DEA. El de los Marshak estaba dormido en su habitación de la residencia cuando entraron y le dispararon sin que se hubiera despertado. ¿Te acuerdas?

Nathan asiente a la vez que conduce.

—Pues han encontrado a un primo de la familia Álvarez que se expresa bien en inglés y está dispuesto a hablar. El señor Marshak tiene puesta una denuncia contra la DEA. Sus abogados le han dicho que se quede callado, pero está cabreadísimo y con ganas de que se sepa todo. Los dos pueden estar este fin de semana en Miami, a nuestras expensas, claro. Lo que pasa es que como trabajan habrá que rodar el sábado. Dos preguntas, Nathan: primero, ¿tú quieres ir? Y segundo, ¿podrías viajar con tan poca antelación?

—¿Le has contado lo de los archivos de la DEA? —pregunta Gwen sin darle tiempo de contestar.

—Todavía no. Hasta esta mañana yo tampoco lo sabía.

—¿Qué pasa? —inquiere Nathan.

—Me parece que ya te expliqué que nuestros abogados habían presentado las instancias necesarias para conseguir copias de los archivos de la DEA sobre determinados casos, incluido el de Gene. Pues ayer un juez federal de Washington podría decirse que dictaminó a nuestro favor: podemos consultar los archivos, pero sin quedárnoslos; vaya, que la DEA de Washington mandará los expedientes a la delegación de Miami y podremos acceder al material.

—¿Cuándo? —pregunta Gwen.

—Este mismo lunes.

—¿Tú quieres ver el expediente de Gene, Nathan? —pregunta Gwen, cauta y protectora.

—No nos lo enseñarán todo —tercio al ver que Nathan tarda en contestar—, pero habrá muchas fotos: pruebas del lugar de los hechos, declaraciones de todos los agentes y puede que una del chivato que os puso la trampa. También habrá informes de balística, la autopsia, fotos de la autopsia... Podría ser fascinante.

Nathan aprieta las mandíbulas.

—Me gustaría verlo.

—¿O sea, que te apuntas? —digo.

—¿Y cuál es la parte mala? —pregunta.

Me lo pienso unos minutos.

—¿La parte mala? Pues que si aún traficases la DEA te echaría la caballería. Ya lo hemos hablado.

—Ya no trafico. Te lo dije.

—Pues entonces no hay ninguna parte mala. Lo haces por Gene y por todas las víctimas de los asesinatos de la DEA. Lo haces por la justicia.

—Y te encantará South Beach —añade Gwen.

—Podemos salir de Roanoke mañana por la tarde —sugiero para cerrar el trato—, llegar a Miami en un vuelo directo, rodar el sábado, tomarnos el domingo libre, ver el expediente de la DEA el lunes por la mañana y por la noche ya estarías en casa.

—Creía que Nicky tenía el jet en Vancouver —dice Gwen.

—Sí —contesto—, pero mañana por la tarde estará aquí.

—¿Tienes un jet? —pregunta Nathan, con una mirada de pura sorpresa.

Gwen y yo nos reímos, divertidos.

—Bueno —digo yo—, no es mío personalmente, pero nuestra empresa alquila uno. Es que viajamos un montón, y a veces es la única manera.

—Yo mañana no puedo salir —dice Gwen consultando su agenda en el iPhone—. Estaré en Washington, pero da igual; buscaré un vuelo para el sábado. No me quiero perder a las tres familias en la misma sala y a la misma hora. Increíble.

—¿Y tu bar? —pregunto a Nathan.

—Soy el dueño —dice con suficiencia—. Tengo un encargado que lo hace muy bien. Además, me apetece salir de la ciudad, porque el bar me ocupa diez o doce horas al día, seis días a la semana.

—¿Y tu supervisor de libertad condicional?

—Soy libre de viajar. Solo tengo que notificárselo.

—¡Qué emoción! —dice Gwen, que casi grita de entusiasmo.

Nathan sonríe como un niño en Navidad. Yo, como siempre, voy al grano.

—Oye, Nathan, que lo tengo que amarrar ahora mismo. Si vamos a ir dímelo ya, porque tengo que llamar a Nicky para que vaya preparando el jet, y a Tad para que organice los vuelos de las otras familias. ¿Sí o no?

—Vale —responde Nathan sin titubear—. Vamos.

—Genial.

—¿A Nathan qué hotel le gustaría, Reed? —pregunta Gwen.

—No lo sé. Todos están bien. Tú misma.

Tecleo en mi móvil e inicio otra conversación unilateral.

—Nathan, ¿quieres estar justo en la playa o en segunda línea?

—¿Las chicas dónde están?

Nathan se ríe de su espectacular chiste.

—Vale, pues entonces en la playa.

Para cuando volvemos a Radford, Nathan Cooley cree que tiene una reserva en uno de los hoteles más chulos del mundo, que da a una de las playas más de moda, y que llegará en jet privado. ¡Todo para un actor de su calibre!

Vanessa sale como loca para Reston, Virginia, en el área metropolitana de Washington. Son unas cuatro horas de camino. Su primera visita es a una organización sin nombre que tiene alquilado un local en un centro comercial venido a menos. Se trata del taller de un grupo de falsificadores muy buenos, capaces de crear casi cualquier tipo de documentación al instante. Están especializados en pasaportes falsos, pero a su debido precio también suministran títulos universitarios, certificados de nacimiento, actas matrimoniales, órdenes judiciales, papeles de coche, notificaciones de desahucio, permisos de conducir, historiales crediticios... Sus fechorías no tienen límite. Algunas de sus actividades son ilegales, y otras no. Tienen la desfachatez de anunciarse por internet, junto con una cantidad increíble de competidores, pero presumen de mirar con lupa para quién trabajan.

Los encontré hace unas semanas después de una búsqueda exhaustiva. Para confirmar que fuesen de confianza mandé un talón de quinientos dólares a nombre de Skelter Films a cambio de un pasaporte falso. Una semana después el documento ya estaba en Florida, y me dejó de piedra lo auténtico que parecía. Según la persona que me atendió al teléfono, todo un experto, las probabilidades de que el pasaporte falso superase el control de aduanas en caso de que yo intentase salir del país eran de 80 por ciento, porcentaje que se incrementaba hasta 90 si de lo que se trataba era de entrar en cualquier país caribeño. Ahora bien, si intentase reingresar en Estados Unidos tendría problemas. Le expliqué que no sería el caso, al menos con mi nuevo pasaporte falso. Él me aclaró que hoy en día, en la época del terrorismo, al control de aduanas estadounidense le preocupa mucho más la lista de vetados que el hecho de que alguien viaje con papeles falsificados.

Al tratarse de un encargo urgente, Vanessa entrega más de mil dólares en efectivo y ellos ponen manos a la obra. El falsificador que nos asignan es un tío nervioso con cara de empollón y un nombre raro que solo revela a su pesar. Al igual que sus colegas trabaja en un exiguo cubículo fortificado, sin ver a nadie más. Reina un ambiente de desconfianza, como si todos estuvieran infringiendo alguna ley y no les extrañase ver entrar en cualquier momento a un equipo de las fuerzas especiales. No les gusta que te presentes sin avisar. Prefieren el escudo de internet, para que no se vean sus turbias actividades.

Vanessa saca la tarjeta de memoria de su cámara, y en una pantalla de veinte pulgadas miran las fotos en las que sonríe Nathan Cooley hasta elegir una para el pasaporte y otra para el permiso de conducir. Revisan sus datos: dirección, fecha de nacimiento, etcétera. Vanessa dice que quiere que los nuevos documentos estén a nombre de Nathaniel Coley, no Cooley. Bueno, vale, contesta el empollón. Total, qué más le da... Segundos después ya está perdido en un vendaval de imágenes. Tarda una hora en pergeñar un pasaporte estadounidense y un permiso de conducir de Virginia que engañarían a cualquiera. La funda de vinilo azul del pasaporte presenta el desgaste adecuado. Ahora nuestro amigo Nathan, que casi no había viajado, se conoce toda Europa y gran parte de Asia.

Vanessa sale pitando para Washington, donde se hace con dos kits de primeros auxilios, una pistola y unas pastillas. A las ocho y media pone rumbo al sur, a Roanoke.

33

El avión es un Challenger 604, uno de los mejores jets privados que se fletan. En su cabina caben cómodamente ocho personas, y mientras no se supere el metro ochenta de estatura se puede circular sin chocar con el techo. Según los datos de internet este modelo sale por unos treinta millones de dólares, aunque no tengo intención de comprar. Solo necesito un alquiler rápido a cinco mil dólares por hora. El servicio sale de Raleigh y se ha pagado íntegramente con un cheque extendido por el banco de Miami a cuenta de Skelter Films. Está previsto despegar de Roanoke a las cinco de la tarde, con solo dos pasajeros: Nathan y yo. Me paso casi toda la mañana del viernes intentando convencer a la empresa de que les mandaré copia de nuestros pasaportes por correo electrónico en cuanto encuentre el mío. Mi excusa es que lo he perdido y estoy buscándolo por toda mi casa.

Para trayectos internacionales, los servicios privados de vuelos chárter tienen que presentar los nombres de los pasajeros y una copia de su pasaporte varias horas antes de la salida. La policía aduanera confronta la información con su lista de vetados. Ya sé que en ella no aparecen ni Malcolm Bannister ni Max Reed Baldwin, pero no sé qué pasará cuando reciban copia del pasaporte falso de Nathaniel Coley, así que gano tiempo con la esperanza —y la convicción— de que cuanto menos tiempo tenga la policía los dos pasaportes en sus manos, mejores serán mis posibilidades. Al final informo a la empresa de alquiler de que he encontrado el mío, y me demoro una hora más antes de enviarlo por correo electrónico a las oficinas de Raleigh, junto con el de Nathaniel. No tengo la menor idea de qué hará la policía de aduanas cuando reciba la copia de mi pasaporte. Es muy posible que mi nombre haga saltar alguna alarma, y se notifique al FBI. En tal caso, será, que me conste, el primer rastro que deje en los últimos dieciséis días, desde que salí de Florida. Me digo que tampoco es tan grave, puesto que no soy sospechoso ni fugitivo, sino un hombre libre que puede viajar a donde quiera sin restricciones.

Pero ¿por qué me preocupa la situación? Pues porque no me fío del FBI.

Llevo a Vanessa al Aeropuerto Regional de Roanoke, donde toma un vuelo a Miami con escala en Atlanta. Después doy vueltas hasta encontrar la pequeña terminal de aviones privados. Tengo varias horas libres, así que busco un aparcamiento y escondo mi pequeño Audi entre dos furgonetas. Después llamo a Nathan a su bar y le doy la mala noticia de que nuestro vuelo se ha retrasado. Según «nuestros pilotos» hay una luz de advertencia que falla; nada grave, pero «nuestros técnicos» están trabajando lo más deprisa que pueden, y deberíamos salir hacia las siete de la tarde.

La empresa de vuelos chárter me ha enviado el itinerario por correo electrónico. Está previsto que el Challenger se «reposicione» en Roanoke a las tres de la tarde. Aterriza con total puntualidad y circula hasta la terminal. La aventura que está a punto de empezar me llena a la vez de nerviosismo y entusiasmo. Espero media hora antes de llamar al servicio de chárter de Raleigh para explicarles que me retrasaré más o menos hasta las siete.

Pasan las horas, mientras lucho contra el aburrimiento. A las seis de la tarde entro sin prisas en la terminal y pregunto hasta encontrar a uno de los pilotos, Devin. Recurriendo a toda mi simpatía, charlo con él como si fuéramos viejos amigos. Le explico que estoy rodando una película sobre el otro pasajero, Nathan, y que nos vamos unos días a la playa, a divertirnos. No le conozco muy bien. Devin me pide el pasaporte. Se lo doy. Compara mi cara con la foto sin que se note demasiado. Todo bien. Le pido que me enseñe el avión.

Will, el otro piloto, está en la cabina de mando, leyendo el periódico. Es la primera vez que entro en un jet privado. Le doy la mano como un político y hago comentarios sobre la espectacular panoplia de pantallas, interruptores, instrumentos, cuadrantes, contadores y demás. Devin me hace de guía. Detrás de la cabina de mando está la cocina, pequeña pero con microondas, grifo de agua fría y caliente, un bar bien provisto, cajones llenos de vajilla y cubiertos y un gran cubo con hielo y cervezas. He pedido expresamente dos marcas, una con alcohol y la otra sin. Detrás de una puerta hay un surtido de *snacks*, por si nos entra hambre. Cena no servirán, porque no he querido que hubiera una azafata. La empresa insistió en que su presencia era un requisito impuesto por el dueño del avión. Entonces yo amagué con cancelar el vuelo y ellos cedieron, así que en el viaje hacia el sur solo estaremos Nathan y yo.

La cabina dispone de seis grandes butacas de piel y un pequeño sofá. La decoración, en suaves tonos tierra, es de muy buen gusto. La moqueta es mullida, sin una sola mancha. Hay al menos tres pantallas para ver películas, y un sistema de sonido envolvente, añade Devin con orgullo. Pasamos de la cabina al baño, y luego a la bodega. Viajo con poco equipaje. Devin lleva mi bolsa. Vacilo, como si me olvidase de algo.

—En la bolsa llevo unos DVD que puede que necesite —explico—. ¿Podré venir a buscarlos durante el vuelo?

—Sí, claro, no hay ningún problema. Puedes entrar en la bodega, porque también está presurizada —dice Devin.

—Perfecto.

Después de examinar el avión durante media hora empiezo a mirar mi reloj, como si me irritase el retraso de Nathan.

—Es un chaval de las montañas —le explico a Devin, con quien estoy sentado en la cabina—. Dudo que haya subido a algún avión. Es un poco bruto.

—¿Qué tipo de película vais a hacer? —pregunta Devin.

—Un documental. Sobre el negocio de la meta en la zona de los Apalaches.

Volvemos a la terminal y seguimos esperando. Salgo porque me he dejado algo en el coche. Al cabo de unos minutos veo entrar en el aparcamiento la camioneta nueva de Nathan, que aparca en un momento y baja con ímpetu. Lleva unos shorts tejanos, unas Nike blancas sin calcetines y una gorra de camionero con visera, pero lo mejor de todo es su camisa hawaiana con estampado de flores de color rosa y naranja, y como mínimo los primeros dos botones desabrochados. Saca de la parte trasera una bolsa Adidas casi a reventar y corre hacia la terminal hasta que le intercepto. Nos damos la mano. Sujeto bien unos papeles.

—Perdona por el retraso —digo—. Ya está aquí el avión, preparado para despegar.

—No pasa nada.

Le brillan los ojos. Capto olor a cerveza. ¡Fantástico!

Me lo llevo dentro, al mostrador, donde Devin tontea con la recepcionista. Acompaño a Nathan a la ventana panorámica y le señalo el Challenger.

—Todo nuestro —digo con orgullo—. Al menos para el fin de semana.

Mientras Nathan lo mira boquiabierto, viene Devin y le paso rápidamente el pasaporte falso de Nathan. Primero De-

vin mira la foto, y después a Nathan, que se gira justo entonces. Le presento a Devin, que me devuelve el pasaporte.

—Bienvenido a bordo.

—¿Ya podemos irnos? —pregunto.

—Venid conmigo —indica Devin.

—Venga, a la playa —digo al salir de la terminal.

Una vez en el avión Devin coge la bolsa Adidas y la guarda
en la bodega, mientras Nathan se deja caer en uno de los sillones de cuero, admirándolo todo. Estoy en la cocina, preparando la primera ronda de cervezas: para Nathan una normal,
y para mí una sin alcohol. Al servirlas en jarras heladas no se
ve la diferencia. Mientras Devin explica cómo reaccionar en
caso de emergencia, hago unos cuantos chistes por miedo a
que diga adónde vamos. Mis temores se disipan. Respiro hondo al ver que se va a la cabina de mando y se pone el cinturón.
Él y Will me enseñan el pulgar y encienden los motores.

—Chinchín —le propongo a Nathan.

Chocamos las jarras y bebemos. Despliego una mesa de
caoba entre los dos.

—¿Te gusta el tequila? —pregunto mientras el avión empieza a circular por la pista.

—¡Que si me gusta, dices! —contesta él, hecho ya todo un
juerguista.

Dicho y hecho: me levanto y voy a la cocina a por un Cuervo de Oro y dos vasos de chupito que estampo en la mesita.
Los lleno y nos los tomamos. Luego más cerveza. Cuando
despegamos ya estoy medio piripi. Se apaga la luz de cinturón obligatorio. Sirvo otra ronda de cerveza y seguimos con
los chupitos: tequila y cerveza, tequila y cerveza. Lleno los
silencios con chorradas sobre la película y lo entusiasmados
que están nuestros socios comerciales. Como Nathan se aburre enseguida del tema, le cuento que tenemos preparada una
cena a última hora, y que una de las chicas que comerá con

nosotros, amiga de una amiga, podría ser perfectamente la tía más buena de todo South Beach. Ha visto algunas de las escenas que hemos rodado, y tiene ganas de conocer a Nathan.

—¿Te has traído algún pantalón largo? —pregunto, dando por supuesto que la bolsa Adidas contendrá ropa del mismo buen gusto que la que tengo ante mis ojos.

—Sí, sí, llevo de todo —dice él hablando cada vez peor.

Cuando vamos por la mitad del Cuervo de Oro miro el mapa de navegación de la cabina.

—Solo falta una hora para Miami —digo—. Venga, a beber.

Después de brindar con otro chupito me acabo el vaso de cerveza sin alcohol. Al sobrevolar Savannah a unos doce mil metros, yo, que peso unos quince kilos más que Nathan y que la mitad de lo que bebo es sin alcohol, ya veo borroso. Nathan lleva una buena cogorza.

Sigo rellenando sin que dé muestras de desfallecer. La última ronda la sirvo justo cuando pasamos a gran altura sobre mi viejo terruño de Neptune Beach. Le pongo a Nathan en la jarra de cerveza dos pastillas de hidrato de cloral de quinientos miligramos cada una.

—Vamos a pulirnos estas de un trago —digo estampando las jarras sobre la mesa.

Nos las acabamos sin respirar, y no me enfado por que sea Nathan el ganador del concurso. Media hora después está en el limbo.

Observo nuestra trayectoria por la pantalla de al lado de la cocina. Ahora vamos a doce mil metros. Se ve Miami, pero no emprendemos el descenso. Bajo a Nathan de su butaca para tenderlo en el sofá, donde le tomo el pulso. Después me sirvo una taza de café y veo diluirse la imagen de Miami.

No tardamos mucho tiempo en dejar atrás Cuba. Después aparece Jamaica en la parte inferior de la pantalla, y se aminora un poco la velocidad de los motores: es el principio del largo descenso. Bebo café a espuertas, desesperado por que se me aclare la cabeza. Los próximos veinte minutos serán decisivos y caóticos. Tengo un plan, pero gran parte de él no depende de mí.

La respiración de Nathan es lenta y pesada. Le zarandeo, pero está inconsciente. Saco su llavero del bolsillo derecho de sus shorts tejanos, demasiado ceñidos. Aparte de la llave de la camioneta hay otras seis de múltiples formas y diseños. Seguro que habrá un par que se ajusten a las puertas de su casa. Tal vez otro par cierre y abra las del Bombay. En el bolsillo izquierdo encuentro un buen fajo de billetes (unos quinientos dólares) y un paquete de chicles. De la parte trasera izquierda saco su cartera, una de esas baratas de velcro que se pliegan en tres, bastante voluminosa. Durante el inventario entiendo el porqué del grosor: el fiestero de Nathan ha metido ocho condones Trojan, listos para usar. También hay diez billetes nuevecitos de cien, un permiso de conducir de Virginia, dos tarjetas de socio del Bombay, otra del supervisor de libertad condicional y una de un distribuidor de cerveza. Tarjetas de crédito no lleva; será porque hasta hace poco estuvo encarcelado, y porque no tiene un trabajo digno de ese nombre. Dejo el dinero en su sitio. Los Trojan no los toco. Sí me quedo todo lo demás, sustituyendo el permiso de conducir válido por uno falso antes de devolver la cartera a Nathaniel Coley. Por último deslizo suavemente el pasaporte falso en su bolsillo trasero derecho, sin que él se mueva lo más mínimo, ni sienta nada.

Voy al lavabo, echo el pestillo, entro en la bodega, abro la cremallera de mi equipaje de mano y saco dos bolsas donde pone en mayúsculas PRIMEROS AUXILIOS. Las meto al fondo del saco de deporte de Nathan y cierro todas las cremalleras, antes de acercarme a la cabina de mando, descorrer la cortinilla negra y asomar la cabeza para que me vea Devin. Se quita enseguida los auriculares.

—Oye, que el tío ha estado bebiendo todo el rato y se ha quedado roque. No le puedo despertar. Tampoco le noto mucho el pulso. Puede que necesitemos atención médica en cuanto aterricemos.

También lo oye Will con los auriculares puestos. Él y Devin se miran fugazmente. Si no estuviéramos bajando, lo más probable es que alguno de los dos fuera a la cabina a echarle un vistazo a Nathan.

—Vale —dice finalmente Devin.

Vuelvo a la zona de pasajeros, donde Nathan yace en rígor mortis, pero con pulso. Cinco minutos más tarde regreso a la cabina de mando con la noticia de que respira, en efecto, pero que no le puedo despertar.

—El muy burro se ha bebido una botella entera de tequila en menos de dos horas —digo.

Sacuden la cabeza.

Aterrizamos en Montego Bay y pasamos junto a una hilera de aviones comerciales en las puertas de embarque de la terminal de pasajeros. Veo al sur otros tres jets estacionados al lado de la terminal privada. Hay varios vehículos de emergencia con las luces rojas encendidas. Todos esperan a Nathan. Disto mucho de estar sobrio, pero la adrenalina ha hecho su efecto y pienso con claridad.

Una vez apagados los motores, Devin se apresura a levantarse y abrir la puerta. Ya tengo en la butaca el maletín y la bolsa de viaje, listos para la ocasión, aunque de momento no me alejo de Nathan.

—Espera a los de inmigración —dice Devin.

—Sí, claro —contesto.

Aparecen en la cabina dos agentes jamaicanos de inmigración que me miran muy serios.

—El pasaporte, por favor —dice uno de los dos.

Se lo doy. Lo mira.

—Salga del avión, por favor.

Al llegar al pie de la escalera, otro agente me dice que espere. Dos médicos suben a bordo, supongo que para atender a Nathan. Una ambulancia da marcha atrás hacia la escalera. Al mismo tiempo llega un coche de la policía, con las luces encendidas pero sin la sirena. Retrocedo un par de pasos. Discuten sobre cómo bajar al paciente del avión. Parece que todos tienen su opinión: los médicos, los agentes de inmigración y los policías. Al final deciden que es mejor no usar camilla, así que Nathan sale más o menos a rastras y pasa de mano en mano. Está débil, inerte. Si no pesara menos de sesenta y cinco kilos el rescate habría sido una chapuza. Mientras le suben a la ambulancia aparece en la puerta la bolsa de deporte Adidas de Nathan. Un agente de inmigración pregunta por ella a Devin, que se ocupa de dejar bien sentado que es del pasajero inconsciente. Finalmente la suben con él a la ambulancia.

—Me tengo que ir —le digo al policía más cercano, que señala una puerta de la terminal privada.

Entro justo cuando se llevan a Nathan. Me sellan el pasaporte y me pasan la bolsa y el maletín por el escáner. Un agente de aduanas me pide que espere en el vestíbulo. Al hacerlo veo discutir acaloradamente a Will y Devin con las autoridades jamaicanas. Es muy probable que me quieran hacer preguntas difíciles que prefiero evitar. Un taxi frena delante de la puerta, debajo de la marquesina. Veo bajar la ventanilla trasera, y a mi querida Vanessa, que me hace señas como loca para que suba. Cuando no hay nadie cerca salgo de la terminal y subo al taxi, que arranca a toda pastilla.

Vanessa tiene una habitación en un hotel barato, a cinco minutos de camino. Desde el balcón del segundo piso se ve el aeropuerto, y cómo llegan y se van los jets. Se oye el ruido incluso desde la cama. Estamos agotados, y vamos en reserva, pero ¿dormir? Ni hablar.

34

Al ser sábado, la intención de Victor Westlake era levantarse tarde, pero a la segunda llamada salió de la cama y preparó café. Justo cuando sopesaba la posibilidad de dormir un poco más en el sofá se vio sobresaltado por otra llamada, la tercera, que despejó los últimos restos de sueño. Era de un tal Fox, un ayudante que era quien llevaba el expediente Bannister/Baldwin en espera de alguna novedad. Hacía dos semanas que no se oía ni pío.

—Nos lo han dicho los de aduanas —dijo Fox—. Ayer por la tarde Baldwin salió de Roanoke en un avión privado y se fue a Jamaica.

—¿En un avión privado? —repitió Westlake pensando en los ciento cincuenta mil dólares de recompensa, y preguntándose cuánto durarían si Baldwin los derrochaba así.

—Sí, un Challenger 604 alquilado por una empresa de Raleigh.

Reflexionó un momento.

—Pues ya me gustaría saber qué hace en Roanoke. Un poco raro.

—Sí.

—¿No se había ido a Jamaica hace unas semanas, la primera vez que salía del país?

—Sí. Partió de Miami, estuvo unos días en Montego Bay y se fue a Antigua.

—Será que le gustan las islas —dijo Westlake acercando la mano al café recién hecho—. ¿Va solo?

—No, ha viajado con un tal Nathaniel Coley. Al menos es lo que ponía en el pasaporte, aunque parece que el de Coley era falso.

Westlake volvió a dejar la taza en la encimera, sin tocarla, y empezó a caminar por la cocina.

—¿Pasó por la aduana con un pasaporte falso y no le pararon?

—Sí, pero tenga en cuenta que era un avión privado, y que en el control de aduanas no llegaron a examinar el pasaporte. Solo tenían la copia enviada por la empresa de alquiler. La cotejaron con la lista de pasajeros vetados. Es lo habitual.

—Pues recuérdame que cambie el protocolo.

—De acuerdo.

—Bueno, Fox, entonces la pregunta es qué pretende Baldwin, ¿no? ¿Por qué alquiló un avión privado, y por qué tenía un compañero de viaje con un pasaporte falso? ¿Podrías darme la respuesta sin tardar demasiado?

—Si me lo ordena sí, pero supongo que no hace falta que le recuerde lo quisquillosos que son los jamaicanos.

—No, no hace falta.

En la guerra contra el tráfico de drogas no todas las batallas eran entre policías y traficantes. Como muchos órganos policiales del Caribe, el jamaicano albergaba un antiguo rencor contra las autoridades estadounidenses por su prepotencia.

—Ahora mismo me pongo —dijo Fox—, aunque tanto aquí como allí es sábado.

—Ven a mi despacho el lunes a primera hora y tráeme algo, ¿vale?

—De acuerdo.

Nathan Cooley se despertó en un pequeño cuarto sin ventanas. La única luz estaba a su lado, en un monitor de color rojo. La cama parecía de hospital, estrecha y con barandas. Al levantar la vista vio una bolsa de líquido. Siguió el tubo hasta su mano izquierda, donde desaparecía bajo una gasa blanca. «Vale, estoy en un hospital.»

Tenía la boca como una lija. Cuando intentó pensar le dolió la cabeza. Después miró hacia abajo y vio que aún llevaba las Nike blancas en los pies. Fueran quienes fuesen, los muy jodidos no se habían molestado en ponerle una bata de hospital ni en arroparle. Volvió a cerrar los ojos. Poco a poco empezó a disiparse la niebla. Se acordó de los chupitos de tequila, de las innumerables jarras de cerveza y de la turca que le había hecho pillar el loco de Reed Baldwin. Recordó haber tomado unas copitas en su bar el viernes por la tarde, mientras esperaba para ir al aeropuerto y a Miami. Debía de haberse tomado diez cervezas y diez chupitos. ¡Qué burro! Volvía a quedarse roque, y encima esta vez le habían puesto un gotero. Quiso levantarse y caminar un poco, pero sentía la cabeza como un bombo. «No te muevas», se dijo con los ojos a punto de explotar.

Oyó ruido en la puerta. Se encendió una luz y apareció una enfermera alta y muy negra, con una bata de un blanco impoluto, que empezó a hablar antes de haber entrado.

—Bueno, señor Coley, ya es hora de irse. Han venido unos señores a llevárselo.

Hablaba en inglés, pero con un acento raro.

Antes de que Nathan pudiera preguntar «¿dónde estoy?» irrumpieron detrás de la enfermera tres policías uniformados que parecían a punto de darle una paliza. Los tres eran negros, con la piel muy oscura.

—Pero ¿se puede saber qué pasa? —logró decir Nathan al incorporarse.

La enfermera le quitó el gotero y salió, dando un portazo. El mayor de los tres policías se acercó y sacó una placa.

—Capitán Fremont, de la policía jamaicana —dijo, igual que en la tele.

—¿Dónde estoy? —preguntó Nathan.

Tanto Fremont como los dos policías que tenía a sus espaldas sonrieron.

—¿No sabe dónde está?

—No.

—Está en Jamaica, en Montego Bay; de momento en el hospital, pero dentro de poco en la cárcel.

—¿Y cómo he llegado a Jamaica? —preguntó Nathan.

—En un avión privado; muy bonito, por cierto.

—Pero si tenía que estar en Miami, en South Beach... Aquí se ha equivocado alguien. ¿No se da cuenta? ¿Qué es, alguna broma?

—¿Tenemos pinta de estar bromeando, señor Coley?

A Nathan le pareció rara la manera que tenían de pronunciar su apellido.

—¿Por qué ha intentado entrar en Jamaica con un pasaporte falso, señor Coley?

Al ponerse la mano en el bolsillo trasero, Nathan se dio cuenta de que no tenía la cartera.

—¿Y mi cartera? —preguntó.

—Se la hemos requisado, como todo lo demás.

Se frotó las sienes, intentando no vomitar.

—¿Jamaica? ¿Qué coño hago en Jamaica?

—Nosotros queríamos preguntarle lo mismo, señor Coley.

—¿Pasaporte? ¿Qué pasaporte? Si yo nunca he tenido pasaporte.

—Después se lo enseño. Intentar entrar en nuestro país con

un pasaporte falsificado va contra las leyes jamaicanas, señor Coley, aunque dadas las circunstancias tiene usted problemas bastante más graves.

—¿Dónde está Reed?

—¿Perdón?

—Reed Baldwin, la persona que me trajo. Búsquenle, él se lo explicará todo.

—No he visto a ningún Reed Baldwin.

—Pues le tiene que encontrar. Es negro, como ustedes. Se lo podrá explicar todo. Mire, salimos de Roanoke ayer hacia las siete y creo que bebimos demasiado. Teníamos que ir a Miami, a South Beach, para trabajar en un documental. Es sobre mi hermano Gene, ¿sabe? Pero, bueno, la cuestión es que todo esto es un error. Deberíamos estar en Miami.

Fremont se volvió despacio y susurró algo a sus dos compañeros. Por sus miradas quedó claro que estaban en presencia de un tarado que hablaba por los codos sin pensar.

—¿Cárcel? ¿Ha dicho «cárcel»?

—El próximo sitio adonde irá, amigo mío.

Nathan se apretó la barriga con las manos, y se le llenó la boca de vómito. Fremont acercó rápidamente un cubo de basura forrado con una bolsa, antes de retroceder para no mancharse. Nathan lo echó todo. Durante cinco minutos jadeó, respiró a bocanadas y dijo palabrotas mientras los tres policías se examinaban las botas o admiraban el techo. Concluido al fin, por suerte, el episodio, Nathan se levantó y dejó el cubo en el suelo. Después se limpió la boca con un pañuelo de papel que encontró en la mesa y bebió un poco de agua.

—Explíquenme qué pasa, por favor —dijo con voz ronca.

—Está usted detenido, señor Coley —dijo Fremont—. Por delito aduanero, importación de sustancias ilícitas y posesión de un arma de fuego. ¿Cómo se le había ocurrido que podría entrar en Jamaica con cuatro kilos de cocaína pura y una pistola?

Nathan se quedó boquiabierto, pero lo único que salió de sus labios fue aire caliente. Entornó los ojos, frunció el ceño, adoptó una mirada suplicante e intentó volver a hablar. Nada.

—¿Qué? —logró decir finalmente en voz baja.

—No se haga el tonto, señor Coley. ¿Adónde iba, a uno de nuestros famosos centros de vacaciones para una semana de droga y sexo? ¿Era todo para su consumo personal o pensaba venderles una parte a otros americanos ricos?

—Es broma, ¿no? ¿Dónde está Reed? Vale, ya se ha acabado el chiste. Ja, ja. Ahora sáquenme de aquí.

Fremont acercó la mano a su pesado cinturón y descolgó unas esposas.

—Dese la vuelta, con las manos en la espalda.

—¡Reed! —gritó de pronto Nathan—. ¡Sé que estás aquí! ¡Para de reírte, desgraciado, y diles de una vez a estos payasos que ya vale!

—Dese la vuelta —repitió Fremont.

En vez de obedecer, Reed gritó aún más fuerte.

—¡Reed, esta me la pagas! ¡Muy buena la broma! ¡Ya te oigo reír!

Los otros policías se acercaron para sujetarle un brazo cada uno, y Nathan tuvo la sensatez de darse cuenta de que no servía de nada resistirse. Después de ponerle las esposas le sacaron de la habitación y le llevaron al pasillo. Nathan se giraba como loco en busca de Reed o de cualquier otra persona que pudiera intervenir y remediarlo. Pasaron al lado de varias habitaciones con la puerta abierta, todas pequeñas y con dos o tres camas que prácticamente se tocaban. Vieron camillas contra la pared con pacientes en coma, a enfermeras que hacían anotaciones en gráficos y a auxiliares que miraban la tele. «Son todos negros —observó Nathan—. Es verdad, estoy en Jamaica.» Una escalera les hizo salir al aire libre; un aire bochornoso y un sol muy fuerte que convencieron a Nathan de que estaba en tierras extranjeras, y hostiles.

Un taxi lleva a Vanessa al aeropuerto, del que saldrá para Atlanta en el vuelo de las 9.40. La hora prevista de llegada son las 18.50. Desde Atlanta irá a Radford en coche y pedirá una habitación en un motel. Estaremos unos días sin vernos.

Mientras tomo otro taxi para el centro de Montego Bay. A diferencia de Kingston, la capital, que tiene tres siglos de antigüedad, Montego Bay es una ciudad moderna que ha crecido a base de hoteles, bloques de pisos y centros comerciales y se ha ido extendiendo desde la costa hacia el interior, hasta unirse al extrarradio. No hay en el centro avenida principal, plaza central o majestuosos tribunales. Los edificios del gobierno se distribuyen por una zona muy amplia, al igual que casi todas las oficinas. Mi taxista encuentra el bufete de Rashford Watley. Pago la carrera y subo deprisa hasta un rellano con pequeños despachos en los que ejercen su profesión varios abogados. El señor Watley me ha explicado por teléfono que los sábados no suele trabajar, pero que en mi caso hará una excepción. Su anuncio en las páginas amarillas presume de treinta años de experiencia en lo penal. Al darle la mano me doy cuenta de que está gratamente sorprendido de que yo también sea negro. Debía de esperarse al típico turista americano.

Tomamos asiento en su modesto despacho. Después de unos cumplidos voy al grano. Bueno, más o menos. Propone prescindir de formalidades y llamarnos por nuestro nombre. Reed y Rashford, por lo tanto. Desgrano a toda prisa mi trayectoria como director de cine; explico que en estos momentos ando metido en un proyecto en el que participa un tal Nathan Coley, etcétera, pero no tardo en desviarme. Le digo a Rashford que Nathan y yo veníamos a Jamaica para divertirnos unos días, y que en el avión se emborrachó y se quedó inconsciente, por lo que nuestra llegada provocó una emergencia médica. No estoy seguro, pero creo que intentaba meter droga en el país, y que llevaba una pistola. Anoche, con todo el trajín, conseguí escaparme. Necesito los servicios de Rashford para dos cosas: la primera, y la más importante de las dos, es defenderme de los problemas que puedan surgir: la segunda, hacer unas llamadas y tocar algunas teclas para averiguar dónde está Nathan y de qué se le acusa. Quiero que Rashford vaya a verle a la cárcel y le dé garantías de que estoy haciendo todo lo posible para que le dejen libre.

Rashford me dice que cuente con ello. Pactamos sus honorarios, que pago en metálico. Se pone enseguida al teléfono y sondea a varios contactos de aduanas y de la policía. No sé si es teatro, pero parece que conoce a mucha gente. Al cabo de una hora, con su permiso, bajo a la calle en busca de un refresco. Cuando vuelvo al despacho Rashford sigue hablando por teléfono y tomando notas en una libreta.

Mientras leo una revista en la recepción, debajo de un ventilador de techo muy ruidoso, Rashford sale y se sienta en la mesa de su secretaria. La cosa pinta mal. Sacude la cabeza.

—Su amigo tiene un problema de los gordos —dice—. Para empezar intentó entrar con un pasaporte falso.

¿En serio, Rash? Le escucho atentamente.

—¿Usted lo sabía? —pregunta.

—No, claro que no —contesto.

Supongo que Rashford nunca habrá alquilado un avión privado, y que por lo tanto desconoce el protocolo.

—Pero hay algo mucho peor —sigue explicando—, y es que intentó meter de contrabando una pistola y cuatro kilos de cocaína.

—Cuatro kilos de cocaína —repito, como si me chocase.

—Se lo encontraron dentro de su bolsa de deporte, en dos kits de nailon de primeros auxilios. También había una pistola pequeña. ¡Qué tonto!

Hago un gesto de incredulidad con la cabeza.

—Algo dijo de comprar droga aquí, pero no de traerla.

—¿Usted y este señor se conocen mucho? —pregunta Rashford.

—Desde hace una semana. No es que seamos precisamente íntimos. Sé que tiene antecedentes por droga en Estados Unidos, pero no sabía que fuera tan tonto.

—Pues lo es. Y lo más probable es que se pase los próximos veinte años en una de nuestras bonitas cárceles.

—¡¿Veinte?!

—Cinco por la coca y quince por la pistola.

—Es un escándalo. ¡Tiene que hacer algo, Rashford!

—No hay muchas posibilidades, la verdad, pero déjeme hacer unas gestiones.

—¿Y a mí? ¿Me puede pasar algo? Bueno, en la aduana miraron mi equipaje y estaba todo bien... No soy cómplice ni nada de eso, ¿verdad?

—De momento no, pero le aconsejo que se vaya en cuanto pueda.

—No puedo marcharme sin haber visto a Nathan. De alguna manera le tengo que ayudar, ¿no?

—No puede hacer gran cosa, Reed. Encontraron la coca y la pistola dentro de su bolsa.

Empiezo a pasear por el despacho, absorto y sumamente preocupado.

—Lo más probable —dice Rashford después de observarme un momento— es que me dejen ver al señor Coley. Tengo muchos conocidos en la cárcel. Voy constantemente. Ha elegido bien a su abogado, Reed, aunque repito que no estoy seguro de que haya algo que hacer.

—¿Pasa a menudo? ¿Que trinquen a un turista americano por drogas?

Piensa un poco.

—Bueno, es muy frecuente —dice—, pero de otra manera. Suelen pillar a los americanos metiendo droga en el viaje de vuelta, no de venida. Eso es bastante raro. De todos modos, lo de la droga tampoco es tan importante. Aquí somos blandos con ese tema, pero duros con las armas. Tenemos leyes muy severas, sobre todo en el caso de las pistolas. ¿Qué le habrá pasado por la cabeza?

—No lo sé.

—Déjeme ir a verle para un primer contacto.

—Yo también tengo que verle, Rashford. Me lo tiene que arreglar. Recurra a sus amigos de la cárcel. Convénzales.

—Puede que haga falta un poco de dinero.

—¿Cuánto?

Se encoge de hombros.

—No mucho. Veinte dólares americanos.

—Hasta ahí llego.

—Pues a ver qué consigo.

35

Los pilotos no paran de llamarme al móvil, pero no contesto. Devin deja cuatro mensajes de voz histéricos, que podrían resumirse de la misma manera: la policía ha requisado el avión y les ha dicho a ellos, los pilotos, que no pueden salir de la isla. Están alojados en el Hilton, pero no se puede decir que se diviertan mucho. En la central de Raleigh están que trinan. Todos exigen respuestas. Les ha caído a ellos el marrón de haber presentado un pasaporte falso, y lo más seguro es que se queden sin trabajo. Ya les está amenazando el dueño del avión, y tal y cual.

No tengo tiempo de preocuparme por ellos. Seguro que alguien con un avión de treinta millones de dólares encontrará la manera de recuperarlo.

A las dos del mediodía Rashford sale conmigo del despacho y me lleva a la comisaría, que queda a diez minutos. La cárcel está en el mismo complejo. Rashford deja el coche en una de las pocas plazas libres del aparcamiento y señala con la cabeza un edificio bajo, de techo plano, con ventanas muy estrechas y un adorno a base de alambradas. Al caminar saluda amablemente a los celadores y los ordenanzas.

Llega a una puerta y habla en voz baja con un vigilante. Se nota que se conocen. Asisto a la conversación de manera discreta. No se produce ningún intercambio de dinero. Vamos a un mostrador y firmamos en una hoja sujeta por una tablilla.

—Les he dicho que eres abogado y trabajas conmigo —susurra Rashford mientras pongo uno de mis nombres—. Hazte el abogado.

Si él supiera...

Rashford espera en una sala estrecha y larga que usan los abogados para reunirse con los presos cuando la policía no necesita ese espacio. Al no haber aire acondicionado parece una sauna. Después de unos minutos se abre la puerta y meten a Nathan Coley, que mira a Rashford con unos ojos como platos y se gira hacia el celador. Este se va y cierra la puerta. Nathan se sienta lentamente en un taburete de metal y mira a Rashford, embobado. Este le entrega una tarjeta.

—Soy Rashford Watley, abogado. Me ha contratado su amigo Reed Baldwin para estudiar la situación.

Nathan coge la tarjeta y aproxima un poco el taburete. Tiene el ojo izquierdo algo cerrado, el lado izquierdo de la mandíbula inflado y sangre seca en la comisura de los labios.

—¿Dónde está Reed? —pregunta.

—Aquí. Está muy preocupado y quiere verle. ¿Se encuentra bien, señor Coley? Tiene la mandíbula hinchada.

Nathan mira la cara de Rashford, grande y redonda, y hace un esfuerzo por asimilar sus palabras. Habla en inglés, pero con un acento raro. Tiene ganas de corregirle, de explicarle que no es «Coley», sino «Cooley», pero, bueno, quizá en Jamaica suene de otra manera.

—¿Se encuentra bien, señor Coley? —repite el abogado.

—Me he peleado dos veces en las últimas dos horas. Y he perdido. Tiene que sacarme de aquí, señor...

Mira la tarjeta, pero no puede enfocar bien las letras.

—Watley.

—Pues eso, señor Watley, que se han equivocado. No sé qué pasó, pero no he hecho nada. No he usado ningún pasaporte falso, y le aseguro que no intenté meter ni droga ni ninguna pistola. Me lo puso alguien en la bolsa. Lo pilla, ¿no? Es la verdad. Se lo juraría sobre un montón de biblias. No consumo droga ni la vendo, y ni muerto se me ocurriría traficar. Quiero hablar con Reed.

Pronuncia las palabras como si escupiera, con los dientes muy juntos, frotándose la mandíbula.

—¿Se ha roto la mandíbula? —pregunta Rashford.

—No soy médico.

—Trataré de conseguirle uno. También intentaré que le cambien de celda.

—Todas son iguales: asfixiantes, sucias y llenas a reventar. Tiene que hacer algo, señor Watley. Y deprisa. Seguro que aquí no sobrevivo.

—Ya había estado en la cárcel, si no me equivoco.

—Solo unos años en una penitenciaría federal, pero no se puede comparar. Y yo que pensaba que estaba mal... Pues esto es un infierno. En mi celda hay quince tíos, todos negros. Solo hay dos camas y un agujero en el suelo para mear. Ni aire acondicionado ni comida. Por favor, señor Watley, haga algo.

—Las acusaciones son muy graves, señor Coley. Si le condenan por ellas podrían caerle hasta veinte años.

Nathan baja la cabeza y respira hondo.

—No duraré ni una semana.

—Confío en lograr que le reduzcan la pena, pero seguiría siendo larga. Y no en una cárcel municipal como esta. Le mandarían a una de las regionales, donde las condiciones no siempre son tan buenas como aquí.

—Pues piense algún plan. Tiene que explicarle al juez, o a quien sea, que se han equivocado. No soy culpable, ¿vale? Tiene que conseguir que se lo crea alguien.

—Lo intentaré, señor Coley, pero primero hay que cumplir una serie de trámites, y por desgracia aquí en Jamaica todo va bastante despacio. El tribunal programará su primera comparecencia para dentro de unos días. Después presentarán la acusación formal.

—¿Y una fianza? ¿Puedo pagar una fianza y salir?

—Lo estoy consultando con un fiador judicial, pero no soy optimista. El tribunal consideraría que existe riesgo de fuga. ¿De cuánto dinero dispone?

Nathan resopla y sacude la cabeza.

—No lo sé. En mi cartera, que no sé dónde está, llevaba mil dólares. Seguro que han volado. También tenía quinientos en el bolsillo, pero ya no están. Me han dejado tieso. En Estados Unidos tengo algunos bienes, pero nada en efectivo. No soy rico, señor Watley; soy un ex presidiario de treinta años que hasta hace unos seis meses estaba en la cárcel. Mi familia no tiene nada.

—Pues no es lo que pensará el tribunal al ver la cantidad de cocaína y el avión privado.

—La cocaína no es mía. No la había visto ni tocado en mi vida. Me la endosaron, ¿vale, señor Watley? Como la pistola.

—Le creo, señor Coley, pero lo más probable es que el tribunal sea más escéptico. Oyen esos argumentos a menudo.

Nathan abrió lentamente la boca y se rascó los restos de sangre del borde de los labios. Se veía que estaba dolorido y en estado de shock.

Rashford se levantó.

—Quédese sentado, señor Coley, ha venido Reed —dijo

Rashford—. Si le preguntan algo, diga que es uno de sus abogados.

Cuando entro, la cara magullada de Nathan se ilumina un poco. Me siento a menos de un metro, en el otro taburete. Él tiene ganas de gritar, pero sabe que le escuchan.

—¿Qué coño pasa, Reed? ¡Dime algo!

En este momento mi papel es el de un hombre asustado que no sabe muy bien qué pasará mañana.

—No lo sé, Nathan —digo, nervioso—. No estoy detenido, pero no me dejan salir de la isla. Lo primero que he hecho esta mañana ha sido ir a ver a Rashford Watley. Estamos intentando saber qué pasa. De lo único que me acuerdo es de que nos emborrachamos enseguida. Qué chorrada... Eso lo tengo claro. Tú te quedaste roque en el sofá. Yo apenas estaba despierto. En algún momento uno de los pilotos me llamó a la cabina de mando y me explicó que en Miami no podían aterrizar los aviones por culpa del mal tiempo, que había alerta de tornado, de una tormenta tropical... No sé, algo muy grave. El Aeropuerto Internacional de Miami estaba cerrado. Como el frente se movía hacia el norte, lo rodeamos hacia el sur y nos desviaron por el Caribe. Dimos vueltas y vueltas. La verdad es que no me acuerdo de todo. Intenté despertarte, pero roncabas.

—Pues no me acuerdo de haberme quedado inconsciente —dice dándose unos golpecitos en la mandíbula hinchada.

—¿Y quién se acuerda después de emborracharse? Nadie. El caso es que te pusiste morado. Ya habías bebido antes de que despegásemos. Pero, bueno, da igual: en un momento dado se empezó a acabar el combustible y tuvimos que aterrizar. Según los pilotos nos dirigieron aquí, a Montego Bay, para repostar. Después teníamos que salir para Miami, porque ya había mejorado el tiempo. Me acuerdo de casi todo porque estuve bebiendo litros y litros de café. Al aterrizar, el capitán nos dijo que no bajáramos del avión, que solo estaríamos veinte minutos. Luego añadió que los de inmigración y los de aduanas querían echar un vistazo. Nos mandaron bajar, pero estabas en coma y no podías moverte. Casi no tenías pulso. Entonces pidieron una ambulancia y todo empezó a fastidiarse.

—¿Y qué es esa chorrada del pasaporte falso?

—Un error mío. Es que nosotros volamos mucho al Aeropuerto Internacional de Miami, y a menudo quieren ver un pasaporte, aunque no salgas del país; sobre todo si es un vuelo chárter. Creo que viene de la guerra contra las drogas en los ochenta, cuando los narcos y su séquito usaban muchos aviones privados para desplazarse. Ahora, con lo de la lucha contra el terrorismo, prefieren ver un pasaporte. No es que sea obligatorio, pero va bien. En Washington trabajo con un tío que te los consigue de la noche a la mañana por cien pavos. Le pedí uno para ti, por si lo necesitábamos. No me imaginaba que pudiera dar problemas.

El pobre Nathan no sabe qué creer. Tengo la ventaja de haberme preparado con meses de antelación, mientras que a él le están zurrando por todos lados, y su desconcierto es absoluto.

—Pero te digo una cosa, Nathan: lo que menos tiene que preocuparte es el pasaporte falso.

—¿De dónde salieron la coca y la pistola? —pregunta.

—De la policía —digo como si tal cosa, pero muy seguro—. Tú no fuiste, y yo tampoco, o sea, que la lista de sospechosos se reduce. Rashford dice que en la isla se conocen otros casos. Llega un avión privado de Estados Unidos con un par de tíos ricos (si no lo fueran no irían en un avión tan chulo). Uno de los ricos está tan borracho que no puede ni tocarse el culo con las manos. Desmayado de borracho. Hacen bajar al sobrio del avión, distraen con papeleo a los pilotos y en el momento justo te encasquetan la droga. Es tan fácil como meterla en una bolsa. Pocas horas después el gobierno jamaicano se incauta oficialmente del avión y detiene al traficante. Y todo por dinero.

Nathan lo asimila mirándose los pies descalzos. Tiene manchas de sangre en la camisa hawaiana rosa y naranja, y arañazos en los brazos y las manos.

—¿Podrías traerme algo de comer, Reed? Es que me muero de hambre. Hace una hora han servido la comida, una porquería que te cagas, y no he tenido tiempo de comer ni un bocado porque uno de mis compañeros de celda ha pensado que le hacía más falta que a mí.

—Lo siento, Nathan —digo—. Le preguntaré a Rashford si puede sobornar a alguno de los celadores.

—Sí, por favor —masculla.

—¿Quieres que llame a alguien? —pregunto.

Sacude la cabeza.

—¿A quién? Del único que me fío un poco es del que me lleva el bar, y sospecho que roba. Con mi familia ya no tengo relación. Tampoco podrían ayudarme. ¿Qué iban a hacer? No saben ni dónde está Jamaica. Dudo que pudieran encontrarla en el mapa.

—Según Rashford es posible que me acusen por cómplice, o sea, que puede que pronto estemos juntos.

Sacude la cabeza.

—Igual tú sobrevives. Al ser negro, y estar fuerte... Un blanco enclenque lo tiene crudo. En cuanto he entrado en la celda, me ha dicho un tío enorme que le encantaban mis Nike. Adiós Nike. Luego otro me ha pedido prestado un poco de dinero y, como no tengo nada, ha querido que le prometiera que se lo conseguiré dentro de poco. Es lo que ha provocado la primera riña: tres bestias pardas dejándome hecho polvo.

Me acuerdo de haber oído reírse a un celador, y decir algo de que los blancos no saben pelear. Mi sitio, en el suelo de cemento, está al lado del váter, que solo es un agujero, con un olor que da arcadas y te hace vomitar. Si me muevo tres o cuatro centímetros ya entro en el terreno de otro, y venga a pelearse. Aire acondicionado no hay. Es como un horno. Quince personas apretadas, sudando, con hambre y sed. No hay quien duerma. No me imagino lo que será esta noche. Por favor, Reed, sácame de aquí.

—Lo intentaré, Nathan, pero muy posible que también quieran trincarme a mí.

—Bueno, pero haz algo, por favor.

—Mira, Nathan, todo esto es culpa mía, ¿de acuerdo? Ya sé que ahora no sirve de nada decirlo, pero no podía saber que había una tormenta en nuestra ruta. Los memos de los pilotos deberían habernos dicho algo sobre el tiempo antes de despegar, o haber aterrizado en algún otro sitio de Estados Unidos, o haber llevado más combustible en el avión. Cuando volvamos les denunciamos, que son unos capullos, ¿vale?

—Ya, ya.

—Nathan, voy a hacer todo lo que pueda para sacarte, pero también me la juego. Al final será cuestión de dinero. Esto es un simple timo, una manera de forrarse que tienen unos cuantos polis listos. Juegan bien, pero, claro, las reglas las han escrito ellos... Dice Rashford que exprimirán al dueño del avión y se meterán en el bolsillo un buen soborno. A nosotros también nos echarán un hueso, a ver cuánto podemos reunir entre los dos. Ahora que saben que tenemos un abogado no tardarán mucho tiempo en ponerse en contacto con él. Lo ha dicho Rashford. Prefieren montarse todo el chantaje antes de que esto llegue a los tribunales, porque luego hay una acusación formal y unos jueces que lo controlan todo. ¿Entiendes lo que te digo, Nathan?

—Supongo. Es que alucino, Reed. Ayer a la misma hora estaba en mi bar, tomándome una cerveza con una chica guapa y presumiendo de que me iba a Miami para el fin de semana. Ahora... Mira cómo estoy: en una celda asquerosa, rodeado de jamaicanos que hacen cola para machacarme. Tienes razón, Reed: es todo culpa tuya, tuya y de tu tontería de película. No debería haberte hecho caso.

—Lo siento, Nathan; te aseguro que lo lamento mucho.

—Lógico, Reed, pero haz algo, y date prisa, que aquí dentro no puedo durar mucho.

36

Rashford me lleva en coche al hotel, y en el último momento tiene la amabilidad de invitarme a cenar. Dice que su mujer es muy buena cocinera, y que estarían encantados de recibir en su casa a todo un director de cine. La verdad es que me tienta, sobre todo porque no tengo nada que hacer durante dieciocho horas, pero al final doy la mala excusa de que no me encuentro muy bien y necesito dormir. Teniendo en cuenta que finjo todo el día, lo que menos me conviene es hablar durante toda una cena sobre mi vida, mi obra y mi pasado. Sospecho que hay gente seria que me sigue el rastro, buscando cualquier pista, y que el menor descuido en mis palabras se volvería contra mí.

Es julio. Ya se ha acabado la temporada turística, y en el hotel no hay mucha gente. Hay una piscina pequeña, con un bar a la sombra. Me paso la tarde bajo una sombrilla, leyendo a Walter Mosley entre tragos de cerveza Red Stripe.

Vanessa aterriza en Roanoke el sábado a las siete de la tarde. Está agotada, pero no es una opción descansar. Durante las últimas cuarenta y ocho horas ha ido en coche desde Radford hasta Roanoke, pasando por Washington, y en avión de

Roanoke a Jamaica y de Jamaica a Roanoke, pasando por Charlotte, Atlanta y Miami. Y en todo ese tiempo su único descanso han sido tres horas mal dormidas en la cama de Montego Bay, y varias cabezaditas en los aviones.

Sale de la terminal con su pequeña maleta de cabina y tarda un poco en encontrar su coche. Se fija en todo lo que la rodea y en todas las personas, como siempre. Dudamos que la sigan, pero a estas alturas de nuestro proyecto no damos nada por sentado. Cruza la carretera desde el aeropuerto y pide habitación en un Holiday Inn. Encarga que le traigan la comida y decide cenar junto a la ventana, mientras se pone el sol. A las diez de la noche me llama y hablamos un poco en clave. Ya vamos por el tercer o cuarto móvil de prepago, y es muy poco probable que nos escuchen, pero tampoco en esto podemos arriesgarnos. Mi última frase es muy sencilla.

—Sigue con el plan.

Vuelve en coche al aeropuerto, a la zona de aviación no comercial, y aparca al lado de la camioneta de Nathan. Como es sábado, y tarde, no hay tránsito aéreo privado, ni actividad en el aparcamiento vacío. Se pone unos guantes finos de piel y usa las llaves de Nathan para abrir la puerta de la furgoneta e irse. Se lo toma con calma, porque es la primera vez que va en este tipo de vehículo. Aún no se ha alejado mucho cuando aparca al lado de un local de comida rápida y ajusta el asiento y los retrovisores. Después de cinco años conduciendo un coche japonés pequeño, el cambio le resulta tan desconcertante como incómodo. Si algo no nos conviene es un topetazo o una sirena azul. Finalmente llega a la interestatal 81 y va hacia el sur, rumbo a Radford, Virginia.

Poco antes de la medianoche abandona la estatal para meterse por la carretera comarcal que lleva a casa de Nathan. Al pasar al lado de la caravana donde vive el vecino más próximo va a veinticinco kilómetros por hora y prácticamente no hace ruido. Conoce bien la carretera, por haberla recorrido una docena de veces en su propio coche. Después de la casa de Nathan se llega a unos prados y a otra vivienda, situada a casi tres kilómetros. A partir de entonces ya no hay asfalto sino grava, y luego tierra. Con tan poca población no pasan coches. Parece un poco raro que un soltero de treinta años elija vivir en un sitio tan aislado.

Aparca en el camino de entrada y escucha. El labrador amarillo de Nathan está en el jardín de atrás, en un cercado con una casita muy mona para que no se moje cuando llueve. No se oye nada salvo sus ladridos. Una lucecita en el porche es lo único que palía un poco la oscuridad. Vanessa lleva en el bolsillo una Glock de 9 milímetros. Rodea la casa con pies de plomo y los oídos muy abiertos. El perro ladra con más fuerza, pero solo ella puede escucharle. Al llegar a la puerta trasera empieza a probar las llaves. Las primeras tres no encajan en la cerradura ni en el cerrojo de seguridad. Sí lo hacen la cuarta y la quinta. Respira hondo al abrir. No se oyen sirenas ni pitidos. Cinco días antes, durante la primera sesión de rodaje, cruzó la misma puerta fijándose en las cerrajas y en la falta de alarmas.

Una vez dentro se quita los guantes de piel y se pone unos de látex desechables. Está a punto de examinar hasta el último centímetro de la casa, y no puede dejar ni una sola huella dactilar. Camina deprisa, encendiendo las luces, bajando todas las persianas y poniendo a tope el aire acondicionado. Al tratarse de una casa barata de alquiler donde vive un paleto soltero que ha pasado los últimos cinco años en la cárcel, la decoración y el mobiliario son de lo más espartanos. Hay pocos muebles, el televisor gigante que no podía faltar y sábanas en algunas ventanas. También hay platos sucios amontonados junto al fregadero, y ropa sucia en el suelo del baño. El cuarto de invitados sirve de trastero. Dos ratones muertos guardan una inmovilidad absoluta en sendas trampas, con el cuello partido.

Vanessa empieza por el dormitorio de Nathan, registrando una cómoda alta. Nada. Mira debajo de la cama, y entre el colchón y el somier. Examina hasta el último rincón de su armario ropero, que está llenísimo. La casa no se apoya en cimientos de hormigón, sino en el típico entramado de madera. El suelo cede un poco a cada paso. Vanessa va dando golpecitos para ver si algún punto suena más hueco, posible señal de un escondite.

Sospecho que Nathan oculta su botín en algún sitio de la casa, aunque probablemente no sea en las habitaciones principales. De todos modos hay que registrarlo todo. Si es un poco listo, lo cual es mucho suponer, lo habrá repartido en más de un escondrijo.

Después del dormitorio Vanessa inspecciona el cuarto de invitados, sin acercarse a los ratones muertos. A las doce y media empieza a apagar las luces, como si Nathan estuviera a punto de acostarse. Pasa de una habitación a otra, mirando todos los rincones, tablones y bolsillos. No deja nada por mover ni registrar. Podría estar en las paredes, en el suelo o dentro del falso techo. O bien enterrado en el jardín. O en una caja fuerte del Bombay.

El sótano es pequeño, con techos de dos metros y pico y sin aire acondicionado. Las paredes están hechas de bloques de hormigón sin pintar. Después de una hora bajo tierra, Vanessa está empapada y demasiado cansada para seguir. A las dos de la noche se echa en el sofá del cuarto de la tele y se queda dormida con la mano en la culata de la Glock.

Si Rashford ya era reacio a trabajar un sábado, el domingo estuvo casi hostil, pero no le dejé alternativa. Le rogué que me acompañase a la cárcel y usara las mismas influencias que el día anterior. Para facilitar las cosas le di cien dólares.

Llegamos a la prisión justo antes de las nueve de la mañana. Un cuarto de hora después estoy a solas con Nathan en la misma sala que usamos ayer. Me impresiona su aspecto. Sus lesiones, muy considerables, saltan a la vista. Me pregunto cuánto tiempo dejarán los celadores que sigan los abusos. Tiene la cara hecha un desastre, llena de cortes, heridas abiertas y sangre seca. Su labio superior está tan inflado que le sobresale de manera grotesca bajo la nariz. Su ojo izquierdo está cerrado por completo y el derecho, rojo e hinchado. Ha perdido uno de los dientes de delante. Los shorts tejanos y la camisa hawaiana han sido sustituidos por un mono blanco lleno de manchas y restos de sangre.

Nos inclinamos hasta que faltan pocos centímetros para que nuestras caras se toquen.

—Ayúdame —logra decir casi llorando.

—Te cuento las novedades, Nathan —empiezo a explicar—. Los timadores le han exigido un millón de dólares al dueño del avión, que ha accedido a pagarlos; vaya, que cobrar cobrarán, los muy cerdos. De momento a mí no van a acusarme de nada. Por ti quieren medio millón. Les he dicho a través de Rashford que ni tú ni yo tenemos tanto dinero, que solo íbamos de pasajeros en un avión que no era nuestro, que no somos ricos y tal y cual, pero los jamaicanos no se lo creen. Así está la cosa.

Nathan hace una mueca, como si le doliera respirar. Su cara es un poema, pero prefiero no ver el resto de su cuerpo. No le pregunto qué ha pasado: me imagino lo peor.

Gruñe.

—¿Puedes volver a Estados Unidos, Reed?

Lo dice con un hilo de voz ronca. Incluso su manera de hablar se ha visto afectada.

—Creo que sí, y Rashford también, pero no es que ande sobrado de dinero, Nathan.

Frunce el ceño, vuelve a gruñir y pone cara de estar a punto de desmayarse o de llorar.

—Escucha, Reed. Yo tengo dinero. Mucho.

Le miro fijamente a los ojos; bueno, en realidad solo a uno, porque el izquierdo lo tiene cerrado. He aquí el momento decisivo para el que se ha creado todo lo demás. Sin él, todo el proyecto sería un fracaso total, colosal, una apuesta pésima, horrenda.

—¿Cuánto? —pregunto.

Se queda callado. Preferiría no hablar, pero no hay otra opción.

—Bastante para salir.

—¿Medio millón de dólares, Nathan?

—Y más. Tenemos que ir a medias, Reed, sin decirle nada a nadie. Te explico dónde está el dinero, vas a buscarlo, me sacas y vamos a medias. Pero me tienes que dar tu palabra, Reed. Tengo que fiarme de ti, ¿vale?

—Un momento, Nathan —digo a la vez que retrocedo y levanto las manos—. ¿Qué esperas, que salga para Estados Unidos, vuelva con un montón de pasta y soborne a la policía jamaicana? ¿Lo dices en serio?

—Reed, por favor. No se lo puedo pedir a nadie más. En nuestro país no tengo a quien llamar. Eres el único que entiende lo que está pasando. Tienes que hacerlo, Reed. Te lo pido por favor. Es una cuestión de vida o muerte. Aquí no sobreviviré. Mírame. Te lo suplico, Reed, haz lo que te pido, y si me sacas serás rico.

Me aparto un poco más, como si Nathan fuera contagioso.

—Venga, Reed —insiste—, eres el que me ha metido en este lío. Ahora ayúdame.

—Sería conveniente que me explicaras cómo has ganado tanto dinero.

—No lo he ganado, lo he robado.

Menuda sorpresa.

—¿Con la droga? —pregunto, aunque lo cierto es que ya sé la respuesta.

—No, no, no. ¿Vamos a medias, Reed?

—No sé, Nathan... No estoy muy seguro de querer sobornar a la policía jamaicana. ¿Y si me trincan? Podría acabar en el mismo sitio que tú.

—Pues no vuelvas. Mándale el dinero a Rashford y que lo entregue él. Seguro que encuentras la manera, Reed. ¡Joder, tú eres un tío listo!

Asiento, como si me gustara su manera de enfocarlo.

—¿Dónde está el dinero, Nathan?

—Bueno, tío, ¿vamos a medias o no? ¿Sin decírselo a nadie más? ¿Eh, Reed?

—Vale, vale, pero no pienso arriesgarme a que me metan en la cárcel. ¿Me entiendes?

—Que sí.

Nos estudiamos durante una pausa. Nathan respira con dificultad, y le duele pronunciar cada palabra. Tiende despacio la mano derecha, hinchada y llena de arañazos.

—¿Trato hecho? —inquiere con tono de súplica.

Le estrecho la mano poco a poco. Hace una mueca. Lo más probable es que la tenga rota.

—¿Dónde está el dinero? —pregunto.

—En mi casa —dice lentamente descubriendo de mala gana el secreto más valioso de su vida—. Ya la conoces. En el jardín hay un cobertizo lleno de trastos. El suelo es de madera. A mano derecha, debajo de un cortacésped viejo, un Sears que no funciona, hay una trampilla. Solo se ve moviendo el cortacésped y algunos de los trastos. Ojo con las serpientes reales, allá dentro viven un par de ellas. Si abres la trampilla verás un ataúd de bronce.

Le cuesta respirar y suda mucho. Se le nota el dolor físico, pero también la angustia de revelar algo tan importante.

—¿Un ataúd? —pregunto con incredulidad.

—Sí, un ataúd de niño, impermeable y hermético. En el lado más estrecho, donde irían los pies, hay un pestillo secreto. Si lo deslizas se sueltan los seguros y se puede abrir.

—¿Y qué hay dentro?

—Varias cajas de puros atadas con cinta americana. Creo que son dieciocho.

—¿Tienes dinero escondido en esas cajas?

—No es dinero, Reed —dice acercándose—. Es oro.

Pongo cara de haberme quedado demasiado estupefacto para hablar, así que continúa. Prácticamente susurra.

—Lingotes en miniatura, de diez onzas cada uno. Más puro no lo sacan de ninguna mina. Son más o menos como una ficha grande de dominó. Una maravilla, Reed, en serio.

Clavo en él una larga mirada de incredulidad.

—Bueno, vale —suelto finalmente—, me resistiré a hacerte las preguntas lógicas, aunque sea difícil. O sea, que tengo que volver a Estados Unidos, sacar oro de un ataúd, ahuyentar a unas serpientes, encontrar no sé cómo a alguien que me cambie el oro por dinero en efectivo y buscar la manera de introducir medio millón de dólares de contrabando aquí en Jamaica, donde se lo pasaré a un grupo de agentes de aduanas y policías corruptos que cuando lo tengan te dejarán salir. ¿Lo he resumido bien, Nathan?

—Sí. Y date prisa, ¿vale?

—Me parece que estás loco.

—Nos hemos dado la mano. Vamos a medias, Reed. Busca la manera de hacerlo y serás rico.

—¿De cuántas fichas estamos hablando?

—Entre quinientas y seiscientas.

—¿Y ahora el oro a cuánto se cotiza?

—Hace dos días pagaban la onza a quinientos papeles.

Hago el cálculo.

—Eso son entre unos siete y medio y ocho millones de dólares.

Nathan asiente. Lo calcula cada día, siguiendo las fluctuaciones del mercado.

Llaman fuerte a la puerta. A mis espaldas aparece uno de los carceleros.

—Se te ha acabado el tiempo —informa, y se va.

—Probablemente sea una de las cosas más estúpidas que haga en toda mi vida —digo.

—O más inteligentes —contesta Nathan—. Pero date prisa, Reed, por favor, aquí no sobreviviré mucho tiempo.

Nos despedimos con un apretón de manos. Mi última imagen de Nathan es la de un hombrecillo magullado a quien le duele levantarse. Me marcho a toda prisa con Rashford, que me deja en el hotel. Corro a mi habitación y llamo a Vanessa.

—No está en la casa —le anuncio—. Está fuera, en el cobertizo.

—Espera, espera —reclama ella, bajando por la escalera retráctil—. ¿Te lo ha dicho él? —pregunta entre jadeos.

—Sí.

—Viene alguien —dice. Oigo un timbre muy fuerte en el teléfono. Vanessa se agacha en el pasillo, con la mano cerca de la Glock—. Ahora te llamo —susurra antes de colgar.

Es domingo, casi mediodía. La camioneta de Nathan está en el camino de entrada. Si sus amigos saben que se ha ido el fin de semana, podría extrañarles la presencia del vehículo. Vuelve a sonar el timbre. Alguien empieza a golpear la puerta.

—¡Nathan! —grita una voz—. ¿Estás en casa? ¡Abre!

Vanessa se queda agachada, sin moverse. Los golpes se repiten varias veces antes de trasladarse a la puerta trasera, donde alguien llama a Nathan con todas sus fuerzas. Como mínimo hay dos personas, hombres jóvenes, a juzgar por sus voces. Seguro que son amigos de Nathan que pasaban por cualquier razón. Uno de ellos se acerca a la ventana del dormitorio, pero no puede ver hacia dentro. Vanessa entra en el baño con sigilo y se lava la cara. Jadea y tiembla de miedo.

Siguen los golpes y los gritos. Dentro de poco concluirán que a Nathan le ha pasado algo, y echarán la puerta abajo. Instintivamente, Vanessa se desnuda hasta quedarse en bragas, se seca el sudor del cuerpo, deja la Glock cerca de la pila del baño y va a la puerta de la casa, que abre de par en par, obsequiando al joven con el más inesperado de los espectáculos. Sus pechos morenos son grandes y firmes; su cuerpo, esbelto y bien tonificado. La vista del joven baja del pecho a las bragas, estratégicamente colocadas para dejar al desnudo el máximo de piel. Después se frena. Vanessa sonríe.

—Puede que ahora mismo Nathan esté un poco ocupado —dice.

—Uau —suelta él—. Lo siento.

Se miran desde ambos lados de una puerta mosquitera, sin que ninguno de los dos tenga prisa por irse. El chico dice por encima del hombro:

—Ven, Tommy.

Tommy se acerca a la entrada, y no da crédito a sus ojos.

—Venga, tíos —dice Vanessa—, dejadnos un poco de intimidad, ¿vale? Nathan está en la ducha, y aún no hemos acabado. Decidme quiénes sois y le diré a Nathan que habéis pasado.

En ese instante se da cuenta de que con las prisas se ha olvidado de quitarse los guantes de látex. Bragas rojas y guantes de color aguamarina. Ninguno de los dos jóvenes puede apartar la vista de sus pechos.

—Eeeh... —farfulla uno—. Greg y Tommy. Es que... pasábamos por aquí.

A los dos les fascina la desnudez de Vanessa, y les dejan perplejos los guantes. ¿Qué narices habrá estado haciendo esta moza con nuestro colega?

—Se lo diré con mucho gusto —contesta ella con una sonrisa encantadora mientras cierra la puerta lentamente.

Mira por la ventana y les ve retroceder de espaldas, sin cerrar la boca ni salir de su perplejidad. Al final llegan a la camioneta, suben y se marchan entre risas.

Al quedarse sola, Vanessa se sirve un vaso de agua muy fría y se queda sentada un momento en la mesa de la cocina. Está conmocionada, a punto de venirse abajo, pero no se lo puede permitir. Está harta de la casa y alberga serias dudas sobre el proyecto, pero tiene que seguir.

Recibo la llamada en el asiento trasero de un taxi que me lleva al aeropuerto. Me he pasado el último cuarto de hora imaginando todo tipo de escenas y conflictos dentro de la casa de Nathan, ninguno de ellos con final feliz.

—¿Estás bien? —pregunto.

—Sí, solo eran un par de paletos que buscaban a Nathan. Me los he quitado de encima.

—¿Cómo?

—Ya te lo contaré.

—¿Te han visto?

—¡Desde luego! Pero tranquilo, que no pasa nada. ¿Dónde está la pasta?

—Fuera, en el cobertizo. No cuelgo, ¿vale?

—Vale.

Vanessa echa otro vistazo al camino de entrada, para asegurarse de que no haya más visitas, y va rápidamente al cobertizo por la puerta trasera. El perro gruñe y ladra como loco. Desde Jamaica se le oye claramente.

No puedo decirle lo de las serpientes; es más fuerte que yo, así que rezo en silencio para que no se las encuentre. Ya es bastante abrir el suelo de un cobertizo roñoso. Si le añades un par de serpientes, Vanessa podría salir pitando. Entra y describe el interior. Dice que parece un horno. Yo le transmito las instrucciones de Nathan y colgamos. Necesitará las dos manos.

Vanessa mueve dos latas vacías de diluyente de pintura, aparta una bolsa de yute con los pies, aleja al máximo el cortacésped Sears y levanta un tablón de madera, bajo el que encuentra una cuerda. Está atascada. Sigue estirando hasta que cede. Al no haber bisagras, se separa del suelo la trampilla en bloque y choca contra la pared. Confirmado: debajo hay un ataúd de bronce sucio, cuya longitud no llega a un metro veinte. Vanessa lo mira horrorizada, como si hubiera descubierto por casualidad un asesinato y fuera a encontrar el cadáver de un pobre niño. Pero no hay tiempo para el miedo ni para las dudas. No hay tiempo para preguntarse «qué narices hago aquí».

Intenta levantar el ataúd, pero pesa demasiado. Encuentra el pestillo y lo gira, haciendo que se abra lentamente la mitad de la tapa. Por suerte dentro no hay ningún bebé muerto. Ni mucho menos. Se para a examinar la colección de cajitas de puros, cerradas con cinta americana y dispuestas casi todas en hileras. Le caen gotas de sudor de las cejas. Intenta secárselas con el antebrazo. Saca una de las cajas con cuidado y sale del cobertizo. A la sombra de un roble, mira a su alrededor y no ve a nadie —excepto el perro, cansado de ladrar y de gruñir—, así que retira la cinta americana, abre la caja y levanta despacio una capa de papel de periódico doblado.

Lingotes en miniatura. Pequeños ladrillos. Fichas de dominó. Todo un ataúd repleto de lingotes. Millones y millones.

Saca uno y lo examina. Un rectángulo perfecto de algo más de un centímetro de grosor, dotado de un pequeño reborde que permite apilarlo y almacenarlo con la máxima precisión. «10 onzas», se lee grabado en la parte frontal, y debajo «99,9 %». Nada más. Ningún nombre de banco, ninguna indicación sobre su procedencia o el autor de la extracción. Ningún número de registro.

Uso una tarjeta de prepago para desembolsar los trescientos dólares que cuesta un vuelo de Air Jamaica a San Juan, Puerto Rico. A falta de una hora para la salida, encuentro un banco cerca de la puerta de embarque y me distraigo mirando el móvil, que no tarda mucho tiempo en iluminarse y vibrar.

—No era mentira —dice Vanessa.

—Cuéntamelo todo.

—Con mucho gusto. Ahora tenemos dieciocho cajas de puros llenas de unos lingotes en miniatura monísimos. Aún no los he contado, pero habrá como mínimo quinientos.

Respiro hondo, con ganas de llorar. Hace más de dos años que trabajo en el proyecto, dos años durante los que las probabilidades de éxito eran a lo sumo de una entre mil. Tenía que encajar una larga serie de hechos vagamente relacionados entre sí. Aún no hemos llegado a la meta, pero estamos en la recta final. Ya huelo los establos.

—Según el nene —digo—, entre quinientos y seiscientos.

—Se ha ganado el derecho a que le creas. ¿Dónde estás?

—En el aeropuerto. He comprado el billete, ya he pasado

el control y embarco dentro de una hora. De momento no ha pasado nada malo. ¿Y tú dónde estás?

—A punto de irme de este tugurio. He cargado lo que nos interesa y he vuelto a ponerlo todo en su sitio. Ya he cerrado la casa con llave.

—Pues vete.

—Es lo que voy a hacer.

—Sigue el plan. Te llamo en cuanto pueda.

37

Casi son las once del domingo 24 de julio, un día de calor y sol, con poco tráfico en la zona de Radford. Vanessa quiere evitar nuevos encuentros con personas que puedan sospechar al ver la camioneta de Nathan. Va hacia el norte por la interestatal. Después de Roanoke se adentra en el valle de Shenandoah con toda la cautela humanamente posible, sin que la aguja se mueva de los ciento diez kilómetros por hora, ni las luces dejen de anunciar hasta el último cambio de carril. Lanza miradas al retrovisor, un gesto que ya se ha convertido en costumbre, y observa todos los vehículos para que el riesgo de choque sea nulo. A su derecha, en el suelo y encima del asiento, hay literalmente una fortuna en oro, lingotes sin marcar, sin rastro que seguir, recién robados a un ladrón que se los robó a un timador que se los robó a un hatajo de mafiosos. ¿Cómo explicarle a un policía estatal entrometido semejante acopio de metal precioso? No podría, así que conduce con toda la perfección posible mientras pasan rugiendo en el carril izquierdo camiones de doble remolque.

Sale de la carretera por un pueblo y vaga sin rumbo hasta encontrar un bazar de todo a un dólar. En los escaparates, un cartel anuncia descuentos especiales para la vuelta al cole. Aparca cerca de la entrada y tapa las cajas de puros con una manta sucia de la casa de Nathan. Pone la Glock a su lado, bajo una esquina de la manta, mientras analiza el aparcamiento. Al ser una mañana de domingo no hay casi coches. Al final respira hondo, sale, cierra la camioneta con llave y entra rápidamente en la tienda. En menos de diez minutos compra diez mochilas infantiles, todas con motivos de camuflaje de tormenta del desierto. Paga en metálico, sin responder a la broma del cajero:

—¡Pues sí que le vuelven niños al cole!

Tras meter lo que ha comprado en la cabina de la camioneta, vuelve a la interestatal. Una hora después encuentra un área de descanso cerca de Staunton, Virginia, y aparca junto a los camiones. Una vez está segura de que no hay testigos, empieza a embutir rápidamente las cajas de puros en las mochilas, dos de las cuales se quedan sin usar.

Llena el depósito, come en un local de comida rápida para conductores y mata el tiempo circulando por la interestatal 81, hasta Maryland, al norte, y Roanoke, al sur. Las horas se hacen largas. No puede aparcar y alejarse del premio gordo; tiene que estar siempre vigilado, de modo que se deja llevar por el tráfico en espera de que se haga de noche.

Me paseo por un ala transitada y húmeda del Aeropuerto de San Juan, esperando un vuelo a Atlanta de Delta Airlines. He comprado el billete a nombre de Malcolm Bannister, cuyo antiguo pasaporte ha superado sin problemas el control. Caduca dentro de cuatro meses. La última vez que lo usé fue para una escapada con Dionne, un crucero barato a las Bahamas. Otra vida.

Llamo dos veces a Vanessa, y hablamos en clave. Ya lo tiene. Los paquetes están perfectos. Circula, siguiendo lo planeado. Si alguien nos espía se estará rascando la cabeza.

Por fin embarcamos, a las tres y media, pero soportamos durante una hora el bochorno del avión porque el aeropuerto sufre una tormenta de mil demonios. Los pilotos no dicen nada. Detrás de mí berrean al menos dos bebés. Se empiezan a encender los ánimos, pero cierro los ojos e intento descansar. El problema es que después de tanto tiempo privándome de sueño ya no sé ni echar una cabezadita, así que pienso en Nathan Cooley y en su angustiosa situación, aunque mentiría si dijera que me compadezco mucho de él. También pienso en Vanessa, y me hace sonreír su fortaleza en situaciones de presión. Estamos muy cerca de la meta. Sin embargo, todavía pueden fallar muchas cosas. Tenemos el oro. ¿Podremos conservarlo?

Me despierta una sacudida del avión, que empieza a rodar por la pista. Dos horas más tarde aterrizamos en Atlanta. En el control de pasaportes logro evitar los mostradores con agentes negros. Elijo a un blanco joven y robusto que parece aburrido, indiferente. Coge mi documento, echa un vistazo a una foto de hace nueve años de Malcolm Bannister, la compara rápidamente con el rostro revisado de Max Reed Baldwin y no ve nada que le llame la atención. Somos todos iguales.

Doy por supuesto que a estas alturas los de aduanas ya habrán notificado al FBI que salí del país hace dos días en un avión privado con rumbo a Jamaica. Lo que no sé es si el FBI aún vigila los posibles movimientos de Malcolm Bannister. Diría que no. Lo que quiero que piensen es que sigo en las islas, pegándome la juerga padre. En cualquier caso, me muevo con rapidez. Dado que Malcolm ya no tiene permiso de conducir vigente, es Max quien alquila un coche en el mostrador de Avis, y tres cuartos de hora después de aterrizar en Atlanta salgo a toda prisa de la ciudad. Cerca de Roswell, Georgia, paro en un Walmart y pago en metálico otros dos móviles de prepago. Al salir de la tienda tiro dos de los viejos a la basura.

Después de oscurecer, Vanessa aparca definitivamente la camioneta. Lleva casi doce horas conduciendo y se muere de ganas de quitársela de encima. Se queda un momento al volante, en la plaza contigua a la de su Honda Accord, mirando un pequeño avión de pasajeros que circula por tierra hacia la terminal de Roanoke. Es un domingo por la noche, poco después de las nueve. No se ve tráfico. El aparcamiento está casi vacío. Vuelve a respirar profundo y sale. Con rapidez, lanzando miradas a su alrededor, traslada las mochilas desde el asiento delantero de la camioneta de Nathan al maletero de su coche: ocho mochilas en total, cada una de las cuales parece pesar más que la anterior, aunque no es algo que le preocupe.

Cierra la camioneta y sale del aparcamiento llevándose las llaves. Si se cumplen los planes, pasarán varios días antes de que alguien se fije en la Silverado de Nathan. Al percatarse de su desaparición, sus amigos acabarán denunciándola a la policía, que encontrará el vehículo y empezará a atar cabos. No cabe duda de que Nathan presumió con alguien de que se iba a Miami en un avión privado, cosa que tendrá a la pasma dando palos de ciego durante una buena temporada.

No puedo saber si las autoridades tienen la capacidad de establecer un vínculo entre el desaparecido Nathan y Nathaniel Coley, el payaso que salió hace poco de su pueblo con un pasaporte falso, cuatro kilos de coca y una pistola, pero lo dudo. Es posible que no le localicen hasta que alguien le deje hacer una llamada desde Jamaica. Falta saber a quién llamará, y qué le dirá. Es más probable que cuente las horas y los días que quedan para mi regreso con una bolsa llena de billetes, y para que empiece la ronda de sobornos. Transcurridas unas cuantas semanas, tal vez un mes, se dará cuenta de que su buen amigo Reed se la ha dado con queso y se ha escapado con la pasta.

Casi me da pena.

A la una de la madrugada me aproximo a Asheville, Carolina del Norte, y distingo el letrero de un motel en un cruce muy transitado. Lo que no se ve es que en el aparcamiento de detrás hay un pequeño Honda Accord azul, y que dentro, con la Glock al lado, está mi querida Vanessa. Aparco en la plaza contigua. Entramos en nuestra habitación, que está en la planta baja. Nos besamos y abrazamos, pero estamos demasiado tensos para grandes arrumacos.

Descargamos su maletero sin hacer ruido y tiramos las mochilas en una de las camas. Yo cierro la puerta, echo la cadena y encajo una silla debajo del pomo. Después corro las cortinas y cuelgo toallas en las barras para tapar bien las rendijas. Así estaremos seguros de que nadie vea desde el exterior nuestra pequeña cámara acorazada. Mientras tanto, Vanessa se ducha. Al salir del cuarto de baño solo lleva un escueto albornoz que deja a la vista kilómetros y kilómetros de las piernas más bonitas que he visto en mi vida.

—Ni se te ocurra —dice. Está agotada—. Tal vez mañana.

Vaciamos las mochilas, nos enfundamos guantes de látex desechables y ordenamos las dieciocho cajas de puros. Nos fijamos en que dos están abiertas. La cinta americana está cortada por la parte superior. Las apartamos. Después uso una pequeña navaja para abrir la primera caja. Sacamos los lingotes en miniatura, los contamos —treinta—, volvemos a ponerlos en su sitio y cerramos la tapa con la misma cinta. Vanessa apunta la cantidad. Abrimos la segunda. Contiene treinta y dos lingotes, todos relucientes y de forma perfecta, como si nunca los hubiera tocado.

—Preciosos, preciosos de verdad —dice ella todo el rato—. Durarán siglos.

—Para siempre —añado frotando un lingote—. ¿A ti no te encantaría saber de qué parte del mundo vienen?

Se ríe, porque nunca lo sabremos.

Después de abrir las dieciséis cajas hacemos el inventario de los lingotes de las dos que ya habían sido abiertas. Contienen aproximadamente la mitad que el resto. Nos sale un total de quinientos setenta. Teniendo en cuenta que el precio del oro se mueve en torno a mil quinientos dólares por onza, el gordo andará por los ocho millones y medio.

Nos echamos en la cama, con el oro apilado entre los dos. Sería imposible no sonreír. Necesitamos una botella de champán. Por desgracia, en un motel barato de Carolina del Norte, un lunes a las dos del mediodía, el champán no existe. Hay tanto por asimilar... Pero uno de los aspectos más gloriosos de nuestro proyecto es que este tesoro no lo busca nadie. Nadie conoce su existencia, salvo Nathan Cooley. Se lo hemos quitado a un ladrón que no dejó rastro.

Ver, tocar y contar nuestra fortuna nos ha dado fuerzas. Le arranco a Vanessa el albornoz y nos metemos debajo de la manta de la otra cama. Por mucho que nos esforcemos no es fácil hacer el amor sin mirar el oro de reojo. Al acabar caemos muertos de cansancio y dormimos como troncos.

38

El lunes a las seis y media de la mañana, el agente Fox entró en el espacioso despacho de Victor Westlake.

—Los jamaicanos tan lentos como siempre —dijo—. No hay gran cosa que añadir. Baldwin llegó el viernes por la noche en un avión de alquiler de una compañía de Raleigh, un buen avión del que se ha incautado la policía aduanera jamaicana y que ahora mismo no puede volver. De Baldwin no hay ni rastro. Su amigo Nathaniel Coley intentó entrar con un pasaporte falso, y ahora está como el avión, encerrado.

—¿En la cárcel? —preguntó Westlake mordiéndose una uña.

—Sí. De momento no he podido averiguar nada más. No sé cuándo saldrá. Estoy intentando que la policía consulte los registros hoteleros para encontrar a Baldwin, pero se resisten. No es ningún fugitivo, y a ellos no les gusta molestar en los hoteles. Entre eso, y que era fin de semana...

—Encuentra a Baldwin.

—Es lo que intento.

—¿Qué pretende?

Fox sacudió la cabeza.

—No tiene lógica. ¿Para qué sirve gastar tanto dinero en un avión privado? ¿Y viajar con alguien que usa un pasaporte falso? ¿Quién coño es Nathaniel Coley? Hemos buscado sin resultado en las dos Virginias. Puede que Coley sea un buen amigo que no puede sacarse el pasaporte, e intentaran saltarse la aduana para retozar unos días al sol.

—Puede que sí, puede que no...

—Exacto.

—Sigue profundizando, y mantenme informado por correo electrónico.

—De acuerdo.

—Supongo que el coche lo dejó en el Aeropuerto de Roanoke.

—Sí, en el aparcamiento de la zona de aviación no comercial. Con la misma matrícula de Florida. Lo encontramos el sábado por la mañana y lo tenemos vigilado.

—Muy bien. Encuéntrale, ¿vale?

—¿Y después?

—Le seguís y averiguáis qué está haciendo.

Planificamos el día entre oro y café, pero sin perder el tiempo. A las nueve Vanessa entrega la llave en recepción y paga. Nos damos un beso de despedida. Salgo detrás de ella del aparcamiento, procurando no rozar el parachoques trasero de su Accord: la mitad del oro está escondido en las profundidades del maletero. La otra mitad está en el de mi Impala de alquiler. Nos separamos en el cruce: ella va al norte y yo al sur. Se despide con la mano en el espejo del retrovisor. Me pregunto cuándo volveré a verla.

Al iniciar el largo viaje, con un café grande en la mano, me acuerdo de que hay que aprovechar el tiempo con sentido común. Nada de soñar despierto como un tonto, ni de pereza mental, ni de fantasías sobre lo que haré con tanto dinero. Hay demasiados temas que se disputan la prioridad. ¿Cuándo encontrará la policía la camioneta de Nathan? ¿Cuándo llamo a Rashford Watley y le pido que entregue a Nathan el mensaje de que todo va de acuerdo con lo planeado? ¿Cuántas cajas de puros cabrán en las cajas fuertes que alquilé hace un mes en el banco? ¿Cuánto oro convendría vender a precio rebajado para disponer de efectivo? ¿Cómo consigo que se fijen en mí Victor Westlake y Stanley Mumphrey, el fiscal de Roanoke? Pero lo más importante es cómo sacaremos el oro del país, y cuánto tiempo tardaremos.

En vez de pensar en eso me acuerdo de mi padre, el viejo Henry, que lleva más de cuatro meses sin tener noticias de su hijo menor. Seguro que está enfadado conmigo porque me sacaron de Frostburg y me enviaron a Fort Wayne. Con seguridad le desconcierta no recibir ninguna carta. Probablemente esté llamando a mi hermano Marcus en Washington, y a mi hermana Ruby en California, para preguntarles si ellos saben algo. Me pregunto si ya será bisabuelo por cortesía del hijo delincuente de Marcus y su novia de catorce años, o si ella habrá abortado.

Bien pensado, es posible que no añore tanto a mi familia como creo a veces, pero sería bonito ver a mi padre. Sospecho, sin embargo, que le parecería mal mi cambio de aspecto. La verdad es que hay muchas posibilidades de que no les vea nunca más, ni a mi padre ni al resto. En función de los caprichos y las maquinaciones del gobierno federal, podré seguir libre o pasar el resto de mi vida como un fugitivo. En todo caso, el oro lo tendré.

Mientras pasan los kilómetros, y me atengo al límite de velocidad a la vez que procuro no chocar con los camiones, no tengo más remedio que acordarme de Bo. Llevo cuatro meses fuera de la cárcel, y no ha habido un solo día en que no haya dejado de pensar en mi hijo. La idea de no volver a verle duele demasiado, aunque el paso de las semanas me ha llevado a aceptar la realidad. De alguna manera, un reencuentro sería el primer paso en el camino a la normalidad, un avance gigante, pero de ahora en adelante mi vida no tendrá nada de normal. No podríamos vivir de nuevo bajo el mismo techo, como padre e hijo, y no veo que a Bo pudiera beneficiarle saber que de repente estoy fuera de la cárcel y me apetecería invitarle a un helado dos veces al mes. Estoy seguro de que aún se acuerda de mí, pero es evidente que sus recuerdos habrán empezado a difuminarse. Dionne es inteligente, un encanto de mujer. Seguro que ella y su segundo esposo velan por la felicidad de Bo. ¿Qué sentido tiene que un casi desconocido como yo (al menos por su aspecto) irrumpa en su mundo y lo trastoque? Después de haber convencido a Bo de que soy su verdadero padre, ¿cómo insuflaría nueva vida a una relación que lleva más de cinco años muerta?

Intento poner freno a esta tortura concentrándome en las próximas horas, y en los próximos días. Quedan pasos decisivos, y cualquier metedura de pata podría costarme una fortuna, además de enviarme de nuevo a la cárcel.

Me paro cerca de Savannah para repostar y tomarme un bocadillo de una máquina expendedora. Dos horas y media después estoy en Neptune Beach, mi lugar favorito. Entro en una tienda de material de oficina y me compro una cartera gruesa y pesada. Después voy a un aparcamiento público para los bañistas. No hay cámaras de seguridad, ni peatones. Abro rápidamente el maletero, saco dos de las cajas de puros y las meto en la cartera. Son casi veinte kilos. Al dar la vuelta al coche me doy cuenta de que pesa demasiado, así que saco una caja y la devuelvo al maletero.

Aparco a cuatro calles, en una sucursal del First Coast Trust, y voy tranquilamente hacia la puerta. El termómetro digital del cartel giratorio del banco anuncia treinta y cinco grados. El peso de la cartera aumenta a cada paso. Hago un esfuerzo por hacer como si solo contuviera papeles importantes. Nueve kilos no es mucho, pero sí demasiado para cualquier maletín. Ahora cada uno de mis pasos están siendo filmados, y lo último que quiero es que se vea que entro en el banco dando tumbos con un peso enorme. Me preocupo por Vanessa y su tentativa de acceder a las cajas fuertes de Richmond con semejante peso a sus espaldas.

A pesar del suplicio, se me escapa una sonrisa al pensar en el alucinante valor del oro puro.

Una vez dentro espero con paciencia a que la encargada de las cajas fuertes acabe de atender a otro cliente. Cuando llega mi turno le entrego mi permiso de conducir de Florida y estampo mi firma. Ella mira mi cara y mi letra, da su beneplácito y me acompaña a la cámara acorazada en la parte posterior del banco. Inserta la llave maestra en mi caja fuerte, y yo introduzco la mía. La cadena de ruidos es perfecta. Sale la caja, y me la llevo a una salita privada. Cierro la puerta. La encargada espera fuera, en medio de la cámara.

Es un compartimento de quince centímetros de ancho, otros quince de alto y casi medio metro de profundidad; la más grande que tenían disponible hace un mes, cuando la alquilé por un año a cambio de trescientos dólares. Meto la caja de puros. Hemos puesto una etiqueta con el número exacto de lingotes. Esta contiene treinta y tres, es decir, trescientas treinta onzas, aproximadamente medio millón de dólares. Cierro la caja, la admiro, pierdo unos minutos y abro la puerta para decirle a la encargada que ya he terminado. Uno de sus cometidos es guardar las distancias, sin mostrar ningún tipo de sospecha. Lo hace bien. Supongo que habrá visto de todo.

Veinte minutos después estoy en la cámara acorazada de una sucursal del Jacksonville Savings Bank. Esta cámara es más grande; las cajas son más pequeñas, y el encargado es más receloso. Por lo demás, ninguna diferencia. Meto otro alijo de lingotes en el compartimento de seguridad, a puerta cerrada: treinta y dos miniaturas que valen otro medio millón de dólares.

En el tercer y último banco, a poco más de un kilómetro del primero, hago el último depósito del día, antes de pasarme una hora en busca de un motel donde pueda aparcar justo delante de mi habitación.

En un centro comercial del oeste de Richmond, Vanessa se pasea por unos grandes almacenes de gama alta hasta encontrar la sección de accesorios femeninos. Aunque finja tranquilidad, tiene los nervios de punta por haber dejado su Accord en el aparcamiento, a merced de quien quiera reventarlo o robarlo. Elige un bolso de cuero rojo muy elegante, y bastante grande para ser clasificado como equipaje. Es de un diseñador muy conocido, y probablemente llame la atención de las encargadas de los bancos. Lo paga en metálico y vuelve al coche lo antes posible.

Dos semanas antes, Max —siempre le había llamado Malcolm, pero le gusta más el nuevo nombre— le dio instrucciones de alquilar tres cajas fuertes. Vanessa hizo una cuidadosa selección de bancos por Richmond y su entorno, presentó las solicitudes pertinentes, pasó todos los filtros y pagó los alquileres. Después, cumpliendo las indicaciones, fue dos veces a cada sucursal para depositar papeles inútiles y otras cosas por el estilo. Ahora las encargadas de las cámaras reconocen a Vanessa Young, se fían de ella y no albergan la menor sospecha al verla con un bolso nuevo de infarto, y oír que desea acceder a la cámara.

En menos de noventa minutos guarda sin percances casi un millón y medio de dólares en lingotes de oro.

Vuelve a su apartamento por primera vez en más de una semana y deja el coche en una plaza visible desde su ventana del primer piso. El complejo está en un buen barrio, cerca de la Universidad de Richmond, una zona donde no acostumbra a haber peligro. Hace dos años que vive aquí y no recuerda ningún robo de coches o en las casas. Aun así no quiere correr riesgos: inspecciona las puertas y ventanas por si hay alguna señal de que las hayan forzado. Al no encontrar ninguna, se ducha, se cambia y se va.

Cuatro horas después, cuando vuelve, ya es de noche. Lenta, metódicamente, transporta el tesoro a su vivienda y lo esconde debajo de la cama. Ella duerme encima, con la Glock en la mesita de noche y todas las puertas cerradas con llave, pestillos y sillas debajo de los pomos.

Pasa una noche irregular. El alba la encuentra tomando café en el sofá del cuarto de la tele, mirando el pronóstico del tiempo en una cadena regional. Parece que se haya parado el reloj. Le encantaría dormir más, pero su cerebro no permite que su cuerpo quede fuera de combate. Tampoco tiene hambre. Aun así, hace el esfuerzo de meterse un poco de queso fresco en el estómago. Se acerca a la ventana más o menos cada diez minutos para mirar el aparcamiento. La gente que sale temprano a trabajar lo hace por tandas: las siete y media, las ocho menos cuarto, las ocho... Los bancos no abren hasta las nueve. Se da una ducha larga, se viste como para ir al juzgado, coge una maleta y se la lleva al coche. Regresa y durante los siguientes veinte minutos saca tres cajas de puros de debajo de la cama y las traslada al coche. Pronto las depositará en las mismas tres cajas fuertes que visitó el día antes.

El gran debate que tiene en ascuas a Vanessa es si los tres recipientes que quedan estarán más seguros en el maletero o en su piso, debajo de la cama. Decide compaginarlo: deja dos en casa y se lleva una.

Llama Vanessa para darme la noticia de que ha hecho el tercer y último depósito de la mañana y está de camino a Roanoke para ver al abogado. Le llevo un poco de ventaja: he ido a mis tres bancos un poco más temprano, he hecho los depósitos y ahora me dirijo en coche hacia Miami. Hemos guardado trescientos ochenta de los quinientos setenta lingotes en miniatura. La sensación es agradable, pero no ha desaparecido toda la presión. Si se diera el caso de que el FBI pudiera incautarse de todos los bienes, lo haría. Vaya, que no nos podemos arriesgar. Tengo que sacar el oro del país.

Parto de la premisa de que el FBI no sabe que estoy colaborando con Vanessa. También de que aún no me han relacionado con Nathan Cooley. Son muchas premisas, que no puedo saber si son correctas.

39

Parado cerca de Fort Lauderdale por culpa de unas obras, marco el número de móvil de Rashford Watley, en Montego Bay. Responde con una risa cariñosa, como si fuéramos amigos desde hace décadas. Le explico que he vuelto sano y salvo a mi país y me va todo de perlas. Hace cuarenta y ocho horas que salí de tapadillo de Jamaica, después de despedirme de Nathan y de Rashford, con un miedo cerval a ser detenido por las fuerzas del orden antes del embarque para Puerto Rico. Me parece increíble lo deprisa que ha ido todo. Me recuerdo sin cesar que debo estar concentrado, pensando en el siguiente paso.

Rashford no ha ido a la cárcel desde el domingo. Le explico que Nathaniel ha urdido un plan para empezar a sobornar a los jamaicanos, y que tiene la idea delirante de que volveré con un montón de dinero en metálico. He hecho unas cuantas llamadas y parece que sus antecedentes con la cocaína son bastante extensos. Aún no me puedo creer que el muy idiota intentase meter cuatro kilos de contrabando. En cuanto a lo de la pistola, me parece insólito. Qué capullo.

Rashford se muestra de acuerdo. Dice que ayer lunes habló con el fiscal. Si surten efecto las artes mágicas del abogado, nuestro amiguito tendrá ante sí «unos» veinte años en el sistema penitenciario jamaicano. Francamente, se pronuncia Rashford, parece difícil que sobreviva mucho tiempo en el sistema en cuestión. A juzgar por las palizas recibidas durante sus primeras dos noches en la cárcel, tendrá suerte si resiste toda una semana.

Acordamos que Rashford irá a la cárcel esta tarde, para ver cómo está Nathaniel. Le pido que le comunique que hago todo lo posible para que le liberen, que la visita a su casa salió como estaba planeado y que todo va según dijimos.

—Como quiera —contesta Rashford.

Le pagué sus honorarios, así que técnicamente aún trabaja para mí.

Espero que sea la última vez que hablemos.

Vanessa repite el viaje de tres horas y media entre Richmond y Roanoke, adonde llega puntualmente a las dos del mediodía para ver a Dusty Shiver, el abogado de Quinn Rucker. Al concertar la cita por teléfono aseguró tener pruebas decisivas sobre la causa de Quinn. Dusty, intrigado, trató de sonsacarle algo durante la conversación telefónica, pero Vanessa insistió en que se vieran lo antes posible.

Va luciendo palmito, con una falda bastante corta para llamar la atención. Lleva un pequeño maletín de piel muy elegante. Al verla entrar en su despacho, Dusty salta de la silla y le pide que tome asiento. Una secretaria trae café. Intercambian cuatro naderías hasta que se cierra definitivamente la puerta.

—Iré directamente al grano, señor Shiver —dice Vanessa—. Quinn Rucker es mi hermano, y puedo demostrar que es inocente.

Dusty lo digiere y lo deja en el aire. Sabe que Quinn tiene dos hermanos (Dee Ray y el Alto), y una hermana, Lucinda, todos activos en el negocio familiar. Ahora se acuerda de que había otra hermana ajena a este último, cuyo nombre nunca había salido a relucir.

—Quinn es su hermano —responde casi entre dientes.

—Sí. Me fui de Washington hace unos años y desde entonces mantengo las distancias.

—Bueno, pues la escucho. Adelante.

Vanessa cruza las piernas en el otro sentido. Dusty no aparta la vista de sus ojos.

—Más o menos una semana después de fugarse del centro de Frostburg, Quinn estuvo a punto de sufrir una sobredosis de cocaína en Washington. En la familia estábamos seguros de que la coca acabaría matándole, así que intervinimos. Quinn siempre ha sido el más consumidor. Mi hermano Dee Ray y yo le llevamos en coche a una clínica de rehabilitación cerca de Akron, Ohio, un sitio duro para adictos de verdad. En teoría no podían encerrarlo, porque no había ninguna orden judicial, pero igualmente aceptaron internarlo, como era de esperar. El 7 de febrero, cuando encontraron los cadáveres del juez Fawcett y su secretaria, Quinn llevaba veintiún días de tratamiento. —Saca una carpeta del maletín y la deposita en la mesa de Dusty—. Aquí está toda la documentación. Como acababa de fugarse de la cárcel le ingresaron con un nombre falso, James Williams. No pusieron pegas porque pagamos una fianza de veinte mil dólares en metálico. Tampoco es que hicieran muchas preguntas. Le sometieron a un chequeo completo, con análisis de sangre y todo; vaya, que hay pruebas de ADN de que Quinn estaba en la clínica en el momento de los asesinatos.

—¿Desde cuándo lo sabe?

—No puedo contestar a todo, señor Shiver. En nuestra familia hay muchos secretos y pocas respuestas.

Dusty se la queda mirando. Ella aguanta sin pestañear. Dusty sabe que no podrá enterarse de todo. Además, ahora mismo no es tan importante. Acaba de obtener una victoria de primerísimo orden sobre el gobierno. Ya se empieza a reír.

—¿Por qué confesó?

—¿Por qué se confiesan delitos que no se han cometido? No lo sé. Quinn tiene un trastorno grave de bipolaridad, entre otros problemas. El FBI le estuvo machacando diez horas con todo su arsenal de trucos. Conociendo a Quinn, seguro que hizo trampa. Lo más probable es que les dijera lo que querían para que le dejaran en paz. Puede que se inventase algún cuento para que mareasen un poco la perdiz al intentar verificarlo. No lo sé. ¿Se acuerda de cuando secuestraron al hijo pequeño de los Lindbergh? ¿El secuestro más famoso de la historia?

—Sí, claro, algo he leído.

—Pues ese delito lo confesaron al menos ciento cincuenta personas. En nuestro caso no tiene lógica, pero es que Quinn a veces está loco.

Dusty abre la carpeta. Hay un informe sobre cada uno de los días de Quinn en rehabilitación, desde el 17 de enero al 7 de febrero, el lunes en que encontraron los cadáveres del juez Fawcett y Naomi Clary.

—Aquí pone que salió de la clínica el 7 de febrero por la tarde —dice mientras lee.

—Exacto. Se marchó, o se escapó, y se fue a Roanoke.

—¿Y por qué a Roanoke, si no es demasiado preguntar?

—Ya le digo que hay muchas preguntas que no puedo responder, señor Shiver.

—Vaya, que el día después de que encontrasen los cadáveres se presenta en Roanoke, se emborracha, se mete en una pelea, le detienen y resulta que lleva una fortuna en metálico. Esto tiene muchas lagunas, señorita...

—Sí, es verdad. Ya se irán resolviendo con el tiempo. De

todos modos, ahora mismo no es tan importante, ¿no? Lo importante es que tiene una prueba irrefutable de su inocencia. ¿Verdad que el gobierno no tiene ninguna en contra de mi hermano, aparte de la falsa confesión?

—Correcto. Pruebas tangibles no hay ninguna; solo conductas sospechosas, empezando por el motivo de su presencia en Roanoke. ¿Cómo llegó? ¿De dónde sacaba tanto dinero? ¿Dónde compró las armas robadas? Son muchas preguntas, señorita, pero supongo que no puede contestarlas, ¿verdad?

—Correcto.

Dusty se queda mirando el techo, con las manos en la nuca.

—Tendré que investigarlo —dice tras una larga pausa—. Tendré que ir a la clínica de rehabilitación, hablar con los responsables, tomarles declaración y todas esas cosas. La única manera de cargarnos al FBI es tener una carpeta mucho más gorda con la que les podamos zurrar en la cabeza. Necesitaré veinticinco mil dólares más.

—Se lo comentaré a Dee Ray —dice Vanessa sin titubear.

—Tendremos que darnos prisa, porque faltan dos semanas para la vista preliminar. Me gustaría presentar antes una instancia de sobreseimiento.

—El abogado es usted.

Otra pausa, en la que Dusty apoya los codos en el escritorio y mira a Vanessa.

—Yo conocía mucho al juez Fawcett. No es que fuéramos amigos, pero nos llevábamos bien. Si no le mató Quinn, ¿tiene usted alguna idea de quién fue?

Vanessa ya ha empezado a sacudir la cabeza. No.

La policía encontró la camioneta de Nathan en la zona de aviación no comercial del Aeropuerto Regional de Roanoke el martes a última hora de la mañana. Como era de prever, sus empleados del bar se preocuparon al ver que no aparecía el lunes, y por la tarde empezaron a llamar hasta ponerse en contacto con la policía, que acabó registrando el aeropuerto. Teniendo en cuenta que Nathan había presumido de que se iba a Miami en un avión privado, la búsqueda no fue difícil, al menos la de la camioneta; en cuanto al paradero de Nathan, la policía no tuvo prisa por averiguarlo, puesto que el hallazgo de la camioneta no indicaba de por sí ningún delito. Tampoco ayudó mucho a despertar simpatías por el desaparecido la investigación sobre su nombre y el descubrimiento de que tenía antecedentes penales. Por otro lado, ningún pariente clamaba por que localizasen a su ser querido.

Mediante una búsqueda informática, y unas cuantas llamadas telefónicas, se averiguó que Nathan había comprado su Chevy Silverado dos meses atrás, en un concesionario de Lexington, Virginia, a una hora al norte de Roanoke por la interestatal 81. El precio de venta eran cuarenta y un mil dólares, que pagó en efectivo, en dinero contante y sonante: todo un fajo de billetes de cien que daba gusto verlo.

Ni el dueño del concesionario de Lexington, ni la policía, ni nadie sabía que Nathan había conseguido un comprador de oro.

Por fin encuentro uno.

Tras dos visitas a la cámara acorazada del Palmetto Trust del centro-sur de Miami sigo llevando en el maletero de mi Impala de alquiler exactamente cuarenta y un lingotes en miniatura, por un valor de unos seiscientos mil dólares. La necesidad de cambiar algunos por dinero me obliga a hacer una incursión en las turbias esferas de la compraventa de oro, donde rigen leyes flexibles que se adaptan sobre la marcha, y donde todas las miradas son huidizas y ninguna palabra es de fiar.

Los primeros dos cambistas, localizados en las páginas amarillas, sospechan de mí como representante de las fuerzas del orden y cuelgan enseguida. El tercero, un señor con acento (característica habitual que descubro de inmediato en el sector), quiere saber cómo ha llegado a mis manos un lingote de diez onzas, de oro puro, si es cierto lo que digo.

—Sería largo de contar —respondo, y cuelgo.

El cuarto es un prestamista de poca monta que de puertas afuera se dedica al empeño de electrodomésticos, y de puertas adentro a la compra de joyas. Parece que el quinto tiene posibilidades, pero claro, tendrá que ver lo que le ofrezco. Le explico que no quiero ir a su tienda, para no ser grabado en vídeo. Se queda callado. Sospecho que se está imaginando que le atracan a mano armada y le vacían la caja. Al final quedamos en una heladería justo al lado de su tienda, en un centro comercial de un buen barrio de la ciudad. Acudirá con una gorra negra de los Marlins.

Media hora después tengo delante un helado doble de pistacho. Al otro lado de la mesa, Hassan, un sirio corpulento con barba gris, se está comiendo uno triple de *toffee* de chocolate. A tres metros, otro individuo de tez morena lee el periódico a la vez que se come un yogur helado. Probablemente esté preparado para pegarme un tiro a la menor señal de que pueda dar problemas.

Tras fracasar en nuestro intento de entablar una conversación normal, le paso un sobre arrugado. Dentro hay un solo lingote. Hassan mira a su alrededor, pero la clientela, a excepción del otro sirio, se compone en exclusiva de madres jóvenes con niños de cinco años. Coge el oro en su manaza, lo aprieta, sonríe y da un golpecito en la mesa con una esquina del lingote.

—Uau —murmura.

Esta vez le sale sin acento.

Me sorprende el efecto tranquilizador de una exclamación tan sencilla. No se me había ocurrido que el oro pudiera ser falso, pero de pronto me estimula que lo autentifique un profesional de tomo y lomo.

—Le gusta, ¿eh? —digo como un tonto, más que nada para romper el silencio.

—Muy bonito —dice él mientras mete el lingote en el sobre.

Tiendo la mano y lo cojo.

—¿Cuántos? —pregunta.

—Digamos que cinco: cincuenta onzas. Teniendo en cuenta que ayer, al cierre, el oro estaba a mil quinientos veinte la onza...

—El precio del oro ya lo sé —me interrumpe.

—Claro, claro. ¿Quiere comprar cinco lingotes?

Este tipo de personas nunca contesta sí o no. Mascullan y usan circunloquios, fintas y faroles.

—Puede ser —dice—. Está claro que dependerá del precio.

—¿Cuánto puede ofrecerme? —pregunto, pero sin impaciencia: quedan más compradores de oro en las páginas amarillas, aunque se me está acabando el tiempo y empiezo a estar cansado de la televenta.

—Bueno, señor Baldwin, depende de varias cosas. En estas situaciones lo lógico es pensar que el oro es del tipo... ¿cómo se lo diría? De mercado negro. No sé de dónde lo ha sacado, ni quiero averiguarlo, pero no hay que descartar que se lo... sustrajese al anterior propietario.

—Pero en el fondo ¿qué más da de dónde...?

—¿Consta usted oficialmente como propietario de este oro, señor Baldwin? —pregunta a bocajarro.

Miro a mi alrededor.

—No.

—Obviamente. En tal caso, el descuento por mercado negro es del 20 por ciento. —No es de los que necesitan una calculadora—. Le pagaré mil doscientos veinte dólares por onza —dice en voz baja pero con firmeza, inclinado hacia mí.

Su barba le tapa un poco los labios, y habla con acento, pero se le entiende muy bien.

—¿Por cinco lingotes? —pregunto—. ¿Cincuenta onzas?

—Siempre y cuando los otros cuatro sean de la misma calidad.

—Son idénticos.

—Y usted no tiene ningún tipo de papeles o de documentos, ¿verdad, señor Baldwin?

—Verdad. Ni los tengo ni los quiero. Un simple acuerdo de oro a cambio de dinero, sin recibos, papeles, vídeos ni nada. Que no se sepa de dónde he venido ni adónde me he ido.

Hassan sonríe y tiende la mano derecha. Se la aprieto. Trato hecho. Quedamos al día siguiente a las nueve de la mañana en un bar de la acera de enfrente, de esos con reservados, para que nadie se entrometa en nuestras cuentas. Salgo de la heladería como si hubiera cometido algún delito, repitiéndome algo que debería ser una obviedad: que no tiene nada de ilegal comprar y vender oro, sea con descuento o a precios inflados. No estamos vendiendo crack por la calle. Tampoco se trata de espionaje industrial, sino de una operación de compraventa totalmente legal, ¿o no?

Si alguien nos viera, a Hassan y a mí, juraría que somos dos estafadores que urden nuevas estafas. ¿Y quién se lo podría reprochar? Pero a estas alturas no me importa lo más mínimo.

Estoy corriendo riesgos, pero es que no tengo más remedio. Uno de ellos es Hassan. Lo que ocurre es que necesito dinero en metálico. Para sacar el oro del país será necesario arriesgarse. No hacerlo, sin embargo, podría comportar su pérdida.

Las siguientes dos horas las dedico a hacer compras en tiendas baratas. Compro de todo, desde tableros de backgammon a cajas pequeñas de herramientas, libros de tapa dura y tres portátiles baratos. Después me lo llevo todo a un motel al sur de Coral Gables, donde mi habitación está a pie de calle, y dedico el resto de la noche a montar y desmontar, empaquetar y beber cerveza fría.

Saco los discos duros y las baterías de los portátiles y consigo poner en su lugar tres de mis pequeños lingotes. Encajo en cada libro un lingote en miniatura envuelto en papel de periódico y de aluminio, antes de empaquetarlo con cinta americana muy apretada. En las cajas de herramientas dejo el martillo y los destornilladores, pero quito todo lo demás. Caben cuatro lingotes en cada una, sin problemas. Los tableros de backgammon ofrecen espacio para dos lingotes sin que se vea nada sospechoso. Después uso material de FedEx, UPS y DHL para empaquetarlo todo con cuidado, mientras pasan las horas y estoy como en otro mundo.

Llamo dos veces a Vanessa, y nos ponemos al día. Ella ha vuelto a Richmond y está haciendo lo mismo que yo. Los dos estamos agotados, física y mentalmente; aun así, nos animamos mutuamente a seguir. No es el momento de ralentizar la operación ni de cometer errores.

A medianoche acabo y contemplo mi trabajo. Sobre el aparador hay una docena de paquetes para envío exprés, todos cerrados y con su formulario bien cumplimentado. De aspecto serio, nada sospechoso, contienen un total de treinta y dos lingotes de oro en miniatura cuyo valor aproximado asciende a medio millón de dólares. El papeleo de los envíos internacionales es muy aburrido y no me deja más remedio que mentir en cuanto al contenido. El remitente es M. Reed Baldwin, de Skelter Films, Miami; el destinatario, la misma persona pero en Sugar Cove Villas, número 26, Willoughby

Bay, Antigua. Mi intención es estar presente cuando lleguen. Si los entregan sin ningún contratiempo, es probable que Vanessa y yo repitamos más tarde el mismo tipo de envío. Si sale algo mal, por el contrario, cambiaremos de planes. También hay otro riesgo, y es que registren los paquetes y se incauten de ellos, o alguien robe el oro de camino. De todos modos, confío bastante en que lleguen a su nuevo hogar. Me recuerdo que no estamos mandando ningún tipo de sustancias prohibidas.

Estoy demasiado exaltado para dormir, así que a las dos de la madrugada enciendo la luz y mi portátil y abro el correo electrónico. Escribo un mensaje a Stanley Mumphrey, fiscal del distrito Sur de Virginia, y a Victor Westlake, del FBI, en Washington. De momento el borrador del correo es el siguiente:

Apreciados señores Mumphrey y Westlake:

Lo siento, pero he cometido un grave error. No fue Quinn Rucker quien mató al juez Raymond Fawcett y Naomi Clary. Ahora que estoy fuera de la cárcel he tardado varios meses en comprenderlo e identificar al auténtico asesino. La confesión de Quinn es falsa, como probablemente ya sepan a estas alturas. Carecen ustedes de pruebas tangibles contra él. En estos momentos su abogado, Dusty Shiver, dispone de pruebas que demuestran claramente una coartada infalible que hará que Quinn sea declarado inocente. Prepárense, pues, para que se retiren todas las acusaciones. Perdonen las molestias.

Es de todo punto necesario que hablemos cuanto antes. Tengo un plan de acción muy detallado, y la captura y condena del asesino solo podrán lograrse con una colaboración total por parte de ustedes dos. Mi plan tiene como punto de partida una promesa de inmunidad total para mí y otras personas, y el cierre será el desenlace exacto que ustedes desean. Si trabajamos juntos podremos resolver por fin todo este asunto y lograr que se haga justicia.

Estoy fuera del país, y no tengo la intención de volver nunca más.

Atentamente,

MALCOLM BANNISTER

40

El sueño, como casi siempre, es irregular. De hecho me cuesta tanto conciliarlo y mantenerlo que ni siquiera estoy seguro de haber dormido. Hay tanto que hacer que acabo bebiendo café malo y mirando cualquier cosa en la televisión antes de que haya amanecido. Al final me ducho, me visto, meto los paquetes en el coche y salgo a las calles vacías de Miami en busca de algún sitio donde desayunar. A las nueve, Hassan llega al bar con una bolsa de papel marrón, como si hubiera ido a comprar un par de cosas al colmado. Vamos a un reservado, pedimos café y hacemos nuestras cuentas esquivando a la camarera. Él lo tiene mucho más fácil que yo: después de acariciar los cinco lingotes en miniatura, los mete en los bolsillos interiores de su americana arrugada. Introduzco la mano en la bolsa de papel y cuento con dificultad diez fajos.

—Está todo —dice Hassan vigilando a la camarera—. Sesenta y un mil dólares.

Una vez convencido, cierro la bolsa e intento saborear el café. Hassan se marcha veinte minutos después de haber llegado. Espero un poco más para ir hacia la puerta, nervioso por la idea de que al ir al coche pueda ser asaltado por un equipo de las fuerzas especiales. Reservo veintiún mil dólares para el viaje y distribuyo cuarenta mil en los dos tableros de backgammon que me quedan. Después voy a una oficina de FedEx y me pongo en la fila con cinco paquetes de envío exprés. Observo atentamente lo que hacen los clientes de delante. Llegado el momento, la empleada examina los formularios.

—¿Qué son? —pregunta tan tranquila.

—Cosas de casa, algunos libros... Nada de mucho valor, ni que haya que asegurar —es mi respuesta, ensayada con el máximo cuidado—. Es que tengo una casa en Antigua y la estoy arreglando un poquito.

Asiente como si le interesaran sinceramente mis planes.

Enviar los paquetes con plazo garantizado de tres días cuesta trescientos diez dólares, que saldo con una tarjeta de prepago. Al salir del vestíbulo y dejar el oro a mis espaldas respiro profundamente, esperando que todo salga bien. El GPS del coche de alquiler me sirve para localizar una sucursal de UPS y repetir el mismo procedimiento. Después vuelvo a Palmetto Trust y tardo una hora en acceder a mi caja fuerte. Dejo el resto del dinero y los cuatro lingotes en miniatura que me quedan.

El Aeropuerto Internacional de Miami es tan grande que tardo un poco en encontrar el mostrador de envíos de DHL, pero al final lo localizo y dejo más paquetes. Finalmente me separo de mi Impala en una sucursal de Avis y voy en taxi a la zona de aviación no comercial, que queda muy lejos de la terminal de pasajeros. Hay varias manzanas de hangares para aviones privados, empresas de vuelos chárter y escuelas de vuelo. El taxista se pierde en la infructuosa búsqueda de Maritime Aviation. Necesitarían un cartel más grande, porque el que tienen casi no se ve ni desde la calle más cercana. Cruzo la puerta con tentaciones de soltárselo al recepcionista, pero al final me muerdo la lengua y me relajo.

No paso por ningún detector. Tampoco mi equipaje. Supongo que las terminales de aviación privada no estarán equipadas con estos aparatos. De todos modos he tomado precauciones, en previsión de que me sometan a algún tipo de escáner al llegar a Antigua. Llevo encima unos treinta mil dólares en efectivo, casi todos ocultos en el equipaje. Si me lo revuelven y ponen el grito en el cielo, me haré el tonto y pagaré la multa. He tenido la tentación de pasar de contrabando algún lingote de oro, para ver si es factible, pero es mayor el riesgo que lo que se gana.

A la una y media los pilotos anuncian que es la hora de embarcar. Subimos a un Learjet 35, un avión pequeño, más o menos la mitad que el Challenger del que gozamos brevemente Nathan y yo durante nuestro viaje a Jamaica. En el 35 deben de caber unas seis personas, aunque si fueran todas de sexo masculino y desarrollo normal se tocarían los hombros. Hay un lavabo con un orinal de emergencia debajo de una silla. Se va estrecho, por decirlo con benevolencia, pero qué más da: es mucho más barato que un avión grande, e igual de rápido. Además, soy el único pasajero y tengo prisa.

Aquí está Max Baldwin, con su documentación en regla. Malcolm Bannister se ha jubilado definitivamente. Seguro que tarde o temprano el personal de aduanas se lo notificará a algún espía del FBI, que una vez vencida su perplejidad acudirá a su jefe para darle la noticia. Entonces se pondrán la mano en la barbilla, meditando sobre las intenciones de Baldwin, su obsesión por los aviones privados y el motivo de que gaste tanto dinero. Muchas preguntas, aunque la principal sigue siendo la siguiente: ¿qué coño hace?

Si no se lo digo yo estarán perdidos.

Al alejarnos de la terminal hago un repaso rápido de mi correo electrónico a Mumphrey y Westlake y clico en Enviar.

Es 28 de julio. Salí de Frostburg hace cuatro meses, y de Fort Carson hace dos, con una nueva cara y un nuevo nombre. Mientras me duermo, trato de acordarme de las últimas semanas y ponerlas en perspectiva. El sueño llega al alcanzar los doce mil metros de altitud.

Dos horas después me despiertan unas turbulencias. Miro por la ventana: sobrevolamos a gran velocidad una tormenta veraniega, que hace dar saltos al pequeño avión. Uno de los pilotos se gira y alza el pulgar: todo va bien. Si tú lo dices, colega... Después de unos minutos el cielo vuelve a quedar despejado. Hemos dejado la tormenta atrás, y veo a nuestros pies las hermosas aguas del mar Caribe. Según la pantalla de navegación de la mampara de enfrente estamos a punto de pasar por encima de Saint Croix, una de las islas Vírgenes de Estados Unidos.

Cuántas islas bonitas, y qué variadas... En la biblioteca de la cárcel escondí una guía Fodor del Caribe, muy gruesa, con dos docenas de fotos en color, mapas, listas de consejos al turista y una breve historia de cada isla. Soñaba con estar algún día en el Caribe, libre, a solas con Vanessa en un pequeño velero con el que bogaríamos de isla en isla en la más absoluta libertad, sin restricciones. No sé navegar, ni he tenido nunca un barco, pero Malcolm era así. Ahora Max está iniciando una nueva vida a los cuarenta y tres años, y si se quiere comprar un velero, aprender a navegar y pasarse el resto de la vida de playa en playa, ¿quién se lo podrá impedir?

Los motores reducen un poco su potencia y generan una leve sacudida en el avión. Veo que el capitán acciona la palanca para el largo descenso. Al lado de la puerta hay una pequeña nevera en la que encuentro una cerveza. Sobrevolamos a gran distancia Nevis y Saint Kitts, dos islas que también tienen leyes bancarias muy interesantes; por eso en Frostburg, cuando me sobraba tiempo para mi investigación, las tuve en cuenta. También sopesé la posibilidad de las islas Caimán, pero me enteré de que las ha devorado el ladrillo. Las Bahamas están demasiado cerca de Florida, y son un hervidero de agentes estadounidenses. Puerto Rico no ha llegado a figurar en mi lista porque es un estado asociado. En Saint Bart hay embotellamientos, y en las Vírgenes estadounidenses demasiada delincuencia. En Jamaica ahora vive Nathan. Si elegí Antigua como primera base de operaciones fue porque su población actual es de setenta y cinco mil personas, casi todas negras, como yo: ni demasiado poblada, ni desértica. Se trata de una isla montañosa con trescientas sesenta y cinco playas, una para cada día; al menos es lo que dicen los prospectos y las páginas web. La elegí porque sus bancos tienen fama de ser flexibles, y de saber mirar para otro lado. Si por alguna razón no es de mi gusto, no tardaré en cambiar de lugar. Hay tantos que ver...

Impactamos con la pista de aterrizaje y frenamos con un chirrido. El capitán se vuelve y articula:

—Lo siento.

Los pilotos se enorgullecen mucho de aterrizar con suavidad. Debe de estar avergonzado. Como si me importara... Ahora mismo lo único que me interesa es bajar sano y salvo del avión y entrar sin problemas en el país. En la terminal privada hay otros dos aviones. Por suerte acaba de llegar uno grande, y hay al menos diez americanos adultos con pantalones cortos y sandalias que van hacia la terminal para pasar el control. Me entretengo bastante para unirme al grupo con toda naturalidad. Mientras los agentes de inmigración y aduanas se ocupan de los trámites de rigor, me doy cuenta de que no hay escáneres para los pasajeros privados, ni para su equipaje. ¡Qué bien! Me despido de los pilotos, y al salir del pequeño edificio veo que todos los americanos suben a un minibús que les espera. Se pierden de vista. Me quedo en un banco hasta que aparece mi taxi.

La casa está en Willoughby Bay, a veinte minutos del aeropuerto. Voy en el asiento de detrás, recibiendo en la cara el aire caliente y salobre que entra por las ventanillas mientras subimos sinuosamente una montaña y después bajamos despacio por el lado contrario. Al fondo se ven decenas de barquitos atracados en una bahía, sobre un agua azul que presenta un aspecto completamente inmóvil.

Es una vivienda con dos dormitorios. Forma parte de un bloque de casas iguales. Sin estar en primera línea de mar, se oyen romper las olas. La he alquilado con mi nombre actual. Los tres meses de alquiler han corrido a cuenta de Skelter Films, a través de un cheque. Después de pagar al taxista cruzo la verja de Sugar Cove. En la oficina, una mujer muy agradable me entrega la llave y un folleto con los pormenores del complejo. Entro, pongo en marcha los ventiladores y el aire acondicionado y miro las habitaciones. Un cuarto de hora después estoy dentro del mar.

A las cinco y media exactas, Stanley Mumphrey y dos de sus subordinados se reunieron en torno a un altavoz puesto en el centro de la mesa de una sala de reuniones. Pocos segundos después se oyó la voz de Victor Westlake, que tras una breve ronda de saludos tomó la palabra.

—Bueno, Stan, ¿a usted qué le parece?

—Pues mire, Vic —contestó Stanley, que en las cuatro horas transcurridas desde la recepción del correo electrónico no había pensado en nada más—, yo diría que lo primero es decidir si vamos a confiar otra vez en este tío. ¿No crees? Reconoce que la última vez se equivocó... Pero no admite que ha mentido. Está jugando con nosotros.

—Será difícil volver a confiar en él —dijo Westlake.

—¿Sabe dónde está? —preguntó Mumphrey.

—Acaba de ir de Miami a Antigua en un avión privado. El viernes pasado fue de Roanoke a Jamaica en otro avión privado, y el domingo salió del país como Malcolm Bannister.

—¿Tiene alguna idea de para qué le sirven estos movimientos tan raros?

—Para nada, Stan. No sabemos qué pensar. Ha demostrado una gran habilidad para desaparecer y para mover dinero.

—Bueno, Vic, pues tengo una hipótesis. Suponga que lo de Quinn Rucker fue una mentira. Puede que Rucker forme parte del plan y se prestase a todo para que Bannister pudiera salir de la cárcel. Ahora intentan salvarle. Me huelo una conspiración. Mentiras, asociación delictiva... ¿Y si nos presentamos con una acusación sellada, arrestamos a Bannister y volvemos a meterle en la cárcel para enterarnos de qué sabe sobre el auténtico asesino? Puede que esté más hablador detrás de unos barrotes.

—¿O sea, que le cree? —preguntó Westlake.

—No he dicho eso, Vic, en absoluto, pero, si es verdad lo que pone en el mensaje, y Dusty Shiver tiene una coartada, se nos habrá ido la causa al carajo.

—¿Piensa que deberíamos hablar con Dusty?

—No hará falta. Si tiene las pruebas las veremos muy pronto. Una cosa que no entiendo, una de las muchas, es que se hayan guardado tanto tiempo las pruebas.

—Exacto —dijo Westlake—. Una de las teorías que se nos ocurren es que Bannister necesitaba tiempo para encontrar al asesino; eso si nos creemos lo que dice, claro. Francamente, ahora mismo no sé qué pensar. ¿Y si Bannister sabe la verdad? Nosotros no tenemos nada, ni una prueba tangible. La confesión muy sólida no es. Como Dusty tenga algo irrefutable, acabaremos todos por morder el polvo.

—Pues les imputamos y les exprimimos —dijo Mumphrey—. Mañana convocaré al gran jurado, y en veinticuatro horas tendremos una imputación. ¿Será complicado traernos a Bannister de Antigua?

—Un coñazo. Habrá que extraditarle. Podría tardar meses, con el riesgo añadido de que vuelva a desaparecer. El tío es listo. Espere a que hable con el jefe antes de convocar al gran jurado.

—Vale, pero el hecho de que Bannister pida la inmunidad parece señal de que ha cometido algún delito y quiere pactar, ¿no le parece?

Westlake guardó un segundo de silencio.

—Los inocentes no suelen pedir la inmunidad —dijo—. Puede pasar, pero es muy raro. ¿A usted qué delito se le ocurre?

—No tengo nada claro, pero ya lo encontraremos. Lo primero que se me viene a la cabeza es la extorsión. Seguro que podríamos forzar un poco la ley RICO para que encajase. Asociación delictiva para obstaculizar el proceso judicial. Falsedad ante el tribunal y el FBI. Ahora que lo pienso, cuanto más hablamos más se alarga la lista de acusaciones. Me estoy cabreando, Vic. Bannister y Rucker eran colegas en Frostburg, y todo este plan se lo montaron juntos. Rucker se fugó en diciembre. Al juez Fawcett le mataron en febrero, y ahora parece que Bannister nos endilgó un montón de chorradas sobre Rucker y su móvil. No sé usted, Vic, pero empiezo a tener la sensación de que me han tomado el pelo.

—No nos exaltemos. Lo primero es averiguar si Bannister dice la verdad.

—Vale, ¿y eso cómo se hace?

—Vamos a esperar a ver qué tiene Dusty. Mientras tanto hablaré con mi jefe, y mañana nos decimos algo.

—Venga.

41

En un estanco del centro de Saint John veo algo que me deja de piedra y luego me hace sonreír. Es una caja de Lavo, un puro no muy conocido que lían a mano en Honduras, y que en Estados Unidos cuesta el doble. El de diez centímetros lo venden en Antigua por cinco dólares, y en Vandy's Smokes, un estanco del centro de Roanoke, por diez. Era donde tenía la costumbre de comprar su marca favorita el juez Fawcett. En la parte trasera de cuatro de las catorce cajas de Lavo que tenemos guardadas en los bancos hay adhesivos blancos y cuadrados con el número de teléfono y la dirección de Vandy's.

Compro veinte Lavo de los grandes y contemplo la caja. No es de cartón, sino de madera, con el nombre en la parte superior, como grabado a mano. Se sabía que el juez Fawcett salía a pescar en canoa por el lago Higgins, y que gozaba de la soledad con un Lavo en la boca. Es evidente que guardaba las cajas vacías.

El centro está tranquilo, porque aún no han llegado los cruceros. Sentados a la sombra, fuera de las tiendas, los vendedores charlan y se ríen en su encantadora y musical versión del idioma de Shakespeare. Me paseo de tienda en tienda sin fijarme en la hora. He pasado del tedio embrutecedor de la vida en la cárcel a la locura y el vértigo de seguir los pasos de un asesino y su botín, y ahora al ritmo lánguido de la vida isleña. Huelga decir que prefiero lo último, pero también porque es ahora, el presente, y el futuro. Max es una persona nueva, con una vida renovada, y sus antecedentes se están quedando rápidamente en el olvido.

Me compro ropa (de playa: pantalones cortos y camisetas) y entro sin prisa en mi banco, el Royal Bank of the East Caribbean. Tonteo un poco con la chica mona del mostrador, hasta que me remite a las personas indicadas. Finalmente me presento ante la encargada de la cámara, que tras estudiar mi pasaporte me lleva a las entrañas del banco. En mi primera visita, hace nueve semanas, alquilé dos de las cajas fuertes más grandes. Ahora que estoy solo frente a ellas, dejo un poco de dinero y unos papeles sin valor y me pregunto cuánto tiempo tardarán en contener pequeños lingotes de oro. Al salir tonteo un poco más y prometo volver pronto.

Alquilo un escarabajo descapotable para un mes, bajo la capota, enciendo un Lavo y me dispongo a visitar la isla. En pocos minutos empiezo a marearme. Ya no me acuerdo de la última vez que fumé un puro. Tampoco sé muy bien por qué lo hago. El Lavo es corto y negro, fuerte incluso a simple vista. Lo arrojo por la ventanilla y sigo conduciendo.

La carrera la gana FedEx. Los primeros paquetes llegan el lunes, sobre las doce del mediodía. Veo frenar la camioneta mientras merodeo por Sugar Cove, nervioso. A estas alturas la señorita Robinson, que es esa chica tan amable que atiende en la oficina, ya se conoce la versión completa del relato ficticio: soy escritor y director de cine, y me voy a pasar tres meses recluido en el complejo para acabar contrarreloj una novela y un guión basado en esta. Mientras tanto mis socios ya están rodando las escenas preliminares. Blablablá. De ahí que esté a la espera de unos veinte paquetes urgentes de Miami: manuscritos, informes de investigación, vídeos y hasta algún aparato. Se la ve impresionada.

La verdad es que me muero de ganas de no tener que contar más mentiras.

Entro en mi casa y abro las cajas. Saco dos lingotes de un tablero de backgammon, cuatro de una caja de herramientas, uno de una novela en rústica y dos de otro tablero de backgammon: un total de nueve, que parecen haber hecho intactos el viaje desde Miami a Antigua. Me pregunto con frecuencia por su historia. ¿Quién extrajo el oro? ¿En qué continente? ¿Quién lo acuñó? ¿Cómo entró en el país? Y tal y cual. Y eso que sé que son interrogantes que no obtendrán respuesta.

Me apresuro a ir a Saint John, al Royal Bank of the East Caribbean, y pongo a buen recaudo el valioso metal.

En mi segundo mensaje por correo electrónico a los señores Westlake y Mumphrey escribo lo siguiente:

¡Hola, señores!

Vuelvo a ser yo. Vergüenza debería darles no haber respondido a mi mensaje de hace dos días. Si quieren encontrar al asesino del juez Fawcett tienen que mejorar sus habilidades comunicativas.

Seguro que su primer impulso ha sido montar alguna falsa acusación e intentar pillarnos a Quinn Rucker y a mí. No lo pueden evitar; por algo son del FBI, y lo llevan en la sangre. ¿Qué tendrá nuestro sistema judicial, que les da tantas ganas de encarcelar a todo el mundo? La verdad es que da pena. En la cárcel conocí a mucha buena gente, incapaz de hacer físicamente daño a nadie, y que de ninguna manera volvería a cagarla, pero que gracias a ustedes cumple largas condenas y ya no volverá a levantar cabeza.

Pero me estoy apartando del tema. Ni se les ocurra lo de una nueva acusación, porque no se aguantará ni con muletas. Bueno, ya sé que eso nunca les ha disuadido, pero es que no hay ni una sola sección de su ingente código federal que puedan usar contra mí.

Lo más importante es que no me pueden pillar. Como hagan alguna tontería volveré a desaparecer. A la prisión no vuelvo nunca más.

Adjunto a este mensaje cuatro fotos a color. Las tres primeras son todas de la misma caja de puros, larga, de madera oscura, hecha a mano en alguna parte de Honduras. Dentro de esta, un trabajador dispuso con cuidado veinte Lavo, un puro fuerte, negro, intenso, casi mortal, de punta cónica. Después enviaron el producto a un importador de Miami, quien a su vez lo envió a Vandy's Smokes, en el centro de Roanoke, donde fue adquirido por el honorable Raymond Fawcett. Durante muchos años el juez Fawcett fumó Lavo y guardó las cajas vacías. Es posible que encuentren algunas al registrar la cabaña después de los asesinatos. Tengo la corazonada de que si hablan con el dueño de Vandy's descubran que conocía mucho al juez Fawcett, y sus curiosos gustos en materia de puros.

La primera foto es de la caja tal como se vería en una tienda. Es un cuadrado perfecto de doce centímetros de alto, cosa rara en las cajas de puros. La segunda fotografía está hecha desde un lateral. La tercera es de la parte trasera, y se ve muy bien el adhesivo blanco de Vandy's Smokes.

Esta caja se la quitaron al juez Fawcett poco antes de su ejecución. Ahora está en mi poder. Se la daría, pero estoy casi seguro de que lleva huellas dactilares del asesino y me daría mucha rabia estropear la sorpresa.

La cuarta imagen es la razón de que estemos todos alrededor de la mesa. Es de tres lingotes de oro de diez onzas, miniaturas perfectas sin ninguna señal de registro o identificación. (Ya volveré más tarde sobre el tema.) Estas cositas estaban guardadas en la caja fuerte del juez Fawcett, a razón de treinta por cada caja de puros.

Bueno, pues ya tenemos resuelto un misterio. ¿Por qué le asesinaron? Alguien sabía que tenía oro a espuertas.

Sin embargo, aún les persigue el gran misterio. ¡El asesino sigue suelto, y después de seis meses de tropiezos, palos de ciego, aspavientos, poses y mentiras, NO TIENEN NINGUNA PISTA!

Venga, señores, no le den más vueltas. Lleguemos a un acuerdo y a otra cosa, mariposa.

Su amigo,

MALCOLM

Victor Westlake canceló la enésima cena con su mujer, y el viernes a las siete de la tarde entró en el despacho de su jefe, el director del FBI, George McTavey. Dos de los secretarios de este último se quedaron para tomar notas y buscar expedientes. Exhaustos todos por una semana interminable, ocuparon una larga mesa de reuniones.

Sobraban los antecedentes, porque McTavey estaba al corriente de todo.

—¿Hay algo que no sepa? —fue su primera pregunta, como siempre; una pregunta previsible, que más valía responder con veracidad.

—Sí —contestó Westlake.

—Pues venga, cuéntemelo.

—La subida del precio del oro ha generado una demanda enorme, que hace que nos encontremos con todo tipo de estafas. Todos los prestamistas del país se han vuelto comerciantes de oro, así que ya puede imaginarse la cantidad de porquerías que circulan. El año pasado, en Nueva York, investigamos a una serie de comerciantes bastante consolidados que se dedicaban a fundir oro, diluirlo y venderlo como si fuera puro. De momento no hay imputados, pero tampoco se ha archivado la causa. En el transcurso de esa investigación un informador que trabajaba para un comerciante se hizo con un lingote de diez onzas que no llevaba ninguna identificación. 99,9 por ciento de pureza: oro del mejor, y a un precio inhabitual. Al seguir la pista del lingote descubrió que de vez en cuando venía un tal Ray Fawcett a vender unos cuantos con algo de descuento, a cambio de dinero en efectivo, claro. Tenemos un vídeo de Fawcett en la tienda, que está en la calle Cuarenta y siete; es una grabación de diciembre pasado, dos meses antes del asesinato. Parece que cogía el coche un par de veces al año para ir a Nueva York, cerrar la operación y regresar a Roanoke con un saco de dinero. El registro no está completo, pero por lo que sabemos parece que en los últimos cuatro años vendió como mínimo seiscientos mil dólares en oro en Nueva York; lo cual no tiene nada de ilegal, siempre y cuando Fawcett fuera el propietario legítimo del oro.

—Muy interesante. ¿Pero?

—Le he enseñado a nuestro informador la foto del oro, la de Bannister, y dice que son idénticos. El oro lo tiene Bannister. Lo que no podemos saber es cuánto. Tanto la caja de puros como el oro coinciden. Si partimos de la premisa de que lo obtuvo del asesino, no cabe duda de que sabe la verdad.

—¿Y cuál es su teoría?

—Malcolm Bannister y Quinn Rucker cumplieron condena juntos en Frostburg, y eran más amigos de lo que pensábamos. Uno de los dos sabía lo de Fawcett y su alijo de oro, así que planearon el tinglado. Rucker se fugó de la cárcel y entró en rehabilitación para tener una coartada. Esperaron a que actuase el asesino. Cuando lo hizo, se puso en marcha el plan. Bannister da el chivatazo contra Rucker, que confiesa en falso. La confesión hace que se le impute de inmediato y que Bannister salga de la cárcel. Una vez fuera se somete al programa de protección de testigos, lo abandona y encuentra al asesino y el oro.

—¿Y no habría tenido que matar al asesino para conseguir el oro?

Westlake se encogió de hombros, porque no tenía ni idea.

—Puede que sí y puede que no. Bannister quiere la inmunidad. Nosotros pensamos que también exigirá que se libere a Rucker por el artículo 35. A Quinn le quedan cinco años de la primera sentencia, más unos cuantos por la fuga. Póngase en la piel de Bannister. ¿Por qué no intentar que salga un amigo? Si el asesino estuviera muerto, es posible que a Quinn no se le pudiese aplicar el artículo 35. No lo sé. Los abogados están abajo, dando vueltas al asunto.

—Siempre es un consuelo —dijo McTavey—. ¿Cuál es el inconveniente de pactar con Bannister?

—Que ya pactamos una vez y nos mintió.

—Vale, pero ¿ahora qué gana con mentir?

—Nada. Tiene el oro.

El rostro cansado y preocupado de McTavey se inundó bruscamente de jovialidad. Echó las manos hacia arriba, riéndose.

—¡Fabuloso! ¡Genial! ¡Me encanta! A este tío tendríamos que contratarle, porque es mucho más listo que nosotros. No hacen falta huevos ni nada... Consigue que encausen a su amigo del alma por asesinar a un juez federal, un crimen que vale una condena a muerte, y durante todo ese tiempo sabe que puede revertir la situación y dejarle en libertad. ¿Va en serio? Parecemos unos memos.

Westlake no pudo evitar participar de su alegría. Sonrió, mientras hacía gestos de incredulidad con la cabeza.

—No miente, Vic —dijo McTavey—, porque no le hace falta. Cuando eran importantes las mentiras era antes, durante la primera fase del proyecto, pero ahora no; llegó el momento de la verdad, y Bannister la sabe.

Westlake asintió con la cabeza.

—Entonces ¿cuál es nuestro plan?

—¿Qué fiscal lleva la causa? ¿Cómo se llama?

—Mumphrey. Va por ahí gruñendo sobre otra imputación, pero no la habrá.

—¿Lo sabe todo?

—No, claro que no. No sabe que sabemos que Fawcett vendía oro en Nueva York.

—Mañana por la mañana desayunaré con el fiscal general del estado. Le explicaré lo que estamos haciendo y seguro que mete a Mumphrey en vereda. Propongo que se reúnan los dos con Bannister lo antes posible y aten los cabos sueltos. Mire, Vic, estoy francamente cansado del juez Fawcett, ¿me entiende?

—Sí.

42

Espero otro vuelo con retraso en la asfixiante terminal del Aeropuerto Internacional V.C. Bird, pero no estoy agobiado ni nervioso, en absoluto. Llevo cuatro días en Antigua y ya tengo el reloj metido en un cajón. Me dejo llevar por el ritmo de la isla. Son cambios sutiles, pero estoy purgando mi organismo lentamente de los hábitos frenéticos de la vida moderna. Mis movimientos son más lentos; mis ideas, más fluidas, y carezco de metas. Vivo en el presente, con alguna que otra ojeada perezosa al futuro; por lo demás... tranqui, tronqui.

Al bajar por la escalera del vuelo de San Juan, Vanessa parece una modelo: sombrero de paja de ala ancha, gafas de sol de diseño, un vestido de verano deliciosamente corto y la elegancia natural de una mujer que se sabe un bombón. Diez minutos después estamos a bordo del escarabajo, y una de mis manos se ha posado en su muslo. Me informa de que la han despedido por tomarse demasiado tiempo libre. Y por insubordinación. Nos reímos. ¿Qué más da?

Vamos directamente a comer en el Great Reef Club, sobre un acantilado con vistas hipnóticas al mar. La clientela, personas adineradas, es británica. Somos los únicos comensales negros, aunque lo sea todo el servicio. La comida no pasa del aprobado. Nos comprometemos a frecuentar los lugares de la gente corriente. Técnicamente somos ricos, supongo, pero parece imposible pensar en esos términos. Lo que más queremos no es necesariamente el dinero, sino la libertad y la seguridad. Supongo que nos acostumbraremos a vivir mejor.

Después de un chapuzón, Vanessa quiere salir a conocer Antigua. Bajamos la capota, buscamos una emisora de reggae por la radio y volamos por las estrechas carreteras como dos jóvenes enamorados que por fin se escapan. Al tocarle las piernas, y verla sonreír, me cuesta asimilar que hayamos llegado tan lejos. Me maravillo de la suerte que hemos tenido.

La cumbre es en el hotel Blue Waters, en la punta noroeste de la isla. Entro solo en la alegre recepción del pabellón principal, un edificio de estilo colonial, y veo a dos agentes mal disfrazados de turistas, que beben refrescos intentando parecer inofensivos. Aquí los viajeros de verdad no tienen nada de forzado; quien no encaja es un agente del FBI haciéndose el turista. Tengo curiosidad por saber cuántos agentes, ayudantes del fiscal, subdirectores, etcétera, habrán logrado plaza en este viajecito a las islas, consortes incluidas, cómo no, y todo a cuenta del tío Sam. Entre arcos, celosías y vallas de madera llego a un ala donde pueden celebrarse reuniones de trabajo.

Mi cita es en una pequeña suite del primer piso con vistas a la playa. Me reciben Victor Westlake, Stanley Mumphrey y cuatro hombres más cuyos nombres no intento ni memorizar. Los trajes oscuros y las corbatas sosas han dejado su sitio a camisas de golf y bermudas. Aunque ya estemos en agosto, la mayoría de las piernas blanquecinas de la sala aún no han visto el sol. El ambiente es desenfadado. Nunca había visto tantas sonrisas en una reunión importante. Son luchadores de élite contra el delito, hombres acostumbrados a días duros sin humor; para ellos, esta pequeña diversión es como un sueño.

Me acomete por última vez el temor de que sea una trampa. Podría estar entrando por mi propio pie en una ratonera, donde ellos se dispongan a blandir alguna imputación, orden de búsqueda, de extradición o cualquier otra cosa que permita meterme otra vez en la cárcel. Por si así fuera, Vanessa tiene un plan que garantiza la protección de nuestros bienes. Está a doscientos metros, esperando.

No hay sorpresas. Los parámetros han sido discutidos por teléfono, así que podemos ir al grano. Stanley llama por un manos libres a Roanoke, al despacho de Dusty Shiver, que ya no representa solo a Quinn Rucker, sino a su hermana Vanessa y a mí. Al ponerse, Dusty hace un chiste malo sobre la pena que le da no estar en Antigua, pasándolo en grande. Los del FBI se mondan de risa.

Lo primero que hacemos es repasar el acuerdo de inmunidad, que básicamente estipula que el gobierno no nos procesará ni a mí, ni a Quinn, ni a Vanessa Young, ni a Denton Rucker (más conocido como Dee Ray) por ningún posible delito en la investigación del asesinato del juez Raymond Fawcett y Naomi Clary. Les han hecho falta catorce páginas para explicarlo, pero no le encuentro ninguna pega al texto. También lo ha repasado Dusty, que quiere que el equipo de Mumphrey cambie algunos detalles. Algo tendrán que discutir, siendo abogados... Pero acaban poniéndose de acuerdo. Tras una nueva redacción del documento, hecha allí mismo, en la sala, lo firmamos y se lo enviamos por correo electrónico a un magistrado federal que está de guardia en Roanoke. Media hora después recibimos por la misma vía una copia con el visto bueno y la firma del magistrado. Ya somos jurídicamente intocables.

La libertad de Quinn es un poco más complicada. En primer lugar tenemos un auto de sobreseimiento que le absuelve de todas las acusaciones relativas a los asesinatos. El texto contiene algunas fórmulas benévolas incorporadas por Mumphrey y sus chicos con la intención de no quedar tan mal por haber encausado a un inocente. Dusty y yo protestamos. Al final se eliminan dichas fórmulas y se envía el auto por correo electrónico al magistrado de Roanoke, que lo firma de inmediato.

El segundo paso es una instancia en la que se solicita aplicar el artículo 35 a fin de conmutar la sentencia y dejar a Quinn en libertad. Se ha presentado en el mismo juzgado federal de Washington donde le condenaron por distribución de cocaína. Quinn, sin embargo, sigue encarcelado en Roanoke. Repito lo que ya he dicho muchas veces: que no cumpliré mi parte del trato hasta que le hayan dejado en libertad. Y punto. De hecho ya estaba acordado, pero requiere que se coordinen una serie de personas, con la consideración adicional de que ahora las instrucciones llegan de un país llamado Antigua, una pequeña mancha en el mar. Podemos contar con el juez que condenó a Quinn en Washington, pero ahora mismo está ocupado. El cuerpo de alguaciles siente la necesidad de intervenir, e insiste en trasladar a Quinn cuando llegue el momento. Durante un buen rato cinco de los seis abogados de la reunión hablan por el móvil; dos de ellos teclean al mismo tiempo en sus portátiles.

Descansamos un poco. Vic Westlake me pide que le acompañe a beber algo fresco. Encontramos una mesa junto a la piscina, bajo un porche, sin ninguna otra persona cerca, y pedimos té helado. Victor se finge contrariado por la pérdida de tiempo, y blablablá. Doy por seguro que lleva algún tipo de micro, y que probablemente quiera hablar del oro. Soy todo sonrisas, con la relajación del antiguano en el que me he convertido. Mi radar, sin embargo, está en alerta máxima.

—¿Y si necesitáramos que declarase en el juicio? —me pregunta, solemne.

—Ya lo habíamos discutido con pelos y señales. Creía que estaba todo claro.

—Ya, ya, pero ¿y si necesitamos alguna prueba más?

Teniendo en cuenta que aún no sabe el nombre del asesino, ni lo que pasó, la pregunta es un poco precipitada. Debe de estar preparando el terreno para algo más.

—Mi respuesta es no, ¿vale? Lo he dejado bien claro: no tengo ninguna intención de volver a Estados Unidos. Me estoy planteando muy en serio renunciar a la nacionalidad y hacerme antiguano al cien por cien; y si no vuelvo a pisar el país, me moriré feliz.

—¿No le parece una reacción un poco exagerada, Max? —dice Victor, con un tono que me parece despreciable—. Ahora goza de inmunidad total.

—Para usted es muy fácil decirlo. Nunca ha estado en la cárcel por un delito que no cometió. El FBI ya me trincó una vez, y ha estado a punto de destrozarme la vida. No se repetirá. Es una suerte tener otra oportunidad, y aunque parezca raro me resisto un poco a volver a entrar en su jurisdicción.

Bebe té y se limpia la boca con una servilleta de tela.

—Otra oportunidad. Navegar mientras se pone el sol, cargado de oro.

Me limito a mirarle. Su respuesta tarda unos segundos, y es un poco forzada.

—Del oro aún no hemos hablado, ¿verdad, Max?

—No.

—Pues adelante. ¿Qué le da derecho a quedárselo?

Contemplo un botón de su camisa.

—No sé de qué habla —digo con claridad—. No tengo el oro. Punto.

—¿Y los tres lingotes en miniatura de la fotografía que envió la semana pasada?

—Eso es una prueba. Se los daré a su debido tiempo, con la caja de puros de las otras fotos. Sospecho que todo está cubierto de huellas digitales, tanto de Fawcett como del asesino.

—Genial. Pues entonces la gran pregunta será: ¿dónde está el resto del oro?

—No lo sé.

—Vale. Convendrá, Max, en que para acusar al asesino será importante saber qué había en la caja fuerte del juez. ¿Cuál fue la causa de que le mataran? En algún momento tendremos que saberlo todo.

—Puede que nunca lo sepan. Lo que no faltarán serán pruebas para condenar al asesino. Si el gobierno la caga en el proceso, no será problema mío.

Un poco más de té, y una mirada de exasperación.

—No tiene derecho a quedárselo, Max.

—¿A quedarme qué?

—El oro.

—No lo tengo. Ahora bien, si hablamos hipotéticamente, me parece que en una situación así el botín no es de nadie, y menos del gobierno, porque no se lo quitaron a los contribuyentes. Nunca ha sido de ustedes, ni tienen derecho a que lo sea. Tampoco lo han visto. A estas alturas ni siquiera están seguros de que exista. No pertenece al asesino. El homicida también es un ladrón que se lo robó a un funcionario que quizá se dejó sobornar. Y si pudieran encontrar de alguna manera la procedencia original del botín, e intentar devolverlo, se esconderían todos debajo de la mesa o saldrían pitando. Ahí está, pero como en las nubes, igual que internet. No es de nadie.

Acompaño esta respuesta, muy bien ensayada, con un gesto que señala hacia arriba. Westlake sonríe, porque los dos sabemos la verdad. Le brillan los ojos como si tuviera ganas de rendirse y decir entre risas: «Menuda faena». Cosa que no hace, por supuesto.

Al volver a la suite nos dicen que el juez de Washington sigue ocupado en asuntos de mayor enjundia. Como no tengo la menor intención de perder el tiempo en una mesa con el FBI, salgo a dar un paseo por la playa. Llamo a Vanessa para decirle que la cosa va despacio, y que no, no he visto esposas ni pistolas. De momento todo ha sido limpio. En principio no deberían tardar mucho en soltar a Quinn. Ella me dice que Dee Ray está en el despacho de Dusty, esperando a su hermano.

Durante la pausa de la comida, el juez que había condenado a Quinn a siete años por tráfico de drogas firmó a regañadientes una orden de conmutación por el artículo 35. El día antes mantuvo una conversación con Stanley Mumphrey, Victor Westlake, el jefe de este último, George McTavey y —para hacer hincapié en la importancia de lo que tenía entre manos— el fiscal general del estado.

Quinn salió inmediatamente de la cárcel de Roanoke y se lo llevaron al bufete de Dusty Shiver, donde abrazó a Dee Ray y se cambió de ropa, poniéndose tejanos y un polo. Ciento cuarenta días después de que le detuvieran como fugitivo en Norfolk, Virginia, Quinn es un hombre libre.

Cuando todas las órdenes y los documentos llevan las firmas de rigor, y han sido examinadas y verificadas, casi son las dos y media. Salgo de la sala en el último momento y llamo a Dusty, que me asegura que les tengo «por el pescuezo», que los papeles están bien, que se están protegiendo todos los derechos y están siendo cumplidas las promesas.

—Ya puede desembuchar —dice riéndose.

Seis meses después de mi llegada a la institución correccional federal de Louisville acepté revisar la causa de un traficante de drogas de Cincinnati. El tribunal había cometido un grave error de cálculo en la extensión de su condena. El fallo era de bulto, así que presenté una instancia para que le soltasen enseguida, por tener más que cumplida su sentencia. Fue una de esas pocas veces en las que sale todo deprisa y bien. En dos semanas el feliz cliente estaba en su casita. Como era de prever, corrió la voz y en la cárcel se me tuvo de inmediato por un gran experto en derecho penitenciario, capaz de obrar milagros. De pronto me llovieron peticiones para que aplicase mis artes mágicas a la revisión de un verdadero alud de causas. El revuelo tardó cierto tiempo en apagarse.

Por esas fechas apareció en mi vida alguien a quien llamaremos Nattie, y que me ocupó más tiempo del que habría querido. Era un chico blanco, flaco, a quien habían empapelado por distribución de meta en Virginia Occidental. Insistió en que revisara su causa y, mediante un chasquido de mis dedos, le sacase de la cárcel. Como me caía bien eché un vistazo a sus papeles e intenté convencerle de que no había nada que hacer. Entonces empezó a hablar de un soborno. Lo primero fueron vagas referencias a una gran cantidad de dinero escondida en algún sitio, parte de la cual podía ser mía si lograba sacarle de la cárcel. Se negaba a creer que no pudiera ayudarle. En vez de aceptar la realidad se engañó cada vez más y se afianzó en su convicción de que yo podía encontrar una laguna jurídica, presentar una instancia y devolverle la libertad. Al final acabó por mencionar una determinada cantidad de lingotes de oro. Me imaginé que estaba delirando. Ante mi rechazo, Nattie quiso demostrarme que tenía razón contándome toda la historia. Me hizo jurar que no se lo diría a nadie, y me prometió la mitad de la fortuna a cambio de que le ayudase.

En los años de la adolescencia, Nattie, que de niño ya era un ladronzuelo consumado, fue metiéndose en el mundo de la meta. Se pasaba la vida en movimiento, esquivando a las fuerzas del orden, a los cobradores, a los sheriffs con órdenes de arresto, a los padres de chicas embarazadas y a los rivales cabreados de otras bandas. Intentó rehabilitarse varias veces, pero siempre acababa recayendo en el delito a la primera de turno. Testigo de que sus primos y amigos se destrozaban la vida con la droga, como adictos y presos, sus ansias de una vida mejor eran sinceras. Un día, mientras trabajaba de cajero en una tienda rural de los alrededores de Ripplemead, un pueblo de las montañas, fue abordado por un desconocido que le ofreció diez dólares por hora a cambio de un trabajo manual. Fue la primera y última vez que vieron a ese extraño en la tienda. Nattie cobraba cinco dólares por hora, en negro, así que no se lo pensó. A la salida del trabajo fue al lugar acordado y siguió al hombre por un estrecho camino de tierra hasta una cabaña de madera situada a los pies de una ladera, a orillas de un pequeño lago. El desconocido solo le dijo que se llamaba Ray. Llevaba una camioneta muy chula, con una caja de madera en la zona de carga. Resultó que dentro había una caja fuerte de más de doscientos kilos, que Ray no podía mover solo, así que echaron una polea con un cable por encima de una rama y consiguieron bajar la caja primero al suelo y luego al sótano de la cabaña; un trabajo aburrido, agotador. Casi tardaron tres horas en situar el compartimento de seguridad en la vivienda. Ray pagó a Nattie en metálico, le dio las gracias y se despidió.

Nattie se lo contó a su hermano Gene, que estaba por la zona, escondiéndose del sheriff de dos condados más allá. Curiosos por saber qué contenía la caja fuerte, los hermanos decidieron investigar. Una vez seguros de que Ray había salido de la cabaña intentaron entrar a la fuerza, pero se encontraron con puertas de roble macizo, cristales irrompibles y cerrojos inexpugnables, así que optaron por desmontar una ventana entera del sótano. Al entrar no encontraron la caja fuerte, pero sí lograron identificar a Ray: un vistazo a los papeles de un escritorio les hizo saber que su vecino era ni más ni menos que un juez federal, un personaje importante de Roanoke. Había incluso un artículo de prensa sobre un juicio importante presidido por Raymond Fawcett, algo relativo a minas de uranio en Virginia.

Fueron a Roanoke, buscaron los juzgados y asistieron a dos horas de declaraciones. Nattie se había puesto gafas y una gorra de béisbol, por si el juez, aburrido, echaba un vistazo por la sala, pero el público era abundante, y Ray no levantó la vista ni una sola vez. Convencidos de que el asunto prometía, los hermanos volvieron a la cabaña, entraron de nuevo por la ventana del sótano y buscaron por segunda vez la caja fuerte. Tenía que estar en el sótano, porque era donde la habían dejado Nattie y el juez. Había toda una pared de estanterías, llena de gruesos tomos de jurisprudencia. Los hermanos llegaron a la conclusión de que tenía que haber un hueco detrás de la pared, así que sacaron los libros con cuidado, uno por uno, y después de haber visto lo que había detrás los devolvieron a su sitio. Tardaron bastante, pero al final encontraron una palanca con la que giraba una parte de la estantería. Allí, detrás, estaba la caja fuerte esperando que la abriesen. La apertura resultó imposible debido a la presencia de una serie de botones donde había que introducir, cómo no, una clave. Se pasaron uno o dos días probando sin suerte. Estaban mucho tiempo en la cabaña, pero siempre se esmeraban en no dejar ninguna huella. Un viernes Gene fue a Roanoke, que quedaba más o menos a una hora de camino, y se acercó al juzgado para ver si estaba el juez. Se quedó bastante tiempo hasta que Ray levantara la sesión hasta el lunes a las nueve, después del fin de semana. Entonces le siguió a su piso y le pareció que metía en la camioneta varias bolsas de supermercado, una nevera, unas cuantas botellas de vino, un saco de deporte, dos grandes maletines y un montón de libros. Ray salió de su apartamento y condujo a solas hacia el oeste. Gene, por su parte, llamó a Nattie y le dijo que el juez iba para allá. Nattie puso orden en la cabaña, colocó en su lugar la ventana del sótano, barrió las huellas de botas que pudiera haber en las inmediaciones del porche y se subió a un árbol, a cincuenta metros. Una hora más tarde llegó el juez Fawcett, descargó la camioneta y se aprestó a hacer la siesta en una hamaca del porche, mientras Nattie y Gene le observaban desde el frondoso bosque que rodeaba la casa. Al día siguiente, que era sábado, el juez Fawcett arrastró su canoa hasta el borde del agua, puso dos cañas de pescar y algunas botellas de agua, encendió un puro corto y negruzco y se adentró en el lago Higgins. Mientras Nattie le vigilaba con unos prismáticos, Gene desmontó la ventana y entró rápidamente en el sótano. La puerta estaba abierta, y la caja fuerte a la vista, pero cerrada a cal y canto. Tampoco esta vez había suerte. Gene se apresuró a salir, encajó la ventana y se refugió en el bosque.

Estaban decididos a averiguar qué había en la caja fuerte, pero al mismo tiempo eran pacientes. Ray no sospechaba en absoluto que le vigilasen, y si cada semana engrosaba su tesoro no había ninguna prisa. Durante dos viernes seguidos Gene vigiló por fuera los juzgados de Roanoke, pero el juez trabajaba hasta tarde. Faltaba poco para un festivo nacional, así que supusieron que estaría preparándose para un fin de semana largo. Según la prensa el litigio estaba siendo arduo y muy disputado, con mucha presión sobre Fawcett. La suposición resultó ser correcta: el viernes se levantó la sesión a las dos de la tarde hasta el martes a las nueve de la mañana. Gene vio que Ray hacía el equipaje y se iba solo al lago.

La cabaña estaba demasiado perdida en las montañas para que llegara la electricidad o el gas. No había, pues, aire acondicionado ni calefacción, salvo una gran chimenea. La comida y la bebida se guardaban con hielo en la nevera que Ray transportaba. Cuando necesitaba luz para leer de noche, el juez ponía en marcha un pequeño generador a base de gasolina situado junto al sótano. Su grave traqueteo resonaba por el valle. Sin embargo, a las nueve Ray ya solía estar dormido.

El sótano consistía en una habitación y una especie de trastero estrecho con una pequeña doble puerta, en el que Ray guardaba lo que parecían cosas de desecho: ropa de caza, botas y un montón de mantas viejas. Gene pergeñó un plan consistente en que Nattie se pasara unas horas escondido en el trastero para poder mirar a través de una rendija y asistir al momento en que el juez abriera la caja fuerte y guardase lo que ocultaba en ella. Con su metro setenta y sus sesenta kilos, Nattie se había escondido en muchos huecos y resquicios, aunque al principio no estaba muy dispuesto a pasar la noche en el trastero. Repasaron otra vez el plan.

El viernes anterior a la fiesta del 12 de octubre, el juez Fawcett llegó a su cabaña hacia las seis de la tarde y descargó la camioneta sin ninguna prisa. Nattie, encogido en el trastero, era poco menos que invisible entra la ropa de caza y las mantas. Llevaba un revólver en el bolsillo, por si salía algo mal. Gene, con otra pistola, vigilaba desde los árboles. Estaban nerviosos de narices, pero también desbordantes de entusiasmo. Mientras se acomodaba, Ray encendió un puro. Poco después toda la cabaña olía a humo denso de tabaco. Se tomaba las cosas con calma, hablando solo y tarareando sin descanso la misma canción. Al final bajó al sótano un abultado maletín. Nattie, que apenas respiraba, vio que el juez sacaba un libro de derecho de la estantería, accionaba la palanca secreta y estiraba la puerta. Después introdujo la clave y abrió la caja fuerte. Estaba llena de cajas de puros. Retrocedió y sacó otra de su maletín. Tras una pausa de un segundo levantó la tapa y sacó un pequeño lingote de oro, muy bonito. Lo admiró, lo acarició, lo metió otra vez en la caja y colocó esta última en el compartimento de seguridad. Después de hacer lo mismo con otra caja de puros cerró rápidamente la caja fuerte, programó la clave y ajustó la puerta.

Nattie, a quien le latía el corazón, tuvo miedo de hacer ruido, pero se exhortó a no perder la calma. Antes de irse, el juez vio que había un resquicio en la puerta del trastero y la ajustó.

Hacia las siete de la tarde encendió otro puro, se sirvió una copa de vino blanco y se sentó en el porche, en una mecedora, para ver ponerse el sol en las montañas. Al anochecer encendió el generador y se entretuvo en la cabaña hasta las diez, hora en que lo apagó y se fue a la cama. Cuando ya estaba todo en calma, apareció Gene de entre los árboles y empezó a dar golpes en la puerta. Ray preguntó quién era con tono de enfado. Gene dijo que estaba buscando a su perro. Ray abrió la puerta, y hablaron con la mosquitera de por medio. Gene explicó que tenía una cabaña más o menos a dos kilómetros, en la otra orilla del lago, y que su querido perro Yank había desaparecido. Ray, nada simpático, dijo no haber visto ningún perro por la zona. Gene le dio las gracias y se fue. Al oír los golpes en la puerta, y la conversación en el piso de arriba, Nattie salió con sigilo del trastero y se marchó. Lo que no pudo hacer fue echar el pestillo de la puerta por donde salió. Se imaginaron la perplejidad del juez al ver que esta no estaba bien cerrada. Para entonces ya habrían desaparecido en el bosque. El juez buscaría por todas partes, pero al no encontrar ningún indicio de intrusión, ni echar nada en falta, acabaría olvidándose del incidente.

Como es natural, el descubrimiento fue una bomba para los hermanos, que empezaron a hacer planes para robar la caja fuerte. Haría falta un altercado con el juez, y probablemente el uso de la violencia, pero estaban resueltos a no dar marcha atrás. Pasaron dos fines de semana, en los que el juez se quedó en Roanoke. Después llegó el tercero.

A la vez que vigilaban la cabaña, y al juez, Gene y Nattie habían vuelto a hacer trapicheos con la meta, porque estaban sin blanca. Antes de poder echarle mano al oro, los agentes de la DEA les trincaron. Gene murió, y a Nattie le metieron en la cárcel.

Esperó cinco años antes de reducir por la fuerza al juez Fawcett, torturar a Naomi Clary, saquear la caja fuerte y ejecutarles a los dos.

—¿Y quién es exactamente Nattie? —pregunta Westlake.

Los seis me miran fijamente.

—Se llama Nathan Edward Cooley, y le encontrarán en la cárcel de Montego Bay, Jamaica. No se den prisa, no se moverá.

—¿Por casualidad también se le conoce como Nathaniel Coley, su amigo del falso pasaporte?

—Exacto. Tiene por delante veinte años en una cárcel jamaicana. En ese sentido puede que se lo ponga fácil. Tengo la corazonada de que Nattie estará encantado de declararse culpable y cumplir cadena perpetua en una prisión estadounidense, sin posibilidad de libertad condicional, claro. Con tal de irse de Jamaica haría lo que fuera. Si le ofrecen algún acuerdo, se ahorrarán la molestia del juicio.

Aguantan un buen rato la respiración.

—¿Hay algo que no tuviera pensado? —pregunta finalmente Vic.

—Sí, claro, pero prefiero no decírselo.

43

Mis dotes narrativas les tienen cautivados. Me acribillan durante una hora con sus preguntas. Respondo laboriosamente, y me irrito al empezar a repetirme. Si a un grupo de abogados les explicas todos los detalles de un misterio que les ha tenido en vela, no podrán evitarlo: te harán la misma pregunta de cinco maneras distintas.

—Ya está —dice Victor Westlake, mejorando un poco el bajo concepto en que le tengo—. Fin de la reunión. Me voy al bar.

Le propongo tomar algo a solas. Volvemos a la misma mesa de al lado de la piscina, pedimos cervezas y cuando nos las sirven nos las bebemos a trago limpio.

—¿Algo más? —pregunta él.

—Sí, ahora que lo dice sí que hay algo. Casi tan importante como el asesinato de un juez federal.

—¿Aún no tiene bastante, por hoy?

—¡Claro que sí! Pero todavía me queda un cartucho.

—Soy todo oídos.

Bebo otro trago, y lo saboreo.

—Si no me equivoco con la cronología, el juez Fawcett aceptó y escondió oro puro en pleno juicio del uranio. El demandante era Armanna Mines, un consorcio de empresas con intereses en el mundo entero, aunque el socio mayoritario es una compañía canadiense con sede en Calgary, dueña de dos de las cinco mayores minas de oro de Norteamérica. Solo los depósitos de uranio de Virginia ya se estiman en veinte mil millones de dólares, aunque nadie lo sabe con exactitud. Si un juez federal corrupto quiere unos cuantos lingotes a cambio de veinte mil millones de beneficios, ¿por qué no hacerlo? La compañía permitió que a Fawcett le tocara el gordo, y él les concedió todo lo que quisieran.

—¿Cuánto oro? —pregunta Westlake en voz baja, como si no quisiera que lo oyese su propio micrófono.

—Nunca lo sabremos, pero sospecho que Fawcett recibió unos diez millones de dólares en oro puro. Lo vendía en muchos sitios. Ustedes tienen a su informador de Nueva York, pero nunca descubriremos si fue a otras partes y comerció en el mercado negro. Tampoco llegaremos a saber cuánto dinero en metálico había dentro de la caja fuerte cuando la abrió Nathan.

—Nos lo podría decir él.

—Sí, es verdad, pero yo no confiaría mucho. De todos modos, el total no es importante. Es mucho dinero, u oro, y en el traslado desde Armanna Mines a los dominios del honorable Raymond Fawcett tuvo que haber alguien que hiciera de correo; alguien que mediara en el acuerdo y realizase las entregas.

—¿Uno de los abogados?

—Probablemente. Seguro que Armanna tenía una docena.

—¿Alguna pista?

—No, ninguna, pero estoy convencido de que las dimensiones del delito son enormes, y sus repercusiones de mucha gravedad. En octubre lo dirimirá el Tribunal Supremo, y teniendo en cuenta las simpatías empresariales de la mayoría de sus miembros, lo más probable es que se mantenga el regalo de Fawcett a los dueños de las minas. Sería una pena, ¿no, Vic? Un dictamen corrupto convertido en ley. Un gigante de la minería que se salta la prohibición a base de sobornos y recibe carta blanca para destrozar el medio ambiente en el sur de Virginia.

—¿Y a usted por qué le preocupa, si no va a volver? Lo ha dicho antes.

—Mis sentimientos no tienen importancia. A quien debería preocuparle es al FBI. Si ponen en marcha una investigación, puede ser que el proceso descarrile.

—Vaya, que ahora le dice al FBI cómo tiene que hacer su trabajo.

—En absoluto, pero tampoco espere que me quede callado. ¿Le suena de algo un periodista de investigación que se llama Carson Bell?

Aparta la vista, caído de hombros.

—Es de *The New York Times*. Cubrió el juicio del uranio, y ha seguido los recursos. Imagínese lo bien que haría yo de fuente anónima.

—No lo haga, Max.

—No puede impedírmelo. Si no lo investigan, seguro que a Bell le encantaría. ¡Qué portada! Encubrimiento por el FBI.

—No lo haga, por favor. Denos un poco de tiempo.

—Tienen treinta días. Si en ese tiempo no oigo nada sobre ninguna investigación invitaré al señor Bell a una semana en mi pequeña isla. —Me acabo el vaso, lo hago chocar con la mesa y me levanto—. Gracias por la cerveza.

—Lo único que hace es vengarse, ¿verdad, Max? Un último disparo contra el gobierno.

—¿Y quién ha dicho que sea el último? —digo por encima del hombro.

Salgo del hotel y recorro a pie el largo camino de acceso. Al final aparece Vanessa con el escarabajo, y nos vamos a toda velocidad. Diez minutos más tarde aparcamos junto a la terminal de aviación privada, sacamos nuestro equipaje, que no pesa mucho, y entramos en busca de los de Maritime Aviation. Nos controlan los pasaportes y vamos hacia el mismo Lear-jet 35 que me trajo a Antigua hace una semana.

—Vámonos de aquí —le digo al capitán en el momento de subir a bordo.

Dos horas y media después aterrizamos en el Aeropuerto Internacional de Miami, justo cuando se esconde el sol detrás del horizonte. El Lear circula hasta un control de aduanas para reingresos. Después esperamos media hora dentro de un taxi. Al llegar a la terminal de vuelos regulares, Vanessa compra un billete de ida a Richmond, con escala en Atlanta. Nos despedimos con un abrazo y un beso. Yo le deseo buena suerte, y ella a mí también. Alquilo un coche y busco un motel.

A las nueve de la mañana, cuando abren las puertas del Palmetto Trust, me encuentran esperando. Mi bolsa tiene ruedas. La arrastro hasta la cámara, y en cuestión de minutos la lleno con cincuenta mil dólares en efectivo y tres cajas de puros Lavo que contienen ochenta y un lingotes de oro en miniatura. Al salir no le comento a la encargada de la cámara que ya no volveré. Dentro de un año caducará el alquiler de la caja fuerte. Entonces el banco se limitará a sustituir la cerradura y alquilarla a otra persona. Lidiando con el tráfico matinal, acabo por llegar a la interestatal 95 en dirección al norte, con prisas, pero haciendo lo posible para evitar que me paren. Jacksonville está a seis horas de camino. Tengo el depósito lleno, y no pienso hacer ningún descanso.

Al norte de Fort Lauderdale recibo una llamada de Vanessa, con la grata noticia de que su misión está cumplida. Ha recuperado el oro oculto en su piso, ha vaciado las tres cajas fuertes de los bancos de Richmond y ya está de camino a Washington con el maletero lleno de oro.

Cerca de Palm Beach me pilla un atasco por obras, estropeando mis planes para la tarde. Cuando llegue a las playas de Jacksonville ya habrán cerrado los bancos. No tengo más remedio que ir más despacio, con el resto del tráfico. Llego a Neptune Beach después de las seis, y en recuerdo de los viejos tiempos me alojo en un motel donde ya había estado. Aceptan pago en metálico. Aparco cerca de mi habitación, que está en la planta baja. A las diez me despierta Vanessa. Está a salvo en casa de Dee Ray, cerca de Union Station. También está Quinn. Todos disfrutan con el reencuentro. Para esta fase de la operación Dee Ray ha roto con su novia, que vivía con él, y la ha echado de su casa. No le parece de fiar. No es de la familia. Tampoco se trata ni mucho menos de la primera chica de quien se desentiende. Por mi parte les pido que reserven el champán veinticuatro horas más.

Todos (Vanessa, Dee Ray y yo) manifestamos nuestras dudas sobre la idea de incluir en el complot a la mujer de Quinn, de quien está separado. Lo más probable parece que se divorcien. Tal como están las cosas, es mejor que ella no sepa nada.

Me encuentro otra vez matando unos minutos en el aparcamiento de un banco, el First Coast Trust. A las nueve en punto, cuando se abren las puertas, entro con toda la tranquilidad que puedo, haciendo rodar una bolsa vacía, y tonteo con las empleadas. Un día como todos los demás bajo el sol de Florida. Al quedarme solo en un reservado de la cámara acorazada saco dos cajas de puros Lavo y las introduzco suavemente en la bolsa. Minutos más tarde vuelvo a estar en el coche, para ir unas manzanas más allá, a una sucursal de Jacksonville Savings. Después de vaciar la correspondiente caja fuerte hago la última parada en una sede de Wells Fargo en Atlantic Beach. A las diez vuelvo a estar en la interestatal 95, yendo hacia Washington con doscientos sesenta y un lingotes de oro en el maletero. Solo han desaparecido los cinco que le vendí a Hassan para tener liquidez.

Llego al centro de Washington casi de noche y voy por la calle Uno, dando un pequeño rodeo. Al pasar junto a la sede del Tribunal Supremo me pregunto cuál será el desenlace del trascendental proceso «Armanna Mines contra la mancomunidad de Virginia». Uno de los abogados implicados en la causa, o dos, o tres, profanó hace un tiempo las salas de un juez federal con un sucio soborno. Ahora el fruto de esa maniobra está en el maletero de mi coche. Vaya viaje. Casi tengo la tentación de aparcar en la acera, sacar un lingote en miniatura y tirarlo por uno de los ventanales.

Al final se impone la prudencia. Rodeo Union Station, sigo el GPS hasta la calle Uno y después llego a la esquina de la Cinco. Cuando aparco frente al edificio, el señor Quinn Rucker ya salta escaleras abajo con la mayor sonrisa que he visto en toda mi vida. Nuestro abrazo es largo y emotivo.

—¿Por qué has tardado tanto? —pregunta.

—He venido lo antes posible —contesto.

—Sabía que vendrías, hermano. Nunca he dudado de ti.

—Pues dudas las ha habido, y muchas.

Estamos los dos estupefactos por haberlo conseguido. En este momento nos abruma el éxito. Volvemos a abrazarnos, y admiramos mutuamente nuestra delgadez. Le comento que ya tengo ganas de volver a comer. Él dice que está cansado de hacerse el loco.

—Seguro que te sale sin fingir —digo.

Me coge por los hombros y se queda mirando mi nueva cara.

—Ahora casi estás guapo —dice.

—Ya te daré el nombre del médico. No te iría mal una pequeña intervención.

Nunca he tenido un amigo más íntimo que Quinn Rucker. Las horas que pasamos en Frostburg urdiendo nuestro plan parecen un sueño muy remoto. Entonces apostábamos por él porque no había ninguna otra esperanza, pero en el fondo jamás creímos en serio que pudiera salir bien. Subimos tomados del brazo y entramos en el edificio. Le doy a Vanessa un abrazo y un beso, y me vuelvo a presentar a Dee Ray. Hace unos años tuvimos un encuentro fugaz en la sala de visitas de Frostburg, cuando vino a ver a su hermano, pero no estoy seguro de que me reconociese por la calle. Da lo mismo. Ahora somos de la misma sangre, y nos unen lazos consolidados por la confianza y el oro.

La primera botella de champán la repartimos en cuatro copas de flauta Waterford (Dee Ray tiene gustos caros), que nos pulimos de un solo trago. Dee Ray y Quinn se meten sendas pistolas en el bolsillo antes de ayudarme a descargar el coche a toda prisa. La fiesta que viene después parecería inverosímil hasta en una película de fantasía.

Mientras corre el champán amontonamos los lingotes de oro en el centro del cuarto de la tele, formando pilas de diez, y nos sentamos en cojines alrededor del tesoro. Es imposible no quedarse pasmado. Nadie intenta aguantarse la risa. Al ser el abogado, y el líder no oficial, doy inicio a la parte práctica de la reunión con un sencillo cálculo: tenemos delante quinientos veinticuatro lingotes pequeños; cinco se vendieron a un comerciante sirio de oro en Miami, y hay otros cuarenta y uno a buen recaudo en un banco de Antigua. El total que le cogimos a nuestro querido amigo Nathan es de quinientos setenta, es decir, unos ocho millones y medio de dólares. Según lo acordado, Dee Ray se quedará cincuenta y siete relucientes lingotitos. Se ha ganado el 10 por ciento aportando el dinero en metálico con el que pillaron a Quinn, pagando los honorarios de Dusty y suministrando los cuatro kilos de cocaína de Nathan, así como la pistola y el hidrato de cloral que usé para dejarle tieso. Fue Dee Ray quien recogió a Quinn después de la fuga de Frostburg, y quien vigiló la salida de Nathan de la cárcel para que supiéramos exactamente cuándo poner en marcha el proyecto. También pagó la fianza de veinte mil dólares del centro de rehabilitación próximo a Roanoke para el falso problema de Quinn con la coca.

Es Dee Ray quien se ocupa del yate. Mientras se emborracha, nos da una lista de gastos por conceptos, incluido el barco, y redondea el total en trescientos mil dólares. Como partimos de la premisa de que cada onza vale mil quinientos dólares, aprobamos por unanimidad darle otros veinte lingotes. Nadie tiene ganas de ponerse quisquilloso. Además, con semejante fortuna ante los ojos es fácil ser magnánimo.

En algún momento del futuro incierto se dividirán en partes iguales los cuatrocientos ochenta y ocho lingotes restantes entre Quinn, Vanessa y yo. Ahora no tiene importancia. Lo urgente es sacarlo del país. Tardaremos mucho en convertir lentamente el oro en dinero, pero tiempo habrá de pensarlo. Por ahora nos conformamos con pasar las horas bebiendo, riendo y turnándonos para contar nuestra versión de los hechos. Cuando Vanessa explica el momento en que se desnudó en casa de Nathan y salió a recibir a sus amigos en la puerta, nos reímos tanto que nos duele. Cuando Quinn evoca la reunión con Stanley Mumphrey en la que le soltó a bocajarro que sabía que Max Baldwin se había salido del programa de protección de testigos y ya no estaba en Florida, imita los ojos como platos que puso el fiscal al recibir una noticia tan inesperada. Cuando describo mi segundo encuentro con Hassan, y la experiencia de tener que contar, en un bar lleno de gente, diez fajos de billetes que sumaban sesenta y un mil dólares, se creen que es mentira.

Las anécdotas se extienden hasta las tres de la madrugada, hora en que estamos demasiado borrachos para seguir. Dee Ray tapa el oro con una manta, y yo me ofrezco voluntario para dormir en el sofá.

44

Revivimos lentamente al cabo de unas horas. Pesan más los nervios por lo que hay que hacer que la resaca y el cansancio. El reto de sacar el oro del país sin que nadie se entere es una fruslería para un joven como Dee Ray, que ha vivido en los márgenes de una organización experta en el contrabando de sustancias ilegales. Nos explica que a partir de ahora somos forofos del submarinismo, y que ha comprado un impresionante equipo de buceo distribuido en petates oficiales de nailon de los U.S. Divers, todos con una cremallera resistente y un pequeño candado. Vamos y venimos por el piso sacando gafas y tubos de buceo, aletas, reguladores, bombonas, cinturones de lastre, compensadores de flotabilidad, indicadores, trajes de neopreno y hasta arpones, todos sin usar. Dentro de un mes estará todo en eBay. Sustituimos el equipo por una serie de bolsas impermeables de los U.S. Divers llenas de lingotes de oro en miniatura. Los hombres comprueban repetidas veces el peso de cada bolsa, para saber cuántas pueden llevar. Los petates son grandes y con la mercancía van bastante cargados, pero, bueno, con el equipo de buceo pesarían igualmente. Por si fuera poco, Dee Ray ha acumulado una serie de maletas, las más resistentes que ha encontrado, todas con ruedas. Metemos el resto del oro en zapatos, kits de afeitar, neceseres y hasta dos cajitas de aparejos para la pesca submarina. Después de añadir algo de ropa para el viaje, parece que el supuesto equipo de buceo y las maletas sean capaces de hundir un buen barco. El peso es importante, porque no queremos despertar sospechas, pero aún lo es mucho más tener guardados bajo llave los quinientos veinticuatro lingotes, esperamos que a buen recaudo.

Antes de irnos doy una vuelta por el piso. Está sembrado de accesorios de buceo y restos de embalaje. Al ver una caja vacía de puros Lavo en la mesa de la cocina siento una punzada de nostalgia. Nos han prestado un buen servicio.

A las diez llega una camioneta grande, en la que cargamos los petates de submarinista y las maletas. A duras penas cabemos los cuatro. Vanessa se sienta encima de mí. Un cuarto de hora después llegamos a un aparcamiento del puerto deportivo de Washington. En los embarcaderos se suceden los atraques, con cientos de embarcaciones de las más diversas formas, que se mecen suavemente en el agua. Los más grandes están al fondo, que es la dirección en que señala Dee Ray, indicándole al chófer adónde tiene que ir.

El yate es una embarcación bonita, elegante, muy blanca, de treinta metros de eslora y con tres cubiertas. Su nombre, *Rumrunner*, contrabandista, parece que venga como anillo al dedo. Caben cómodamente ocho personas en sus respectivas camas. La tripulación es de diez. Dee Ray ya conoce al capitán y sus hombres porque hace un mes alquiló el mismo yate para ir a las Bermudas. Les llama por su nombre, mientras nos desperdigamos y empezamos a coger el equipaje. Con los petates nos ayudan dos mozos, que tienen que hacer esfuerzos para levantarlos. En fin, tampoco es la primera vez que tratan con submarinistas consumados. El sobrecargo recoge los pasaportes y se los lleva al puente. Aguantamos la respiración, porque el de Quinn es falso.

Tardamos una hora en inspeccionar los camarotes, ubicarnos y prepararnos para la travesía. Dee Ray explica a los marineros que queremos el equipo de submarinismo dentro de los camarotes, porque somos unos fanáticos de nuestros accesorios, así que lo suben todo de la bodega y lo llevan a las habitaciones. Cuando se ponen en marcha los motores, nos ponemos pantalones cortos y nos reunimos en la cubierta inferior. El sobrecargo trae la primera botella de champán y la primera bandeja de gambas. Cruzamos lentamente el puerto hasta salir al Potomac. Al cruzarnos con otros barcos hay quien nos mira. Tal vez resulte insólito ver un yate lleno de afroamericanos. ¿No era un pasatiempo de blancos?

El sobrecargo vuelve con los cuatro pasaportes, y ganas de charlar. Le explico que acabo de comprarme una casa en Antigua, y que es adonde vamos, para una fiesta. Después de un rato me pregunta en qué trabajo o, dicho de otra manera, ¿de dónde sale tanto dinero? Le contesto que soy director de cine. Cuando se va brindamos por mi actor favorito, Nathan Cooley. Poco después salimos al Atlántico, y dejamos atrás la costa.

Tres días después entramos en Jolly Harbour, un puerto del extremo occidental de Antigua. En la isla se toman muy en serio la navegación. La bahía está llena de barcos de todos los tamaños. Nos abrimos camino muy despacio entre ellos, casi sin dejar estela, mientras contemplamos las montañas que nos rodean por todas partes. Los yates grandes están amarrados todos juntos en uno de los embarcaderos. Nuestro capitán maniobra lentamente el *Rumrunner* hasta meterlo en un atraque entre otros dos barcos muy bonitos. Uno es más o menos de las mismas dimensiones que el nuestro, y el otro, mucho más grande. En este momento pasajero de vivir como ricos nos resulta imposible no comparar la longitud de los barcos. Mirando fijamente el mayor de los tres, pensamos: ¿quién es el propietario? ¿A qué se dedica? ¿De dónde es? Y preguntas por el estilo. Nuestra tripulación se afana en amarrar el barco. Después de que se apaguen los motores, el capitán vuelve a recoger los pasaportes y baja al embarcadero. Camina unos treinta metros hasta un pequeño edificio de control de aduanas, entra y se ocupa de los trámites.

Una semana antes, mientras mataba el tiempo en espera de que llegase Vanessa a Antigua, estuve merodeando por Jolly Harbour hasta que vino un yate, y vi que el capitán iba al edificio de aduanas, como está haciendo el nuestro; pero lo más importante es que me fijé en que ningún aduanero inspeccionaba el barco.

Ya ha vuelto el capitán. Todo está en orden. Hemos llegado a Antigua con el oro y sin sospechas. Le explico al sobrecargo que queremos trasladar todo el equipo de buceo a mi casa, porque será más fácil usarlo desde allí; y ya que estamos, que nos traigan también el equipaje. Probablemente usemos el yate para bucear por las islas, y para un par de buenas cenas, aunque el primer día pasaremos la noche en mi casa. El sobrecargo no pone ninguna pega. Lo que queramos nosotros. Nos pide los taxis. Mientras llegan, ayudamos a los mozos a descargar nuestras maletas y petates en el muelle. Forman un buen montón. Nadie sospecharía que estamos escondiendo ocho millones de dólares en oro dentro del equipaje y los accesorios de submarinismo.

Hacen falta tres taxis para llevarlo todo. Al subir nos despedimos con la mano del sobrecargo y el capitán. Veinte minutos después llegamos a la casa de Sugar Cove. Cuando ya está todo dentro entrechocamos nuestras palmas y nos metemos en el mar.

Nota del autor

Esto es, no cabe duda, una obra de ficción, y más que de costumbre. Casi nada de las 395 páginas anteriores está basado en hechos reales. En pocas ocasiones he tenido que recurrir a la investigación, que por otro lado dista mucho de ser una prioridad. No he considerado que la exactitud fuera crucial. He escrito largos párrafos descriptivos para evitar la comprobación de hechos. No hay ningún centro penitenciario en Frostburg, ni ninguna demanda en torno al uranio (de momento), ni me he inspirado en ningún juez muerto, ni tengo en la cárcel a ningún conocido que planifique la escapada, al menos que yo sepa.

Aun así, es inevitable que hasta el más perezoso de los escritores necesite alguna base para sus creaciones, y ha habido veces en que me he sentido perdido. Como siempre en estos casos, he recurrido a otras personas. Gracias a Rick Middleton y Cal Jaffe, del Southern Environmental Law Center. En Montego Bay recibí la ayuda del honorable George C. Thomas y su joven equipo de abogados muy cualificados.

Gracias también a David Zanca, John Zunka, Ben Aiken, Hayward Evans, Gaines Talbott, Gail Robinson, Ty Grisham y Jack Gernert.

TAMBIÉN DE JOHN GRISHAM

EL ASOCIADO

Kyle McAvoy posee una mente legal excepcional. Atractivo y afable, tiene un futuro brillante. A su vez, también posee un secreto oscuro que le podría destruir sus sueños, su carrera y hasta su vida. Unos hombres que acosan a Kyle tienen un video comprometedor que utilizarán para arruinarlo —a menos que él haga exactamente lo que ellos piden. Lo que le ofrecen a Kyle es algo que cualquier abogado joven y ambicioso mataría por obtener: un trabajo en Manhattan como abogado junior de uno de los mayores y más prestigiosos bufetes del mundo. Si Kyle acepta, estará rápidamente encaminado hacia socio y una gran fortuna. Pero hay un pequeño inconveniente. Kyle no estará trabajando para el bufete, sino en su contra en una disputa entre dos poderosas empresas multimillonarias suministradoras del departamento de defensa de Estados Unidos.

Ficción

LA APELACIÓN

Corrupción política, desastre ecológico, demandas judiciales millonarias y una poderosa empresa química condenada por contaminar el agua de la ciudad y provocar un aumento de casos de cáncer, y que no está dispuesta a cerrar sus instalaciones bajo ningún concepto. John Grisham, el gran mago del suspense, urde una intriga poderosa e hipnótica, en la que se reflejan algunas de las principales lacras que azotan a la sociedad actual: la manipulación de un sistema judicial que puede llegar ser más sucio que los crímenes que pretende castigar.

Ficción